李志 著

尽锐出战

JIN RUI CHU ZHAN

敦煌文艺出版社

图书在版编目（CIP）数据

尽锐出战 / 李志著. -- 兰州：敦煌文艺出版社，2020.7
 ISBN 978-7-5468-1942-6

Ⅰ. ①尽… Ⅱ. ①李… Ⅲ. ①长篇小说－中国－当代 Ⅳ. ①I247.5

中国版本图书馆CIP数据核字（2020）第125910号

尽锐出战
李 志 著
责任编辑：王 倩 余 琰
封面设计：陈 珂

敦煌文艺出版社出版、发行
地址：（730030）曹家巷1号新闻出版大厦
邮箱：dunhuangwenyi1958@163.com
0931－8152926（编辑部）
0931－8120135 8773112（发行部）

湖北画中画印刷有限公司印刷
开本 710 毫米×1020 毫米 1/16 印张 28.25 字数 440 千
2021 年 1 月第 1 版 2021 年 1 月第 1 次印刷

ISBN 978-7-5468-1942-6
定价：50.00 元

如发现印装质量问题，影响阅读，请与出版社联系调换。
本书所有内容经作者同意授权，并许可使用。
未经同意，不得以任何形式复制转载。

目 录

第一章 …………………………………………… (001)
第二章 …………………………………………… (022)
第三章 …………………………………………… (044)
第四章 …………………………………………… (065)
第五章 …………………………………………… (087)
第六章 …………………………………………… (110)
第七章 …………………………………………… (132)
第八章 …………………………………………… (156)
第九章 …………………………………………… (177)
第十章 …………………………………………… (199)
第十一章 ………………………………………… (221)
第十二章 ………………………………………… (244)
第十三章 ………………………………………… (265)
第十四章 ………………………………………… (288)
第十五章 ………………………………………… (310)
第十六章 ………………………………………… (331)
第十七章 ………………………………………… (355)
第十八章 ………………………………………… (375)
第十九章 ………………………………………… (397)
第二十章 ………………………………………… (418)
后　记

扉页

第一章

一

汽车在蜿蜒的山路上缓慢前行,省财政厅社会保障处副处长杨嘉煜凝视着窗外。

九月份的天空秋高气爽,一碧如洗,湛蓝的天空中飘浮着洁白的云朵,不时变幻着形态,在眼前悠然游动,煞是美丽壮观。山路两旁的农家小院,在这优美景观的衬托下,显得格外醒目。红瓦白墙的院落,错落有致地坐落在山下。精美的传统壁画粉刷在墙上,让人耳目一新,心情舒畅。

以前的农村,受条件的限制,脏、乱、差的现象很普遍。现在,党和政府在带领人民群众脱贫致富奔小康的同时,大力倡导美丽乡村建设,老百姓的物质生活水平不但有了明显的提高,而且居住环境也有了很大的改观。

看着村容村貌的变化,杨嘉煜想:在这交通不便、自然环境脆弱的深度贫困山区,脱贫攻坚工作能做到如此程度真是一件很不容易的事情。

从县城坐车出发,一小时后车到了会州县五谷镇政府,镇党委书记张昭瑞、镇长展璇召开了简短的欢迎会议,随后省派各帮扶工作队干部去了各自的帮扶村。

杨嘉煜帮扶的村是五谷镇驻屯村,他任帮扶工作队队长兼第一书记。

驻屯村距离会州县城四十公里,是古丝绸之路上的一个重镇,村子坐落在山峁纵横的山坳中,独特的地理环境,厚重的历史文化,传统的人文习俗,让这座小山村显得古朴沧桑。

他到了驻屯村,干部们热情迎接。

"欢迎杨处长到驻屯村来帮扶工作。"村书记祁建臻说。

"大家好!"杨嘉煜向干部们问好。

祁建臻将其他帮扶干部向杨嘉煜一一作了介绍:"市中医院帮扶干部张凯同志,县科技局副局长金欣瑶同志,镇妇联主任李椿婷同志。"

"各位领导来得早,看来我是迟到了。"杨嘉煜开玩笑地说。

"这是村文书潘吉林,大学生村官,他是咱们帮扶工作队的联络员,小潘是专门为大家服务的,有啥事,尽量与他沟通。"村主任郭儒说。

潘吉林招手示意。

"杨处长,驻屯村的居住条件差,把帮扶工作队干部安排在村委会住下,有点欠妥。"祁建臻歉意地说。

"祁书记,我们帮扶干部是来工作的,不是来享受的,村委会住下挺好的,既方便开展工作,又难得有这么多人热闹。"杨嘉煜说。

其他帮扶工作队干部也很赞成。

村委会腾出五间房子,四间供四位帮扶干部住,一间作为他们的灶房,村文书潘吉林把杨嘉煜的行李搬进了屋里。

祁建臻看到帮扶工作队干部对居住条件没有意见,思想顾虑打消了,他唯恐上面来的领导难伺候,没想到他们都这么好说话。

随后,帮扶工作队干部与村"两委"干部召开会议。村书记祁建臻把驻屯村的情况向帮扶干部们作了介绍:"驻屯村418户,1786人,共管辖东滩社、西滩社、安泰社、下芦社、赵家湾社五个社,贫困户259户,贫困人口1072人,贫困率60%以上……"

听完祁建臻的介绍,杨嘉煜说:"对于驻屯村的情况,大家有了初步了解，从现在开始，咱们就是驻屯村帮扶工作队的战友了，希望大家齐心协力、并肩协作，抓住目标不放松，坚定信心不动摇，以敢死拼命的精神，攻城拔寨的信念，把驻屯村的帮扶工作搞好，让村民们过上幸福美好的生活。"

杨嘉煜的一番话，让大家很受鼓舞。

随后，杨嘉煜做了工作安排，他说："脱贫攻坚是一场硬仗，打赢脱贫攻坚战，让人民过上幸福美好的生活，是我们帮扶工作的出发点和落脚点，驻屯村是深度贫困村，脱贫攻坚任务繁重，大家要深刻认识到深度贫困地区如期完成脱贫任务的艰巨性。"

干部们认真地听着，做着记录。

"到2020年，现行标准下，农村贫困人口全部脱贫是我们党立下的军令状，脱贫攻坚越往后难度越大，面临的困难挑战越突出，要想啃下脱贫攻坚这块硬骨头，当以超常之举，精准指向贫困，把困难估计得更充分一些，把挑战认识得更到位一些，做好应对和战胜各种困难挑战的准备，尽锐出战，不胜不休，不让一个群众在脱贫路上掉队，让贫困彻底远离文明社会。"

杨嘉煜铿锵有力的话语，鼓舞了帮扶工作队干部的士气，会议室里响起热烈的掌声。

帮扶工作队干部及村"两委"干部分别谈了自己的工作计划。大家表示，脱贫攻坚一定要坚持以人民为中心的发展理念，把促进社会经济的发展，增进人民群众的福祉作为帮扶工作的重点。做好帮扶工作的重要任务，是让人民群众有更多的获得感，有更多的幸福感。

二

吃过午饭，帮扶工作队干部稍作休息，根据自己的分工工作去了。

杨嘉煜开始了帮扶工作的第一步，摸底排查了解村民家庭情况，村书记祁建臻陪同。

要想让人民群众真正脱贫致富奔小康，必须摸清村民致贫的原因，根据原因制订切实可行的帮扶措施，精准施策，精准帮扶。

在走访调查中，杨嘉煜东瞅西望，到处是一派丰收的景象，红红的枸杞晒满了房前屋后，金黄色的玉米堆成了小山。举目远眺，一群群绵羊犹如天上的云朵，铺在山野，形成了一幅壮阔的风景画。

在路旁的一块山地上，有十余人在收割庄稼，看到村民的欢欣笑容，知道他们现在的日子过得很舒心，很幸福。

看到驻屯村如此喜人的景象，杨嘉煜问："祁书记，咱们驻屯村还需要扶贫？"

听到杨嘉煜的问话，祁建臻说："杨处长，我们村当然需要扶贫了。"

"你看这丰收喜人的景象，村民们的日子已经很富裕、很幸福了。"杨嘉煜说。

"杨处长，你看到的只是个别现象，驻屯村是深度贫困村，经过上一届帮扶工作队干部的努力，贫困率下降了，但仍在百分之六十以上。"祁建臻说。

"照你说的，驻屯村的帮扶任务是相当繁重啊。"

"是的，有技术、有劳动能力的村民，已经达到脱贫的标准。可是驻屯村的村民有相当一部分没有技术，只会种好自家的几亩地，单靠几亩土地的收入脱贫，难啊！"

"对，人民群众脱贫致富关键靠发展产业，脱贫攻坚思路才正确。"杨嘉煜说。

"人民群众脱贫致富只有发展产业，他们才可能有持续稳定的经济收入，才能真正地脱贫致富，驻屯村的产业合作社，没有形成规模，还不能承担起脱贫的重任。"祁建臻说。

杨嘉煜同意祁建臻的说法，脱贫产业没有形成规模，这是贫困村普遍存在的问题。

祁建臻说着用手指了指路旁的一户人家，示意让杨嘉煜进去。

"这是你的包村贫困户东滩社张士胜家。"祁建臻说。

两个人说着走进了院里。

张士胜正在院子里打扫卫生,他是一位残疾人,腿行动不方便。

"老张,咱们村的帮扶干部、省财政厅的杨处长看你来了。"祁建臻说。

听村书记说是帮扶干部来了,张士胜赶忙向前握手。

"屋里坐,屋里坐。"张士胜把杨嘉煜往屋里让。

"当家的,把茶沏上。"

张士胜妻子把茶沏好端上。

"老张,咱们村的帮扶工作队干部今年换人了,上一届帮扶干部帮扶工作时间到期回单位上班了,这是你家的帮扶包户干部杨处长,以后你有啥事儿,就与杨处长联系。"祁建臻说。

"前两年多亏了帮扶工作队干部,不然的话,我家就没办法生活。"张士胜说。

"老张,以前你们家都享受过什么扶贫优惠政策?"杨嘉煜问。

"享受的政策多了,政府制定的惠农政策,只要我符合条件的,都享受上了,上级部门还隔三岔五送些救济物资、救济资金,我是残疾人,我家是建档立卡贫困户。"

"精准扶贫贷款享受过没有?"杨嘉煜问。

"村上正给办理着呢。"

"五万元的扶贫贷款马上就批下来了,手续已经交上去了。"祁建臻说。

"这五万元的贴息贷款,你打算怎么支配?"杨嘉煜问张士胜。

"我们祁书记已经给我计划好了,我没有技术,儿子也没把书念成,在家务农,计划着买些羊,发展养殖业。"

"发展养殖业好,这是一项可持续发展的产业,把羊养好了,年年有稳定的收入。"杨嘉煜说。

杨嘉煜与张士胜闲聊时,朝房子四周看了看,房子比较陈旧,墙壁已经有了裂缝,房顶破旧不堪。

"老张,危房改造优惠政策,你还没有享受到?"杨嘉煜问。

"早能享受上,我不要。"

"为什么？"

"因为我建不起房子，当时祁书记给我家申请了危房改造两万元补助款，我没要，因为现在建房至少需要七八万元，我没钱，危房改造资金是专款专用，不建房是不给的。"

"哦，原来是这样的。"

杨嘉煜又与张士胜聊了一些扶贫领域的其他事情。

"老张，你先忙，我们要到别的人家了解一下情况。"

"好的，杨处长，有时间常来家里坐坐。"

"没问题，咱们以后多交流，多沟通，共同想办法脱贫致富奔小康，把生活过得幸福美满。"

三

杨嘉煜从张士胜家出来，祁建臻陪他去了安泰社贫困户杜青林家。

杜青林是村中的建档立卡贫困户，他贫困的原因是因为家中读书的学生。

到了杜青林家，祁建臻做了介绍，杜青林热情地说："杨处长好！"

"你好！你家是我的帮扶联系户，我今天过来，想了解一下你家的情况，便于以后我们制订帮扶措施。"

"我家经济困难，原因是家里的学生多。"

"家中有几个孩子在读书？"杨嘉煜问。

"四个孩子都在读书，三个大学生，一个高中生。"

杨嘉煜听了心中一怔，读书是家中的最大开支，四个孩子都在读书，可想而知。

"大姑娘，同济大学，读大三；二姑娘，上海交通大学，读大二；三姑娘，中国人民大学，读大一；小儿子在城里读高中。"杜青林解释说。

杨嘉煜听到杜青林三个姑娘考的都是名牌大学，惊叹唏嘘不已，既为这个家庭有三名大学生而高兴，又为他家的经济负担沉重而担忧。

杜青林，很老实的一位农民，主要经济来源是靠种地。农忙时节，他在家帮助妻子种地，农闲的时候外出打零工。

他虽然老实本分，但村子里的人很羡慕他，一家三个名牌大学生，真了不起。上次县委书记伊仲楠来村中调研，听说杜青林有三名大学生在读，经济困难，自己当场掏了两千元钱送给了他。

杜青林为了几个孩子读书，没少吃苦，但他心中却很高兴，自己的孩子很争气。

从杜青林家出来，杨嘉煜问："村子里还有没有比较困难的家庭？"

"有。"祁建臻不假思索地回答。

"走，去看看。"杨嘉煜说得也干脆利落。

"杨处长，要不，咱们回村委会吧，今天你坐车已经很累了，中午又没有休息好。"

"没关系，咱们早点摸清情况，好开展帮扶工作。"杨嘉煜说着让祁建臻带路。

他们又去了西滩社的贫困户祁建红家，这家困难是因为儿子得了大病，祁建臻带杨嘉煜进了院落。

这家房子不算太旧，收拾得干干净净的，他们二人直接朝上房走去。

祁建臻掀开门帘，让杨嘉煜进去。

杨嘉煜进去一看，沙发上坐着一位年轻人，病怏怏的，一位中年妇女用电磁炉正熬着中药，一看就知道是年轻人的母亲。

中年妇女看见有人进来，客气地说："快进来坐下，我沏茶。"她直觉地感到，是帮扶干部来了。

祁建臻让杨嘉煜坐下。

"三嫂，这是咱们村新来的省帮扶干部杨处长，他过来了解一下你家的情况。"

"谢谢杨处长。"中年妇女——祁建红的妻子程艺霞说。

杨嘉煜打了声招呼。

"我三哥呢？"祁建臻问。

"到镇上打零工去了。"

"镇政府旁边有一个劳动力市场，有需要劳动力的人家可以到那里寻找，一般都是些干体力活的。"祁建臻给杨嘉煜解释说。

"孩子的病情最近怎么样？"杨嘉煜指了指祁波问。

"有点好转，但情况不是很好。"程艺霞说着，偷偷地擦眼泪。

祁波患的是肝炎。

"孩子生病很正常，你也不要太伤心，咱们大家一起想办法给孩子治病。"杨嘉煜说。

"杨处长，看病的钱掏不起呀。"程艺霞说。

"只要能把孩子的病治好，没钱咱们想办法解决。"

祁波的病，上届帮扶工作队干部没少操心，看病除了享受国家医疗报销政策外，帮扶工作队干部先后募捐善款近两万元。

"没有政府的医疗报销，没有你们这些帮扶干部的大力帮助，娃的命早没了。"程艺霞哭泣着说。

"这是我们帮扶干部应该做的，没有必要这么客气。"杨嘉煜劝导说，"好了，我们就不打扰你给儿子熬药了。"

杨嘉煜说着站了起来。

程艺霞要留两位干部在家中吃晚饭，杨嘉煜谢绝了。

回村委会的路上，杨嘉煜心中五味杂陈，祁波病怏怏的表情，时时出现在眼前，幸亏有了党和政府的大病救济政策，不然的话，农村老百姓患了这么严重的疾病，哪有经济力量去治病。

吃过晚饭后，杨嘉煜想，今天了解的三户建档立卡贫困家庭，迫切需要解决问题的是祁建红儿子祁波的看病问题。

四

晚上，杨嘉煜翻来覆去睡不着，帮助祁波看病去找谁呢？他思忖着。

猛然，他想到了省财政厅副厅长薛盛祥，以前曾听他提到自己有一位同学是省人民医院的肝病专家，经常出国深造学习，交流讲学。

杨嘉煜心中的愁雾顿散，他想马上打电话询问情况，一看时间已是晚上十一点多钟，便没有打扰领导休息。

第二天早上起床，杨嘉煜顾不上吃早点就拨通了薛盛祥的电话。

"小杨，一大早打电话是不是有事？"薛盛祥问。

"嗯，有事，薛副厅长。"

"是不是对我安排你下乡扶贫有意见？"薛盛祥故意问。

"对您工作的安排，我没有一点意见。"杨嘉煜说，"不过，我现在有一事需要老领导帮忙。"

其实，薛盛祥知道杨嘉煜对于工作的安排没有意见。杨嘉煜是他一手栽培起来的干部，对于他的思想觉悟、工作能力，薛盛祥非常了解，这次省财政厅根据省委、省政府的工作安排，一定要派工作能力强、乐于吃苦、敢于担当的干部下乡扶贫，因为扶贫工作已经到了最后的攻坚阶段，直接关系着人民群众的脱贫致富，关系着国家大政方针的实施。

"说吧，有啥事需要我帮忙。"

"薛副厅长，我现在的帮扶村有一位患了肝炎的病人，需要住院治疗。以前我听您说过，您有一位同学在省人民医院肝病专科当医生，我想麻烦您通融一下，寻个方便。"

"刚到扶贫单位就遇到了事情，你够用心的。"

"我们帮扶干部在走访农户了解情况时遇到的。"

"可以，我给你打电话问问。"薛盛祥爽快地答应。

"谢谢！您帮我联系好医院大夫，回去我请您吃饭。"

薛盛祥笑了笑说："咱们在一块儿吃饭，哪一次不是你蹭我的饭吃。"

薛盛祥在任省财政厅副厅长以前，是社会保障处的处长，杨嘉煜的直接领导，是一个部门的同事。

"说的也是，但这次保证我请您吃饭，到时候您提醒我结账就行了。"杨嘉煜开玩笑地说。

"不与你说了，我现在与省人民医院的同学联系。"

十余分钟后，薛盛祥打来电话。

"小杨，我和省人民医院的同学联系好了，他说可以。这一两天，你让病人上来，他安排就诊计划，我把大夫的电话号码给你发过去。"

"谢谢薛副厅长！"

一会儿，薛盛祥把他同学尚涛大夫的电话号码发了过来。

听到这样好的消息，杨嘉煜高兴地径直去了祁建红家。

程艺霞看到杨嘉煜来了，她赶忙打招呼。

"嫂子，我今天过来，告诉你一件事，你收拾一下东西，明天去省人民医院给儿子看病。"

"去省人民医院看病？我们不认识专家大夫。"程艺霞一怔，忙解释说。

"我已经联系了医院的大夫，这是医生的电话号码，明天去了，你联系这位尚大夫就好了，他是省人民医院的肝病专家。"

这个消息让程艺霞对杨嘉煜满怀感激。

晚上祁建红回来，妻子告诉他事情的经过，他嘴里不住地念叨着："真是碰上好人了，这些都是党和政府的好干部。"

五

第二天，祁建红夫妇领着儿子祁波到了省人民医院，祁建红拨通了尚大夫的电话，尚大夫安排祁波就诊，并且组织了肝病专科最具实力的专家队伍，对祁波的病情进行权威性诊断。

祁波被诊断为重度肝炎腹水。

尚大夫与祁建红夫妇商讨病人住院治疗的事情。

"病人的病情已经比较严重，现在需要住院治疗。"

"尚大夫，孩子住治疗需要多少费用？"祁建红问。

"除按规定报销之外，仍需要四五余万元。"

听到这个钱数，祁建红夫妇瘫坐在了椅子上，这个数目对于一个农民家庭来说，可是一个不小的数字，从哪儿凑这么多钱呢？

"尚大夫，孩子还是回家疗养治疗吧。"祁建红夫妇无奈地说道。

祁建红夫妇因缺钱不打算给儿子住院治疗了。

杨嘉煜听说之后，立即与祁建红联系。

"老祁，我建议你让儿子住院治疗。"

"杨处长，治疗费用需要十余万元，报销之后还需要四五万元，这钱我从哪儿凑呀？"

祁建红说着抽泣起来。

"治疗费用是不少，咱们可以想办法。听尚大夫说，如果回家疗养可能贻误治疗的最佳时机，最坏的结果可想而知。这可是一条生命呀。"

听着杨嘉煜的话，祁建红放声大哭起来。

杨嘉煜继续做祁建红夫妇二人的思想工作。

在杨嘉煜的劝说下，祁建红夫妇最终同意让儿子祁波住院治疗。

祁建红夫妇的思想工作做通了，但是要凑齐四五万元的治疗费，也是个大问题。

要想办法筹集祁波的住院治疗费用，帮扶干部的责任担当，促使杨嘉煜勇挑重任。

办法总比困难多，杨嘉煜召开帮扶工作队干部及村"两委"干部会议，协商筹款的相关问题。

"祁波是学生，我们可以求助于县教育局。"县科技局副局长金欣瑶提议。

"金局长的提议好，我们先通过学校向教育局求助。"张凯说。

"我们村委会还可以在驻屯村向村民募捐，这事由我和祁书记办理。"郭儒说。

"这些都是可行的办法，咱们各司其职，尽快落实，工作越快越好,争取早日筹到治疗费用,让祁波的病得到有效的治疗。"杨嘉煜说。

会上,杨嘉煜建议帮扶工作队干部每人捐款一千元,村"两委"干部每人捐款两百元。

杨嘉煜的建议得到帮扶工作队干部及村"两委"干部的赞成,干部们捐款五千元交给了祁建红,帮他暂时解了燃眉之急。

杨嘉煜工作之余回到省城,利用他的社会关系,给祁波筹集到两万元的治疗费。

当杨嘉煜与爱心人士拿着两万元的现金去医院看望祁波,祁建红夫妇抓着他们的手感动得说不出话来。祁建红夫妇向杨嘉煜及爱心人士深深弯腰鞠躬致谢。

经过多方的努力,县教育局筹集到两万元,在村"两委"干部的努力下,驻屯村村民捐款一万余元,祁波的治疗费用得到了解决。

祁波的病治疗及时,病情得到了有效的控制。

一个月后,祁波出院回家休养。

这件事在村中引起了强烈的反响,村民们对帮扶工作队干部的敬意油然而生。

帮扶工作队干部走在大街小巷,迎面而来的是村民们亲切的问候和微笑的面孔,这让他们感到很高兴,工作能得到群众百姓的认可和尊重,当干部也就值了。

六

祁波看病问题解决之后,杨嘉煜牵挂的是东滩社张士胜一家人的住房问题。

张士胜家的房子已经住了三十多年。

以前盖的房子是土坯结构,房子年久失修,后墙已经出现了裂痕,冬天寒风顺缝而入,夏天雨水渗顶而下,既不能遮风避雨,又不能抵御严寒。

现在杨嘉煜要想办法解决张士胜家的危房改造问题。

在周一行政例会上，杨嘉煜说："祁书记，今年把张士胜家的危房改造项目报上去。"

"张士胜没有经济能力盖房，危房改造资金只有两万元，怎么办？"祁建臻说。

"咱们帮他想办法，根据政府脱贫奔小康的标准'两不愁三保障'，张士胜家的住房问题不解决，就是拖驻屯村脱贫摘帽的后腿。"

祁建臻一听这话，他知道杨嘉煜在为张士胜家的盖房资金问题筹划着，他说："好的，村委会把张士胜家的危房改造报到名单上去。"

一天，张士胜到村委会办事，杨嘉煜问："老张，今年危房改造项目村委会已经把你报上去了，你要把房子翻修一下。"

"杨处长，我家里没钱呀。"张士胜说着，一脸的无奈。

"听说你不是养羊养得很好吗？"杨嘉煜问。

"是养得很好，前几天把羊卖了几只，家里的积蓄不到两万元，但这也不够建房呀，建房需要七八万元呢！"

"这你就不需要太担心，危房改造资金每户两万元，你把积蓄拿出来，再向亲戚朋友借点，这样你不是就把房子盖起来了嘛。"

杨嘉煜这么一算，张士胜心中亮堂起来，原来建房子也没有他想象得那样困难。

在杨嘉煜的劝说下，张士胜把建房的事挂在了心头。

把张士胜说通了，杨嘉煜又找到了镇党委书记张昭瑞，让他想办法帮助一下张士胜建房子。

张昭瑞与镇上卖建材的王老板联系，王老板答应资助张士胜五千元的水泥。

张士胜向亲朋借了两万元，这样建房款就凑够了。

张士胜的房屋改造如期进行。在他建房过程中，杨嘉煜每天去工地一次，关注一下建房质量，看看建房进展，像是自己建房子一样。

今年冬天，张士胜不用担心挨冻了。

经过一个多月的紧张施工，他家的五间新房建好了。

新房建成后，张士胜搬了进去，住在宽敞明亮的新房中，心中甭提有多高兴了。

为了让张士胜增加收入，还建房的借款，杨嘉煜与村"两委"干部商量，给他安排一个公益性岗位，村保洁员，打扫村中主街道卫生。这样，张士胜一年增加了六千元的收入。

居住条件改善了，张士胜心情畅快了，生活的信心更足了。

每天早晨，他早早起床，骑着三轮车去街道打扫卫生，在村民们上地里劳动之前，他已经把街道的卫生打扫干净了。

知恩图报，这是中华民族的传统美德。住进新房的张士胜，不但兢兢业业地打扫干净村中街道卫生，而且见人就夸，现在的政府真好，感谢党和政府，感谢帮扶干部。

七

杜青林三个女儿都是名牌大学生，这让杨嘉煜很感叹。

条件优越的孩子考不上大学，而经济条件差的孩子却考的是名牌大学，事情的发展就是这样的矛盾。

一次在吃饭时，杨嘉煜感叹地说："杜青林的几个孩子真聪明，不要说在农村，就是在城市，这样的家庭都是让人羡慕敬佩的家庭。"

"是的，他的三个姑娘考的都是'985''211'重点大学，听说小儿子在县一中念书，考试成绩全年级前几名，考个重点大学没问题，杨处长，羡慕了。"镇妇联主任李椿婷说。

"嗯，真的好羡慕。"

"二姑娘杜倩前年高考时，考了全县第五名，647分，被上海交通大学录取。杜倩上大学走的时候，村子里可热闹了，镇长、镇教管中心领导都来祝贺。"

"真的？"杨嘉煜问。

"可不是真的，你还不相信？杜倩去省城坐火车，是镇长展璇派车去送的。"李椿婷说。

"好样的，五谷镇政府做得很好，百年大计，教育为本。"

"五谷镇在教育上非常重视，镇领导更是关心有加，镇长展璇曾在全镇教育大会上表态，全镇的高中生，凡是考上'985''211'大学的学生，镇政府给予两千元的经济奖励。"

李椿婷给杨嘉煜介绍着五谷镇的教育状况。

"山里的孩子要想走出大山，去实现自己的人生理想，追求外面的精彩世界，只有通过读书。山村里的家庭不重视教育，等于把孩子永久地放在了山沟里。"

"嗯，教育对于孩子至关重要，一个农民家庭供几个孩子上大学，真的不容易。"杨嘉煜说。

"是的，杜青林三个姑娘上大学学费全是贷款，是镇教育管理中心帮助办理的无息贷款。"

"这样就好了。不然的话，学校开学交不起学费，问题就大了。"

"杜家三个大学生的生活费，一般都是她们寒、暑假打工自己挣的。"李椿婷言语之间流露着敬佩之情。

"穷人家的孩子早懂事，困难也是人生中的一笔财富。我家姑娘已经上高中了，还依靠父母生活，啥都不会做。"杨嘉煜说。

"那是你们家的千金有福气，父母为她创造了优越的生活环境，享受生活是人的本质需求，也不能对你姑娘过于苛求。"

"你净说些好听的。"

"杨处长，我说的是实话，你不应该担心。"

"说起来容易做起来难，尤其是在孩子的读书学习上，让家长最放心不下，学习成绩一般的孩子，想让他优秀，优秀了还想再优秀，你的孩子小，还体会不到这一点。"

"杨处长，你的观点我赞同。我的儿子刚上幼儿园，我都开始想着孩子的教育问题了。"李椿婷说。

"望子成龙、望女成凤，这是家长们的共同期盼，也是家长们的义务和责任。"

第一章 | 015

"杨处长,有时间把你姑娘领来,到我们这山村里转转,体验一下农村生活。"

"你的建议好,暑假我一定把她带来,接受农村再教育。"杨嘉煜风趣地说。

"你姑娘来时,提前告诉我,我与杜青林的三个姑娘联系好,让她们陪你姑娘在这里多玩几天。"

"那就感谢李主任了,近朱者赤,让我姑娘也沾沾驻屯村的灵气,考个理想的大学。"

"杨处长,过谦了,就凭你那聪明的基因,你的姑娘考个理想大学肯定没问题。"

"李主任过奖了,借你吉言。"杨嘉煜笑着说。

"杜青林家学生多,开支大,经济困难,咱们想办法帮扶,增加他家的经济收入。"李椿婷说。

"嗯,最近镇上通知,要上报一名护林员,咱们与村'两委'干部商量,把杜青林报上。"

"这是个好办法。"

随后,杨嘉煜与村"两委"干部协商,乡护林员的名额给了杜青林,他家每年增加近万元的经济收入。

八

只有深入农户走访调查,了解村情民意,才能发现问题,作为驻屯村的帮扶工作队干部,一定要对驻屯村所有农户进行走访,掌握村中的实际情况,制订切实可行的帮扶措施,帮助村民脱贫致富。

帮扶工作队干部继续入户调查,他们每到一家,就与村民交流座谈,干部们详细地做着记录。

驻屯村村民居住得比较分散,这给帮扶工作队干部走访带来了不便。如下芦社的第一村民小组,虽然只有三十多户,一百多人,但他们住在一个偏远的山沟里。

帮扶工作队干部去下芦社的第一村民小组实地走访，他们走了近一个小时的路程。

"下芦社最远的一个村民小组，自然条件差，交通不便，村民生活困难。"李椿婷站在小道的高处朝前指了指。

杨嘉煜顺着李椿婷手指的方向看了看，隐约看见几户人家居住在半山腰间。

"他们要想脱贫致富，不容易呀，这不方便的交通条件就把他们牵制住了。"金欣瑶说。

累得气喘吁吁的张凯点了点头。

"既然政府派我们来帮扶，作为一名共产党员不论条件如何，我们都要用真心、真情为老百姓做实事，做好事，帮助他们真正脱贫，改变贫穷落后的现状。"杨嘉煜说。

"是的，咱们要齐心协力，心往一处想，劲往一处使，好好地把帮扶工作搞好，造福这里的黎民百姓。"李椿婷说。

今天的走访，获得了下芦社贫困的第一手资料。

杨嘉煜带领帮扶工作队干部，翻山越岭挨家挨户了解群众的真实情况，他们白天去较远的村社，晚上在村委会附近的群众家中了解情况，可以说是顶着夜色去工作，把群众的愿望积极向上级反映，力求找到解决问题的办法，满足群众的合理愿望。

在走访调查过程中，帮扶工作队干部发现，驻屯村有二十户家庭至今没有彩色电视机，家中的电视是从二手市场买来的老式旧货，画面不清晰，经常出现故障，有的家庭三四个月没有看过电视了。党的扶贫政策，村民们怎么了解？怎样提高他们脱贫致富的信心？

"金局长，驻屯村没有电视机的贫困户，你得想一下办法去解决。"杨嘉煜说。

"哦，我……"金欣瑶说。

"嗯，就是你。"杨嘉煜一本正经地说。

看到杨嘉煜认真的样子，金欣瑶马上明白了他的意思，说："嗯，我考虑着这件事。"

"这就对了，你应该用一下你的便利条件。"李椿婷说。

金欣瑶与李椿婷对视一笑，她明白了李椿婷的意思。

金欣瑶的丈夫雷勇是县市场监督管理局的局长，杨嘉煜的意思是让她丈夫帮一下忙。

"好，过两天我回家，给我们家老雷说一下，让他帮一下忙。"

"这个光荣的任务就交给你了，但你一定要完成任务。"杨嘉煜给金欣瑶施加压力。

"杨处长，你不用说那么多，我们金局长一定能够圆满完成任务。"李椿婷说。

"你咋知道？"

"雷局长完不成任务，金局长晚上不让他进家，让他当门卫。"

李椿婷的一句话，说得大家都笑了。

一周之后，金欣瑶汇报说："老雷已经把事情办妥，县电器协会赠送二十台32寸彩色电视。"

听到这个消息，大家向金欣瑶伸出了大拇指。

一周之后电视机送到了驻屯村没有电视的贫困户家中，解决了他们看电视的难题。

一个多月的深入走访，加深了帮扶工作队干部与村民之间的感情，他们一点一滴地融入群众之中。

驻屯村贫困面积大，贫困程度深，致贫因素多，经济发展缓慢，经济基础薄弱，基础设施落后等。这是帮扶工作队干部经过深入调查之后得出的结论。

深入了解情况两个多月，每位帮扶干部穿坏了一双运动鞋。

九

张士胜夫妇住进宽敞明亮的新房，他们对帮扶工作队干部很是感激。

帮扶工作队干部入户走访，张士胜妻子石丽娟看到帮扶干部们穿的运动鞋破旧了，她猛然产生了一种想法，给干部们每人做一双布鞋，但她又担心帮扶干部们不要，国家干部哪有穿布鞋的。

石丽娟虽然有些担心，但她还是把想法告诉了丈夫。

"老公，我有件事想与你商量。"

"啥事？"

"我想给帮扶工作队干部每人做一双布鞋，你看行不？"

张士胜听妻子说要给帮扶工作队干部做布鞋，他说："这是好事呀，老婆，你怎么想起给干部们做布鞋了？"

"前几天，帮扶干部们到咱家走访调查，我看到他们脚上穿的运动鞋都破旧了。"

"你做的布鞋肯定比他们买的运动鞋穿着舒服。"

张士胜这么一说，石丽娟来了精神，她说："那我明天就开始做。"

"这几天你没事干，赶快做。"

"好嘞。"石丽娟立马行动起来。

石丽娟心灵手巧，针线活做得很好，年轻时家境困难，没念过书，就嫁到了张家。

张士胜患小儿麻痹症，行动不便，当别人给石丽娟介绍张士胜时，她看到张士胜那瘦弱的身躯，竟没有反对，反而对他有一种同情的感觉。

这可能就是缘分吧。

就这样，一个十七八岁的姑娘对婚姻正处在懵懂时，稀里糊涂地嫁给了张士胜。

这次给帮扶工作队干部做鞋，石丽娟很用心，因为她做的鞋是要送给自家的帮扶恩人，她家之所以能住上安全舒适的新房，都是帮扶工作队干部操心帮忙。

十余天后，四双新布鞋做好了。

张士胜看了之后，笑着说："老婆，这布鞋做得不亚于你给我做的第一双。"

丈夫的话让石丽娟有点难为情。

"鞋做好了，你送过去吧。"石丽娟说。

"谁做的谁送去。"张士胜故意说。

"人家是国家干部，我不敢去。"

"有啥不敢去的，你为他们做鞋，他们应该感谢你。"

"我怕邻居们笑话。"

张士胜看到妻子真的不想去，也不再难为她了，他把布鞋给帮扶工作队干部送了过去。

杨嘉煜看到张士胜进来，说："老张，屋里坐。"

"杨处长，我就不进去了，我给帮扶干部们送东西来的。"

杨嘉煜看了看他手中拿的提袋。

"你们帮扶干部帮我家盖了新房，我家没啥感谢你们，这是我老婆给你们每人做了一双布鞋，她让我给你们送来。"

杨嘉煜一怔，没有反应过来。

张士胜看到杨嘉煜的表情，他忙说："上次你们去我家走访，我老婆看到你们穿的运动鞋破旧了，她给你们一人做了一双布鞋。"

金欣瑶、李椿婷听见了，她们赶忙从宿舍里出来，接过来布鞋仔细地看着。

"嫂子的针线活做得真好。"金欣瑶说。

"是啊，人间巧手。"李椿婷说。

两位女同志看着，嘴中发出啧啧的赞叹。

"这两双深红色的布鞋是你们两位的。"张士胜说。

"感谢嫂子！"

"在农村，布鞋比买的鞋穿着舒服。"张士胜说，"如果你们觉得不合适，我老婆说了，你们把尺寸大小说了，她给你们再做。"

此时的帮扶工作队干部心中充满了感动，他们把布鞋收下了。

张士胜走后，帮扶工作队干部试穿他送来的布鞋。大家没有想到，布鞋穿上还真的挺舒服的。

张凯看到金欣瑶、李椿婷穿上红布鞋,他戏谑:"你们两个真像村姑了。"

杨嘉煜把两位女干部打量了一番,还真的有点村姑的模样。

"鞋穿上有点土了,但感觉挺舒服的。"金欣瑶说。

"是吗?那我也试试。"张凯说。

刚开始时,张凯不想穿,他觉得哪有一个年纪轻轻的小伙子穿布鞋的。可是当他看到其他三位干部穿上布鞋时,他也心动了。

张凯穿上布鞋之后,感觉得舒服,尤其是走长路时,更觉得舒服,穿得时间长了,他都不想换穿皮鞋了。

石丽娟看到帮扶工作队干部穿着自己做的布鞋,心中乐滋滋的。

这不是简单的四双布鞋,而是代表着干部与村民之间的关系。帮扶工作队干部驻村以来,像这样温馨的事情经常发生。

以心换心,方能换得真心。群众的满意和支持促使帮扶工作队干部竭尽全力去工作、去帮扶。

干群关系和谐融洽了,脱贫攻坚的工作也就好做了,工作中的困难也就好解决了。群众暖心的支持不断激励着帮扶工作队干部想方设法地努力工作,团结带领村"两委"干部和村民,把脱贫攻坚工作持续不断地向前推进。

第二章

一

省农业大学玉米"粮改饲"养殖饲料科研项目，是杨嘉煜争取到驻屯村来的。

一次偶然的机会，杨嘉煜听说省农业大学有一个玉米"粮改饲"科研项目正在寻找实验基地，基地自然条件必须适合玉米的种植生长。

玉米"粮改饲"科研项目，主要是解决冬春季养殖业的饲料问题，这个项目如果能在驻屯村落地实施，将有利于推动驻屯村养殖业的大力发展，为村民脱贫致富创造更有利的条件。

杨嘉煜为什么要为驻屯村争取省农业大学的玉米"粮改饲"科研项目呢？因为他来驻屯村扶贫，到农户家走访时发现，大部分家庭都有小山似的玉米堆。

他想，五谷镇这一带肯定适合种植玉米。

为了证实自己的想法，杨嘉煜找到祁建臻询问有关情况，祁建臻说驻屯村的自然条件很适合种植玉米，在二十年前，这里还培育了几年玉米良种。

为了让玉米"粮改饲"科研项目能落地驻屯村，他专门请省农科院专家对驻屯村的自然条件进行了检测，结果证明土壤结构、气候条件等方面都有利于玉米的种植生长。

杨嘉煜拿着化验检测报告去省农业大学，申请玉米"粮改饲"科研项目到驻屯村建立实验种植基地。

杨嘉煜的做法，让省农业大学的领导很感动。驻屯村的自然条件符合科研项目的指标要求，又有种植玉米的良好基础，就批准了这个项目，并委派省农业大学农学院院长卢佳国为项目负责人，进行项目实验研究。

这来之不易的机会，让帮扶工作队干部备感珍惜。

为了让玉米"粮改饲"科研团队安心搞科研，杨嘉煜与村"两委"干部商量，要给省农业大学科研团队安排一个环境相对好的住处，要为他们提供力所能及的方便。

"村委会已经没有房子安排科研团队了，但村里有一家房子很好，是村民王尔恒家的。"祁建臻说。

"王尔恒家的房子现在没人住？"杨嘉煜问。

"有人住，但他家房子多。"

"那好，你们想办法把房子租过来。"

"好的。"

祁建臻与王尔恒沟通，他欣然答应，并且不收房租，免费提供给省农业大学的科研团队居住。

村民王尔恒，家庭经济条件比较好，这房子是前几年在外工作的儿子给老两口建的新房。

王尔恒家的院落很阔绰，是个典型的四合院，分为主院和附院，主院共十三间房子，上房与东、西厢房有走廊连在一起，附院靠西面建了一排七间平房和一个车库，大理石围栏，附院里有花园、菜园等。

省农业大学的科研团队被安排在了王尔恒家居住，科研团队人员对住处很满意。

为了让玉米"粮改饲"科研项目尽快实施，杨嘉煜、卢佳国去找五谷镇政府领导协商，寻求镇党委、政府的支持。

两个人去镇政府找镇党委书记张昭瑞。

"张书记，这是省农业大学的卢佳国院长，驻屯村玉米'粮改饲'科研项目负责人。"杨嘉煜向张昭瑞介绍。

"卢院长好！"

"张书记好！我们在驻屯村搞科研，给你添麻烦了。"

"卢院长，客气了，玉米'粮改饲'科研项目是给我们五谷镇送财富来了，你就是我们脱贫致富的财神呀。"

"张书记，过奖了，我们科研项目还没有启动，要是我们的科研项目没有经济效益咋办？"

"省农业大学专家教授搞的科研项目，能没有经济效益？我相信，你们的科研项目一定能够成功。"

"张书记对我们科研项目的期望值很高，那我们要更加努力了。"

"张书记，今天我与卢院长过来，有事情要与你商量。"杨嘉煜说。

"说吧，镇党委、政府一定尽力而为。"

"由于科研项目时间长，工作量大，事务烦锁，需要镇上委派一部门协助处理一些事务。"

"可以，杨处长。前几天，村书记祁建臻已做了工作汇报，镇党委已经商定好了，由镇农业服务中心协助省农业大学科研项目部开展工作，我已经给镇农业服务中心主任王莉莉安排好了，她会尽快协助科研项目部处理日常事务。"

"感谢张书记给予我们科研项目的大力支持，以后有事情我们与镇农业服务中心王主任联系协商。"卢佳国说。

"嗯，有难解决的问题，也可以直接与我们联系。"

"好的，我们科研团队一定尽心尽力，争取玉米'粮改饲'科研项目早日成功，早见经济效益，为驻屯村的脱贫致富助一臂之力。"

"谢谢卢院长，我们等着玉米'粮改饲'科研项目成功的好消息。"

随后，卢佳国去找镇农业服务中心主任王莉莉，把玉米"粮改饲"科研项目的情况与她进行了沟通交流，王莉莉表示大力支持配合省农业大学的玉米"粮改饲"科研工作。

两天前，张昭瑞与王莉莉在协调沟通省农业大学玉米"粮改饲"

科研项目工作时，她心中一怔，因为她听父母说省农业大学的科研项目部研究团队人员，就住在她娘家。

二

一天，卢佳国从科研基地回来，看见镇农业服务中心主任王莉莉在王尔恒家中，她正帮老人家搞卫生，他有点疑惑。

王莉莉看见卢佳国进来，打招呼说："卢院长好！"

"你好，王主任。"

看到卢佳国疑惑的表情，王莉莉解释说："这是我娘家。我回来看一下我父母。"

"这是你娘家？"卢佳国惊奇地问，"我们科研项目团队，没有地方住，村书记祁建臻把我们安排在这里。"

"你们住在这里好呀，人多了，院子里有了人气，我的父母也不感到孤独了。"

"你们家的房子建得很阔绰。"

"这是我弟弟建的。他在省城工作，本想把我父母接过去，到他那儿去住，可是老人家不习惯住楼房，不想在省城住。最后，我弟没办法，就在老家建了这院房子，让我父母安度晚年。"

"还好，有你在身边，有时间回来看看两位老人。"

"是的，周末或者闲暇时间，我经常回来看看。"

"王主任，你先忙，我还有些工作要做，咱们有时间再聊。"

"卢院长，不耽误你的时间了。"王莉莉客气地说。

王莉莉的父亲王尔恒对科研团队很感兴趣，他经常与他们聊天，看见几个生龙活虎的研究生天天忙前忙后，王尔恒看着很高兴，有时他把家中好吃的拿给他们，这几位研究生闲暇之余帮老人家翻地种菜，陪老人家唠嗑散心。

王尔恒有两个孩子，一个女儿和一个儿子。女儿王莉莉大学毕业后被分配到了邻镇农业服务中心工作，儿子王铭铭大学毕业后被分配到省城某研究院上班，后来他辞职不干了，自己开办了公司，专门从事农业研发项目。现在他的公司业务发展很快，经济效益可观，实力雄厚。

女儿王莉莉的经历比较坎坷，她有自己的稳定工作，可结婚后因为不能生育，离婚了。现在已是四十多岁，仍没有找到合适的伴侣，单身生活着。

在农村，女人不能生育是件很不光彩的事情，王莉莉因此思想负担沉重，情绪变化无常。她除了工作，很少与人接触，离婚后精神状态不佳，得了抑郁症。

人生就是这样，十有八九不如意。王莉莉人长得漂亮，本分谨慎，又有固定的工作，却不能生育，真是一种缺憾。

王莉莉离婚后，心中积郁着怨恨，不能生育这只是身体上的疾病，不是自己的过错，为什么自己要遭到社会的嫌弃，遭到人情的冷淡，遭受习俗的奚落。

在她刚离婚的几年，王莉莉的这种怨恨情绪尤为激烈，她想到了死，想到了去报复社会。她精神紊乱，思绪模糊，已经不能正常上班。

后来，经单位同意，给她准了长假，让她看病治疗，她住在了娘家。

在父母的照料和开导下，特别是在弟弟王铭铭的帮助下，王莉莉才走出阴影。

王莉莉的情绪状态调整好后，她上班了，从以前工作的乡镇调到了老家五谷镇，这样离父母近了，有啥心事可以找父母倾诉一下。

王莉莉知道自己的缺点，生活得很谨慎小心。离异的女人是非多，她不与男人单独接触，不在男人多的地方表现自己，平时着装朴素，不鲜艳，不招惹是非。

思想顾虑消除了，生活又重新焕发了希望，王莉莉上班后精神状态很好，全身心地投入到工作之中，工作业绩得到了领导的认可，经过三四年的锻炼，她成了镇农业服务中心的主任。

王莉莉当上镇农业服务中心主任后，工作更加积极认真。农业服务中心工作烦琐复杂,千头万绪,但她没有抱怨,兢兢业业,一丝不苟。

在镇农业服务中心主任的位置上,她一干就是五年。

后来,县农业农村局从各乡镇选调熟悉业务的骨干工作人员到县农业农村局上班,王莉莉是首选对象之一,但被她婉言拒绝了。

因为她觉得在镇上工作离父母近,自己单身女人到县城上班不方便。后来朋友给她介绍了一位对象,还是因为种种原因没能走到一块。从此以后,王莉莉的感情之门被她封死了,永不开启。

卢佳国见王莉莉的第一面就给他留下了很好的印象,人长得丽质漂亮,穿着干净得体,办事稳妥大方。但他不知道王莉莉的生活状况,不知道她的娘家就是科研团队的房主。

三

周末,杨嘉煜回到省城,一进家门,看见妻子陈敏斐正拿起背包准备出门。

妻子陈敏斐是省实验小学教师。

"现在外出有活动安排?"杨嘉煜问。

"有。我们班里一名学生的家长,邀请班里的老师出去坐坐,吃顿饭,聊一聊孩子的学习情况。"

"现在不是禁止家长宴请吗?"

"今天情况特殊,学校李校长也参加,宴请者是李校长的学生。"

杨嘉煜本不想让妻子去,现在一听校长李珂昕也参加,也没有理由阻止她了。

"好吧。快去快回。"

陈敏斐看到杨嘉煜不高兴,但她理解丈夫,好几周没见老婆了,现在风尘仆仆地赶回来,不但得不到老婆的热情接待,而且又要外出,丈夫怎能高兴呢?

"老公,要不咱俩一块儿去吧。"陈敏斐说。

"学生家长请你们老师，我去干什么，去了净招来家长的不高兴。"

"今天情况特殊，你去的话，李校长和学生家长一定高兴。"

"为什么？"

"因为你是处长。"

"俗，赶快走吧，别再贫嘴了，早去早回。"

陈敏斐看到丈夫不想去，知道丈夫累了，不再强求。

"你坐了一天的车，累了吧，先休息一下，我尽量早点回来，给你买些吃的。"

学生家长把宴请地点定在了悦宾大酒店。

陈敏斐到了悦宾大酒店，人员都到齐了，只缺她一个。

"陈老师，你是咱们学校时间观念最强的一位，今天怎么迟到了？"李珂昕问。

"不好意思。"陈敏斐客气地向大家打招呼，"今天，我们家老杨从扶贫单位回来了，刚进家门，我们聊了一会儿。"

"杨处长回来了，打电话把他叫过来，我们好长时间没有见面了。"李珂昕说。

"他不来，别叫他了。"

"叫他来，我给他打电话，上次他给学校办的事情，我还没有感谢他呢。"李珂昕说着拨通了杨嘉煜的电话。

在李珂昕的再三邀请下，杨嘉煜只好过来。

李珂昕说杨嘉煜帮的忙，是指去年学校在基建资金审批上得到了杨嘉煜的帮助。

李珂昕给陈敏斐介绍："陈老师，这是你们班学生冯宇的妈妈，省瑞翔开发公司总经理赵淑婕，也是我的学生。"

"赵总好！"陈敏斐握手打招呼。

"陈老师好！冯宇的学习给您添麻烦了。"

"赵总，您客气了，这是我们老师应该做的。"

"老师说话就是好听，付出了还说是自己应该做的，人生境界就是不一样。"赵淑婕说。

"赵总，听说您经常在外，冯宇跟爷爷、奶奶生活在一起？"陈敏斐问。

"是的，陈老师，因公司业务繁忙，没时间操心孩子的学习。"

"赵总年轻有为，是女中豪杰，听说公司业务发展到国外去了。"陈敏斐赞许说。

"陈老师过奖了，只是机遇垂青了我，为我开了绿灯，我在事业上比别人快走了一步。"

"听说赵总是中国人民大学的高才生，留美博士，说话够谦虚的了。"

"这都是老师教育培养的功劳，是老师们精心培育的结果，感谢老师！"赵淑婕说着，起身给各位老师们倒茶。

四

正当大家闲聊时，杨嘉煜进来了。

"这是省财政厅社会保障处的杨处长，陈老师的丈夫。"校长李珂昕向赵淑婕介绍。

"杨处长好！欢迎领导的光临。"赵淑婕说。

"赵总好！"杨嘉煜问候。

"现在人到齐了，咱们开始用餐。"赵淑婕示意服务员上菜。

饭局中，谈论的话题是孩子的教育问题。

"现在的孩子不比从前，优越的生活环境让这些孩子好像缺少些什么。"赵淑婕说。

"是的。不过，现在的生活环境对孩子的成长也有利，新生事物的接触，拓宽了他们的视野，提高了孩子的智商，对于孩子的人生来说是有好处的。"陈敏斐说。

"向各位老师请教一个问题，现在孩子的叛逆期怎么来得这么早？冯宇才上小学五年级，就已经叛逆了，尤其是在爷爷、奶奶面前。"

"社会信息化的快速发展，物质生活水平的提高，促进了孩子们的成长发育。"李珂昕说。

"孩子在爷爷、奶奶面前叛逆很正常，这是成长之中的亲情流露。但是，对孩子来说，最好的教育还是父母的陪伴，父母的陪伴有利于孩子的成长。"陈敏斐说。

"是的。"赵淑婕赞同陈敏斐的说法。

"不过，现在的父母工作繁忙，生活压力大，没时间陪陪孩子。"赵淑婕说。

"依我个人的看法，工作再忙，父母也要抽时间陪孩子，关注一下孩子的心理需求。"李珂昕说。

"对，李校长，我们做家长的要尽职尽责。"

"赵总，您长期不在孩子身边，管得了孩子吗？"陈敏斐问。

"管得了，我与孩子相互理解，在他完成学习任务的情况下，我会给他一点自由支配的时间。"

"您管理很有方法。"陈敏斐说，"冯宇在学校表现很好，很懂礼貌，学习成绩一直在班中名列前茅。"

"智商还算可以吧，只要没有养成坏习惯就行了。"

"不会的，赵总，有您的谆谆教导，良好的家教家风，冯宇一定会很优秀的。"杨嘉煜说。

"借领导吉言，希望孩子能茁壮成长。杨处长，您在省财政厅上班？"赵淑婕问。

"嗯，社会保障处，赵总。"

"这个部门够忙的，尤其现在实行的精准扶贫，社会保障处的工作更繁忙了。"

"今年九月份，我被财政厅派到乡下扶贫去了。"

"那就更忙了。"赵淑婕说。

"是啊，精准扶贫到了关键期，很多帮扶干部都没有双休日。"

"辛苦你们扶贫干部了，前一段时间公司下乡搞扶贫，有些山区农村还比较困难。"

"是的，现在我所帮扶工作的地方是会州县五谷镇的一个山村，就是典型的贫困村，贫困率近百分之六十。"

"这是山村的现实状况，贫困山村的生活条件艰苦，自然条件差。"赵淑婕说。

"你们公司还经常下乡扶贫？"杨嘉煜问。

"嗯。公司在积极响应政府的精准扶贫号召，尽心尽力地做好党和政府下达的扶贫任务。不过，公司除了积极参与政府组织的帮扶活动外，还可以尽公司力量自发地去帮扶需要的贫困对象。"

"企业也在为政府的精准扶贫做着贡献，可歌可敬。"

"互帮互助，是中华民族的传统美德。政府为企业的发展提供了很好的平台，让企业发展壮大，企业乐意为国家发展分忧解难。杨处长，有需要帮忙的，就打声招呼，看我们公司能不能帮上什么忙。"

杨嘉煜一听赵淑婕想帮忙，赶忙说："我现在帮扶的驻屯村是山区中的深度贫困村，还真需要外援帮助脱贫致富。"

"那好，有时间带我去扶贫村看看。"

"赵总，那太好了，感谢您有这种想法，您若有时间，我可以马上带您去考察，我们随时恭候您的光临。"

"可以，我安排时间去帮扶村进行实地考察。"

"好的，赵总，我敬您一杯。"杨嘉煜说。

赵淑婕端起酒杯回敬。

赵淑婕与杨嘉煜，越谈越投机，酒也越喝越高兴。

宴请结束，赵淑婕派车把李珂昕、杨嘉煜、陈敏斐及其他老师送了回去。

五

第二天，杨嘉煜一觉醒来，还处在兴奋之中，没有起床就大声喊："老婆，你进来我问件事。"

陈敏斐正在厨房做早餐，听到喊声，没有来得及解下围裙，跑过来问:"啥事?赶快说,我正在做早餐呢。"

"昨天晚上,你班里那位学生的家长说的是不是实话?"

"是不是实话,你还不知道,你们两个交谈的。"

"我喝醉了,不,我们两个交谈的时候,我没有喝醉,赵淑婕说去驻屯村考察帮扶,不会哄人吧。"

"人家那么大的老板,还哄你这小小的处长。"陈敏斐笑着说。

"就是,她不会哄人。"

"赵淑婕只是答应先去你的帮扶村看看,还没有说要给你帮扶的单位干什么。"

"只要她去驻屯村考察,我们帮扶干部一定让她资助帮扶。"

"你有把握?"

"有,现在企业不是在积极响应政府号召嘛,像赵淑婕这样的公司老板肯定说到做到。"杨嘉煜说着开心地笑了。

"看把你高兴的,不就是拉了个赞助商嘛。"

"老婆,太感谢你了,没有想到你的一次学生宴请,有这么大的企业家参与驻屯村扶贫,省财政厅下派帮扶干部最佳业绩获得者非我莫属了。"杨嘉煜高兴地说。

"昨天晚上吃饭,你还不让我去呢。"陈敏斐娇嗔地说。

"我刚回来,你就出去,想你了呗。"杨嘉煜用一种炙热的眼神传递着爱意。

陈敏斐羞涩地低下了头。

"赶快起床,吃早餐了。"

"好嘞。"

吃早餐时,杨嘉煜问:"省瑞翔开发公司总经理赵淑婕的儿子在你们班学习怎么样?"

"很好,他父亲是上海交通大学的高才生,母亲是中国人民大学的高才生,都是博士毕业,智商高着呢。"

"智商高,你应该多多关心。"

"为什么?"

"一是让孩子的智商发挥到极致；二是让赵淑婕知道你在关心她的儿子，她更热心于驻屯村的帮扶公益事业。"

"我们老师对每一位学生都是一样看待，没有你那厚此薄彼的想法。"陈敏斐讥笑道。

"算我说错了。老婆，忙，你一定要帮，赵淑婕总经理到驻屯村考察的事情，你一定要多操心。"

杨嘉煜说着，把手中剥好的鸡蛋喂到了陈敏斐的嘴中。

"别再讨好表现了，我给你操心多打听消息就是了。"

"谢谢老婆大人！"

赵淑婕计划对驻屯村的帮扶，杨嘉煜比较有把握。前不久，国务院扶贫办、全国总工会、中国光彩会发起了"万企帮万村"精准扶贫行动。此次行动是以民营企业为帮扶方，以建档立卡村为帮扶对象，以签约结对、村企共建为主要形式，以产业扶贫、就业扶贫、公益扶贫等多种扶贫模式为主要特征，进行精准扶贫。

有了上级主管部门的指示精神，民营企业一定能发挥自己的经济优势，为国家的扶贫事业做出积极的贡献。

省瑞翔开发公司考察帮扶驻屯村的事，先不给帮扶工作队干部和村"两委"干部说，因为还没有落实，对他们暂时保密。杨嘉煜想。

六

市中医院派张凯下乡扶贫，他的对象孙娇一脸的不高兴。她担心张凯下乡扶贫，影响他们的恋爱关系，两个人见面就谈到了这件事情。

"你们单位不会派别人去嘛，单位也不是你一个人。"孙娇生气地说。

"去的人不是到期回来了，别人还先我一步去扶贫呢。"张凯解释说。

"去的人不会不回来嘛。"

张凯一听这话，就是不讲理的说法。

"这就是你的不对了。组织上派我去扶贫,你不让我去,别人去扶贫,你不让回来,这是什么逻辑?"

"我还不是为了你好。"

"你平时关心我,我对你特别感激;这次你为了我,我却不领情,干部下乡扶贫是政府部门规定的,是单位职工应尽的义务。何况我是共产党员更应该表现积极。"

孙娇看到她说不服张凯,情绪缓解了下来,她问:"你去哪里扶贫?"

"会州县五谷镇。"

"离市里有多远?"

"近两百公里。"

"你们单位派你去那么远的地方扶贫?"

"市中医院的定点扶贫单位是会州县五谷镇。"

"那你多长时间能回来一次?"

"我也说不上,大概是一个月回来一次。"张凯说。

孙娇听到一月回来一次,怒气就上来了,她说:"你这是纯粹气我,你一个月回来一次,咱们还是谈对象吗?你去扶贫,我不同意,你给单位领导说去。"

"这是市中医院行政会议上研究决定的,已经下发了文件,这怎么能改。"

"我就知道你心中没有我,我与你不谈了。"孙娇气愤地走了。

张凯与孙娇谈对象,他最害怕这种情况。孙娇只要生气一走,一般要冷战一半个月,这段时间是他心中最难熬的时候,也是他最难打发的时光。

孙娇走后,张凯打电话,她不接,张凯沮丧起来,要是别的事情,张凯肯定让她。可是这次是单位派他去基层扶贫,这件事情对于张凯来说,没办法让步,也不能让步。

下午,张凯只好去孙娇单位市保险公司去找,孙娇避而不见。

张凯感到很落寞。

张凯与孙娇是高中同学，大学毕业后又一同分配回市里上班，两个人上高中时也不是很熟悉。

一次，孙娇到市中医院看病，遇见了张凯，两个人的感情火花瞬间被点燃，很快坠入了爱河。

甜蜜的恋爱生活，让两个人享受了一段时间，但感情上的磕碰也随之出现，不知是脾气不投，还是恋爱中双方缺少感情基础，两个人经常吵吵闹闹。

在两个人谈恋爱过程中，张凯发现孙娇性格有点怪僻，有时两个人在一起，张凯的一句玩笑都会让她大发雷霆。

两个人脾气不投，就分手呗。可是张凯又不忍心让孙娇经受失恋的打击，女孩子谈对象，发脾气很正常，他会尽可能地让孙娇高兴。

孙娇从小被父母宠着，生活自理能力很差。但她自己意识不到，对男朋友要求还很高。

张凯做事处处受到她的数落。

由于孙娇变化多端的脾气，张凯尽量克制自己的情绪，营造和谐的恋爱关系，他宠着她，护着她，宽容理解着她。

恋爱谈的时间长了，矛盾层出不穷，有时吵得喋喋不休，彼此都感到很累。

但只要孙娇不提出分手，张凯就不想提出分手，两个人的恋情就这样维持着。

这次张凯下乡扶贫又惹得孙娇不高兴，张凯只好失落地去了扶贫单位。

张凯一走，麻烦出来了。他到驻屯村的第三天，孙娇把电话打了过来，他听到的第一句话是："你个臭不听话的，以后再也不理你了。"

孙娇的话让张凯有苦难言，难道因为他下乡扶贫，对象要与自己分道扬镳。

张凯接到孙娇的电话，心中有点苦恼，他要回去向孙娇道歉了。

七

张凯周末赶回了市里。

晚上，张凯把孙娇约出来计划去看一场电影，让她消消心中的怒气，可是孙娇与张凯一见面就剑拔弩张地责问："你去下乡扶贫，走时为什么不跟我打招呼？"

孙娇的责问让张凯哭笑不得。

"我走之前去市保险公司找你，你躲着不见，给你打电话，你不接，你还怪我没打招呼。"

"那你为什么不多打几次？"

一听这话就是蛮不讲理。

张凯压住了怒气，解释说："这都怪我没打电话行嘛，这都是我的错，娇娇，请你原谅我。"他在没办法的情况下，只能用哄的办法。

在张凯不厌其烦的道歉下，孙娇的怒气消了些，张凯又说了些好听话，两个人和好了。张凯请孙娇吃饭，两个人去了饭店。

在吃饭时，孙娇对他说："张凯，你去下乡扶贫，必须给我放老实点。"

"你说吧，怎么放老实点？"

"我必须给你约法三章。"

"行，我遵守。"

"一是不准与女孩子亲密接触；二是每天必须给我打一次问候电话；三是每周要回来看我。"

"这三章我遵守，不过每周回来看你，有点困难。"

"为什么？"孙娇瞪大眼睛问。

"不是我不回来，而是路途太远，赶不回来。"

孙娇一想，近两百公里的路程，又没有直达市里的班车，一周往返一次，确实有点困难。

"那就两周一次。"

张凯迟疑了一下。

孙娇看到张凯回答得不利索，对他横加指责，又是一阵子无理取闹。

"好了，请你少训两句。两周回来看你一次，行吧？下次回来，陪你去看电影。"张凯告饶地说。

"这还差不多。"

孙娇在张凯的哄磨下气消了很多，两个人吃过晚饭，高高兴兴地回家了。

张凯在驻屯村扶贫，每两周回来一次，孙娇很高兴，这说明他很遵守诺言，他是爱自己的。

可是时间长了，张凯有点受不了，在基层扶贫，不像在单位上班，工作相对有规律。帮扶干部整天要深入农户，调查情况，嘘寒问暖，有时还要帮助农民干农活，一天下来很疲惫，周末想休息一下，却又不能休息，还要回城看女朋友。

张凯每两周回来一次与孙娇约会，坚持了两三个月的时间，后来他实在有点坚持不住了，把自己的想法告诉了孙娇。

周末回城，张凯看上去很疲倦，孙娇不但不心疼他、理解他，还怪罪他无精打采的。

"你今天回来怎么耷拉着脑袋？"孙娇问。

"没有呀。"

"你以前不是这个样子。今天说话有气无力的，是不是与我谈对象厌烦了。"

"没有。这两周扶贫单位事情比较多，中午没有休息过，实在是太累太乏了。"

"你不灵活，不会找借口偷个懒，休息一下。"孙娇不屑地说。

"省财政厅的杨处长中午都不休息，我还敢偷懒？"张凯说。

"我说你不会工作，你还嘴犟不承认。都像你这样工作，还不把人累死。"

"我说你也不相信，精准扶贫的帮扶干部必须深入扶贫一线，真心实意帮助老百姓解决一些实际困难。如果帮扶干部敷衍塞责，走过场，组织监察部门若是发现了，帮扶干部是受处分的。"

"好了，不与你理论了，榆木疙瘩，不可教化。"

张凯听到孙娇的风凉话，心中很不舒服，但为了不与她正面吵架冲突，他忍了下去。

"今天，咱们吃过晚饭回家吧，我想回去休息一下，明天坐车还要下乡扶贫去。"

"上次你回来不是说要去看电影，现在怎么变卦了？"孙娇怒气冲冲地质问。

"这次回来我很困倦，有机会再看吧。"

孙娇不听，执拗着要去看电影。

"要去，你自己去，我是不去。"张凯气愤地说，"怎么遇到这样不体贴人、不理解人的对象。"

孙娇看到张凯生气的样子，看电影的兴致一扫而光，两个人不欢而散。

八

过了两天，张凯在驻屯村给孙娇打电话道歉，说他前两天因劳累心情不好，不应该惹她生气，请她原谅。

张凯的道歉，孙娇没有拒绝，只是在电话中应承着。

随着脱贫攻坚的深入，张凯越来越忙了，他深入到扶贫一线，早出晚归，每天给孙娇打一个问候电话的承诺，他有时都忘了。

美丽乡村的建设，持续产业的发展，保障工程的推进，让张凯忙得不可开交。

张凯给孙娇打电话不及时，又不能经常回家与她约会，他感到有点食言，心中很愧疚。

没有张凯的电话，孙娇更感到孤单寂寞，怨气陡然上升。每当晚饭后，孙娇去广场公园散步，看到热恋中的男女青年在广场上卿卿我我，沮丧的心情就会油然而生。

张凯不给孙娇打电话，孙娇把电话打了过来，他一看是孙娇的电话，赶忙接通解释说："喂，娇娇，最近工作特别忙，没能及时给你打电话，真对不起。"

"我知道你忙，周末回来吗？"

"我正准备给你汇报，周末可能回不去。"

"为什么不能回来？"

"市、县领导要来驻屯村考察调研，检查督导扶贫工作，帮扶工作队干部要陪同考察。"

"借口。"

"亲爱的，真的不是借口。"

"你也不是领导，让你陪同啥。"

"陪同领导考察，有些具体工作需要我们落实。"

"好了，知道了，下周末一定回来看我，我可孤独死了。"听着孙娇嗲声嗲气的撒娇声，张凯突然怜香惜玉起来。

"放心，下周一定回去看你，决不食言。"张凯说。

"相信你一次，好的，我要去工作了，把电话挂了。"

张凯的心中顿时充满了暖意，恋人终于长大了，善解人意了。

孙娇对张凯下乡扶贫不放心，是害怕他招惹别的女孩子，因为感情是自私的，不能平均分配给每一个人。

孙娇与张凯的第一次吵架，是因为张凯与女同事频繁接触引起的。

张凯与孙娇刚开始谈对象，孙娇去市中医院找他，当她走到张凯科室门口时，看见张凯与女同事在说笑，这让孙娇醋性大发，心中很不是滋味，不过两个人刚开始谈对象，没有产生过大矛盾。

又有一次，孙娇陪单位同事到市中医院看病，顺便去看一下张凯。当她敲门走进医护室时，看见几位女护士围着张凯说笑，实际上他们在讨论病例。

这次孙娇受不了了，约会时对自己甜言蜜语的对象，每天竟待在女人堆里，要是时间长了，怎能不日久生情，自己岂不被他欺骗感情了。

两个人约会的时候，孙娇提到了此事。

"我们是同事关系，在一起是工作上的需要。"张凯解释说。

"工作上的需要，也不能跟女同志走得那么近。第一次我去看你，你与一位女护士说笑，神情就像一对情侣。"

"你想多了，看样子你是吃醋了。"

"吃醋说明我爱你。"孙娇嗔怒说。

"我知道你爱我，但你也不能乱猜想。与我对班的那位女护士早已结婚，孩子已经上幼儿园了。"

"我不管，你整天待在女人堆里，我害怕时间长了，你变心了，这不是把我的青春浪费了嘛。"

"医院里女护士多，我们大夫不在女人堆里工作，难道还有别的办法？再说，感情也不是你所想象的，说转移就转移的，要是像你说的那样，岂不乱套了。"

"说的是有道理，可是我看到，心里不舒服。可能是我太多心，感情太细腻，占有欲望强，你与我谈对象，我就不允许你与别的女性多接触。"

孙娇的这种表现是感情上的小心眼。感情是自私的，没错，但也不能因为感情把对方孤立起来，限制对方与异性的正常交往。

孙娇的任性，张凯很没有办法。

为了不让孙娇生气，张凯也尽量克服自己在单位与女性单独接触交谈，不让孙娇对自己产生疑心，增加不必要的感情痛苦。

张凯被派到乡下扶贫，起初孙娇坚决反对。后来，他走了之后，孙娇认为还好，张凯毕竟脱离了那一帮女护士，让她安心下来。

可是，过了一段时间之后，孙娇认为张凯离她远了，又放心不下。处于热恋中的女人，依赖性强，需要更多的关心和照顾。

九

张凯答应孙娇周末回来与她约会，这次又食言了，县上组织帮扶干部去邻市观摩学习，没有特殊情况一个帮扶干部都不能缺席。

情况必须如实向孙娇汇报，不然她会生大气的，张凯想。

当孙娇接到张凯的电话，给她的第一感觉是张凯变了，学会撒谎了。

"你撒谎。"

"我说的是实话，绝对没有撒谎。"

"你说的事情，我没办法核实。"

"娇娇，我绝对没撒谎，周末外出观摩学习，你要不相信，我可以让杨处长给你打电话。"

"没有必要。你是宁可要工作，也不要对象，你就好好工作吧。"孙娇说完把电话挂掉了。

张凯让杨嘉煜给孙娇打电话解释说明，可她的电话关机。

孙娇的倔脾气又上来了，张凯想。

可是工作在身，他没有办法回去看她，一切顺其自然吧，不能不干工作，而去讨女朋友开心。

张凯周末又没有回来，孙娇失望了。张凯真的忙得没有时间回来吗？孙娇的疑心又上来了。

一直对张凯放心不下的孙娇怀疑张凯在撒谎。

其实，热恋中的男女青年，好长时间没有见面，让对方有这种想法很正常。

当恋爱相聚成为一种奢望，不能实现满足，孙娇的思想开始出现了问题，现在孙娇不是在怀念两个人相处时的快乐时光，而是分别带来的痛苦，她担心张凯对自己不忠诚，担心他在女性中招惹是非，自己承受着他带来的痛苦，而他对自己的不负责任，淡化着张凯在自己心目中的形象。

孙娇慢慢地感到张凯不适合自己。在她的心目中，张凯缺少一种变通思想，人固执，缺少一种男人的魅力，两个人一个多月没见面，难道他就不想念女朋友？他就没有什么要担心的？

张凯作为一个男人，荷尔蒙分泌可能存在问题，他不是自己理想型的白马王子。

在孙娇的心目中，理想中的白马王子帅气、热情奔放、有魄力，张凯好像缺点什么。

张凯性情温和，干事稳妥，不是那种性格外向的男子，属于内敛型的男人风格，他的这些特点，是很多女性比较欣赏的，而在孙娇的心中却成了缺点。

婚姻是一种缘分，走不到一块儿也不能强求。

在孙娇的心中，她已经对张凯有了别的想法。

一周之后，当张凯回市里看孙娇时，她避而不见。

张凯到她家中去找，她不在家，打电话不接，也不回话，这让张凯产生了疑惑。

这次周末回来，张凯没有见到孙娇，他很困惑。第二天，他心情沮丧地去下乡上班。

但张凯对孙娇仍然放心不下，他又给孙娇打了几次电话，没有应答。

难道孙娇把自己电话拉黑了，张凯想。不可能，两个人毕竟有一段时间的恋爱关系。

如果孙娇把张凯的电话拉黑，这说明两个人的感情基础太不牢靠了。

不放心的张凯双休日又从乡下回到市里，他要找到孙娇，向她承认错误。

这次见到孙娇，张凯的顾虑消除了，但是孙娇依然不领情，对他爱理不理的。

事实上，张凯也没有什么错误，不就是几周没有回来与她约会嘛，这是有原因的,也不是他懒着不回来,或者故意躲避。

　　这次两个人见面的情况,没有张凯想象的那么糟糕。但两个人关系也没有以前转化的那么快,张凯觉得有点怪怪的。

　　以前两个人在闹情绪时,想吵就吵,说闹就闹,但吵闹完就和好了。

第三章

一

前一段时间，去年刚刚脱贫的赵家湾社村民赵振伟，在外出打工时不小心摔伤，胳膊粉碎性骨折，脾脏破裂。家里唯一的顶梁柱垮掉了，家里的经济收入减少了，他家又得重新返贫。

为确保村民监督公开透明，驻屯村根据县委、县政府的要求，严格落实制度政策，无论是评低保、贫困户，还是领取民政困难救济、危房改造补助等，村里大小事都要召开村民会议，结果要投票，全程要公示，尽量做到公平、公正。

"赵振伟的家庭现在确实困难，上有八十多岁的父母亲，下有正在读书的学生。"祁建臻说。

"五十多岁的人了，打工还不小心，不能爬高上低的，就不要勉强。"杨嘉煜感叹道。

"爬高上低有危险性，但能够多挣钱。"祁建臻说。

"多挣钱，也不能不要身体。"

"家庭经济有困难，要不然他也不可能干高危险的工作。"

"这次住院花费了多少钱？"杨嘉煜问。

"四万多元，报销之后自付了一万多元。"

"治疗的情况怎么样？"

"胳膊上打了石膏，脾脏破裂被切除。"

"看样子得疗养一段时间。"杨嘉煜说。

"恐怕疗养恢复好了,也不能干农活打工了。脾脏切除了,听说对身体影响很大。"

"对于一个家庭来说,真是不幸。他家的经济生活困难,单靠一点资助也解决不了长远的问题。"

"是的,赵振伟实在不能解决生活问题,只能让他家因病返贫了,享受国家扶贫政策。"祁建臻说。

"可是赵振伟返贫不返贫,咱们村干部说了也不算,必须得经过村民代表会议表决同意。"郭儒说。

"那就召开村民代表会议,讨论这个问题。"杨嘉煜说。

"时间定在什么时候?"郭儒问。

"越快越好,就定在今天下午吧。"

"好的,我通知村民代表,今天下午召开会议,议题是商讨赵振伟因病返贫问题。"

下午,在召开会议期间,村民代表发表了各自的意见,最后同意赵振伟因病返贫,并在同意书上签字,赵振伟的家庭生活有了保障。

村"两委"干部处理解决问题公开透明的做法,得到了村民们的认可和赞许。

把权力交给群众,矛盾减少了,干群关系好了,干部被骂的少,工作中越来越有威信了。

为确保精准扶贫政策的有效性,对精准脱贫实行动态管理,这样才能保证人民群众的获得感、幸福感。

赵家湾社村民赵伟振因病返贫了,西滩社村民祁禄听说后,他因病也想享受扶贫低保政策。

祁建臻检查工作刚回到村委会,祁禄拄着拐杖进来了。

祁禄去年患的脑血栓,因治疗及时,恢复得很好,但落下了行动不便的后遗症。

祁建臻见伯父祁禄进来,急忙把他让进村委会办公室。

"臻娃，大伯找你有件事。"祁禄说。

"您说，大伯，能帮上忙的我一定帮您。"

"你看，我行动不便，地里的农活干不了，你婶娘的身体又不太好，你能不能给我申请个扶贫低保？"

"大伯，吃低保，我说了不算，要召开村民代表会议商讨，镇上还要派人进户调查。"

"有机会召开村民代表会议时，麻烦你把我推荐一下。"

"推荐可以，但是决定权在村民代表手中，不一定能评上。"祁建臻解释说。

"我家的经济情况确实困难。"

"大伯，您家里的情况我知道，有机会我一定考虑您的问题。"

二

一年一度的低保评审工作开始了，驻屯村经过本人审报、村民代表评议、上级组织审查、确定低保家庭名单、张榜公示等一系列环节。

低保家庭名单张榜公示后，祁禄看上面没有自己的名字，他去村委会找到了侄儿祁建臻。

"臻娃，这次低保名单为什么没有我？你是不是把我的事情给忘记了？"祁禄问。

"大伯，我没有忘记，我把你的事情在会议上推荐说明了，确定享受低保是有条件的。"

"什么条件？我都不能下地干活了，生活没有来源了，你们还要什么条件？"祁禄生气地问。

"您的情况村干部们知道，根据您现在的身体状况应该吃低保。但是，我兄弟祁建荣在县城上班，有楼房有轿车，根据国家政策规定，您是不能享受低保的。"

"祁建荣在县城有楼房有轿车，与我有啥关系？"

"他是您的儿子，国家政策规定，凡是直属亲属有拿工资上班的，不能享受低保。"

"他不孝敬父母,你是知道的,不要提他个狗屁。"

看着祁禄生气的样子,祁建臻心中很不是滋味。

祁建荣作为祁禄的儿子,他不孝敬老人,全村人都知道。但是国家政策就这样规定,子女在外工作,属于国家财政供养人员,父母不能享受低保,祁建臻也没有办法。

祁建臻想再劝说一下,祁禄指着他怒气冲冲地骂道:"我不是你亲娘老子,我要是你老子,你早就给我解决了!"

"伯父,您消消气,别把身体气坏了。您是长辈,您怎么骂我,我都接受。"

看到祁禄气得颤抖的身体,祁建臻想上去扶老人一下,但刚上前一靠,就被老人家一下子推开了。

祁禄猛地把门一摔,一瘸一拐地走出了村委会。

祁禄走后,祁建臻心情沮丧地坐在沙发上,基层的工作太难干了。

帮扶工作队干部与村"两委"干部召开例会,提出了祁禄的低保问题。

"这次低保申请,我大伯祁禄没有评上,他老人家很生气。"祁建臻说。

"他不符合条件呀。"杨嘉煜说。

"他不符合条件,是事实,但他的家庭困难也是实事。"

"这怎么解释?"杨嘉煜问。

"他的儿子祁建荣在县城工作,有房有车,属于国家财政供养人员,这是事实。可祁建荣的楼房轿车是贷款买的,他不孝敬父母,全村人都知道,他的工资还了房贷、车贷,没有经济力量来补贴家用,来孝敬父母。"

杨嘉煜听祁建臻说得也有道理。

祁禄去年得了重病,不能下地劳动了,他的老伴体弱多病,繁重的体力活也不能干,家庭收入不多,祁禄看病还得花钱。他家按现在的家庭情况，应该吃低保，因为家中无经济来源。"

杨嘉煜陷入了沉思。

"低保的评审，还有一些不完善的地方。"郭儒说。

"郭主任，怎么不完善法？"杨嘉煜问。

"安泰社的朱存智老人，按条件，他评上了低保，可是他家里的日子过得很好，两个女儿已经出嫁，老两口身体健康，种地收入也好，评上的理由是他住的房屋破旧。"

"房屋破旧，可以评低保。"杨嘉煜说。

"因为他没有儿子，没有必要把房屋翻新。"郭儒说。

"嗯，这种情况，有机会向上级反映一下。"

"为了享受低保，故意隐瞒家庭情况或者不思进取、故意装穷的情况都有。"

"这种情况虽然是少数，但影响不好，养成了一些人的惰性。不过，随着扶贫工作的深入开展，这种情况很快就能避免。"祁建臻说。

"申请评审工作已结束，没有办法更改，会议结束后，干部们想一下办法，看能不能通过其他渠道给祁禄一些资助。"杨嘉煜安排说。

随后，杨嘉煜向上级主管部门汇报了有关情况，低保申请、审批要具体情况具体分析，不能一概而论，尽量做到公平、公正，减少不必要的群众矛盾的产生。

为了杜绝扶贫领域问题的出现，驻屯村制订了一系列的方法措施，这些方法和措施涉及扶贫领域的各个方面，有了这些方法措施，保障了各项工作公平、公正的开展，减少了各类社会矛盾的产生。

三

"西滩社祁禄大爷的病又犯了。"郭儒说。

"严重吗？"杨嘉煜问。

"比较严重。"

"祁禄患的是脑血栓，住院治疗，情况好些。"

"是的。"

"张凯，市里哪所医院治疗脑血栓水平好？"杨嘉煜问。

"市人民医院。"张凯说。

"郭主任，你给镇卫生院打电话，让卫生院派救护车往市人民医院送，我与市人民医院专家联系。"

"好的。"

杨嘉煜拨通了市人民医院李晓盈大夫的电话。

李晓盈，市人民医院院长，脑外科主任医师，会州县县委书记伊仲楠的妻子。

杨嘉煜与伊仲楠是大学同学。

大学毕业后，杨嘉煜分配到省财政厅工作，伊仲楠分配到省政府工作，几年前，伊仲楠调往会州县当县长、书记。

在省城时，杨嘉煜与伊仲楠经常来往，两家关系很好。

"喂，李大夫，你好！我是杨嘉煜。"

"杨处长好！听老伊说，你到会州县去扶贫了。"

"是的。"

"你现在在哪儿？"

"在会州县扶贫单位驻屯村，我有事需要你帮忙。"

"杨处长，说吧。"

"驻屯村现有一病人急需到市人民医院脑外科就诊，麻烦你帮一下忙。"

"病人现在在哪里？"

"在村子里，镇卫生院120救护车正往市人民医院送病人，大约两小时后到达。"

"那好，我安排。"

"事情拜托你了。"

"不客气。"

"李大夫，我还有事去办，先把电话挂了。"杨嘉煜说完就把电话挂了。

在杨嘉煜与市人民医院联系的同时，郭儒拨通了镇卫生院120电话，镇卫生院马上派救护车去了驻屯村。

一场救人的接力赛拉开了。

120救护车到了驻屯村，村医务人员已经把一切安排好，把病人抬上救护车疾驰向市人民医院，祁建臻坐车陪同。

救护车到达市人民医院，李晓盈大夫已经在门急诊大厅等候，她做了初步诊断，病人属于脑血管出血，立即组织专家团队给病人做手术。

经过四个小时的紧张手术，祁禄抢救成功，转危为安，这让他的家人非常感激。

"幸亏来得及时，不然的话后果就严重了。"李晓盈说。

"感谢您，李大夫，感谢帮扶干部。"祁禄的老伴泣不成声地说。

跟随救护车的祁建臻打电话给杨嘉煜汇报情况。听说祁禄被抢救过来，杨嘉煜脸上露出了轻松的笑容。

晚上，杨嘉煜又拨通了李晓盈的电话。

"喂，李大夫，感谢你们及时抢救，挽救了老人家的生命。"

"杨处长，不客气，治病救人是我们大夫的责任，有什么好感谢的。"

"有时间我到市里请你吃饭。"

"好的，你来市里我请你，到时候把我们家老伊也叫上，你们老同学好好聊聊。"

"那太好了，我害怕伊书记没有时间。"

"就是的，他已经好几周没回来了。"从李晓盈说话的口气中能听出她有点抱怨。

"是的，作为县委书记确实太忙了。脱贫攻坚进入关键期，县上的主要领导都在扶贫第一线，经常不回家的领导大有人在，等到伊书记下乡检查指导工作，我遇到老伊给他捎个话，让他多回家几次看望你，就说你想他了。"

李晓盈听到杨嘉煜戏谑的话，不好意思地说："你还是以前的老样子，净耍嘴皮，没事我挂了。"

"好的，不打扰你了，以后咱们见面再聊。"

"好的，见面再聊。"李晓盈说着把电话挂了。

祁禄的身体恢复得很好，脑部手术一般会影响人的语言表达，而祁禄的影响不大。

后来，祁禄知道他生病时是祁建臻在市人民医院为他跑前跑后办理住院手续等，他改变了对祁建臻的看法，不再生他的气了。

四

帮扶工作队干部与村"两委"干部走访调查，突然，听到一农家院中传出女人的哭声。

"谁在哭？"杨嘉煜问。

"赵文灿妻子在哭。"

"哭啥哩？"

"日子难过呗。"祁建臻说，"自从他家大儿子赵吉结婚后，家里的矛盾层出不穷，吵架没有中断过。"

"为什么吵架？"

"赵文灿家的情况，我了解一些，因为赵吉结婚的彩礼钱。"

"婚都结罢了，咋还彩礼呢？"杨嘉煜问。

"赵吉结婚的彩礼大部分是借来的，他结婚之后，赵文灿老两口岁数大了，经济收入又不好，想让儿子、儿媳承担一部分，可是赵吉媳妇张娟不同意，婆媳俩经常吵吵闹闹。"祁建臻说着，显得很无奈。

杨嘉煜明白了赵家吵架的缘由。

"那不会让赵吉夫妇不背债务了？"张凯说。

"那不行。"祁建臻说，"赵文灿还有三个儿子，赵祥、赵如、赵意，要再娶三个儿媳妇的债务都成他一个人的，还不把老汉愁死呀。"

"哎，都是高价彩礼惹的祸，女方要的结婚彩礼已经成了沉重的家庭负担，因婚致贫，特别是儿子多的家庭，永远都挪不了穷窝，脱不了贫困。"金欣瑶说。

"农村的高价彩礼，已经引起了上级主管部门的重视，现在正着手制订措施，治理红白喜事的大操大办问题。"李椿婷说。

"嗯。由省文明办牵头治理高价彩礼、红白喜事大操大办，推动移风易俗工作在有些市、县已经展开，很快文件就会下发到基层，文件精神主要是引导广大群众建立文明、节俭、健康、科学的生活方式，要培养喜事新办、厚养薄葬的社会新风尚。"杨嘉煜说。

"杨处长说的这个文件好。治理高价彩礼，推动移风易俗，在精准脱贫工作中很重要，因丧致贫、因婚致贫这种现象时有发生。"祁建臻说。

杨嘉煜接着说："在精神文明领域内，促进群众精神脱贫，让群众摒弃彩礼攀比不正之风，树立勤劳致富的荣辱观，形成文明婚嫁新风尚，能为脱贫攻坚、乡村振兴奠定精神基础。等到文件下达之后，村'两委'干部，根据文件精神尽快制订出方案，落实上级决定，不能让高价彩礼、婚丧嫁娶大操大办，影响群众的正常生活，影响农村文明新风尚的形成。"

婚丧嫁娶在大操大办风气的影响下，有钱的把钱花完了，没钱的把债背上了，事情过完之后，村民们苦不堪言，应当立新规除旧习，狠刹不正之风。

时隔不久，县文明办、县总工会、县妇联等部门联合转发了红头文件，驻屯村村干部吃了定心丸，经过充分酝酿，对村民操办红白喜事做出了明确规定。

驻屯村成立了红白理事会，由村干部组成的理事会成员蹲点办理红白事，监督村民实施。

村"两委"制定了"三会"制度，"三会"是指村民议事会、道德评议会、红白理事会，推动移风易俗由软约束变成硬任务。

"三会"制度刚实行时，遭到了部分村民们的反对，比如说儿子结婚不能大操大办，主家认为很没有面子，姑娘订婚不要彩礼，娘家人会认为自家女子不如人等。

婚丧嫁娶是自己的事，想怎么办就怎么办，有些村民认为政府是多管闲事。

村民们有这些偏见看法是正常的，要想改变长期形成的习俗观念不容易。

政策制定之后就要坚决执行。村"两委"借助红白理事会，引导村民革陋习、讲文明、树新风，引导村民转变思想观念，自觉抵制高价彩礼，形成良好的社会风气。

"三会"制度实行一段时间之后，有了明显的效果，村民中婚丧嫁娶大操大办的少了，浪费现象减少了，互相攀比的没有了。

村民民风改善了，村上与村民签订婚丧事简办承诺书，借助道德讲堂等载体，营造抵制高价彩礼，推动移风易俗良好社会氛围的形成。

通过开展评选、表彰"道德模范""最美家庭"等活动，挖掘评选出一批婚事新办、丧事简办的先进典型，大力弘扬风清气正的新风尚，引导村上适龄青年树立正确的婚嫁观念。

经过村"两委"干部的辛勤努力，驻屯村逐渐树立起红事新办、白事简办的文明新风尚，村民们的经济负担减轻了，精神面貌好转了，文明程度提升了，加快了驻屯村脱贫致富的步伐。

五

转变思想观念，提倡移风易俗，树立文明理事新风尚，村长郭儒当了"排头兵"。

郭儒家的二儿子郭贵旺结婚，积极响应村上喜事新办的号召，不收礼，不请客，婚事简办，连娘家人共备了五桌酒席，每桌酒席三百多元，一共才花费了不到两千元，与大儿子郭贵兴结婚相比，郭儒家光招待酒席这一项节省了近两万元。

"家里不借账，孩子不背债，这婚事办得让人心里轻松，没有负担。"郭儒坦言。

郭贵旺的婚事，显示了村里破除陈规陋习的坚定决心，但也招来了村子里很多人的热议，特别是村子里爱喝酒凑热闹的胡占民、陶乙奎等，他们说了很多的闲话。

　　"人这一辈子最高兴的事之一，就是儿子结婚，像郭儒家二儿子郭贵旺结婚的事，经济上是节省了不少，但也太冷清了。"胡占民说。

　　"以前谁家儿子娶媳妇或者姑娘出嫁，村子里都要热闹好几天，那才算过事情。"陶乙奎说。

　　"他害怕亲戚邻居吃他的饭呗。"

　　"就是害怕你去吃饭。"陶乙奎故意怼怒胡占民。

　　"他郭儒以为我缺他家那顿饭，他不请，我还不去呢。"

　　胡占民说的是实话，现在人们的生活水平提高了，如果主家有事情不请，还真的没人去。

　　在生活困难时，主家过事情大家去凑热闹，一是帮忙凑人气，二是想混碗饭吃。

　　"村子里过事情的热闹场景，非让郭儒这小子败坏了不成。"胡占民气愤地说。

　　"老先人留下来的传统习俗就是好，谁家儿子娶媳妇，主家把村子里德高望重的老人请到家中，坐在上房的炕上，喝茶闲聊，气氛暖融融的。左邻右舍平时农活忙，没时间坐在一块儿闲聊，趁着谁家有事情，叙叙旧，拉拉家常，不是挺好的嘛。"

　　"郭儒以前办事也不是很小气的人，当了村主任咋就变了呢？"胡占民说。

　　"说得对，他大儿子结婚，当时家境不是很好，但他操办得排排场场的。"陶乙奎说。

　　"当了领导就变了。"

　　"郭儒的二儿子结婚简办，是国家政策的要求，但也是为了省钱，减少自己的麻烦。"

　　"就是。不过，他不待客也不能收礼金了。"胡占民说话很刻薄。

　　"收的礼金不够待客的，比如儿子娶媳妇，哪一家子不得赔两三万元赔钱。"陶乙奎在给郭儒算明细账。

"郭儒当村长当精明了，这人不敢小觑啊。"

"听说郭儒家娶媳妇简办，也不是他的想法。"

"不是他的想法，还能是别人的想法？"胡占民反驳道。

"说是上级的政策，要求婚丧嫁娶要简办，不然的话，上级查办下来是要受处分的。"陶乙奎解释说。

"婚丧嫁娶要简办，提得时间长了，也没见谁家的事情像他郭儒那样办得如此简单，怪不得他的村主任当得这么牢靠，半天他听话在讨好组织。"胡占民讥讽说。

"听说这次推动移风易俗改革、婚丧嫁娶要新办简办是上级下发了文件的，并由执法督导组对文件落实情况进行跟踪督导，落实不到位的单位或者个人，要追究相关领导的责任。"

陶乙奎这么一说，胡占民说话的口气缓和了很多。

"不说了，回家吃饭去。"胡占民说。

两个人说着各自回家去了。

对于郭儒家二儿子结婚简办的事情，很多村民说三道四。

六

村子里的人议论让郭家有了顾虑，尤其是郭贵旺媳妇陈燕更是感到委屈，她与丈夫吵了起来。

"要是知道你们郭家这么小气，我就不同意这门婚事。"陈燕说。

听到陈燕在数落郭家，郭贵旺说："你从哪儿打听到我们郭家小气了。不是向你吹，你到周围十里八村打听一下，我哥结婚时，操办得是相当阔绰。"

"那是你哥结婚，也不是你结婚，你结婚的简办，让村子里的人都在戳郭家脊梁骨。"

"让他们捣闲话去，爸之所以把咱们结婚的事情简办，是有他的难处。"

"爸有什么难处？"

"上面印发文件提倡喜事新办，移风易俗，并且村上根据上级文件精神，制定了'三会'制度，爸是村长，他不响应谁响应？全村的村民都看着他呢。"

"爸为什么不能得到大家的理解呢？"

"提倡喜事新办，改变传统旧俗，这事说起来容易做起来难啊，婚丧嫁娶的操办习俗是多年来留下来的传统做法，现在要想彻底改变谈何容易。"

郭贵旺的辩解让妻子陈燕无话可说。但是，她的心里就是不舒服。

"咱们的婚事简办，我知道你心中不舒服，妈也感到亏欠了你，她几次让我给你捎话，有机会家里会想办法补偿你。"

郭贵旺的话让陈燕心中的气消除了很多。

其实，何止陈燕心中不舒服，她的婆婆心中也感到不舒心，大儿子结婚操办得很排场，二儿子结婚办得简简单单，会让二儿子及儿媳有其他想法。

结婚毕竟是一个人一辈子的大事。

郭儒当时很无奈，他作为一村之长不执行上级的政策，不行；执行吧，心中不舒服，很闹心。当他听到胡占民、陶乙奎在背后说他是非话时，很想去揍他们一顿。

他郭儒活了大半辈子的人，无论干啥事，没人对他挑剔过，谁也挑剔不出毛病，因为郭儒每干一件事情都经过深思熟虑、尽力做得很排场、很完美。

二儿子结婚他本想好好操办一下，可是正赶上政府提倡"移风易俗、勤俭节约"的倡议，在政府政策和个人面子面前，他选择了前者，只能让二儿子受些委屈。

郭儒一想起这些，也只能把痛苦深深地埋在心底。

要短时间内转变农村传统观念，难啊！

杨嘉煜理解郭儒的心情，然而有些村民不但不理解，反而说些风凉话。

他在安慰郭儒的同时，又把张凯叫来安排工作。

"小张，你去打听一下，是谁在私下议论郭主任响应政府号召，婚事简办的事情。"

"嗯，听说主要是胡占民、陶乙奎。"

"有时间找他们两个谈谈话，做做思想工作，让他们不要再私下议论了，这样影响不好，对美丽和谐乡村建设不利。"

"好的，明天我就去找他们两个谈话。"

第二天，张凯在与胡占民、陶乙奎谈话交流时，他们两个说没有意识到问题的严重性，认为只是在一块儿闲聊说说而已。

"你们两个闲聊已经影响到了政府政策的执行，不利于村民之间的和睦团结，美丽乡村的建设。"

"我们在闲聊时没有想那么多，这都是我们的过错。"陶乙奎说。

"认识到了错误就对了，以后有时间了，多想想怎么脱贫致富奔小康。"张凯的话说得很重，两个人听了不觉有些羞愧。

张凯看到目的已经达到，再没有过多地去指责他们。

精准扶贫，必须把扶智、扶志工作作为载体，广泛开展文化扶贫，教育扶贫，加强对村民思想教育的引导，搭建有效的体制渠道，不断提高人民群众的精神文化素养，大力弘扬自强不息、勤劳致富、勤俭节约的优良传统，激励贫困群众靠自己的双手改变贫穷面貌。

村主任郭儒二儿子结婚简办一事，得到了县上领导的关注。县长任琪到驻屯村调研时听说了这件事后，亲自与郭儒交谈，并要求相关部门树立典型，整理形成书面材料，印发到全县各乡镇学习。

七

婚丧嫁娶要简办，抵制高价彩礼，几家欢喜几家愁。

赵家湾社村民赵文灿对抵制高价彩礼，喜事简办新办，非常赞同，因为他有四个儿子，大儿子赵吉结婚欠了五余万元的债，让他熬心，而且他还有三个儿子没有订婚。

"郭儒二儿子的婚事简办，给咱们村开了个好头。"赵文灿说。

"就是。要是能把抵制高价彩礼，婚事新办简办，移风易俗坚持下去就好了。"老伴应和着说。

"坚持下去不容易。前两天村里很多人在说郭儒闲话呢。"

"郭主任的二儿子结婚，确实操办得有点简单，村子里很多人都适应不了。"

"照这样下去，村中过事情的热闹场面快不存在了。"

"郭贵旺结婚，邻居张大婶还准备去郭家帮灶呢。没想到，她还没有去帮忙，婚事就结束了。"

"儿子娶媳妇，村子里的人热闹热闹还是应该的，只要女方把彩礼不要那么多就行了。"赵文灿感慨道。

"一点彩礼不要也不合适，别人把姑娘养大了，嫁到男方家做媳妇，要点彩礼很正常。男方既能娶媳妇热热闹闹，女方又不要高价彩钱，那该多好呀。"赵文灿妻子说。

这是赵文灿夫妇的想法，他们儿子多，很赞同郭儒的做法。而安泰社村民张满仓提起喜事新办，抵制高价彩礼，心中却很郁闷。他有三个女儿，一个儿子，大女儿刚出嫁不久，男方给了十万元的彩礼，他把大女儿的婚事操办得很好，还剩余了六万多元，他整天喜不自禁。

张满仓郁闷的是抵制高价彩礼问题，要是上级政策执行下来，他有什么办法呢。年轻时，张满仓妻子一连生了三个女儿，可把他给愁坏了，夫妻俩经常吵闹，家里没有安宁过，当他第三个女儿出生时，张满仓差点和老婆离婚。

年轻时，三个女儿成了他的心头病。

张满仓已经是四辈单传，到了他这辈，生了三个女儿，还没有生儿子，这可把他母亲急坏了，婆媳关系一点都不和睦。后来儿子出生，张满仓家中的日子才顺畅了，院子里才有了笑声。

让他没有想到的是，女儿长大了却成了他的摇钱树。

大女儿的出嫁让张满仓很满意，正当他盘算着二女儿订婚的事时，没想到村主任郭儒二儿子结婚简办，移风易俗，这让他很揪心。

一次，他碰上村书记祁建臻，两个人闲聊起来。

"村上提倡的婚事新办简办，抵制高价彩礼，这是闲扯淡。"张满仓说。

祁建臻听张满仓的口气，有点不对劲，他笑着问："老张，你为什么这样认为？"

"男女双方订婚、结婚要不要彩礼，婚事的操办，这是双方亲家的事情，你们村干部管啥闲事。"

"这不是村干部管闲事，这是国家政策，注重社会主义精神文明建设，是脱贫致富奔小康生活的重要组成部分。"

"村干部看到别人家的女娃多，挣几个彩礼钱，眼热了。"

"老张，你想多了，没人眼热你收的彩礼钱。"

"我就不信，好事情轮到我的时候，国家政策就变了。"张满仓言辞之中透露出怨气。

"老张，事情的发展是相对的。姑娘结婚不要彩礼，等你儿子结婚时，不是也不要彩礼嘛。"

"我儿子还小呢。"

"你儿子小是事实，说不定等你儿子结婚时，女方家还倒贴彩礼呢。"

张满仓看了一眼祁建臻说："老祁，别忽悠我了，我不听你满嘴乱讲。"说罢，他背起手走了。

八

一天，市人民医院李晓盈给杨嘉煜打来电话："喂，杨处长，你好，我是李晓盈。"

"李大夫，你好。你打电话还需要报姓名？"

"我害怕你听不出来是谁。"

"你的声音我怎么听不出来。"

"这个周末，你有没有工作安排？"

"暂时没有。有啥指示请讲。"杨嘉煜说。

"周末，老伊从县上回来，他让我邀请你来家里坐坐。"

"好的，我一定到。谢谢！"

杨嘉煜到会州县扶贫三个多月了，他与伊仲楠还没有坐在一块交谈过。

以前两个人是大学同学，现在又在同一个县上工作共事，伊仲楠请杨嘉煜到家里坐坐，叙叙旧很正常。

星期六，杨嘉煜早早起床，去了市里会见老同学。

两个人见面寒暄了好一阵子。

中午的饭局李晓盈安排在信城大酒店。

杨嘉煜到了酒店，县长任琪及夫人师淑婧也在，彼此握手问候。

"县上的两位主要领导都在，接待我的规格够高的呀。"杨嘉煜调侃说。

"就是呀，接见省上领导敢规格低嘛。"李晓盈笑着说。

"任县长就不用介绍了，工作上有过交集。这位是任县长的夫人师淑婧，市招商局项目筹划科科长。"伊仲楠给杨嘉煜介绍。

"师科长好！"杨嘉煜打招呼。

"快坐，杨处长，大老远坐车过来，够累的吧。"任琪说。

"任县长，没有你们辛苦。"杨嘉煜说着，脱下外衣，放好坐下。

"老伊，你请我吃饭，还让李大夫打电话，是不是有些见外了，想请我吃饭，你直接打电话就是了。"

"我害怕请不动你，才让我老婆打电话请你。"

"你还记得你老婆，好长时间不知道回家关心关心，用不着时，把老婆放在一边，用着的时候，就是老婆了，李大夫早就生气了。"

扶贫工作进入攻坚阶段，伊仲楠非常忙，已经有一个多月没有回过家关心一下老婆了。

"老同学，打住，你别搬弄是非，挑拨老同学的家庭关系。"伊仲楠做着打住的手势说。

"杨处长说得对，伊书记没做好，就应该接受批评，不要心虚。"

师淑静说。

"大家都在批评我，看来我应该反思自己了。"

"知道了就好，害怕的是执迷不悟，还自我感觉良好。"杨嘉煜说。

"接受老同学的批评。"

伊仲楠看到杨嘉煜得理不饶人，他只能认输。

"伊书记，咱们现在上菜，边吃边聊。"任琪提议。

"好的，上菜。"

菜上齐后，任琪先向杨嘉煜敬酒，感谢他来会州县帮扶工作。

杨嘉煜端起酒杯表示感谢！

"师科长，市招商局有项目的话，请多考虑一下驻屯村，让我在帮扶期间搞一点政绩，回去好向省财政厅领导交代。"杨嘉煜说着举杯敬酒。

"杨处长，行，有啥项目我协调。但是，需要说明的是，市招商局的项目是严格走程序的，比较麻烦，不像你们拉的赞助项目，资金说到位就能马上到位。"

"项目慢点没关系，只要想着驻屯村就行。"

"杨处长，扶贫职业病，到哪儿都拉项目，快点吃菜。"李晓盈提醒杨嘉煜说。

杨嘉煜吃了两口菜，正准备说话，李晓盈又说："杨处长，你只与师科长拉关系，怎么把我忘了？"

"怎能呢，救人一命胜造七级浮屠，感谢你救治好驻屯村祁禄的病，有机会单独请你吃饭。"杨嘉煜又端起酒杯给李晓盈敬酒。

李晓盈端起酒杯回敬。

"现在市人民医院也有个项目。"李晓盈故意卖关子。

"你说的是真的？"

"我说的是真的。"

"你的意思是……"杨嘉煜问。

"你的意思是……我随便说一下？"李晓盈佯装听不懂。

杨嘉煜立刻明白过来，端起酒杯说："再敬李大夫一杯，麻烦你优先考虑驻屯村。"

"杨处长，市人民医院的项目是受市妇联委托，去乡下免费给农村中青年妇女筛选宫颈癌、乳腺癌。"

"这个项目好呀！维护妇女健康权利，请你们医院在落实项目中优先考虑驻屯村。"

"有好处，总想着驻屯村，杨处长还真对扶贫单位有感情了。"师淑静说。

"师科长，你还真的说对了，我对驻屯村很有感情了，那里的老百姓很朴实，很真诚，在其位，谋其政。就像伊书记、任县长一样，有项目总想着会州县一样，不过我的眼光格局小，他们两位考虑的是会州县，全县老百姓的冷暖，而我只关心驻屯村的村民就行了。"

杨嘉煜说着，心中还是放不下，因为李晓盈没有明确表态，他心中不踏实。

"李大夫，恕我直言，你看在我老同学伊仲楠的面子上，把市人民医院的这个妇科病检查项目一定要放到驻屯村。"

"好吧，看在你的面子上，把这个项目放到你们驻屯村。"

"杨处长，你看，你的面子比你老同学的面子都大。"伊仲楠说。

"就是，今天的饭局，我请客。"杨嘉煜说。

"账已经结过了，下次再来，你请客。"李晓盈说。

"下次，你们一定给我机会，不然，我欠你们太多了。"

两小时后，饭局结束，伊仲楠问："老同学，给你登记一个房间，咱们下午再聊。"

"不住宾馆，回省城看老婆去。"杨嘉煜略带醉意地说。

"这就对了，工作、家庭两不误，真丈夫也。"李晓盈说。

李晓盈的话，惹得大家畅笑起来。

九

根据市人民医院的提议，市妇联关注妇女健康公益活动安排到了会州县五谷镇驻屯村。

驻屯村的村民听说市人民医院来驻屯村为妇女免费体检，妇女们非常高兴。

大山中的妇女们，思想比较传统保守，以前对妇科病的检查很不好意思配合，再说妇科疾病是比较隐秘的疾病，不要说没有病，就是有妇科病也不好意思说，更不要说去医院看大夫了。

农村的中年妇女不接受妇科病的检查，现在怎么接受了呢？因为前几年，村民二蛋媳妇就死于妇科病。

刚开始时，二蛋媳妇得的是尿路感染，因不好意思去看，自己强忍受着。尿路不畅时，吃些消炎药，好了，就不吃了；特别严重时，自己用盐水清洗一下，这是二蛋的奶奶教她的。

这样持续了几年，二蛋媳妇忍受着病痛的折磨，后来尿不出来了，才被送往医院去治疗。

经检查，她的病已经到了感染糜烂后期，并转化为宫颈癌。

听主治大夫说，二蛋媳妇的妇科病属于正常的尿路感染，只要治疗及时，是完全可以治愈的。

驻屯村的妇女们听说后都很害怕，传统思想观念有所转变，生理保健意识有所增长。但受条件的限制，保健的效果不是很好。

市人民医院来驻屯村开展妇女健康普查活动，是对女性生理健康的关心关注，是社会文明进步的体现。

在这次体检普查中，驻屯村共有十余位女性有妇科疾病，三位女性需要到医院进一步检查治疗，其余的几位妇女同志只需吃些消炎药，注意休息就行了。

市人民医院的妇科病专家林枫还对中年妇女们进行了生理保健知识咨询宣传。

"妇科炎症是女性当中最为常见的一种妇科疾病，由于大多症状不明显，很难被察觉。所以，这种疾病对女性危害比较大，妇女同志要积极了解引起女性妇科疾病的原因，进行积极的预防，以免疾病发生后对女性造成的危害。"林枫说。

"林大夫，妇科疾病发病的原因有哪些呢？"郭贵旺妻子陈燕问。

"妇科疾病发病的原因有：日常生活中不注意个人生理卫生；脏腑功效反常，以肾、肝、心、脾为主；精神情绪状态异常，人的精神态度变化可影响脏腑、气血的功效活动，可致月经不调、闭经、痛经等症；生理特征异常，因为月经、胎孕、产育、哺乳等生理特点，易耗血，常使机体处于血分不足偏虚等。"

妇女们都听得很用心。

"那我们应该如何预防妇科疾病呢？"陈燕又问。

"妇女同志要想预防妇科疾病，建议从以下几个方面入手：一是注意个人卫生，勤换洗衣物；二是不要吃抗生素，抗生素很容易破坏生理器官的酸碱环境；三是记得常洗手，坐便器、浴盆、浴池、毛巾等经常清理；四是生病期间房事要节制，不使用不洁净卫生纸，以避免造成感染；五是妇科疾病发作期间饮食要避免辛辣食物的刺激等。"

"女性在日常生活中，经常被盆腔炎、附件炎、宫颈炎等一系列的妇科疾病困扰着，不仅会影响到女性的日常生活和工作，而且如果女性放任其发展，不去管它，甚至会导致女性产生不孕不育等严重后果。因此，遇到妇科疾病应及时去医院进行检查或治疗，不应该强忍或者拒绝看医生。"

这次市人民医院关于妇科疾病的检查与生理知识的培训宣传，使妇女们的预防意识有了明显的提高。

市人民医院对驻屯村妇女疾病的健康普查和妇女生理健康知识的普及培训，提高了妇女生理疾病的防范意识，对减少妇女生理疾病的发生，提倡优生优育，保护妇女合法权益产生了积极的作用。

第四章

一

要想富，先修路。

从省道 308 线下来，到驻屯村有近两公里的沙石路，行车很不方便，这段路弯多坡大，路面狭窄，如果能把这段通村公路修好，对驻屯村脱贫致富有很大的帮助。

驻屯村的交通不便，是制约经济发展的瓶颈。村"两委"干部已向县交通局申报修路，但没有得到落实，主要是这里工程量小，立项没有通过，交通局一拖再拖。

村里的农产品不能及时运出去，也就赶不上市场上的好价钱，村民们怨声不断。

想要让驻屯村脱贫致富奔小康，必须先修通这段通村公路，杨嘉煜想。他要去找县委书记伊仲楠来协调这段路的修建问题。

杨嘉煜去找县委书记伊仲楠，伊仲楠热情接待。

"老同学，今天过来有何贵干？"伊仲楠问。

"过来看看你。"

"来看我？"伊仲楠问。

"是的，来看你，感谢你与夫人李晓盈前一段时间宴请我。"

"嗯，算你有情义。"

"有时间回省城，我宴请你们。"

"好嘞，我回省城与你联系，老同学，来会州县帮扶脱贫攻坚，委屈你了，这里的工作条件艰苦。"

"没关系，你在这里工作已经好几年了，都没有觉得委屈，我来这儿工作才多长时间呀。"

"看样子你挺乐观的，组织上的好干部，真心欢迎你来会州县帮扶工作，让省财政厅的优势资源助力会州县脱贫攻坚。"

"我尽力而为吧，但我的工作希望得到你的支持。"

"没问题，你在工作中有什么困难，尽管说，我会尽地主之谊去帮助你解决。"

"感谢你的支持，我今天来还真的有事需要你的帮助支持。"

伊仲楠一听，就知道杨嘉煜过来找他有事情，他笑着问："啥事？你说吧。"

"从省道308线下路去驻屯村的那一段山路，你清楚吧？"

"清楚。"

"今天，我过来就是为了那段路，请求县上考虑那段路的修建问题。那段路的路况不好，弯多坡大，很不好走，晴天一身土，雨天一身泥，老百姓出行很不方便。"

"交通局以前汇报过情况，五谷镇政府前两年申报过这段路的修建，具体没修的原因，我还不清楚。"

"那不到两公里的路不修，直接影响着驻屯村的脱贫摘帽。"

"那好，这段路一定要修，我来衔接。"

"你最好现在就衔接。"杨嘉煜直言不讳地说。

"不相信我？老同学，害怕我不给你办事。"伊仲楠说。

"相信老同学，但有点不放心，我的事小，害怕你忘了。"

"忘不了。现在衔接好也不能修路，冬天哪有修路的。"伊仲楠说。

"冬天不能修路，也没说冬天不能打路基。"

"我说不过你，现在就协调，好吧？"

伊仲楠给主管副县长打了电话，要求他与交通局沟通，尽快把五谷镇驻屯村的那段通村公路修了。

听了伊仲楠的亲自安排，杨嘉煜才放下心来。

"感谢老同学的帮忙，事办成了，我要回去了。"杨嘉煜说。

"咱们吃个便饭。"

"只要你把事情办好，比请我吃饭都高兴。我要回驻屯村，村里有事情要做，有时间再聚。"

"也好，咱们有时间再聚，下午我还要到市上参加一个会议。"

"不打扰老同学了。"杨嘉煜说着离开了伊仲楠办公室。

当杨嘉煜走出县委大院，心中有种说不出的轻松，驻屯村村民日夜盼望的修路愿望终于实现了。

不久，县交通局派人去勘探测量，随后开工建设，由于这段通村公路工程量较小，二十天就把路基修好了，等到明年春天再给路面铺柏油。

二

放寒假了，陈敏斐在家里闲着没事干，她想去丈夫杨嘉煜扶贫单位住几天，散散心，看一看他的工作生活情况。

她拨通了杨嘉煜的电话。

电话响了半天没人接，她有点不高兴。以前打电话，他没有不接的，今天怎么了，陈敏斐有点疑惑。

再打一次，还是没人接。

隔了几分钟，陈敏斐又拨了一次，这次传来了对方的问话："老婆大人好！"

"我刚才打电话，你为啥不接？"陈敏斐语气生硬地质问。

"刚才在开会，手机在宿舍放着。"

"真的？"

"敢向老婆保证，绝对是真的。请问有啥指示？"

陈敏斐了解自己的丈夫，他绝对不敢撒谎。

"我想与你商量件事。"

"请指示!"

"我打算去驻屯村住几天。"陈敏斐说。

"老婆,不是因为我刚才没接电话,你来查岗吧。"杨嘉煜故意装作震惊的样子说。

"就是,你不允许?"陈敏斐逗杨嘉煜说。

"允许,绝对允许。老婆来查岗,热烈欢迎!"

"这还差不多。老公,说实话,放寒假了,女儿去了她姥姥家,家中只有我一人,挺孤单的。"

"老婆,别解释了,来就来呗,我也想你了。"

"到驻屯村怎么坐车?"陈敏斐问。

"早上到汽车站,坐到会州县的班车,中午到县城,然后坐到五谷镇的班车,到驻屯村路口下车,到时我去接你。"

"那好,明天我过去。"

"好的,老婆,明天见。"

第二天,陈敏斐收拾了一下简单行李,坐上班车出发了。下午三点多钟,她到达驻屯村路口,杨嘉煜在路口接她。

看到陈敏斐下车,他赶忙前去接过她手中的提包,说:"辛苦老婆大人了,专门从省城来看我。"

"我才不是来看你的,我是在家闲着没事干,出来散散心。"陈敏斐说。

"不要解释嘛。不管怎样,你是从省城到驻屯村的,这是事实。"杨嘉煜说着朝妻子做了个鬼脸。

杨嘉煜正说着,陈敏斐在他背后用手推了推,低头说:"赶快走,车上的人看着咱们呢。"

"金凤凰下山,还害怕别人看。"杨嘉煜大声说。

陈敏斐佯装没听见。

陈敏斐往向走了几步,她朝周围看了看,然后问:"老公,你过来接我，不是提着两条腿来的吧。"

"是的，让老婆说对了。这里离驻屯村不远，咱们步行，这是一次难得的锻炼机会。"

"这么冷的天，亏你想得出锻炼的想法。"

"天冷才是锻炼的好机会，你不是经常教育学生要锻炼意志嘛。"

"都是你的理由，走吧。"陈敏斐催促着杨嘉煜。

两个人沿着山路往村里走。

"这路基是才修的？"陈敏斐问。

"嗯。"

说起这条路，杨嘉煜来了精神，他自诩为小康路上的驻屯村速度。

"驻屯村速度怎么解释？"

"十余年没有修成的路，我一个月搞定的。"

"净吹牛。"

"你不相信老公的能力？"杨嘉煜认真地问。

"相信，瞧你那认真样，跟孩子似的。"陈敏斐讥笑说。

"这条路是我亲自找的伊仲楠，他特批的。"

"找的县委书记，有可能。"

"明年开春铺油面。"

陈敏斐走着，朝四周看了看说："这条路修得好，如果不修，老百姓出行多不方便。"

"还是老婆理解老公的心思，当时我找县委书记伊仲楠修路的目的，就是考虑到老百姓的出行难问题。再说，如果不修这条通村公路，驻屯村的老百姓脱贫致富就会受到影响。"

"很有扶贫嗅觉，省财政厅派你下乡扶贫没选错人。"陈敏斐说着朝他挤了挤眼睛。

三

杨嘉煜拉着陈敏斐的手往前走，心中充满了幸福。

"老公，你说驻屯村山清水秀，是颐养天年的养吧，我怎么没有感觉到。"陈敏斐说着，指了指满山的荒凉。

"我说的是夏天美景，现在是冬天，这里又不是江南，哪里来的山清水秀，天然养吧？"

"我就知道你在吹牛，精神胜利法，山清水秀的地方还需要你来扶贫？"

"不管怎么说，我对这里有感情了。"

"在这儿才住了几个月，就住出感情来了，家都不想回了。"陈敏斐瞪大眼睛说。

"不是不想回家，是太忙了，帮扶干部下乡扶贫，并不像大家想象的那样，整天坐在办公室里开会、填报表等，我们是要经常深入群众一线实地考察调研，根据农户致贫的不同原因，制订不同的帮扶措施，精准施策、精准帮扶。"

"现在冬天，你们帮扶工作队也忙？"

"忙，驻屯村赵家湾社村民赵启升经济比较宽裕，他要在村上建两座现代化食用菌种植暖棚，当时我答应了他，组织所有干部给他义务帮工搞建设，现在正忙着建暖棚。"

"像你这样的大领导，想找借口还不容易。"

"老婆，请你相信我，绝对不是借口，明天我领你到施工现场去看看。"

看着丈夫说话认真的表情，陈敏斐说："我是与你开玩笑的。"

"老婆来查岗，我怎敢撒谎，你要是搞个调查走访，我不是犯了'欺君'之罪。"

两个人在山路上斗嘴，秀着恩爱，让大山都感到这对夫妻的可爱。

看着美丽漂亮的妻子，杨嘉煜用手捋了捋她额前被风吹乱的头发，动情地说："老婆，你真漂亮。"

"别贫嘴了，我今天来这里，一是想陪陪你，二是来体验一下驻屯村帮扶工作队干部的生活。"

"来了就多住一段时间，多陪陪我，我挺想你的，好好体验一下驻屯村帮扶干部的生活。"

杨嘉煜说着用胳膊搂住陈敏斐的肩膀,并肩前行,一股暖流涌上了陈敏斐的心头。

两个人走过一个大山坡,眼前猛然展现一片广袤的山野,就在下坡的半山腰间,有一排整齐的平房矗立在那儿。杨嘉煜对妻子说:"那就是驻屯村村委会,也是我们驻村帮扶干部的住处。"

陈敏斐抬头望去,驻屯村坐落在一个山坳中,在山坳的周边,稀疏零星地点缀着一些人家。傍晚时分,炊烟袅袅升起,显得格外幽静安详,她的心中立刻升腾出一种感觉,城市里的喧嚣声少了,乡村间的静谧感多了。

两个人边走边聊,不大一会儿工夫,到了村委会。

走进村委会大院,院子里静悄悄的,陈敏斐问:"老公,你不是说驻村帮扶队有四位干部住嘛,院里怎么没人?"

"今天是周末,他们都回家去了。"

"一个人住这么大的院子,晚上怪冷清的。"

"住习惯了,也就不冷清了。有时,我和张凯回家去,两位女干部经常一个人住在这里。"

"一个女人家敢住?"陈敏斐惊讶地问。

"那咋不敢住,又没有鬼吃人。"

杨嘉煜提起鬼,陈敏斐害怕地用双手拉住了他的胳膊,往后面缩了缩。

"这院子里养只狗就好了,人少的时候是个伴,是人的一个耳目。"陈敏斐说。

"我们刚来的时候,村书记祁建臻提到过这件事,问是不是需要养只狗,最后大家商定还是不养的好。如果养只狗,每天还要操心喂养,帮扶工作忙的时候,没时间顾及它。"

帮扶工作队干部的辛苦可想而知。此刻,陈敏斐对丈夫有了怜惜之情,一种酸楚涌上了心头。

为了老百姓早日脱贫致富,过上幸福美好的生活,帮扶工作队干部付出了很多，离开了自己幸福的家庭，冒着危险奔赴帮扶第一线，过着清贫孤寂的生活。为了中华民族伟大的复兴梦、幸福梦，帮扶工作队干部们却毫无怨言，顾大家舍小家，默默地为脱贫攻坚奉献着。

四

杨嘉煜打开房门把提包放下，去灶房把已准备好的饭菜端了过来。陈敏斐看着饭菜已经凉了，心疼起丈夫来。

"把这些饭菜放下，我来重新做。"陈敏斐说。

"这儿灶房冷，不方便做饭。"

"没关系的，我来做。"陈敏斐又说了一遍。

近几次，杨嘉煜回省城，总说胃不舒服，陈敏斐也没当回事，现在她终于知道了，丈夫冬天吃这些饭菜，胃怎能舒服呢。

陈敏斐越想越难过，眼睛里盛满了眼泪，杨嘉煜拿起纸巾给妻子擦了擦眼泪，并安慰她说："不要紧，驻村帮扶干部都是这样，有时工作忙的时候还吃方便面呢。"

陈敏斐明白丈夫的意思，他不想给她增加思想负担，所以没有回话，只顾默默地做饭。

她炒了三个菜，把米饭加热了一下，这顿饭是杨嘉煜在驻屯村吃得最舒心的一顿饭，菜不多，但非常可口。

"老婆在身边就是好，不但陪睡觉，而且还有可口的饭吃。"

"你就是嘴贫，都一把岁数了，没有一点正经的样子。"

看到妻子那羞红的面容，杨嘉煜开心地笑了。

陈敏斐看着丈夫简陋的居住条件，大冬天房子里冷得让人直打哆嗦，她说："我没有想到，下乡扶贫工作这么苦。"

"你到了现场就知道了吧。下乡扶贫工作苦点没什么，主要是帮扶工作队干部们的吃饭问题。"

"是的，驻屯村帮扶工作队还有两名女干部帮助做饭，没有女同志的帮扶工作队干部吃饭就没办法解决。"陈敏斐说。

"邻村的帮扶工作队是四个年轻小伙子，听说他们几乎没有做过饭，天天吃方便面。"

"辛苦现在的年轻帮扶干部了，村委会也不为他们想办法解决一下吃饭问题？"

"不是村上不解决，关键是组织有规定，帮扶工作队干部不能给扶贫单位带来负担。"

"这样也好，对年轻干部也是一种锻炼。"

"说的也是。下乡扶贫的年轻干部，经过两三年的工作锻炼，工作能力、居家生活能力都会有大幅度的提升。"

"只能这样理解了。"陈敏斐说着站起来收拾餐桌，去洗碗。

"老婆，你坐着，我来洗。"杨嘉煜示意她坐下。

陈敏斐听到丈夫的话，深情地看着他，心中暖融融的。

第二天，杨嘉煜早早起床，去食用菌暖棚施工现场帮忙干活、指导工作，陈敏斐说她也要去。

杨嘉煜想让妻子多睡会儿，陈敏斐不肯，她说："我要亲自体验一下帮扶干部的工作。"

杨嘉煜只好同意。两个人匆匆地吃了早餐，去了食用菌暖棚施工现场。

到了食用菌暖棚建设现场，陈敏斐被感动了。早上八点钟，天还不是太亮，村干部们已经到齐了，他们看见陈敏斐到工地来，热情地与她打招呼。

"陈老师，辛苦你大老远来看望我们杨处长。"村书记祁建臻说。

"祁书记，学校放假了，我在家中待着没事干，出来散散心，享受一下山村的清静生活。"

"昨天下午听说陈老师从省城过来，因时间晚了，没去村委会问候，害怕打扰你们。"郭儒说。

"陈老师，你如果不嫌弃的话，驻屯村热烈欢迎你到我们这里来，在这儿多住一段时间。"祁建臻说。

"在省城，钢筋水泥铸造的高楼大厦，还真比不上这清静的山村，你们不赶我，我是不会走的。"

陈敏斐柔柔的说话声让大家感到很亲切。

热闹非凡的施工场面与这朗朗的说笑声、交谈声融合在一起，犹如天籁荡漾在这山村。

中午收工，祁建臻、郭儒要请陈敏斐吃饭，她谢绝了。

祁建臻回到家中，把妻子腌制的腊肉拿了几块给杨嘉煜送去。

"祁书记，让你破费了。"杨嘉煜说。

"不破费，算是为陈老师接风洗尘，这是私人感情交往。"

"祁书记，咱们一块做饭吃。"杨嘉煜说。

"不了，杨处长，家里饭做好了。吃过饭，我还要帮助赵启升到镇政府建材市场购买材料去呢。"

"那好，赵启升建食用菌暖棚，村干部要多操心，一定要尽力为他提供方便，早日建成。"

"嗯，杨处长，你放心，村干部们会尽力的。"祁建臻说罢回家去了。

五

周一，金欣瑶、李椿婷、张凯来上班。

陈敏斐的到来，让三人感到很高兴，他们虽然没有见过面，已经彼此很熟悉了，经常电话交流。

"欢迎嫂子下榻驻屯村村委会。"张凯戏谑着说。

"小张好！"

"嫂子好！昨天来的？"金欣瑶、李椿婷问。

"你们好！"陈敏斐向她们打招呼。

"金欣瑶，会州县科技局副局长。"杨嘉煜说，"这位是五谷镇妇联主任李椿婷同志。"

"杨处长，瞧你介绍得多别扭。你应该说这是我的两位妹妹，不就完了，与你工作相处几个月，真生分。"张凯心直口快地批评杨嘉煜。

"都是咱们的妹妹，接受张凯同志的批评。"杨嘉煜改口说。

"我经常听老杨说起你们几个，他的生活经常得到你们的关心照顾。"

"我们几个数他的官大，不照顾能行嘛。"李椿婷笑着说。

"官大也不能摆架子。他要是有官僚主义，告诉我一声，我好好对他批评教育。"陈敏斐笑着说。

"嫂子，你这么一说，我就知道我们杨处长在家中没地位。"金欣瑶说。

金欣瑶的一句话，说得陈敏斐挺不好意思的。

"没关系，女人都是嘴上的功夫而已，说说笑笑罢了。"张凯在为大家圆场。

"嫂子，这大冬天你来驻屯村啥意思，夏天来多好呀。"金欣瑶说。

"没啥意思，放假了出来转转，散散心。"

"真的是散散心？"金欣瑶追问。

"你不相信？"陈敏斐靠她耳边说。

"想我们杨处长了吧。"

金欣瑶的话逗得大家都笑了。

"既是散散心，又想你们杨处长了，这下你满意了吧。"陈敏斐说着朝金欣瑶背后轻轻地拧了一下。

"这话你早说嘛，还用我费那么多口舌追问。"金欣瑶说着，转身把陈敏斐抱了抱。

"就你精灵。"陈敏斐说着，两个人会意地笑了。

为了给陈敏斐接风洗尘，中午张凯去超市购置了些菜、肉，准备做一顿丰盛的午餐。

"菜我炒，肉今天谁做？"金欣瑶问。

"杨处长做，他夸过海口，说他做的糟肉非常好吃。"李椿婷说。

"这么多女同志还需要男同志动手做饭？"杨嘉煜说。

"杨处长想偷懒。"张凯说。

"今天的糟肉我来做。"陈敏斐说。

"嫂子，你不要秀恩爱，好吗？"李椿婷又口无遮拦地喊道。

"不是我秀恩爱，你们杨处长做糟肉的手艺是我教的，他没有我做得好吃。"

"谢谢嫂子，我们给嫂子打下手。"张凯的建议得到了大家的响应。

金欣瑶、李椿婷忙着洗肉、切肉，准备食材，不大一会儿工夫准备工作就绪。

"今天做糟肉，是大家共同做，会做的多指导，不会做的认真学习。"陈敏斐说。

"一听就是当教师的，说话有条有理。"张凯说。

陈敏斐把洗好的肉放到锅里，把葱、生姜、大蒜、大香等调料适量放进去，开始煮肉。

"嫂子，这肉煮到什么程度算好？"金欣瑶问。

"八成熟，这样好切。因为切好肉片之后，放些调料，还需要再蒸。"

"糟肉的主调料是豆腐乳，一般五斤肉，放一瓶三百克的豆腐乳，适当加些料酒、味精、胡椒粉等，搅拌均匀后装入碗中，放进锅里，用中火蒸，直到把肉蒸熟为止。"陈敏斐说。

"嫂子，糟肉做法简单。"张凯说。

"看样子你学会了。其实，干啥事都没有想象的那么复杂，动起手来也就没有那么难了。"

"我没有亲手做过，只是说说而已。"张凯说。

"糟肉蒸好之后，如果嫌肉油多，吃起来嘴腻，可以把肉中的油用勺子舀出一部分，要是把梅菜加入一些更好吃，这就是宾馆里的梅菜扣肉。"陈敏斐说。

在大家闲聊时，肉已经煮得差不多了，陈敏斐按照前面说的做了几碗糟肉，大家都等着享口福了。

"嫂子，红烧肉怎么个做法？"张凯问。

"做红烧肉与做糟肉的方法差不多，只是调料不同。"陈敏斐说。

"嫂子，菜你做得这么好，一定是一位贤妻良母。"李椿婷说。

"你问一下你们杨处长，在他的心目中，我连称职的太太都称不上，经常对我挑三拣四的。"

"杨处长，你在生活中的标准太高了吧。"金欣瑶起哄说。

"老婆，没有吧，你在我心中永远是光辉的太阳。"

"杨处长与嫂子又在秀恩爱了，不听了，饿了，开饭。"张凯说。

张凯的提议说到了大家的心坎上，说起吃饭，大家一哄而上。

中午的饭大家吃得很开心。

六

陈敏斐教大家做糟肉，把李椿婷羡慕得不得了，自己已经结婚几年了，连一种像样的菜都不会做。

金欣瑶在跟陈敏斐学做菜时，问这问那的，李椿婷没敢吱声，因为她从小没有进过厨房，说什么呢？她只能在旁边静静地听着。

周末，她回到家中，与婆婆说起陈敏斐教大家做菜的事。

"帮扶工作队杨处长的妻子陈敏斐的菜做得可好了。"

"你羡慕了？"婆婆问。

李椿婷没有回答婆婆的问话，但从她的表情看，真是羡慕了。

"妈，你会做红烧肉吗？"李椿婷问。

"怎么？想吃红烧肉了，我给你做。"婆婆说。

"既想吃，又想学着做。"

"那好呀，明天我教你。"

婆婆说着，心中很高兴，儿媳妇想学做饭是件好事情。

第二天，李椿婷买了几斤猪肉，让婆婆教她做。

肉洗好，婆婆让她煮上。

"把肉煮七八成熟。"婆婆吩咐她说。

"嗯。"李椿婷应诺着婆婆的吩咐。

一小时过去了,肉煮得差不多了,李椿婷把肉从锅里捞了出来,按照婆婆的吩咐把肉切成小方块。

"下一步是关键。"婆婆说。

"就是,前几天陈敏斐老师做菜时,说到这地方省略了,转移了话题。"

"在锅里倒入适量的油,等到油八成热的时候,放进适量白糖均匀搅拌。"婆婆说。

"放白糖干啥?"

"既是给肉上色,又是调红烧肉味道。"

"白糖能调肉的颜色?"

"能,白糖在油中溶化,就变成了红色。"

"调色我以为用老抽王酱油呢。"

"老抽王酱油也可以调色,但是红烧肉的味道必须用白糖来调理。"

"哦。"李椿婷没再问。

"等白糖溶化完,把肉放进去,搅拌均匀,加适量水煮大约十分钟,再加入生姜、花椒、鸡精等调料,慢慢炖煮,直到炖熟为止。"

李椿婷按照婆婆的指教做着。

红烧肉做好了,李椿婷品尝一块,细嚼慢品,她向婆婆伸出了大拇指。

"妈,红烧肉的做法我恐怕一时学不会。"

"没关系,只要想学,我慢慢教你。"

"谢谢妈!"

"哦,椿婷,你以前不是说,女人不会做饭是一种本事嘛,最近怎么突然学着做饭菜了呢?"

"以前,我是说着玩呢,您还当真了。"

"女人不会做饭是一种缺憾,而不是一种本事。现在的年轻人结婚之后离婚率居高不下,跟年轻夫妻不会做饭有很大的关系。"婆婆说。

听着婆婆的话，李椿婷点了点头。

经济的发展，社会的进步，日新月异的生活方式导致年轻人某些生存技能的退化，网络订购外卖养成了很多年轻人的懒惰习惯。

婆婆说教的是实话，她身边有很多同事、闺蜜都是处在这样的生活方式中，到了吃饭点上，要份外卖解决了吃饭问题。

吃外卖，不是长久之计，长期吃外卖，对人的身体健康不好，还容易导致家庭矛盾的产生。

"学会做饭，关键是自己不会亏待自己，想吃啥，自己就做啥，还能促进家庭的和睦团结，减少家庭矛盾的产生。"婆婆说。

"嗯，妈说得对，今后我好好跟您学做饭。"

听到儿媳的话，婆婆喜上眉梢，开心幸福地笑了。

七

帮扶工作队干部张凯是一位能力强、肯吃苦的干部。这位90后的市中医院大夫，为人亲和，说话有条不紊，很有沟通能力，是一位人见人喜欢的年轻干部。

一天中午，村主任郭儒表情木讷地走进村委会。张凯看到村主任不高兴，他问："郭主任，遇到烦心事了？"

"遇到烦心事了。"

"能不能说一说？"

"收合作医疗保险费的事情。"

"我知道了，碰上钉子户了。"

扶贫上的难事，一猜就八九不离十。

"东滩社村民胡占民，他已经两年没交了。"

"他为啥不交？这是国家政策。"

"胡搅蛮缠呗。"

"下午我去东滩社问胡占民，与他交流沟通一下具体情况，了解一下具体原因。"张凯说。

"胡占民不好惹。"

"好惹不好惹，没关系，人要讲道理。"

在驻屯村，胡占民是出了名的不讲理，三句话说不投机，他会大吵大闹，有可能还会大打出手。每年到合作医疗保险费收缴时，他总与村干部闹得脸红，胡搅蛮缠，村干部拿他没办法。

"胡占民是我的帮扶贫困户。既然组织给了我这个职责和任务，我就要把他帮扶好，无论是经济上还是思想上，我都有责任。"张凯说。

面对帮扶过程中的硬骨头，张凯没有退却，而是主动登门拜访，拉家常，了解情况。

胡占民中午把郭儒气走了，下午张凯又来了，他知道张凯来的意图。

对于张凯，胡占民根本没把这小伙子当回事儿。在他的心目中，二十几岁的毛蛋子，能做成啥事。

张凯的来访，胡占民并不感兴趣，两个人站在院中，他问："小伙子，你来我家有啥事？"

张凯听他那阴阳怪气的问话，知道这个人不好说话。

"胡哥，你是我的帮扶对象，有话我就直说吧，我今天来是想与你商量一下收缴合作医疗保险费的问题。"

"别人家的帮扶干部都是上门送钱送物，你小伙子可倒好，却是上门收钱来了。"胡占民说着，怒目而视。

但是，张凯并没有胆怯害怕。

"胡哥，你说得对。帮扶干部就要为帮扶对象排忧解难，帮助他们脱贫致富，但这与你交合作医疗保险费是两回事。"

"怎么是两回事。不帮就算了，还来收钱！邻居张士胜，他们一家三口人，年年交合作医疗保险费，他们没人住院看病，医疗保险费哪里去了。"

"张士胜一家没人生病，当然不能报销。"

"小伙子，你刚来，不知道内情不要乱讲道理。你知道吗，上一届村主任把收缴的合作医疗保险费存到自己银行卡里去了，要不是上面追查得紧，那钱就被村主任贪污了。"

张凯一听，胡占民不交合作医疗保险费不是没钱，而是对村干部的不信任。

是啊，以前由于对基层干部的管理措施不到位，在村干部分配低保、落实惠民政策等方面存在着不公平的现象，导致某些村干部失信于民，出现了农村工作不好做的现象。

"胡哥，你刚才说的是以前的事情，现在绝对不会出现。"

"你是外来人，村里的事你不了解，我不能相信你。你赶快走人，我外出还有事情呢。"胡占民发了逐客令。

看样子，他的合作医疗保险费收不上来了。

张凯今天收合作医疗保险费吃了闭门羹，不是工作方法有问题，主要是胡占民有抵触情绪，对村干部的不信任。

一时改变胡占民对村干部的看法不容易，张凯只好把收缴合作医疗保险费的事情搁置下来。

因为胡占民是张凯的帮扶对象，随着两个人打交道的次数增多，张凯加深了对他的了解。只要是张凯不提收钱的事，胡占民是好说话的，他是属于情绪化比较重、个性直爽的那种人。

张凯到胡占民家走访调查，胡占民一般没有抵触情绪。两个人在商讨致富产业时，他谈了很多想法，张凯认为这是很有思想的一个人，就是脾气有点粗暴。

为帮助贫困户脱贫致富，落实扶贫资金，政府主导扩大暖棚养殖规模，胡占民在张凯的鼓励下，建起了一座养羊温室大棚。

可是，政府答应免费给农户的五只小尾寒羊，因政策衔接问题，迟迟不能到位，又激起了胡占民对张凯及村干部的不满，并且到处散布谣言，发泄个人私愤。

张凯找到胡占民，让他平和心态，不要散布不利于社会和谐的话。当时，胡占民很不领情，张凯向他表态，政府答应的事情一定能办到，并拿出纸和笔,将胡占民的诉求和自己的承诺写在纸上。张凯强调,如果此事办不到,张凯出钱赔付他建养殖暖棚的钱。

张凯的做法让胡占民有点感动,他不再散布谣言、发泄私愤了。

不久,政府免费下发的小尾寒羊发放到农户手中,胡占民心中踏实了下来。

张凯与胡占民的信任关系,有了很大的改善提高。

但是,对于交纳合作医疗保险费的事情,胡占民只字不提。合作医疗保险费交付日期到了,张凯替胡占民全家垫付交上。

八

关于胡占民提到前几年的合作医疗保险费的问题,张凯问了村书记祁建臻。

"这是五年以前的事情了,当时村主任收了合作医疗保险费,他先存到了自己私人账户上,可是村主任因心脏病突发去世,这件事被搁置起来。后来村里一位村民因病住院治疗,在报销医疗费用时,却查出他没有交合作医疗保险费,无法报销,这位村民把情况向上级反映。经查实,驻屯村的村民都没交纳合作医疗保险费,才发现了问题。这件事在村民中造成了不好的影响。"祁建臻说。

"原来是这种情况,村干部当时没有澄清?"张凯问。

"村干部澄清了,主要责任在去世的村主任身上,原村书记因监管不力也受到了党纪处分。"

"村中无小事,老百姓的事情来不得半点马虎。"张凯说。

"这件事情发生后,给村上以后的工作带来了诸多麻烦,村干部失信于民,给各项工作的开展带来了很大的麻烦困难。"祁建臻说。

过了一段时间,胡占民感到腹部疼痛不适。张凯知道后去他家了解情况,据张凯初步诊断胡占民的病情不是很好,建议他去医院进一步检查。

胡占民去县人民医院检查，检查的结果是，他长期喝酒引起的严重胃穿孔。

诊断结果让胡占民如遭晴天霹雳。需要住院治疗，可能得花费很多钱，胡占民没有住院，从医院买了些药回来。

张凯听说之后，去胡占民家做他的思想工作。

"胡哥，你的病需要住院治疗。"

"不治疗了，住院治疗得花很多钱。"胡占民沮丧地说。

"花钱也得看病呀。"

"治疗费用我掏不起，我没有交合作医疗保险费。"

"当初我让你交，你抱着侥幸心理，故意不交，现在后悔了。"张凯说。

"谁知道今年生病呢。"

"生不生病，合作医疗保险费都要交，一是为自己多一份保障；二是为别人提供一份方便。"

张凯说得胡占民低下了头，他觉得自己以前是有点自私了。

"医疗费用你能掏得起，医院也会按比例报销你的看病费用。"

张凯这么一说，胡占民明白了，原来今年一家人的合作医疗保险费，是张凯替他交的。

胡占民握住张凯的手，哽咽得说不出话来。

随后，胡占民去了县人民医院，住院治疗。

十余天后，胡占民出院，他一直惦念着张凯给他垫付的合作医疗保险费问题。

一次，张凯到家中看望胡占民。胡占民感激地说："张大夫，多亏你给我家垫付了合作医疗保险费，要不是你，病我是看不起了。"胡占民说着把已准备好的合作医疗保险费给张凯。

"胡哥，你刚把病治好，花了很多钱，以后身体还需要疗养，钱我就不要了。"

"你已经帮了大忙，怎能让你垫付合作医疗保险费？"

"没关系，只要你能把病看好，垫付合作医疗保险费没什么，可要记住，明年一定要按时交合作医疗保险费。"张凯说。

"张大夫，我以前所做的事情真的很抱歉。"

"没关系，这也不全是你的问题，你的不满情绪是有原因的，村民们的意见是村上领导造成的。"

胡占民知道张凯把事情的来龙去脉搞清楚了。

张凯对胡占民的病很关心，定期过来给他复查，指导他护理康复。

因病致贫，是农村贫困户常有的现象，自从张凯来到驻屯村帮扶，他通过宣传病理知识，开展健康帮扶工作，通过送人就医，送医上门等服务，给村民们带来了诸多便利。

提起张凯，驻屯村村民都很赞赏，他们发自肺腑地说，真是幸运，我们村里来了个百姓健康保护神。

"这位年轻干部靠谱，说话办事，我相信。"胡占民赞叹说。

九

一天，张凯一个人在村委会办公室里整理资料，其他干部入户走访去了，胡占民走了进来，他一进村委会大院就喊："张大夫在吗？"

张凯听着喊声，探出身子说："胡哥，在呢，有啥事？"

"今天你嫂子杀了个鸡，正炖着呢，请你吃肉去。"

"胡哥，我不去了，正忙着呢。"

"把手里的活放下，吃完饭再干。"

"组织有规定，帮扶干部不能接受群众的宴请。"

"这是我请你吃饭，也不是你跟我要饭吃。上次看病你帮了那么大的忙，我还没感谢你呢，这是正常的人情来往。"

张凯不去，胡占民不走。

胡占民是个直爽人，说话直来直去，张凯与他交往，他也不像村民们说的是个蛮不讲理的粗汉。

张凯盛情难却，只好答应去他家吃饭。

到了胡占民家，他妻子已经把饭做好，炖的鸡肉，做的米饭，还准备了几个凉菜，餐桌上还放了瓶酒。

"胡哥，你胃不好，不能喝酒。"

"我不喝，酒是给你准备的。"

"我也不喝酒。"

"你们医生最注重保健，不喝酒好。我的胃病就是喝酒喝出来的。"

"你的胃病忌辛辣食物，有刺激性的食物，一定不能吃，吃饭时也不要吃得太饱，每次少吃点，但吃的次数要多些，一天多吃几次，暂且还不能干过重的体力活。"

听着张凯嘱咐的医疗保健知识，胡占民感动地说："我是请你吃饭呢，还是请你来治病的。"

胡占民说着，直往张凯的碗中夹肉块。

"两者都有。"张凯开玩笑地说，"这是我们大夫的职业病，见了病人就想多说几句。"

这顿饭张凯吃得特别高兴。

周末，张凯回家去了。

他刚下车，突然看到胡占民在市汽车站门口站着，正看着他。

"胡哥，今天来市里办事呀。"张凯主动向前打招呼。

"不办事。"

"不办事，来市里旅游？"

"不是的，我在等你。"

"在等我，有事吗？"

"我给你买了一些香菇和鸡蛋送了过来。"

"胡哥，你见外了，我不要。你咋能这样破费呢？你不是请我吃过饭了嘛。"

"张大夫，你给我家里帮忙，让我很感激，我本想把香菇和鸡蛋送到村委会，可我害怕你不要，就送到市里来了。"

胡占民的解释让张凯很是感动。他说："你送的香菇和鸡蛋我收下了，但我邀请你必须到我家去。"

胡占民正在犹豫，张凯拦了辆出租车，两个人打的回家去了。

晚上，张凯及父母在宾馆饭店热情地招待了胡占民。第二天，张凯与胡占民一块儿回了驻屯村。

一切都在发展变化着，张凯与胡占民打交道，他感到很自豪，很高兴，能与村上表现很不好的人交往到一块儿，是很不容易的事情。

对于胡占民的变化，村民们也感到意外，他们对张凯刮目相看，张凯好像有什么奇招，让一个顽固不化的人醍醐灌顶，从倔强到变得很有人情味。

胡占民的变化，张凯也没什么奇招，他是凭着对工作负责的态度，尽职尽责地为村民服务。一个素昧平生的小伙子，在胡占民遇到困难的时候，能竭尽全力地帮助他，他还有不感动的。

这就是一位国家干部的家国情怀，是一位帮扶干部对他人负责、对工作担当的宽阔胸怀。有了这样的干部，村民怎能不脱贫，乡村怎能不振兴，国家怎能不奔小康呢！

第五章

一

在省财政厅扶贫工作会议上,厅领导要求下派各帮扶干部谈谈工作中的困难及需要解决的问题。

厅派帮扶干部说明了各自帮扶村的情况,并提出了工作中遇到的问题,对于需要厅里解决的困难,经厅行政会议研究后一并答复,同时要求各帮扶干部一定要有敢于担当的精神,不忘初心,牢记使命,坚决完成组织交给的扶贫任务。

杨嘉煜提出的问题是,驻屯村需要四十盏太阳能路灯,以解决驻屯村晚上没有路灯照明的问题。

省财政厅行政会议研究决定,由省财政厅出资解决每位帮扶干部工作中的帮扶需求。

一周之后,由省财政厅副厅长薛盛祥带队,厅属领导一行四人前往会州县五谷镇驻屯村,运送帮扶物资,走访慰问困难群众,开展献爱心送温暖活动,并实地调研省财政厅脱贫攻坚帮扶工作。

早上七点钟,车从省城出发,半路上下起了大雪。

中午十一点多钟,省财政厅运送物资车辆驶出省道,进入通村便道,路况不好,车缓慢前行。

"给杨处长打个电话,让他派人接一下。"省财政厅办公室强主任说。

"没关系,把车开慢些能行。"车师傅说。

"咱们路况不熟悉,两边都是沟渠,害怕出现车滑,驶出路面。"强主任的话让车师傅更加谨慎小心地驾驶着。

由于路面太滑,拉货的卡车在上坡时侧滑,后轮胎陷进路旁的沟渠中。

车师傅尽力把车往路面上开,但积雪太厚,车轮打滑,技术娴熟的车师傅好像也没有办法把卡车开出路旁的沟渠。

省财政厅的领导干部下车推车。雪花漫天飞舞,冷飕飕的寒风让人打战,干部们发扬省财政厅勇于担当、不畏艰险、吃苦耐劳的精神,想办法排除困难,解决问题。

雪越下越大,寒风肆虐地在山野中奔跑,它仿佛握着锐利的刀刃,能刺透身上厚厚的棉衣,更不要说暴露在外面的脸庞了。

大家想尽一切办法,还是没有把货车从路旁的沟渠中拽出来。

此时,省财政厅的干部们已经冻得麻木了,只能向驻屯村帮扶工作队寻求救援了。

强主任拨通了杨嘉煜的电话。

杨嘉煜接到电话后,立即组织人员前往救援。

"祁书记,省财政厅拉运货物的卡车在半路上抛锚了,现在寻求救援。"杨嘉煜说。

"啥时候的事情?"祁建臻问。

"我刚才接到省财政厅办公室强主任的电话。"

"车抛锚在哪里?"

"通村公路的路口。"

"那好,我立即组织人员前往。"祁建臻说。

祁建臻召集村干部及部分村民前往救援。

帮扶工作队干部及村民到达时,省财政厅的领导干部已经冻得受不了了,但他们没有放弃,薛盛祥副厅长仍在大雪中指挥着,他已经变成雪人了。

大家互相打了个招呼,随后投入到紧张的抢险拉车中。

经过大家的齐心协力，拉货的卡车终于从路旁的沟渠中被拽了出来。

当运送帮扶物资的车队到达驻屯村时，已是下午两点多钟。

大家回来时，金欣瑶、李椿婷已经把饭做好了。

看到热气腾腾的饭菜摆在桌子上，薛盛祥说："大家都饿了吧，赶紧坐下，准备吃饭。"

省财政厅干部从早上七点出发，到现在已有七八个小时了，大家已经饿了。

吃过午饭之后，薛盛祥看了一下杨嘉煜的居住条件，住的房子是十余年前建的村委会办公室，窗户密封不好，既不保暖，又不卫生，寒冬腊月，生火取暖，条件十分简陋。

必须给我们驻村帮扶干部提供力所能及的帮扶条件，让他们安心工作，薛盛祥想。

下午，省财政厅领导在村"两委"干部的陪同下，走访慰问了驻屯村的部分建档立卡贫困户，送去了党和政府的温暖。

由于下大雪，省财政厅运送帮扶物资团队，本计划当天返回省城的计划取消了，只好在驻屯村住了下来。

祁建臻把省财政厅的领导安排在居住条件比较好的赵启升家中居住。

二

教育扶贫也是帮扶工作队干部的一项重要工作。

根据近期工作安排，帮扶工作队去村办小学了解情况，受到了学校师生的热烈欢迎。

说到学校的情况，校长王尧涵说："现在学校的硬件教学设施已经很好了，前几年的义教均衡，政府投入了大量的财力和物力，在农村，最漂亮的建筑是学校，以前是说在口头上，现在变成了现实。"

杨嘉煜听着王尧涵的介绍，抬头往四周看了看，雄伟的教学大楼，整齐的教师宿舍,干净的学生餐厅,设施齐全的学生活动中心等,让他看着都有点羡慕。

"学校的条件好了,可是现在的学生却少了。"王尧涵突然转换了话题。

"根据驻屯村的情况,应该有多少名学生?"杨嘉煜问。

"应该有四五百名学生。"

"现在学校有多少学生?"

"一百多名。"

"哦,学生有点少。"杨嘉煜感叹了一下,"不过,现在农村学校好像都面临着生源短缺的问题。"

"一个教师编制五十多人的学校,只有一百多名学生,教育资源真是浪费呀。"

看着王尧涵说话的表情,杨嘉煜知道他对良好的办学条件被浪费有点惋惜。

"我在这里上小学的时候,条件可艰苦了,当时学校没有板凳,自己从家里带,课桌是用土坯砌起来的。" 王尧涵在忆苦思甜。

"现在的孩子上学可幸福了,早上学校发营养餐,根据上级教育部门的要求,严格执行学生营养搭配计划,一周五天每天早餐不重样,如果学生早餐单一了,教育主管部门会追究相关责任。"

"现在的学生学习情况怎样?"杨嘉煜问。

"学生的学习情况还可以,但也不太理想。"

王尧涵说着,看到杨嘉煜的表情变化,他解释说:"这不是说教师不好好教,关键是这些学生大部分是'留守儿童',一般是跟爷爷、奶奶生活在一起,监管力度不够。"

"是的,这是大的社会环境决定的。"

"一百余名学生有近三分之二是'留守儿童',爷爷、奶奶文化水平不高,没办法辅导作业。学校为了保证教学质量,下午晚放学一小时,我们任课老师免费为学生辅导作业,学生在学校做完家庭作业后才回家。"

"辛苦老师们了,家长会感激老师们的。"

"是的,每逢过春节,学生的家长打工回来,都会到学校感谢老师,配合孩子的教育问题。最让老师们感动的是,一位学生家长在外打工挣了点钱,听说学校冬天取暖有困难,他购买了十吨炭,无偿捐献给了学校。"王尧涵说着很动情。

"其实,学生家长打工挣钱也不容易。"杨嘉煜说。

"是的,他们打工多是靠体力挣的辛苦钱。"

"彼此都是相互理解的,这位学生家长算是对学校教育的支持吧。"杨嘉煜说,"王校长,现在学校学生减少的原因是什么?"

"一方面是上学适龄孩子的减少;另一方面是条件好的家庭,把孩子转到城里去读书了。"

"孩子读书的事情是大事情。"

"说句实话,前些年农村教育资源赶不上城市教育资源,教学设施落后,师资力量薄弱,但现在农村学校的教学条件确实好多了。"王尧涵说。

"现在农村的孩子与城里的孩子学习还有差别吗?"

"有差别,现在的差别不是教学水平、教学条件的差别,而是家长监管力度的差别,学生学习成绩的差别。"

"以前读书一般都是农村孩子考好大学,因为他们知道农村苦,城里的孩子条件优越,不好好学习。现在反过来了,城市里的孩子学习成绩明显高于农村孩子,城市里的孩子考上好大学的多,原因是城市家长重视教育,监管力度好,有父母陪伴。"

"孩子的学习除了教师的教以外,家长的监管也显得很重要。"王尧涵说。

如何解决好学生学习与家长监管的问题,这是杨嘉煜现在应该思考的问题。

在村办小学调研时,杨嘉煜透过门窗朝教室里看了看,孩子们正在聚精会神地听课,听到那些可爱的孩子声情并茂的读书声,他的心情很不平静,这些孩子大部分是长年不与父母生活相处的"留守儿童"。

这些孩子的成长缺少父母的关爱，他们能静心地坐在教室里学习，已经表现得很不错了。

"王校长，学校有没有需要帮忙解决的问题？"杨嘉煜问。

"有，天冷了，学生穿得很单薄，因家长在外打工，家庭经济困难，他们需要一件棉衣。另外，这里的孩子从小缺少父母的关爱，有些学生的心理健康存在问题，需要请一些心理辅导老师给学生做心理疾病的辅导治疗。"

王尧涵一提醒，杨嘉煜注意看了一下学生，大部分学生穿得很单薄，教室里离取暖炉子远一点的学生冻得瑟瑟发抖。

"嗯，我想一下办法，看能否给学生每人募捐一件棉衣。"

"那就感谢杨处长了。"王尧涵说。

精准扶贫，除了让农民脱贫致富过上幸福美好的生活，还要让孩子学业有成，把老人照顾好，提高他们的幸福指数。打工挣钱、监管孩子、照顾老人三不误，这个难题破解了，扶贫就是真的精准了。

驻屯村的教育状况，杨嘉煜有了初步的了解。

三

杨嘉煜到省财政厅汇报近期帮扶工作情况。汇报结束后，他邀请薛盛祥去吃顿便饭。

"薛副厅长，今天晚上有时间吗？"杨嘉煜问。

"小杨，有事吗？"

"没有事情，厅里社会保障处的同事，好长时间没在一块坐坐了，想请大家吃顿便饭，聊聊天。"

"可以。"

"咱们去陇右大排档。"

"行，地方你来订。"

随后，大家一块儿去了财政巷的陇右大排档，这是他们以前经常去吃饭的地方。

饭桌上谈论最多是扶贫工作的话题。

"小杨，下乡扶贫苦了你们年轻干部了。"薛盛祥说。

"薛副厅长，没关系，这是一次很好的锻炼机会。"

"是的，对于年轻干部来说，是一次很好的锻炼机会，但是农村的工作生活条件有点简陋。"

"下乡扶贫是苦了点，但工作很具有挑战性，也很有意义。"

"嗯，经过下乡扶贫锻炼，工作能力肯定有所提高，希望你珍惜这次锻炼的机会。"

"一定铭记老领导的教诲。"杨嘉煜说。

"小杨，上次你电话联系到省人民医院治疗的病人怎么样了？"

"这小伙子的病情好多了，基本上把病治愈了，感谢您！薛副厅长。"

"病情减轻就好。农民生活困难，小病拖，大病熬，原因是多方面的，既有经济上的原因，也有思想观念上的原因。"

"薛副厅长，我有一事想向您咨询一下。"

"说吧。"

"现在进入寒冬了，我帮扶的驻屯村小学的学生穿得很单薄，前几天去学校走访调研，学校校长说每名学生需要一件棉衣，解决这件事，您看需要找哪个部门？"

薛盛祥想了想，他说："你可以去团省委找一下苏铎志，他可能有办法解决这个问题。"

薛盛祥一提醒，杨嘉煜想起来了，苏铎志以前是省财政厅金融处处长，三年前，他从省财政厅调任团省委任副书记，这忙他还真能帮上。

"谢谢薛副厅长的提醒，明天我就去找他。"

饭局在愉快融洽的气氛中结束。

第二天上班时间，杨嘉煜去共青团省委找苏铎志。

"杨处长,你怎么想起到我这里来了?"苏铎志热情地打招呼。

"想你了。"

"想我了?谢谢!"苏铎志边说边给杨嘉煜沏茶。

"杨处长,最近工作情况怎么样?"

"9月份,我被安排下乡扶贫去了。"

"安排到哪儿了?"

"会州县的一个偏远山村。"

"这正是组织考察干部的很好举措,也是干部自身提高能力素养的重要机会。"

"说得很好听,但实际上工作中的困难很多。"

"困难肯定有,没有困难,能派你们年轻有为的干部去扶贫?"苏铎志说。

"好了,苏书记,你别奉承我了,今天我过来有件事想咨询一下。"

"好嘞。"

"现在我在扶贫单位遇到了一点困难,想请你帮忙。"

"哦,说吧。"

"现在已经是严冬季节,我所帮扶的村办小学大部分学生是'留守儿童',父母不在身边,穿得很单薄,看团省委能不能想办法帮助解决一下学生的过冬棉衣。"

"这个问题,你是找对人了,我可以帮你解决。学校有多少名学生?"苏铎志说。

"一百三十多名。"

"好的,杨处长,知道了,现在正有一批慈善爱心人士与团省委联系献爱心活动。"

苏铎志的话让杨嘉煜一颗吊着的心放了下来,他没有想到苏铎志答应的这么爽快。

"我代表驻屯村小学全体学生感谢你。"

"杨处长,不客气。你回去写份材料,下周带上来,我们就不下去调查了。但是你要保证捐献棉衣社会效益最大化,明白了没有?"

"苏书记,完全明白,情况属实,绝对没有非分想法。"

杨嘉煜说完与苏铎志握手道别。

四

杨嘉煜回到驻屯村,他与帮扶工作队干部开始走访了解学生的家庭情况。

通过近几天的走访,杨嘉煜才真正了解了农村的教育情况,了解了"留守儿童"生活学习的状况,有些情况让他很心酸。

驻屯村下芦社一位六年级学生马雅丽,父母在外面打工,家里只剩下她一个人。

家中虽然只有她一个人,但她非常阳光可爱。

"马雅丽,你爸妈外出打工,把你一个人放在家里,晚上害怕不?"金欣瑶问。

"阿姨,不害怕,我已经习惯了。"

"你一人在家住了多长时间了?"

"一年多了。去年我爸妈外出打工时,问我一人在家害怕吗?我为了不让爸妈担心,说不害怕。"

"难道晚上你不害怕?"金欣瑶看着马雅丽问。

"去年刚开始时害怕,慢慢就习惯了。"

"那你晚上害怕了,咋办?"

"害怕了就哭,害怕了蒙头睡。"

听着马雅丽的回话,帮扶工作队干部心情很沉重,多么懂事的孩子,像这个年龄的孩子正是依偎在父母怀中撒娇的时候,而她已经独立生活了。

"那你的饭咋办?"李椿婷问。

"早点学校发营养餐,中午、下午的饭自己做。"

"你会做啥饭?"

"米饭、面饭都会做,从小跟妈妈学的。"

"今天午饭,我们就在你家吃饭,你给大家露一手。"李椿婷故意说。

"太好了。"马雅丽高兴地说,"我给大家做洋芋面片,家里有我妈腌制的咸韭菜。"

为了不让马雅丽失望,金欣瑶、李椿婷决定留下来吃饭。

在两位阿姨的帮助下,马雅丽很快把饭做好了。金欣瑶一品尝,马雅丽做得还可以,两位女同志发出啧啧的赞叹声。

这顿午饭让马雅丽感到好像妈妈在身边,有种家的温馨感觉。

下午,帮扶工作队干部又走访了几名学生。这几名学生跟着爷爷、奶奶生活,经济上虽然拮据些,但生活还算过得去。

还有一个家庭给帮扶工作队干部留下了很深印象,那就是安泰社的曾朴辉家。

曾朴辉与父亲生活在一起,妈妈去世了,父亲有语言障碍,不善说话,但可以下地劳动、做饭。

走进这家小院,院子里乱糟糟的,屋子里更乱,饭桌上,吃过的菜碟子在上面乱放着。

"曾朴辉,你洗碗时为什么不把饭桌上的碟子收下去?"李椿婷问。

"晚上还吃呢。"他随口说出。

"晚上吃,就不收拾了?"

"收拾了,也没地方放,还不如放在饭桌上。"曾朴辉说。

他说的是实话,把碟子收起放在哪儿呢,家里没有冰箱,也没有放碗碟的柜子。

就是这样的家庭条件,却出了一名优秀的学生。曾朴辉上五年级,脑子非常灵活,从小学一年级一直到现在,每次考试成绩在全年级名列前茅。前不久,他代表学校参加全镇五年级数学竞赛,拿了一等奖,考了个满分,并代表镇教管中心参加县上竞赛。

在参加县上数学竞赛中,曾朴辉又获了一等奖,县教育局的领导夸奖说，这孩子的智商真高。

曾朴辉不但学习好，而且人也很勤快，他放学后经常帮助父亲劳动干农活。

这样优秀的学生，竟生活在一个刚能吃饱肚子的家庭。受家庭环境的影响，他的性格腼腆，站在大家面前，你问一句，他就说一句，你不问，他也不说。

杨嘉煜把学生情况了解后，写成了书面材料上报团省委，捐助棉衣的事情很快被批了下来。

棉衣的捐献工作如期进行，慈善爱心人士不但给学生每人赠送一件棉衣，而且给五十余名教师每人赠送了一件，让他们安心教书工作。

发放棉衣的当天，气温骤然下降，发放的棉衣犹如慈善家一颗温暖的心，温暖着学生及家长，正在外面打工的学生家长听说之后，很多父母喜极而泣。

马雅丽、曾朴辉代表学生发言，他们两个人的发言让在场的全体人员泪流满面。

几位慈善企业家对团省委安排的捐献对象非常满意。一位慈善家声泪俱下地说，他要在驻屯村实行结对帮扶，并答应每年都要到驻屯村小学考察捐献，一定要让山村的孩子茁壮成长、快乐生活。

五

周末，杨嘉煜回到省城，他与妻子陈敏斐在吃饭时，谈到了驻屯村的教育问题。

"现在农村的教育现状，硬件设施比以前大有改观，但在软件设施上存在一定的缺陷。"杨嘉煜说。

"软件设施上的缺陷表现在什么地方？"陈敏斐问。

"驻屯村小学的学生，大部分是'留守儿童'，缺少父母的关爱，心理健康方面存在一些问题。"

"学校没有心理咨询师吗？"

"没有。前一段时间，我与王尧涵校长交谈，他提到了这方面的问题，学校有不少学生存在心理疾病、抑郁症等，尤其是五、六年级的女生。"

"女孩子生理期上的变化，应该有老师、家长的正确引导。"

"父母常年在外打工，怎么对孩子进行生理心理引导？在学校又没有专业的心理咨询老师，这项工作做起来比较困难。"

"老公，有时间你去与李校长沟通一下，看省实验小学能否与驻屯村小学形成帮扶结对学校，利用省实验小学的优质教育资源帮扶驻屯村小学。"陈敏斐说。

"这……李校长恐怕不同意吧。学校这样做会影响正常的教学工作秩序。"

"李校长挺好说话的，你与他沟通交谈时，多说些驻屯村小学的实际困难，他可能会答应帮助的。"

"那我去找他谈谈。"

周一早上，杨嘉煜去省实验小学找李珂昕。

李珂昕听了杨嘉煜的来意，他说："杨处长，帮扶驻屯村小学，这件事你让陈敏斐老师说一下就行了，还麻烦你来一趟。"

"李校长，我来一趟没关系，关键是以后要给你们学校带来诸多麻烦，感谢你答应帮扶驻屯村小学。"

"这没关系，杨处长，目前驻屯村小学迫切需要解决的问题是什么？"

"需要心理咨询师给孩子们进行心理疾病辅导，有条件的话，需要建一个心理咨询室，帮助一些孩子克服心理障碍，健康成长。"

"这个没问题。过几天，我派学校的心理咨询老师去驻屯村小学开展心理咨询活动，了解孩子们的心理需求，解决孩子们的心理困难，引导他们快乐健康地学习生活。"

"李校长，感谢你！我们在驻屯村恭候省实验小学的专家莅临指导工作。"

杨嘉煜与李珂昕谈妥后，便回驻屯村去了。

李珂昕先去驻屯村小学进行调研，王尧涵热情地接待了他，与他针对学生出现的思想心理问题的原因进行了深入交谈。

"王校长，咱们驻屯村小学最近现状是怎样的?"

"由于大多数学生是'留守儿童'，缺少家长的关爱，学生的思想心理问题比较严重，部分学生存在心理疾病，情绪失常，少言寡语，不愿与人交往，焦虑不安等。"

"嗯，这些状况，是精神抑郁症的表现。"

"李校长，精神抑郁症该怎样治疗与预防?"

"抑郁心态的调整是一个比较慢的过程，主要是创造一个温馨和谐健康的大环境，多举办一些丰富多彩的文化娱乐活动，让学生有机会释放缺少关爱的郁闷。"

"受条件的限制，学校举办文化娱乐活动有一定的困难。"

"这是农村学校普遍存在的问题，学校开没开舞蹈音乐课?"李珂昕问。

"没有，学校没有舞蹈音乐教师。"

"实际上，跳舞唱歌是治疗精神抑郁症的重要方法之一。它可以加强同学之间的交流沟通，关系好的同学之间可以互相倾诉一下心中的苦闷。"

王尧涵同意李珂昕的观点。

"消除精神抑郁，还可以通过增加运动量的办法，运动会使人的思维敏捷性提高，反应加快，同时能释放掉部分压力与负面情绪。平时要求学生保持乐观的心态，多做自己喜欢的事，多交朋友，多听听音乐，不与负面事物接触等，"

"嗯，学校以后多在以上几方面做工作，为学生提供一个温馨和谐健康的学习生活大环境。"

"我回去之后，尽快安排省实验小学的心理咨询老师到驻屯村小学开展学生心理健康咨询活动。"

"感谢李校长!"

李珂昕此次调研,掌握了驻屯村小学的一些教育教学情况。

一周之后,省实验小学的心理咨询老师到驻屯村小学开展学生心理健康咨询活动。针对有心理疾病的学生,心理咨询老师耐心指导服务,有几位心理疾病严重的学生,心理咨询老师带他们到省实验小学进行专门的心理疏通辅导。

经过省实验小学心理咨询老师耐心细致的沟通辅导,驻屯村小学的几位学生心理障碍明显减轻,出现积极向上、乐观健康的精神状态。

为了更好地促进驻屯村小学的发展,王尧涵与李珂昕协商,省实验小学帮助驻屯村小学建一座心理健康咨询室,心理健康咨询老师由省实验小学负责培训,参加全国心理咨询统一考试,取得心理咨询师资格证。

六

驻屯村小学学生心理健康出现问题,缺少父母关爱是一方面,学校的文化娱乐活动少、没有专业的舞蹈音乐老师也是一个重要原因。学生在校期间,除了一周两节体育课外,基本上没有娱乐活动。

单调的学生生活,让孩子们失去了学习生活的兴趣,处于青少年时期的学生感到心中压抑,生活郁闷,从而对学习失去了信心,甚至对生活失去了信心。

省实验小学李珂昕校长通过对驻屯村小学的考察,觉察到这一点。

驻屯村小学几位有心理障碍的学生,经过省实验小学心理辅导咨询老师的心理疏导,有了明显的减轻。但是这还不够,不能从根本上解决问题。

要想使学生彻底消除积郁在心中的苦闷,必须为学生创造一个健康向上的学习生活环境。

上次在与驻屯村小学校长王尧涵交谈时,李珂昕答应派心理咨询教师来学校咨询辅导,他还准备派学校的舞蹈音乐老师去驻屯村小学支教，利用省实验小学的优势教育资源，帮助驻屯村小学培养几位优秀的舞蹈音乐老师。

李珂昕召开学校行政会议，商讨这个支教计划。

经过学校行政会议研究，决定派业务能力强的刘婧舒老师前去支教，刘婧舒老师不但舞跳得好，而且歌也唱得好。

随后，李珂昕校长与刘婧舒老师沟通支教事宜。

"刘老师，学校计划派你去会州县驻屯村小学支教，想征求一下你的意见。"

"李校长，我没有意见，听从学校的安排。"

"那里是偏远山区，条件艰苦呀。"

"没关系，李校长。只要那里的学生和老师能承受，我就能坚持下来工作。"

"驻屯村小学，学生文化娱乐生活单调，很多孩子的心理压力大，出现抑郁等症状，让你去支教，主要任务培养一下学生的兴趣爱好，丰富一下他们的课外生活。"

"我会尽力做好支教工作的。"

"你去驻屯村小学支教，任务有两个：一个是教那里的学生跳舞唱歌，丰富他们的课外生活；另外一个是你要帮助驻屯村小学培养几名舞蹈音乐老师，以后学校里的舞蹈音乐课由他们来承担。"

"明白了，李校长。"

"下一周准备出发，你看怎么样？"

"可以。"

刘婧舒爽快地接受了支教任务。

这让李珂昕很感动，这就是我们的教师，为了教育事业，不计得失，服从安排，甘于奉献。

王尧涵听说省实验小学的刘静舒老师来学校支教，赶忙派人打扫一间宿舍，迎接刘老师的到来。

可是，当学生家长听说省上派来一位舞蹈音乐老师，心中却不乐意，家长们害怕唱歌跳舞耽误孩子们的学习。

家长们的教育观念还是比较落后，虽然绝大部分孩子将来不会以舞蹈音乐为职业，但是舞蹈音乐的美会潜移默化地影响着他们的心灵，会让他们在爱与美中插上快乐的翅膀，高高兴兴地学习生活，快快乐乐地健康成长，不再被抑郁的精神状态所困扰。

刘婧舒到了驻屯村小学，根据学校的工作安排，她很快给孩子们上课。

学校共有八个教学班，刘婧舒一周要上十六节课，但她不辞辛苦，兢兢业业，一丝不苟。

刘婧舒永远忘不了她第一次给驻屯村小学学生们上课的情景，当她走进教室时，学生们那木讷的表情，把她惊呆了。

在这片教育意识本来就落后的山区，许多孩子因为家庭教育的缺失、亲情的淡漠，让孩子们的精神生活颓废，失去了青少年时代特有的天真可爱。

她一定要让这群孩子们活跃起来，教他们高高兴兴地跳舞唱歌。

刚开始上课时，孩子们没有一点舞蹈音乐基础，即便是很简单的一个音符、一个舞蹈动作，他们也学不会，这让刘婧舒老师的课堂教学举步维艰。不管她如何努力地去教，这些孩子们都无动于衷，有的无心学习，她折腾了一节课，嗓子都喊哑了，却没有教会一个动作。

但刘婧舒老师没有灰心，她坚信，付出了就有回报。在教学过程中，刘婧舒更用心了，她反复指导，不断地为学生们做示范动作。

第一周每班两节舞蹈课，没有一点收获。

七

付出了没有收获的日子是痛苦的。但是刘婧舒没有退却，再苦再累都要坚持下去，她一定要完成单位交给她的支教任务。

刘婧舒不厌其烦地给孩子们教舞蹈唱歌，鼓励他们认真练习。课余时间，她会主动接近学生，用自己优美的歌声吸引学生，打动学生，学生们听到她的歌声，会不由自主地去倾听，去接近刘婧舒。

她与学生相处的时间长了，学生们与她熟悉了。

在刘老师的课堂教学中，性格内向或者胆怯的学生不再扭扭捏捏地练习了，舞蹈课上有了欢声笑语。

只要是源自灵魂深处的爱，哪怕是一个温暖的眼神，一句关爱的话语，一个善意的微笑，就足以打动人心。

山区的孩子跳舞基础差，刘婧舒会用赏识教育，鼓励他们练习跳舞，同时激励他们，只要肯付出，一定有收获。

孩子们在她的鼓励下，跳舞进步很快，课堂上他们自信的笑脸、悠扬的歌声、欢快的舞蹈，深深地感染着刘婧舒。

只要用心去教，学生肯定会接受的。

学生之所以患抑郁症，就是缺少了欢声笑语，沉闷寂寞的生活环境让他们不愿意与人正常交往，心情低落，焦虑不安。

现在的驻屯村小学，校园中充满着悠扬的歌声，欢快的舞蹈，让人心情愉快，环境对学生的心情调节、健康成长起着积极的影响。

元旦即将到了，为了展示刘婧舒老师舞蹈音乐课的教学成果，学校决定召开元旦迎新晚会，主要由各班组织参加。

晚会的举办，调动了孩子们表演的积极性，各班班长组织排练节目，邀请刘静舒老师指导，近一段时间，她忙得不可开交，奔波于各班排练场所，晚饭都没有按时吃过。

人虽累点，但心情是舒畅的。

元旦晚会上，学生们的精彩表演赢来了热烈的掌声，优美的舞蹈表演，欢快的动听合唱，学生的精神面貌有了改观。

驻屯村小学的文化娱乐氛围彻底改变了。校园中，看到的是学生欢快的笑容，听到的是学生开心的笑声。

王尧涵对刘婧舒老师的支教工作非常满意。

刘婧舒老师在教孩子们跳舞的同时，还指导了两名年轻的女教师，给她们普及乐理舞蹈知识，提高她们的艺术综合素养，担当学校文化娱乐课的重担。

在老师们的建议下，刘婧舒利用课余时间自编了一套"课间舞蹈操"，引导全校师生共同参加。

经过一段时间的排练，全体师生学会了"课间舞蹈操"。在大课间，老师与学生伴着悠扬的舞蹈音乐，翩翩起舞，场面很是壮观，课间操老师们的参与，既让学生欢欣不已，又让老师们锻炼了身体。

"课间舞蹈操"现在已成为驻屯村小学特色办学的一大亮点，得到了上级教育主管部门的肯定和表扬。

省实验小学不但在学生心理健康方面帮扶驻屯村小学，还在师资培养上进行帮扶，把省实验小学的优质教育教学资源输送过来，提高驻屯村小学的教学质量。

通过这次教育帮扶工作，驻屯村小学教师在原来的基础上，教育理念、教学艺术、教学方法上有了明显的提高，教师的理论素养、综合能力又上了一个新台阶。

从这次教育帮扶工作开始，省实验小学与驻屯村小学，形成长期帮扶机制，确保优质教育资源两校共享，共同学习，共同提高。

在帮扶的过程中，省实验小学校长李珂昕发现驻屯村小学在阅读书籍上有欠缺，省实验小学又无偿给驻屯村小学捐献五万元的儿童阅读书籍，培养学生的阅读兴趣，提高学生的综合素质。

八

驻屯村安泰社高世旺夫妇，年龄大了，儿女不在身边，有啥困难，他们总爱找帮扶工作队干部来帮忙。

勤快热心的张凯，成了高世旺夫妇的帮忙者，只要高世旺夫妇有需要帮忙的事情，他都乐意去帮助解决。

张凯与高世旺夫妇慢慢地熟悉起来。

一次，张凯调查农业生产情况，他与高世旺聊了起来。

"高大爷，您年龄大了，干活要注意一下身体。"

"唉，老了，农活越来越干不动了。"

"我怎么没见您的儿女们帮您干活?"张凯冒昧地问了一句。

"我只有一个姑娘,在外面上班,她很忙,顾不上回来。"

"哦,既然您的姑娘没时间回来帮忙干活,那您老人家就不要种地了。"

"地不种不行。当了一辈子农民,种了一辈子庄稼,现在不种地,干啥去?人老了不能闲着,种地也是一种锻炼。"

老人说得是实话,人要有事情做,没事情做,人就闷得慌。

高世旺夫妇年龄大了,在帮扶工作中,他家属于帮扶工作队干部特别关照的对象。

为了帮助高世旺家脱贫摘帽,杨嘉煜专门指派张凯操心帮忙,高世旺家里的很多事情由张凯来办。

有时张凯帮忙干完活,高世旺留他吃饭,他会婉言谢绝。

其实,驻屯村的村民很喜欢帮扶工作队干部在自己家中吃饭。

张凯帮忙的次数多了,如果高世旺夫妇非留他在家吃饭不可,张凯会偶尔在高家吃上一顿饭。

有时周末,张凯不回家,高世旺听说之后,便邀请张凯到家里来,陪他聊聊天,解解两位老人家的心慌。张凯来了总要帮助高世旺干些家务活,把缸里的水担满,把院里的垃圾清理干净等。

这样一来二往,高世旺夫妇把张凯当成亲戚看待。

在一次闲聊时,高世旺妻子问:"小张,你在市里哪个单位上班?"

"在市中医院。"

"当大夫好,治病救人是一种很好的工作。"

"您跟我妈说的一样,她也认为当大夫好。"张凯说。

"我姑娘也在市里上班。"

"高大娘,她在市里哪个单位?"

"市文化广电和旅游局。"

"哦,我们单位都在西区。"

"姑娘平时上班忙,家里很少回来。"

"您只有一位姑娘?"张凯又贸然地问。

"只有一位姑娘,还是老来得女,我生她的时候已经四十多岁了。"

"看样子,您的姑娘是二老的心肝宝贝了。"

"可以这样说,老伴比较疼爱姑娘。"高世旺妻子说。

"姑娘是老爸的小棉袄,那是一定的。"

高世旺的姑娘还真是他们的心肝宝贝。

"小张结婚了吗?"高世旺妻子问。

"没有,才谈着呢。"

"那就好,现在的年轻人谈对象、结婚都比较晚。"从高世旺妻子的语气中能听出,他们的姑娘可能没找上对象。

当母亲的都爱闲聊儿女们的婚姻事情。

"前一段时间,你去胡占民家收缴合作医疗保险费,村里的人都为你捏了一把汗。"高世旺插嘴说。

高世旺提起这件事,是对张凯的关心,让他对胡占民有所了解,不要贸然行事。

"大家为什么担心我,高大爷?"

"胡占民是村里的难缠户,一句话说不合适,可能招来麻烦,他与村干部经常闹得很不愉快。"

听高世旺的口气,他也认为胡占民不讲道理。但是,张凯通过与胡占民帮扶打交道,也没有感觉到胡占民有什么不对的地方。

"没关系,高大爷,我们是在帮扶他,也不是难为他,他应该明白其中的道理。"

"你们帮扶工作队干部挺辛苦的,出力受气,有时操心管事还不讨好。"高世旺说。

"没关系,年轻人,辛苦一点没什么,有时受到村民们的误解也应该理解。"

高世旺听着张凯的话,挺欣赏这位小伙子,稳重大方,有涵养,又有工作能力。

"听说，胡占民去市里看望你了？"

"是的，高大爷，胡占民没有大家想象的那样蛮不讲理。"

"嗯，胡占民变化是挺大的，还是你们帮扶干部有办法，让他变好了，懂得人情世故了。"

张凯与高大旺夫妇聊天，好像同自己的父母聊天一样，感到很轻松，很舒心。

九

高世旺的女儿叫高静怡，她第一次见张凯，是张凯帮助父母在地里干农活。

双休日，高静怡回家，家里没人，她去地里寻找父母，看见一位小伙子正与父母一起干活，有点诧异。

看到女儿回来，高世旺向张凯介绍说："这是我姑娘。"

张凯抬头看了一眼，说："你好！我是驻屯村帮扶工作队的，叫张凯。"

"你好！"高静怡礼貌性地打招呼。

"这几天多亏了小张的帮忙，地里的冬活快忙完了。"高世旺说。

高静怡听父亲说着，又朝张凯看了一眼，心想，帮扶工作队干部还帮助老百姓干农活，觉悟够高的，也够辛苦的。

"谢谢领导！"高静怡说。

下午，地里的农活干完，张凯回村委会去了。

晚饭做好，高世旺夫妇心中过意不去，高世旺去叫张凯来家里吃晚饭，他到村委会时，张凯正一个人洗菜做饭。

"小张，帮扶工作队里只剩你一个人？"

"是的，高大爷，其他领导回家去了。"

"走，到我家吃饭去。"

"高大爷，我不去了。你看，我把菜都洗好了。"

"走吧，我们家里饭已经做好了。"

张凯不想去，周末是高世旺一家人团聚的时间，他去凑啥热闹。但他拗不过高世旺，只好去了。

在吃饭的过程中，张凯与高静怡聊了几句。

"以前我回来时，我爸妈经常提到你，说你常给我们家帮忙干农活。"高静怡说。

"哦……工作上的需要，帮扶干部的主要任务是为村民们排忧解难，帮助村民脱贫致富，帮忙是应该的，我与高大爷很熟悉了。"

"现在帮扶干部挺辛苦的，还要帮助群众干农活。"

"这是为了搞好干群关系，深入扶贫第一线，了解群众的需求，倾听群众心声，帮扶才能有成效。"

"张大夫，听说你在市中医院上班？"高静怡问。

"是的。"

"市中医院离市文化广电和旅游局挺近的。"

"嗯，都在西区。"张凯应对说。

"看样子，以后有事情要麻烦张大夫了。"

"没问题，不过你以后不要麻烦我。"

高静怡听到此话，感到自己失言了，脸上骤然泛起了红晕。

看到高静怡尴尬的表情，张凯解释说："与大夫打交道，多是因为生病，不让你麻烦，我是祝你及家人身体健康，平平安安。"

此时，高静怡感到这小伙子有点意思，她说："张大夫，你说话真风趣。"

张凯看了一眼高静怡，两个人都笑了。

吃过晚饭后，张凯回村委会歇息去了。

晚饭后，母亲问起了女儿的恋爱问题。

"你最近有没有看上的小伙子？"母亲问。

"没有。"高静怡回答。

"你要抓紧时间，我和你爸年龄大了，我们都盼着抱孙子呢。"

"妈，看你说的，没有男生，你让我看上谁呀，总不能打着招牌到大街上去捡吧。"

"你们单位不是有几位男同志嘛。"

"那几位男同志我看不上。"

"婚姻是现实，不能太理想化，只要人老实，懂得过日子就行了，别挑剔得过头了。"

"妈，我没有挑剔。婚姻是现实，是缘分，最基本的要求是两个人能谈得来嘛，不能让我跟一个连说话都说不到一块儿的人结婚吧。"

"说得也是。"母亲随和说。

"妈，你与我爸别愁了，有合适的人选，我一定领回来给你们看一看。"高静怡宽慰着母亲。

"那就好，盼你早些领回来一个，让爸妈看看。"

"妈，我困了，要睡觉了。"高静怡说着，拉开被子躺下了。

第六章

一

春节过后，万物复苏。万籁俱寂的山野，在春风的吹拂下，焕发出勃勃生机，带来了新的希望。

春天是惊世骇俗的精灵，它曼妙轻盈的脚步，让沉寂荒凉的山野，透出了淡淡的绿意，又像一位懵懂的憧憬爱情的少年，站在荒原上四顾惊慌，而内心却暖意荡漾。

帮扶工作又在这春意盎然的季节里展开了。

杨嘉煜上班的第一件事就是协调通村公路铺柏油的事宜。

这段通村公路是县委书记伊仲楠亲自协调督办的，县交通局春节过后开工的第一个工程项目就是驻屯村的通村公路。

半月之后，修路机械设备开进工地，十余天的时间把驻屯村通村公路路面铺油完成。

祖祖辈辈走的泥土路，现在变成了柏油路，驻屯村的村民都欢呼雀跃。

"这是帮扶工作队干部真心实意为老百姓办的好事呀。"村民欧忠感叹说。

在驻屯村，做事能得到欧忠老人家的认可不容易。

说起西滩社村民欧忠，他为人宽厚、性格耿直，爱抱打不平，眼睛里揉不得半粒沙子，只要有违背群众意愿的事情，他都会站出来为群众说话，尤其是对上级领导进村检查工作，不感兴趣。

欧忠年轻时是驻屯村西滩社的社长，他对领导来村里检查工作方式很清楚。以前，领导到村里来检查，实事办不了，专门挑剔毛病，早上来检查，中午必在村委会吃饭；下午来检查，晚上必管饭管酒。

他记得很清楚，十余年前，上级领导检查工作，村主任曾让他在西滩社宰了两只羊，后来听说还不够吃的。

鉴于以上情况，欧忠对领导干部的印象不太好。

以前的领导干部不守规矩不作为，老百姓不欢迎，给工作带来了很大的压力和不便。

近几年，上级组织部门常抓领导干部工作作风建设，现在的领导干部工作作风得到了很大的改观，彻底改变了以前的不想作为、消极怠慢的工作状况。

在这次精准扶贫工作中，政府明确规定，帮扶工作队干部一定不能给当地人民群众带来麻烦，坚决不能给扶贫单位增加负担，若帮扶干部不守规矩、不想作为、消极应付，一经查出，按照违规、违纪依法严肃处理。

所以，帮扶工作队干部来到驻屯村半年的时间，他们恪尽职守，遵规守纪，从不给老百姓带来任何麻烦，驻屯村的羊肉好吃，帮扶工作队干部都没有去吃过。

村书记祁建臻计划自己掏腰包请帮扶工作队干部吃顿羊肉，杨嘉煜也不同意。

杨嘉煜想，就是祁建臻自己掏钱买羊肉，村民们也猜测是村上的钱，因为他是村书记，村民们很容易联想到这一点。

帮扶工作队干部在村委会已经住了半年时间了，他们没有派人去西滩社买过羊肉。

领导干部的工作作风改变了，变得积极作为了，欧忠从上一届帮扶工作队干部中已经发现。

至于这届帮扶工作队干部，欧忠晚上几次路过村委会门口，村委会房子里的灯亮着，院子里静悄悄的，没有吃肉喝酒的迹象。世事变了，欧忠当时想，难道上面派来的领导干部不懂吃喝？

其实，领导干部的工作作风真的变好了，欧忠对领导干部的看法也在不断地改变。

欧忠夫妇无儿无女，老两口生活在一起。去年秋天，杨嘉煜刚来到驻屯村帮扶走访调查时，发现欧忠住的房屋年久失修，他与村"两委"干部商量，按照国家有关扶贫政策，给他盖了三间新房子，让老人安度晚年。

搬进宽敞明亮的新房子时，欧忠夫妇非常感动，年龄大了，政府对他们还如此关心照顾，真暖人心啊！

后来，欧忠专门宰了一只自己饲养的羊，送给帮扶工作队干部和村"两委"干部表示感谢。

老人家养羊不容易，不能接受老人家送来的羊肉，杨嘉煜想。帮老人家盖房子，是帮扶工作队干部应该承担的责任。最后，他让张凯算一下肉钱，给欧忠老人家送了过去。

欧忠被帮扶工作队干部的廉洁自律打动了，对干部们抵触的情绪消除了。现在，他成了村委会的常客，与帮扶工作队干部拉家常，把村民们的需求向帮扶工作队干部反馈一下，有时把自家院子里种的新鲜蔬菜，送一些过来。

欧忠拿来的新鲜蔬菜，帮扶干部们会欣然接受，他与帮扶工作队干部的关系更近了。

二

春耕结束，地里的庄稼种上后，村子里的年轻人，又要外出打工了，这在村里已是常事。

年轻人外出打工，村子里静悄悄的，人少了，村中就缺少了人气。村子里只剩下老人和孩子，他们有个头疼脑热的，也没人照料。

怎么让农民在农闲时间既能增加收入，又不用外出打工，还能照顾上老人及孩子呢？杨嘉煜在思考着这个问题。

一次，杨嘉煜与祁建臻去镇政府开会，路上两个人聊了起来。

"农闲季节，很多人外出打工了，村子里很清静。"杨嘉煜说。

"嗯，每年都是这个样子，农闲的时候，村里的年轻人外出打工了，村里变得清静了。改革开放促进了经济发展，人民生活水平有了很大的提高，但是农村的变化也是挺大的，去农村化日益显现，尤其是民风民俗的变化。"祁建臻说。

"是的，提到民风民俗的问题，去年在省城的几个老同学聚会，都提到了这个问题，农民外出打工，导致村民关系的淡化，不是人们有意淡化，而是没有时间联系，加强沟通交流。"

"就拿驻屯村来说，村上大部分年轻人外出打工，谁家要是有了婚丧嫁娶的事情，找个帮忙干事的人都没有。"

祁建臻的话让杨嘉煜想起了以前的一件事情，省财政厅一位同事的父亲去世，他老家在农村，杨嘉煜与其他同事一同前去吊唁，在吃饭的时候，端饭的人竟然是六七十岁的老人，当时他们感到很惊奇，唏嘘不已。

很显然，因为村里的年轻人外出打工了，没人跑腿端盘子干事情了。

在大家的记忆中，像老人去世这样的大事情，帮忙的人络绎不绝。

"现在为了解决这种问题，农村出现了服务中介公司，解决了农村过事情没人帮忙的问题。"祁建臻说。

"问题解决了，可是这种变化致使农村人与人之间的关系淡薄。"杨嘉煜惋惜地说。

"这是社会发展的趋势，年轻人外出打工，最重要的是孩子的教育成了问题。人们常说，寒门出英才，其实，现在的状况是寒门难出英才。"

"嗯，前一段时间有一份资料显示，全国各省高考文理科前一百名，百分之七八十是城镇学生。"

"农村的'留守儿童'大部分是跟爷爷、奶奶生活在一起，这些

第六章 | 113

老人大多是文盲或者半文盲，功课辅导不了，只能保证孩子的吃饭问题和日常生活。"祁建臻沮丧地说。

"对于农村孩子的教育问题，祁书记，你也没有必要太担忧，像村子里的杜青林，把孩子教育得不是很好嘛。"

"杨处长，那只是个别家庭。"

看到祁建臻沮丧的表情，杨嘉煜说："耽误了孩子的学习，就是荒废了孩子的前途。"

"农村的婚姻状况也不容乐观，一些年轻人对待婚姻的态度很随便，离婚像小孩子过家家，离婚率越来越高。"祁建臻说。

"随着经济的快速发展，农村的年轻人结婚之后外出打工，当这些年轻人在外面看到那五彩缤纷的世界和打扮得花枝招展的女人，他们的内心充满了冲动，随之而来的是出轨现象的发生。"

"男人在外出轨，女人在家也不老实。在这样的环境下，离婚的情况很普遍，人们的观念在变化，不再是以前的传统观念，像男人的责任担当、女人的'嫁鸡随鸡　嫁狗随狗'的本分道德观淡化了，现在的年轻人可以说是为自己而活，夫妻双方不适合就离婚。"

"就是不受社会环境的影响，夫妻双方长期分居，也会让彼此感情变淡，慢慢地经受不住时间的考验。"杨嘉煜说。

面对农村婚姻的不稳定现象，已经引起了有关部门的重视，现在正着手制定相关措施，加强防范。婚姻状况的稳定，是社会和谐发展的需要，也是国家长治久安发展的需要。

三

陈敏斐打电话给杨嘉煜说，省瑞翔开发公司赵淑婕总经理一行三人明天去驻屯村考察帮扶业务，请驻屯村准备一下。

听到这个消息，杨嘉煜非常高兴，他马上召开会议安排部署。

"杨处长，以前没有听你说过有赞助企业要来驻屯村考察呀？"金欣瑶说。

"在没有落实之前,我没敢向大家说。"

"职位高了,涵养就是不一样,沉稳谦虚。"李椿婷说着竖起了大拇指。

"好了,现在咱们开会。省瑞翔开发公司是一家综合型的民营企业,业务包括房地产、餐饮、文化娱乐等多个领域。祁书记,你把咱们驻屯村的情况认真准备材料,向赵淑婕总经理汇报。"

"嗯,我认真准备。"

"郭主任,你负责把驻屯村的街道卫生打扫干净,以整洁的村容村貌展现给来考察的老板。"

"请杨处长放心,各街道的卫生我都安排打扫干净。"

"小潘,你负责接待工作,把咱们驻屯村的特色菜准备上,一定要让赵经理吃出驻屯村的特色来。"

潘吉林点头示意。

"噢,对了,小潘,你去西滩社联系一下,让社长宰只羊送来,顺便把肉钱算清。"祁建臻说。

"嗯,这个安排好,一定要让赵淑婕经理给咱们驻屯村留下好印象,让她对驻屯村感兴趣,喜欢这里,靠她的经济实力助推驻屯村脱贫攻坚的发展。"杨嘉煜说。

……

一切都在紧张地准备着。

第二天,赵淑婕率团进村考察。

帮扶工作队干部与村"两委"干部热情迎接。

"杨处长,进村的这条公路,看样子是新修的?"赵淑婕问。

"是的,赵总,刚完工。"

"这条路修得好,交通方便了,能促进驻屯村各项脱贫产业的发展,要想富,先修路。"

"是的,交通方便了,村子里的农副产品能及时运送出去,卖个好价钱,希望村民有个好的经济收入。"

"目前，驻屯村的支柱产业是什么？"

"赵总，支柱产业还没有，村民主要靠养殖业和种植业，养殖没有形成规模，种地经济效益低下，驻屯村的地理位置不占优势，又没什么致富产业，老百姓要想脱贫致富很困难。"

"要是村民脱贫致富容易了，还要你杨处长干什么？"赵淑婕的一句话说得大家笑起来。

按照赵淑婕的意愿，先举行了座谈会。

座谈会上，村书记祁建臻介绍了村子里的情况："我们驻屯村，是会州县的深度贫困村之一，贫困率百分之六十以上，致贫的主要原因有：一是交通闭塞，信息滞后；二是老百姓没有致富技能，主要靠种地维持温饱；三是村中没有支柱产业，大部分青壮年劳动力外出打工；四是农业管理跟不上，农业生产效率低下……"

经过村书记祁建臻的介绍，赵淑婕对驻屯村有了初步了解。

在交谈的过程中，赵淑婕问："现在驻屯村需要解决的问题是什么？"

"赵总，一是需要发展致富产业；二是需要建一个休闲健身文化广场。"祁建臻说。

"好的，致富产业我们共同探讨，公司先给驻屯村修一座文化健身广场。"

赵淑婕话音一落，会议室里响起了热烈的掌声。

"祁书记，你们村里的传统产业是什么？"赵淑婕问。

"赵总，以前主要是养殖业，祖辈们都爱这一行业。可是，家庭养殖规模小，养些羊、猪、鸡等，经济效益不可观。"

"种地没有丰厚的收入，养殖业没有好的经济效益，村民们只能外出打工了，而打工挣钱只能养家糊口，不能脱贫致富。"赵淑婕说。

"是的，赵总，有的家庭夫妻双方在外打工，一年能挣四五万块钱，但是打工挣来的钱，支付一下孩子的上学费用、农业投资、给老人垫付医药费等，也剩不了多少。"祁建臻说。

"年轻人外出打工，村子里人少了，失去了人气，显得冷冷清清，家中有小孩的，院中还有个说话的声音，家中没有小孩的，只剩下孤寡老人，院子里根本听不到声音，农村文化、农村习俗受到冲击。"杨嘉煜说。

"是的，这些情况我清楚，这是社会发展的趋势，'空巢老人''留守儿童''单身夫妻'等，这些都是现在农村特有的一种现象，我作为一名省政协委员，曾在这方面做过提案，并且得到省委、省政府的重视，很快就要出台解决问题的方法意见。"

……

会议持续了近一个小时。

座谈会结束，杨嘉煜说："赵总，咱们现在吃饭，大家恐怕都饿了。"

"吃饭，好的，吃完饭咱们去村里转转。"赵淑婕说。

饭已经准备好，今天做饭的厨师，是专门请了村上最好的做饭能手——赵文灿妻子赵大嫂，她做的羊肉很有名气。

饭是家常便饭，糁饭、羊肉，另配几个凉菜。

赵淑婕看到色香味俱全的爆炒羊肉，品尝了一块，赞不绝口："这羊肉好吃。"

赵淑婕这一赞，干部们心里乐开了花。祁建臻忙解释说："驻屯村的羊肉在这十里八乡是有名的，县上对外招商引资，招呼外地客商都从我们这里购买羊肉。"

"这里的羊肉为啥口感这么好？"赵淑婕问。

"因为这里的羊是在山中放养的，山上有很多野中药材，如甘草、党参、黄芪等，羊吃的是中药材，喝的是天然山泉水，肉质特别细腻，并且这里气候对羊生长很有利，各种营养都达标。"祁建臻说。

祁建臻说着，赵淑婕频频点头赞许。

四

吃过午饭稍作休息，帮扶工作队干部及村"两委"干部陪同赵淑

第六章 | 117

婕到村上考察调研，先到村中部分贫困户家中走访慰问，给他们送去了一些生活必需品。

赵淑婕在走访慰问过程中，抬头远眺，看见前方有一个大的堡子，她好奇地问："祁书记，前面怎么建那么大个堡子？"

"赵总，这话说起来长了，这是我们驻屯村的'千年古城堡'，要不，咱们去看一下。"祁建臻说。

"好呀。"

大家陪同赵淑婕去了村北的"千年古城堡"。

到了古城堡门前，比远看更显壮观。

"赵总，我们驻屯村的名字就与这个古城堡有关。"祁建臻说。

"真的吗？你说来听听。"

"这个堡子最早建于北宋时期。"

"哦，建于北宋时期，已经上千年了。"赵淑婕说。

"是的，在北宋时期，宋太宗为巩固疆域，维护疆土完整，他曾经派武将曹彬多次西征，平定少数民族入侵，这个堡子听说是曹彬西征时建的。"

"这有史据可考吗？"

"赵总，有，在会州县县志上就有记载。"

"当时曹彬怎么想起在这里建座堡子？"赵淑婕半信半疑地问。

"您考虑的这个问题，也是很多来这里参观考察者的疑问。据史料记载，在公元九百八十年，边疆地区少数民族叛乱，宋太宗派曹彬前往平乱。可是当平叛军队到达秦州时，也就是进入了甘肃，一场沙尘暴卷土重来，整整吹了一周时间。当大风停止后，士兵们被吹得晕头转向，分不清方向，他们只好沿着一个山谷前行。"

"最后就到达了这里。"赵淑婕打趣地说。

"是的，这里有一眼泉水，曹彬命令部队安营扎寨，稍作休整，继续前行。"

"现在这眼泉水还在，是驻屯村重要的饮水资源。"杨嘉煜说。

"可是天也不凑巧，那一年风沙特别多，一刮就是几天，军队无法前行，加之白天强盗打劫粮草，晚上野兽常来偷袭，而后备粮草又不能及时运达，曹彬命令士兵建起了这个近二百亩地的大堡子。"

赵淑婕越听越高兴，越听越兴奋。

"这个古城堡，数千名士兵花了一个多月的时间修建的。建成以后，晚上士兵住进堡子里安全了很多。"

祁建臻接着说："平叛军队在城堡中休整了二十天，后来风沙小了，军队前行平定边疆少数民族叛乱。叛乱被平定之后，曹彬班师回朝时，又专门来到堡子里住了一段时间，由于这个地方住过士兵，所以叫作驻屯村。"

"这个古城堡是不是北宋时期的？"赵淑婕问。

"据考证，堡子周边上有一些残垣断壁，还是北宋时期。"

在古城堡的四周，隐约还能看到一些城垣的夯基。

"这个古城堡的大门城楼，是不是北宋时期建的？"

"赵总，您看得够仔细的。古城堡的城楼门是晚清时期建的，听说比宋代的气派多了，也有一百多年的历史，当时驻屯村有一位商人赵达，靠长途贩运发了家，他为了贮存货物，把古城堡四周的围墙进行了加固，又修建了一座雄伟的城门楼。"

"如果古城堡真是北宋时期修建的，很有旅游开发价值。"

"北宋时期修建的肯定没问题。十余年前，省文物局在排查全省文物时，古城堡是经过考古专家鉴定评估论证过的。"

祁建臻在为赵淑婕做着翔实的说明。

赵淑婕想祁建臻说的是实情，历史古迹不能编造。在古城堡大门边竖立的石碑上，篆刻着省级文物保护单位。

"这个古城堡，政府部门没有计划开发利用？"赵淑婕问。

"县文化旅游局与五谷镇政府想到过联合开发，但因古城堡坐落在山中，当时交通不便，开发又需要大量资金，就停了下来。"

"现在乡村旅游挺时尚的。"

"是的，赵总，我刚才说的是十余年前的情况，现在乡村旅游挺盛行的，也是群众脱贫致富的持久产业。不过，古城堡的开发还是需要资金投入，经济效益前期没有保障，开发困难还是挺多的。"

祁建臻的分析让赵淑婕思想上有了触动，没有想到，她对驻屯村的"千年古城堡"产生了兴趣。但旅游开发投资不是小项目，这需要严谨的考察论证。

五

考察结束，赵淑婕回到公司，先给驻屯村村委会划拨了一百万元资金，修建村文化健身广场，给驻屯村村民提供一个休闲健身的娱乐场所。

县委书记伊仲楠很快知道了这件事情，他当即打电话表扬杨嘉煜，很赞同他的做法。

"杨处长，你真行呀，能给当地村民修建文化健身广场，很了不起。"

"伊书记，不就是给驻屯村拉了点赞助嘛，怎么惊动你了？"

"会州县需要你这样的干部，敢于担当，勇于作为。有机会帮我引见一下这位老板赵淑婕，咱们要齐心协力把这位财神爷留在会州县，利用赵淑婕的财脉和人脉，为会州县的脱贫攻坚助一臂之力。"

"可以，在驻屯村文化健身广场落成剪彩时，邀请你来参加，到时你与赵淑婕总经理见个面。"

"可以，等驻屯村文化健身广场建成剪彩，我一定参加剪彩，提前通知哦。"

"好的，没问题。老同学，我还有一事要告诉你。"杨嘉煜说。

"说，啥事？"

"你是不是好长时间没有回家了？"

"嗯，最近工作特别忙。"

"你老婆李晓盈对你有意见，知道不？"

"有意见？不可能，她对我能有啥意见，你咋知道的？"

"说你不常回家关心她。"杨嘉煜故意把声音压得很低。

"扯淡，胡编乱造。"

"真的，没有胡编乱造。前一段时间，市人民医院到驻屯村做妇女公益检查，李晓盈带队，我们在一块儿吃饭时她说的。"

听着杨嘉煜的话，伊仲楠有点相信了，因为他上次回家，老婆李晓盈表现得一点也不积极，情绪低落，他早上起床去市里开会，出门时她连一声招呼都没打。

整天忙于工作，奔波在脱贫攻坚第一线，把老婆都给忘了，伊仲楠深表惭愧。

"哎，工作忙呀，党和政府已下达脱贫攻坚总任务，一刻也不能放松呀。"伊仲楠说。

"工作要干好，老婆也要关心照顾好，这样才是好干部，家庭是你事业成功的坚实后盾。"

"杨处长，谢谢你的关心与提醒，我这里来人了，有时间咱们再聊。"

"好的，伊书记，你先忙。"

驻屯村文化健身娱乐广场三个月建成投入使用。剪彩时，伊仲楠参加，与省瑞翔开发公司总经理赵淑婕首次会面。

剪彩仪式结束后，伊仲楠把赵淑婕邀请到县里，就县里的情况与她进行了深度交谈。最后，双方达成初步意向，赵淑婕要投资会州县新城综合开发项目。

经过一段时间的考察调研，赵淑婕计划在会州县新城开发上投资数亿元，在县城新区开发一个集房地产、电商物流、餐饮休闲于一体的现代化商贸集群。

县上根据特事特办的招商原则，很快为省瑞翔开发公司办理了入驻手续，在建设用地、项目审批等环节提供了方便。

会州县的招商亲商、互惠互赢的做法，吸引很多外商来投资兴业，也让赵淑婕对会州政府的服务感到满意。

经过县委、县政府与省瑞翔开发公司的共同努力，项目很快落地建设，省瑞翔开发公司投资八亿元的铂奥商贸中心如期开工建设。

赵淑婕的投资，有力地推动了会州县的城市化进程，县上尽可能地为企业的发展提供更多更优惠的政府服务，助力投资商家的发展。

六

张凯与孙娇的恋爱关系出现了问题。

随着扶贫工作倒逼机制的开展，帮扶工作更忙了，张凯没时间回家，他们只能电话联系沟通。

张凯给孙娇打电话或者发短信，开始时她还回复一下，随着时间的推移，孙娇感觉这样的手机恋很没意思。慢慢地，张凯给她发短信，孙娇也不回复了，张凯如果不主动联系她，孙娇也不会联系张凯。

整天忙得焦头烂额的张凯，没有考虑那么多，有时忙得几天都不发一条短信问候孙娇。

一次，他给孙娇打电话问候，孙娇问他多长时间没打电话了，他却答不上来，明明是一周没打电话，他却说，两三天吧。

连时间都记不清楚的人，怎么跟他谈对象，以后生活起来怎么相处，孙娇生气地想。

距离能增加思念牵挂，距离也能疏远感情。

五一放假，张凯计划与孙娇去省城游玩。一是补偿一下对孙娇的感情缺失；二是大半年的下乡帮扶工作，把自己搞得也非常紧张，想放松一下自己，调节一下精神状态。

张凯在驻屯村买了些土特产，枸杞、大枣、土鸡蛋等，送给孙娇的父母，他打电话让孙娇去汽车站接他。

孙娇给他的回答是没有时间。

张凯当时想，可能孙娇工作忙，下车后，他提着鸡蛋、枸杞、大枣要送到她家去，而孙娇却不让去，说家中没人。

以前，张凯要是给孙娇爸妈买一些土特产，她会高兴地接受，并给爸妈炫耀，这是绿色食品，那是无公害蔬菜。在她爸妈心中，只要是张凯买的，让孙娇说起来都是最好的。

孙娇的变化让张凯觉得有点蹊跷。

晚上，张凯不放心，他给孙娇打电话。

"喂，你在哪儿？"

"你问我在哪儿干啥？"孙娇口气生硬地说。

听孙娇说话有点醉意。

"关心你呗，你现在在哪儿喝酒？"

"我在鸿运KTV。"

"你去唱歌咋不叫上我？"张凯问。

"凭什么叫上你，你心中还有我？"孙娇的声音有点哽咽。

让张凯惊诧的是，在孙娇的身边还有一个男人劝说的声音。

"你在鸿运KTV等我，我马上过来。"

张凯说完，气愤地走出家门去找孙娇。

他在鸿运KTV找到了孙娇时，她已经喝醉了，坐在沙发上微眯着眼睛。可现在包厢里只有她一人。

张凯疑惑地问："只有你一人在唱歌？"

"只有我一人。"

张凯知道孙娇在撒谎，但他不能再追问下去，再追问下去的话，两个人又要吵架了。

"那你还唱不唱？"张凯问。

"不唱了，回家休息。"

张凯看到孙娇那狼狈不堪的醉相，非常生气。

张凯扶着孙娇走出鸿运KTV，把她送到家中。

心情烦躁的张凯，没心思再打问今晚孙娇喝酒唱歌的原因，与她的父母打了声招呼就回去了。

孙娇的父母却认为女儿与张凯在一起唱歌吃饭，也没有多问。

第二天中午，孙娇给张凯打电话，说中午在一块儿坐坐，有事情商量，张凯答应了。

在一家咖啡厅里两个人见面。

坐在咖啡厅里，两个人好像显得有点陌生，张凯虽然生气，但他不想多问，现在的两个人心中各有各的想法。

"今天把你约出来，是有事情想告诉你。"孙娇说。

"啥事？你说。"

"咱们分手吧。"

张凯听到此话，心中的怒气爆发，他站起来吼道："咱们为什么分手？是我下乡扶贫，还是你另有新欢？"

张凯的话很难听。

"两者都有。"

"你昨天晚上到底与谁在一块唱歌？"张凯质问。

"与五洲旅游公司的寇经理。"

"寇宽？"张凯惊奇地问。

"嗯。"孙娇显得很平静。

看着孙娇那平静的表情，张凯瘫坐在了沙发上，他现在只有愤怒。

"你们来往多长时间了？"

"有一段儿时间了。"

"你与寇宽联系交往，为什么还要隐瞒我？"

孙娇沉默，不说话。

"阴险。"

"你骂什么，我都听，也都接受，我欺骗了你，但是我认为，谈对象你不如寇宽。"

寇宽与张凯是邻居，张凯对他非常了解。

"他是个社会骗子，难道你不知道？"

"他骗别人，不骗我，他对我非常好。"孙娇说得很淡定。

看着孙娇，张凯感到她变了，他看到了孙娇固执的秉性和对自己不负责任的生活态度。

"我选择对象的标准是，看谁让我的生活有情调，让我生活得高兴幸福。"

听着孙娇的辩解，张凯知道她已经无可救药，一气之下，与孙娇摊牌分手了。

孙娇的爸妈听说之后，双方都住进了医院。

七

五洲旅游公司的经理寇宽是个无业人员，以前搞过传销，做过品牌销售业务员，因违规操作套取公司现金被刑事拘留。后来他与别人合伙创办了五洲旅游公司，因保险业务上的来往，他与孙娇认识。

五洲旅游公司最大的股东不是寇宽，后来随着旅游业的快速发展，公司不断发展壮大，寇宽在公司财务上动了手脚，把最大的股东赶跑了，他成了公司最大的股东。

这样的人品，孙娇也喜欢，这说明她的审美价值追求有问题。

寇宽有一点是张凯无法相比的，就是他风流倜傥，花钱大方，孙娇在没有与张凯谈对象之前，曾与寇宽交往过。

张凯不肯放弃初恋情人，又无法说服孙娇回心转意，他把希望寄托在孙娇的父母身上。

他登门拜访了孙娇的父母，让他们劝说孙娇不要与寇宽来往。可是她的父母对孙娇也没有办法，软硬兼施都没有效果，两位老人对女儿既生气又无可奈何。

去年，在张凯下乡扶贫走之后，孙娇的行为举止有些变化，她的父母极力劝说她不要放弃张凯，可是孙娇就是不听。

前一段时间，张凯因工作繁忙，没有回来看望她，孙娇晚上经常回来很晚，她的父母问她与谁在一起，她也不说。

这些情况，孙娇的父母没敢给张凯说。

张凯经过恋爱风波后，思想顾虑重重，他开始后悔下乡扶贫，要不下乡扶贫，自己的女朋友怎能跟别人去谈对象。

有时张凯冷静地反思，这也不能怪下乡扶贫，关键是两个人没缘分。

孙娇不听劝说，张凯看到她的父母也非常伤心，他想找机会去跟孙娇谈谈。但是，张凯与孙娇的每次交谈都是无果而终。

两个月之后，张凯回到家中，听说孙娇与寇宽到欧洲旅游了一次，回来之后，两个人住在了一起。

张凯彻底绝望了，他只能忍痛放弃这段初恋的感情。

张凯怀着悲痛的心情回到了驻屯村，他一连几天不说话，金欣瑶觉得不对劲，她问："小张，最近情绪很低落，有啥事吗？"

张凯对金欣瑶苦笑了一下，没有说话。

"小张，是不是与女朋友闹矛盾了？"金欣瑶又问。

张凯"嗯"了一声。

"没关系，年轻人谈对象闹矛盾很正常，过几天就好了。"金欣瑶安慰着张凯。

"金局长，我们分手了。"

"为什么分手了？"

"她看不上我，与别人谈对象去了。"

"这只能说明这姑娘有眼不识泰山，这么帅气的小伙子，多少姑娘都等着追呢，她却放弃了，将来她会后悔的。"

"姑娘看不上你，只是借口吧。"李椿婷问。

"她嫌我下乡扶贫。"

"这不是理由。下乡扶贫是一件好事，年轻干部下乡扶贫是职业生涯中的宝贵财富，并且政府明确表态，凡是下乡扶贫的干部，工作成绩突出的，扶贫结束后优先考虑提拔重用。"金欣瑶说。

"二人分手没有原因，只是没有缘分。小张，你不用痛苦，像你这样既有能力又肯吃苦的小伙子，很快就能找上对象，赶快振作精神，调整好心态，从失恋的痛苦中解脱出来。"李椿婷在开导张凯。

"好的。"张凯说。

在两位领导的劝说下，张凯慢慢从失恋的痛苦心情中解脱出来。

从此，张凯全身心地投入到帮扶工作中。工作属于他的，他干；

不属于他的，他也干。他要让自己始终处于繁忙状态，没有心思考虑那些痛苦的事情。

后来张凯把事情前因后果给杨嘉煜说了，杨嘉煜听后感到很震惊。现在的年轻人把爱情当儿戏，难道因为男朋友下乡扶贫工作，自己感到孤独、寂寞，就另寻他人？现在年轻人的爱情缺少一种感情基础，缺少对爱情的一片忠诚，对婚姻的一种责任。

结婚仪式越来越隆重了，而婚姻的基础越来越不牢固了，高兴了就谈，不高兴了就分手，已不是什么稀罕事了。

现在政府提倡乡村文明建设，提倡家教、家风、家训很有必要，再不提倡传统文明道德，家将不家了。

八

白天，张凯走访农户，帮助他们解决实际困难；晚上，他就学习精准扶贫内容政策，吃透脱贫攻坚工作精神，保证精准扶贫工作的准确性、有效性。

有了闲暇时间，张凯与杨嘉煜学习精准扶贫理论，探讨帮扶工作中遇到的问题。

"杨处长，根据我国人口众多，地理环境复杂的现实情况，'精准扶贫'政策的提出太重要了。"张凯说。

"是的，'精准扶贫'是习近平总书记2013年在湖南省花垣县十八洞村调研时首次提出的，是粗放扶贫的对称。"

"'精准扶贫'突出扶贫工作的有效性，扶贫工作一定要干到实处，让真正需要帮扶的人民群众得到帮扶，防止了大面积扶贫带来的一些社会问题。"

"是的，扶贫工作要突出实效，党的十八届五中全会在《中共中央关于制定国民经济和社会发展第十三个五年规划的建议》提出，实施精准扶贫、精准脱贫，因人因地施策，提高扶贫实效。"

"脱贫攻坚是千秋大业，是中华民族几千年发展史上的首次整体消除绝对贫困的壮举,完成此项任务对于全人类都具有重大影响。"张凯说。

"是的,正因为影响巨大,从中央到地方,各级党委政府都把脱贫攻坚作为头等大事,都非常重视此项民生工程的建设。制定重大政策,拿出超常举措,把脱贫攻坚作为重中之重的工作来强化落实,做到政策到位,扶持到位,人员到位,责任到位,工作到位,效果到位。"

张凯与杨嘉煜做着精准扶贫理论上的探讨。

杨嘉煜接着说:"为了确保扶贫工作的实效性,精准扶贫制定了一系列的方法措施:建立脱贫攻坚责任体系,完善脱贫攻坚政策体系,建立脱贫攻坚投入体系,强化社会动员体系,建立脱贫攻坚监督体系,建立脱贫攻坚考核体系等完备举措,保证精准脱贫攻坚任务的圆满完成。"

为了推进脱贫攻坚重点工作的有效开展,政府开展了建档立卡户的核定,建档立卡在我国扶贫开发历史上第一次实现贫困信息精准到户到人,第一次逐户分析致贫原因和脱贫需求,第一次构建起了全国统一的扶贫开发信息系统。

"为实施精准扶贫,政府出台'五个一批'政策举措,为脱贫攻坚提供了数据支撑,'五个一批'是习近平总书记在中央扶贫工作会议上提出的,发展生产脱贫一批、易地搬迁脱贫一批、生态补偿脱贫一批、发展教育脱贫一批、社会保障兜底一批,'五个一批'为精准脱贫明确了具体方式。"张凯说。

"小张,你的扶贫理论学得很精细。"

"杨处长,这是工作的需要。"

"为确保扶贫工作的有效开展,2015年6月,习近平总书记在贵州召开部分省区市党委主要负责同志座谈会时,提出了要坚持专项扶贫、行业扶贫、社会扶贫等多方力量、多种措施有机结合和互为支撑的'三位一体'大扶贫格局。"杨嘉煜进一步解释说。

"杨处长,专项扶贫、行业扶贫、社会扶贫又该怎样解释?"张凯问。

"专项扶贫是指国家安排专门扶贫投入,由各级扶贫部门负责组织实施开发扶贫项目和相关扶贫措施,直接帮助贫困地区、贫困人口改善条件、发展产业、增加收入、提高能力等。"

"那行业扶贫呢?"

"行业扶贫是指行业部门按照国家法定部门职能分工,动用各种行业部门所能配置的公共资源,把改善贫困地区贫困人口的生存与发展环境条件,推进基本公共服务均等化工作为重要任务,在政策、资金和项目等方面向贫困地区、贫困人口倾斜。"

"这我明白了。社会扶贫是指动员社会各界力量,利用社会各类资源,帮助贫困地区、贫困人口改善生存与发展环境条件,发展社会公益事业。不知道能不能这样理解?"张凯说。

"你理解得非常对。通过'三位一体'的大扶贫格局,确保稳定实现扶贫对象不愁吃、不愁穿,其义务教育、基本医疗和安全住房有保障,这就是我们常说的'两不愁三保障'。"杨嘉煜说。

"精准脱贫的基本方略是扶贫理念的创新,精准到一户一策,脱贫不落下一个人。'六个精准'是基本要求,'五个一批'是根本途径,'四个问题'是关键环节,充分体现了目标导向与问题导向相统一、战略性和可操作性相统一的方法论,这正是党和政府决策的伟大性。"

张凯与杨嘉煜的交流探讨,彼此对"精准扶贫、精准脱贫"有了更深刻的认识。作为一名帮扶干部,只有认真学习扶贫知识,领悟理论精髓,吃透政策内涵,才能更好地完成帮扶工作任务。

党的十八大以来的脱贫攻坚是中国特色社会主义的道路自信、理论自信、制度自信、文化自信的生动写照,是全球反贫困事业的亮丽风景。在脱贫攻坚实践中,探索形成了不少有益经验,概括起来主要有:加强领导是根本,把握精准是要义,增加投入是保障、群众参与是基础,合力攻坚是条件,这些经验弥足珍贵,将长期坚持,并在实践中不断丰富完善。

第六章 | 129

九

为加强脱贫攻坚工作的顺利开展，铜城市召开了帮扶工作干部会议，各驻村帮扶工作队队长参加。

会上，市委书记徐昆对帮扶干部的工作业绩给予了充分肯定，同时又对帮扶工作干部提出了具体工作要求。

徐昆说，帮扶干部要坚持不懈地学习习近平新时代中国特色社会主义思想，提升党性修养，深入学习习近平总书记系列重要讲话精神和治国理政新理念、新思想、新战略，准确把握其中的思想内涵、理论价值和实践意义，切实增强政治意识、大局意识、核心意识、看齐意识。

帮扶干部要坚持以人民为中心的发展思想。求真务实，真抓实干，以抓铁有痕、踏石留印的作风，推动脱贫攻坚各项事业的发展，切实增强为人民服务的思想意识，充分相信群众，紧紧依靠群众，紧密团结群众，切实增进人民福祉，促进社会进步，让脱贫攻坚决策部署更好地遵循科学发展规律，符合人民的意愿，让广大人民群众有更多的获得感、幸福感。

徐昆指出，帮扶干部要树立真挚为民情怀。为民情怀，不仅包含对人民的深沉大爱，而且是超越自我范畴的情感涌动，是盼望人民幸福的美好向往，增强担当精神，要涵养为民情怀，要把人民群众当亲人，对群众倾注感情，满怀激情，付出真情，真正扑下身子到群众中去，时刻把群众的冷暖安危挂在心上，与群众心往一处想，劲往一处使，一心一意谋发展，心无旁骛干事业，真心真意为老百姓谋福祉，才能赢得民心，才能干好扶贫本职工作。

帮扶干部要有坚定的信心。帮扶工作烦琐复杂，范围广，工作量大，信心是帮扶干部完成帮扶工作的前提，有了坚定的信心，才能顺利完成组织交给的脱贫攻坚任务。

帮扶干部的信心是坚定为人民服务的政治自觉，是检验一位帮扶干部人生观、世界观和价值观的依据。帮扶干部要增强担当精神，必须坚定信心，要守好自己的理想信念，要增强"四个意识"，做到政治方向不偏，政治信仰不变，政治立场不移，不忘初心，牢记使命，自觉为人民谋幸福，为民族谋复兴。

徐昆强调，帮扶干部要增强工作创新精神。工作创新是新时代中国发展的活力之源，工作创新是引领脱贫攻坚的第一动力，创新精神是时代精神的核心内涵，增强创新精神，敢于直面矛盾，勇于破除藩篱，扫除障碍，只有使创新成为一种自觉的思维理念、行为方式和目标追求，始终保持奋发有为的精神状态，才能在帮扶工作中有力地推动各项事业的健康发展。

帮扶干部要勇于直面矛盾，敢于担当责任。习近平总书记指出，帮扶干部必须坚持原则，认真负责，面对矛盾，敢于迎难而上，面对危机，敢于挺身而出，面对歪风邪气，敢于坚持斗争。大事难事看担当，顺境逆境看襟怀，有了逢山开路、遇河架桥的政治勇气、担当精神，才能在新时代中国特色社会主义的伟大实践中不辱使命，不负人民重托。

徐昆在全市帮扶工作干部大会上的讲话，总结了一年来的工作经验，为下一年的工作描绘了雄伟蓝图，对帮扶工作提出了具体要求。

杨嘉煜开完会回到驻屯村，组织帮扶工作队干部认真学习会议内容，帮扶工作队干部纷纷表示，一定认真学习领悟这次会议精神，一定要为驻屯村脱贫攻坚，再接再厉，再立新功。

全市帮扶工作会议提出的工作要求，驻屯村帮扶工作队干部做得很好，省、市、县、乡四级帮扶干部，政治过硬，业务能力较强，为民情怀、工作信念、创新精神、责任担当等，样样表现突出，为驻屯村的脱贫攻坚创造了有利条件，打下了坚实基础。

第七章

一

镇农业服务中心主任王莉莉离婚了,至今仍是单身,卢佳国知道了她的情况后,对她深表同情。这么漂亮贤惠、工作能力强的女同志,怎么离婚了呢?他开始关注王莉莉。

对于卢佳国的关注,王莉莉却一无所知,她有时回娘家,两个人见面只是出于礼节性地打个招呼。

一次,王莉莉从驻屯村回镇上上班,走的时候,看见卢佳国站在房子门前静静地看着她。

卢佳国的表情让王莉莉无所适从,两个人因工作上的需要有着一定的交往,虽不生疏,但他也不至于用一种异样的眼神来打量自己。

王莉莉怀疑卢佳国人品有问题,这让她非常生气,不知道他怎么能当大学教师。

其实,卢佳国也没有太多的想法,只是他知道了王莉莉的情况后,作为单身男人的一种本能表现。

王莉莉注意到卢佳国的变化,她回娘家的次数明显减少了。有时回娘家尽量避开他,以防止尴尬局面的出现;看见他装着看不见,也不打招呼。

她担心别人说闲话。

卢佳国妻子去世十余年了,她生前是省教育厅干部。妻子去世时,女儿卢茜才上小学一年级。

现在卢佳国也是一位单身汉。

后来，王莉莉知道了卢佳国的情况后，觉得自己错怪了他，心中很有歉意，对他也没以前那样抵触戒备了。

慢慢地，王莉莉对卢佳国的反感没有了，警惕也放松了，莫名其妙地产生了一种感情，一种冲动。

可是，当她一想起两个人地位的悬殊，根本不可能发生其他事情，于是还是尽量躲避他。

这样持续了好长一段时间。

卢佳国感觉到王莉莉的变化，他开始注意自己的行为表现，不能给她留下坏印象。

卢佳国克制自己的原因还有工作上的需要，毕竟，以后玉米"粮改饲"科研项目工作还需要镇农业服务中心的配合支持。

以前科研团队有需要镇农业服务中心帮忙的，都是卢佳国亲自去镇农业服务中心协商，现在他不来了，要么打发科研团队成员过来，要么是杨嘉煜过来协商。

卢佳国对王莉莉的躲避，反而让她有了思想顾虑，

王莉莉感情的细腻变化，让她有些焦躁不安，她想回娘家却又不敢回娘家，她怕遇到卢佳国。

一想起自己的身体缺陷，王莉莉突然关闭了自己的感情大门，不能对男人有一点的流露，别人嫌弃她做女人的不完整，这虽然是世俗的偏见，但也是对她人格的侮辱。

但是，工作上的需要，两个人又不得不接触。在工作接触过程中，她对卢佳国有了进一步的了解，卢佳国生活中的不幸，促使王莉莉在感情上对他产生了怜惜之情。

随着王莉莉怜惜之情的加深，她对卢佳国产生了好感，好感情愫猛然产生，她好像喜欢上了卢佳国。

王莉莉想，遇到卢佳国，真的是自己的感情来了缘分。

在她没有十分把握之前，王莉莉尽量克制住自己对卢佳国的感情

变化。

爱是无辜的，感情是压抑不了的，王莉莉越克制越苦恼，她不能表白，更不能追求，哪怕卢佳国向她表白了，她也不敢接受。

世俗的偏见，让王莉莉对爱情、婚姻失去了信心。

一次，省农业大学领导来驻屯村，检查玉米"粮改饲"科研项目研发的阶段性成果。

在评估会上，卢佳国汇报工作情况时的情景让王莉莉难忘，他那学者的气质与言谈，不但思路清晰，而且语言朴实。科研有信心，但不张扬；汇报有底气，但不卑不亢。这次她对卢佳国既钦佩又爱慕。

在评估结束后，村委会进行了简单的招待，卢佳国与王莉莉作为科研项目的负责人共同招待省农业大学的专家组成员，这是王莉莉与卢佳国第一次近距离接触。

卢佳国是一位很有才华而又谦恭朴实的一个人。

从这次科研成果评估会后，王莉莉的感情之火一发而不可收，既然卢佳国仰慕自己，她就要大胆地去接受。

说是这个说法，具体到实际，可就难了。

在平时工作中，王莉莉只要一见到卢佳国，她那胆怯的表现就流露出来，心中怦怦直跳得难以抑制。

两个人一个对视的眼神，让卢佳国感到王莉莉对感情的渴望，她那娇羞自卑的表情，又让卢佳国深表同情。

不管结果如何，他都不能放弃。

在卢佳国执情的追求下，两个人慢慢地有了正常的接触。

二

玉米"粮改饲"科研项目阶段性成果评估，让省农业大学专家组很满意，针对科研工作也提出了一些改进性建议。

卢佳国去找镇党委书记张昭瑞协调解决，王莉莉也应邀参加。中午饭在镇职工食堂就餐，两个人坐在了一块儿。

卢佳国听说王莉莉的弟弟王铭铭也是从事农业科技研发的，他问："王主任，听说你弟弟王铭铭在省城是从事现代农业科技研发的，干得很不错，创办了自己的公司。"

"是的，他干得还可以。"

"王铭铭读的什么大学？"卢佳国问。

"东南农业大学，资源与环境科学专业。"

"他读的也是农业大学。"

"嗯，刚毕业时在南方一家科研机构上班，后来回到省城创办了铭新现代农业科技公司。"

"你弟弟很有眼光，事业追求格局大。"

"卢院长，你在大学搞什么专业？"

"植物科学与技术。"

听到这个专业，王莉莉用疑惑的目光看了一眼卢佳国。

卢佳国进一步解释说："此专业将传统农业生产技术与现代生物技术有机结合，是新型专业，综合了传统的农学、园艺和植保三大内容，在科研与应用上具有重要意义。"

王莉莉认真地听着。

"我们在驻屯村搞的玉米'粮改饲'科研项目，这是一种现代农业技术。如果科研成功，将会推动全省乃至西北地区养殖业的快速发展，这也是一个非常有发展前景的新兴产业。"

"随着社会的发展，时代的进步，现代农业科技研发前景很好。"王莉莉说。

"你弟弟王铭铭的情况，我听说了一点。在村书记祁建臻把我们科研团队安排在你家居住时，给我们简单介绍了一下王铭铭的情况。"

"祁书记与我弟弟是初中同学，他们两个关系很好，王铭铭每次回来，他们两个都会聚一聚。"

"王铭铭公司业务是什么？"卢佳国问。

"铭新现代农业科技公司是一家有机生态食品研发、生产、销售企业，主要搞农业种植、禽畜养殖、饲料研发、植物生长素加工销售、农业技术咨询服务等。"

"公司业务很前沿，现代农业研发有很高的价值含量，发展潜力非常大。"

"他公司的研发方式，实施一套科学化的规范模式，比如禽畜养殖，采用自主研制的有机生态饲料，满足禽畜生长的养分需求，养殖过程中不使用抗生素、激素、化学合成的非营养添加剂等，以负责任的态度为人们提供健康、安全的食品。"

"标准化的现代农业研发模式，这种研发模式在国外很流行。"卢佳国说。

"铭新现代农业科技公司的发展模式，采用主体循环的生态农业模式，形成种养平衡、农牧互补、生态循环、环境良好的生态畜牧产业体系，也在最大限度地减少对生态环境的破坏，开创农业增产、农民增收、生态优美的可持续性发展模式，实现社会、经济、环境三赢。"

"这是现代农业发展的方向，也是生态环境发展的需求。"

"嗯，你们搞农业科研的，有着相同的理念，公司致力于生态农业产业，以农业基础资源为依托，采用可持续循环发展的生态农业经营理念，生产提供绿色生态、自然健康的农业产品，满足人们对健康消费的需求。"王莉莉说。

"铭新现代农业科技公司的支撑产业是什么？"卢佳国问。

"公司支撑产业主要包括生态种植、农产品深加工、生态养殖等，最大限度地实现农村生态、经济的发展，打造出一条生态农业与绿色农业相结合的发展之路。"

卢佳国一听王莉莉说了这么多专业语言，心中产生了一种敬佩感，她毕竟是镇农业服务中心主任，很有水平。

"好的，有机会我要与王铭铭见一面，与他做现代农业研发上的交流探讨。"

"可以，下次他回来，我提前通知你。"

"王主任，那就感谢你了。"

王莉莉抬头看了一眼卢佳国吃完午饭，她顺手把他的餐具接过来，送到了食堂洗刷柜子里。

两个人的感情在发生着微妙的变化。

三

卢佳国因工作需要，去国外考察学习了两个月。在这段时间里，王莉莉对卢佳国有了牵挂。

有时王莉莉在责怪自己，她没有与卢佳国谈对象，卢佳国也没有向她表白什么，只是工作上的交往，自己怎么会产生这种心思呢？

王莉莉喜欢上了卢佳国，但她有时会担心卢佳国不牢靠，他是搞科研的，如果科研项目研发完工，他回省城了，以后与他怎么交往？异地恋的感情是否能维持下去？

一切随缘，一切顺其自然吧。王莉莉想。

一晃两个多月过去了。

一天，王莉莉回娘家看看，她刚进家门，卢佳国突然进来了，王莉莉心怦怦直跳。

"王主任，回娘家来了？"

"嗯，卢院长，听说你出国考察学习去了？"王莉莉故意问。

"是的，去新西兰考察学习玉米'粮改饲'科研情况。"

"卢院长，啥时候回来的？"

"回来几天了，刚才看见你家院子门开着，我想你回来了。"卢佳国说。

"我爸妈去了省城我弟弟家，我回来打扫一下卫生。"

"哦，我看这几天你家的门一直锁着，不见两位老人。"

卢佳国说着，抬头看了一眼王莉莉。

眼前的这个女人太漂亮了，但漂亮之中又隐含着一种自卑，显得拘谨不自信。卢佳国的怜惜之感顿时涌上了心头。

"王主任，不让我进屋里坐坐？"卢佳国开玩笑地说。

第七章 | 137

王莉莉听到此话，谦和地说："卢院长，你看我只顾说话了，让你一直站在外面，不好意思，赶快进屋，我给你沏茶。"

王莉莉掀起门帘，客气地让卢佳国进屋。

卢佳国没有推辞，走进屋里。

王莉莉父亲王尔恒在时，卢佳国是这个房子里的常客，闲暇时间，他经常被老人邀请到屋里喝茶聊天。

"两位老人去了省城，这院子里的卫生就需要你操心了。"

"是的，我弟弟起初不想盖这院房子，准备把我爸妈接到省城去养老。可是两位老人不去，说省城里的楼房住不惯、闷得慌，我弟弟只好在农村盖房。你看这房子盖好就撂下了，大部分时间没人住。"

"老人有老人的想法，住惯了的地方，改变一下难啊。村子里像你们家这样阔绰的房子还没有。"

"是的，我爸妈年轻时为我们姐弟俩上学没少吃苦操心，我妈身体状况不好，就是那时候累的。我弟弟想把房子盖好些，让老人安度晚年。"

"父母的心都是一样的，为儿女上学没少吃苦，我们兄妹都把书念成了，而两位老人也因积劳成疾，过早地离开了人世。"

卢佳国说起父母，情绪有点低落。

王莉莉同情地看了他一眼。

"我们兄妹四人，大哥在我们县城当老师，三弟在省师范大学当老师，一个妹妹，大学毕业后分配到省教育厅上班，是我妻子帮助安排的。"

"你家是教育世家呀。"王莉莉敬佩地说。

"称不上教育世家，我们兄妹们都是干教育的。"

卢佳国此时很想与王莉莉谈谈自家的情况，可以加深彼此双方的了解。

"卢院长，想给我兜家底呀，我愿意听。"王莉莉说。

王莉莉看出了卢佳国的心思，她也很想了解一下他的家庭情况。

"在我的记忆中，我很小的时候，就跟着大一点儿的孩子满山满洼地跑，背着背篓拾柴、薅草、喂羊，很多时候都在帮助父母干农活。"

"看样子，你从小就是一个听话勤快的人喽。"

"小学在本村子里上学，还好些，每顿能吃上热饭。上了初中求学的路越来越远，吃住在学校，生活就困难了许多，每周自己带玉米面馒头，喝开水，艰难的生活让我差点退学。"

"那时候，由于生活贫困，日子过得都很艰难。"

"父母为了供我们兄妹读书，不分昼夜地劳作着，那时候不兴打工，只能种地劳作，一年下来，种的粮食也卖不了几个钱，父母反而累出了一身病。"

卢佳国说到伤心处，表情一下子变得沉重了，他说："王主任，不好意思，让你见笑了。"

"卢院长，没关系，有些事情找一个人倾诉一下也好，可以释放一下郁闷的心境，对自己也是一种情感释放。"王莉莉安慰卢佳国说。

对于一位妻子去世早，而父母又不健在的男人，诉说一下自己的郁闷痛苦是可以理解的。

这次交谈，卢佳国与王莉莉之间的感情距离又拉近了一截。

四

王莉莉与卢佳国两个人感情距离近了，双方交往频繁了，交流的话题也多了。

一天，卢佳国去镇农业服务中心办事，顺便看望一下王莉莉。

对于卢佳国的到来，王莉莉很高兴，给他沏了茶，两个人交谈了一些工作上的事情。

工作上的事情交谈完之后，王莉莉说自己的家庭情况，她想让卢佳国了解一下。

相互让对方了解自己的家庭情况，这说明彼此已经很信任了。

"你说以前你家困难，其实那时候咱们都一样，我家也是相当困难。"王莉莉说。

卢佳国深情地点了点头。

"我记得最清楚的一件事是我弟弟王铭铭参加中考的那一年,我们姐弟二人,为了省一晚上的住宿费,在夜间赶路的情景。"王莉莉说,"那时候的小学升初中,要统考,全镇小学六年级的学生集中在乡中学考试,第二天考完之后,天已经快黑了,要在乡政府住旅馆,一人需要五块钱,我们姐弟为了节省这十块钱,我与弟弟趁着夜色往家赶。"

"乡政府离驻屯村有十余公里的路程吧?"卢佳国问。

"嗯,路虽远了些,但一想到能给父母节省十块钱。勇气就来了,当时我弟弟不想走夜路,他说他害怕,当时我也害怕,弟弟十二岁,我才十四岁。"

卢佳国很佩服姐弟俩的胆量。

"那时的山路非常怕人,路上行人少,路不平坦,坑坑洼洼,六月份满山都是绿色,偶尔能听到野鸡、野兔在山野中窜动的声音。很少走夜路的我们姐弟,听到山野间的攒动声,吓得头皮发麻,两个人只顾手拉手拼命往前跑。"

卢佳国听得很投入。

"当我们走了一半路程时,实在走不动了,找了一块清爽宽阔的地方坐下来休息,我无意中用手拍了拍王铭铭的后背,才发现他的衬衣已经湿透了。这十余公里,我们走了近两个小时,晚上九点多钟才到家,当母亲看到我们姐弟满头大汗时,她抱住我们姐弟俩久久不肯放开。"

王莉莉的话触动了卢佳国的心灵,他想到的是母爱的伟大。

王莉莉接着说:"上了高中以后,为了捎带吃的,父亲经常赶着毛驴车,趁着无尽的茫茫夜色,往返二十余公里到乡政府等班车,生怕错过开往县城的唯一一趟班车。"

"嗯,父母永远都是儿女的保护神。"

"在我上高中的三年,父亲趁着夜色去乡政府车站给我捎带吃的,不知道往返了多少趟,他不辞劳苦地给我送吃的,让我非常感动。"

王莉莉说着,眼睛里盛满了晶莹的泪花。

卢佳国把桌子上的纸巾递了过去。

王莉莉接过纸巾,心中觉得很温暖。

相同的人生经历,让两颗心已经紧紧地连在了一起。

说起个人事情,卢佳国问:"你打算自己一个人一直孤单下去吗?"

王莉莉点了点头。说到她的个人婚姻问题,王莉莉的泪水径自夺眶而出。

"人生活一辈子不容易,刚才你也说出了小时候读书生活的艰难困苦,现在生活条件好了,千万不能自己难为自己。"

"我也不想难为自己,想开开心心地去生活,去追求家庭婚姻的幸福,可是我没有资格。"

"你有资格。"卢佳国掷地有声地说,"你不要自己难为自己,也不要把自己看得太低下,有些事情是自己无法改变的现实。"

卢佳国的话让王莉莉泛红的眼眶又湿润了,她从来没有听到男人说过这样的宽心话,让她突然有一种触摸到幸福的错觉。

是的,那是一种心暖至全身的爱意,是一种莫大的关心。

"传统的习俗观念太可怕了。世俗把女人当成传宗接代的工具,而不能理解爱是相互的,一位独立的女性有权利追求婚姻的幸福,有权利享受爱情带来的美好生活。"卢佳国说。

王莉莉听着,丢掉女性的矜持,泣不成声。她现在觉得自己找到了理解宽容自己的男人,她十余年的孤独坚守没有白费,她会迎来属于自己的幸福婚姻。

"婚姻是相互理解和宽容,婚姻不是一个人的付出,需要两个人去经营。经过双方艰辛付出,经营不到彼此满意的程度,那也要相互包容。幸福的婚姻生活没有标准,答案只有适合自己的,但需要双方调整好心态,以理解、尊重对方的标准去评判不同的婚姻态度,而相互包容的心态才是幸福婚姻的理想追求。"

卢佳国对婚姻家庭的看法，比较深刻，在他的言语之中，多是对王莉莉的宽容理解。

"理想幸福的婚姻更多的是彼此的责任担当，不管对方能否给整个家庭带来幸福，相互尊重是前提条件。爱是有原则的，爱不能让一方无止境地付出，爱是有回报的，不能让付出方受到伤害，否则的话，婚姻会丧失平等与和谐。"

卢佳国对王莉莉婚姻爱情的开导，让她封闭的感情大门已对卢佳国打开，她用火辣辣的眼神凝视着眼前这位男人。

卢佳国深情地看了一下王莉莉，放缓了语调说："我是不是说得太多了。"

"不多，我很想听你说。"王莉莉轻声地说。

"希望你能接受我的观点，树立起对婚姻的信心，不要自卑，勇敢地去面对现实。有一位男人的感情大门，对你永远敞开，接纳你的到来，他会接纳你过去的一切，他会让你永远幸福。"

王莉莉被卢佳国说得面色绯红，她看看手表，已是中午十二点，她说："咱们吃饭去。"

卢佳国"嗯"了一声，两个人去了街上的饭馆。

五

驻屯村倡导的移风易俗，抵制高价彩礼，经过全体干部及村民们的努力，有了一定的成效，得到了县总工会、县妇联的表彰奖励。尤其是郭儒二儿子郭贵旺结婚简办一事，在全县通报表扬，并号召大家学习。

可是，最近一件事，让干部们煞费苦心。大学生村干部潘吉林与张满仓二女儿张荟琳自由恋爱，订婚一事让高价彩礼有抬头的迹象，双方家长初步商定十万元的彩礼。

杨嘉煜听说后，找到潘吉林了解情况。

"小潘，听说你与张荟琳要订婚了。"

"嗯，杨处长。"

"你们的订婚彩礼是怎么回事？"

"张家要十万元彩礼。"

"你爸妈计划给？"

"嗯，我爸妈同意给彩礼。"

"小潘，你是国家干部，应该积极响应政府号召，倡导移风易俗，抵制高价彩礼。"

"杨处长，我应该积极响应政府号召，但是社会现实也不能不承认，我也改变不了我爸妈的意见。"

"你与张荟琳的感情怎么样？"

"我们两个感情很好。"

"只要你们两个感情好，就没有必要掏那么多的彩礼，张荟琳在镇民政所上班，你们是双职工，以后经济肯定不紧张，有钱多孝顺一下她的父母就行了。"

潘吉林只顾听杨嘉煜说话，不辩解，因为他的父母同意给张家彩礼。

村民观念不变，破除陈规旧俗难啊。

潘吉林与张荟琳订婚彩礼的事，关键在女方家长身上。

抵制高价彩礼，移风易俗奔小康，在驻屯村已经初见成效，不能让潘吉林与张荟琳的订婚影响到已经形成的良好社会风尚，杨嘉煜决定让村主任郭儒去张满仓家宣传党的婚姻政策，劝说他树新风、除陋习，建立文明婚姻新风尚。

郭儒去了张满仓家，就被张满仓堵在了门口。

"老张，不让我进去喝口水吗？"

"今天不让喝，我知道你过来是干什么的。"张满仓气哼哼地说。

"你知道我来干什么，更应该让我进去，咱们两个慢慢聊。"

郭儒说着，躲过张满仓径直朝上房走去。

郭儒刚坐下，张满仓说："郭主任，你要是因为二姑娘张荟琳订婚彩礼的事，你就回去吧，我不想听你说什么。如果不是为这件事来的，我给你沏茶，咱们慢慢品茶闲聊。"

"我就是为张荟琳订婚彩礼的事情来的。老张，现在是新时代了，咱们村很快脱贫致富，过上小康生活了，咱们应该响应政府号召，实行婚事新办，不要高价彩礼。"

"因为日子过好了，姑娘出嫁，男方才应该多给些彩礼。要彩礼钱，咋了？难道犯法了？"

"法倒没犯，十万元的彩礼，对于一个农民家庭来说，这可不是一个小数字，对男方来说会造成一定的经济负担，是影响男方脱贫奔小康的。"

"想娶媳妇还不受一点儿难处，这是没有的事情，当年我结婚欠下的债，十几年后才还清。"

"就是不想让你那时的旧俗重演，现在提倡移风易俗新风尚，不能因为婚姻而拖累了家庭生活。"郭儒耐心地做着思想工作。

"彩礼也不是我们要的，是男方随行就市给的。"张满仓妻子说。

"这事情我清楚，男方要求送彩礼，咱们能不能少要，或者不要？"

"看你说的，我家的姑娘下贱吗？男方给彩礼都不要，要是说出去还不让别人笑死。"张满仓生气地说，"你赶快走人，别让我看着闹心。"

郭儒看到张满仓生气的样子，只好暂时离开张家。

"你儿子婚事简办，那是你郭儒想当官，我张满仓没有什么可怕的，姑娘订婚要彩礼是天经地义的事，用不着你们瞎操心。"

郭儒在张满仓家碰了一鼻子灰，很不高兴，张满仓说他给二儿子结婚简办是为了想当官，这让他心中隐隐作痛，这要是让二儿媳妇知道了，她会抱怨一辈子的。

郭儒把情况给杨嘉煜作了汇报。

"做张满仓的思想工作不能急于求成，也不能放松。"杨嘉煜说。

破除陈规陋习，倡导移风易俗，真的不容易。

六

  气走了郭儒，张满仓心情畅快了一阵子，这次二女儿张荟琳的订婚彩礼收定了。
  可是，正当潘吉林商讨订婚时，事情出现了波折，他的父亲潘鸿因腿疼住进了医院，经检查患的是膝关节滑膜炎，需要马上手术。
  听说要动手术，潘鸿急了，他说："不能动手术，过几天要给儿子订婚，动手术，把钱花了，儿子订婚，咋办？"
  "爸，你腿疼，路也走不成了，先不考虑订婚的事，看病要紧，订婚彩礼我给张荟琳解释。"潘吉林说。
  "动手术需要多少钱？"潘鸿问。
  "大夫说需要七八万元。"
  听到儿子说动手术需要七八万元，潘鸿坚决不同意。
  潘吉林去找张荟琳商量。
  "我爸不动手术，害怕把咱俩订婚的彩礼钱花了。"潘吉林说。
  "看病不能耽误，我去医院劝潘叔动手术。"
  听到张荟琳的话，潘吉林很感动，他握住张荟琳的手说："谢谢你！"两个人紧紧地拥抱在了一起。
  在张荟琳的劝说下，潘鸿才肯把手术动了。

  手术非常成功。
  经过一个月的住院疗养，身体逐渐恢复了的潘鸿，心中一直牵挂着儿子的婚事，可是现在彩礼钱不够了，张家还会同意这门婚事吗？
  "爸，你放心，张荟琳已经答应把订婚时间往后推一下，她完全同意这门婚事。"
  事情没有潘吉林想的那么简单，当张满仓听说潘家的情况后，他心情低落了一段时间，没想到半路出了这样的事情。
  张荟琳同意这门婚事，可是她父亲的工作就没有那么好做了。

张满仓坚持要彩礼，钱凑够再订婚。可是彩礼钱潘家一时凑不够，订婚的事只能一拖再拖。

张荟琳去找杨嘉煜处长，想让他去劝说自己的父亲。

杨嘉煜高兴地答应下来。

杨嘉煜与张满仓接触过几次，两个人已经很熟悉了。

杨嘉煜去了张满仓家，他一进门正好碰上张满仓去给羊喂饲料。

"老张，去年给你帮扶的十只小尾寒羊，今年饲养得怎么样？"

"杨处长，非常好，现在已经近二十只了。"

"最近有没有能出栏的？"

"有七八只呢。"

"一只羊能卖多少钱？"

"按现在的市场价，一只羊能卖六七百元。"

"这说明你今年养羊就能收入五六千元，照这样发展下去，明年你家按时脱贫，是没问题了。"

"嗯，没问题。杨处长，这是你们帮扶工作队干部的功劳，年底一定宰只羊感谢你们。"

"老张，没必要，这是党和政府的政策好。"

"要是没有你们帮扶干部牵线搭桥，党的政策再好，也轮不到我头上。"

"老张，话不能这么说，好政策谁的头上都能轮到，习近平总书记说过，在现行标准下，到2020年，全国一道奔小康，一户都不能落下，一人都不能少。"

"感谢党的好政策，感谢政府的好政策，杨处长，我只顾说话了，快进屋。"张满仓说着让杨嘉煜进屋。

杨嘉煜进了屋，张满仓给他沏了茶，两个人边喝茶边聊。

"哦，老张，听说你二姑娘快要订婚了，祝贺！"

"二姑娘还没订婚呢。"张满仓支支吾吾地说。

张满仓现在心中忐忑不安，他害怕杨嘉煜提到彩礼钱，潘吉林在村上当文书，小潘没有订婚，他肯定知道，为什么他要问这个问题？

张满仓心中犯嘀咕。

"为什么没有订婚？"杨嘉煜问。

"因为小潘的父亲有病住进了医院，动了手术。"

"是不是把彩礼钱花完了？"

"不知道。"

"听说张荟琳与潘吉林两个人感情很好，很相爱，可是小潘家暂时凑不够彩礼钱。"杨嘉煜试探性地说。

张满仓听杨嘉煜说到彩礼钱，他没有吱声，现在他的心中很矛盾，不同意吧，二姑娘张荟琳不行，她非潘吉林不嫁；同意吧，潘家短时间内凑不够彩礼钱，现在的张满仓很犯难。

杨嘉煜看到此话已经触及张满仓的痛处，再往下说，会让人难堪，他找借口回去了。

七

过了几天，杨嘉煜路过张满仓家门口，正好碰上他，张满仓赶紧把杨嘉煜让进家里。

"老张，有啥事？"

"没啥事，只想与你唠嗑。"

"有啥愁事了？"

"没有。"

"听你说话的口气，肯定有事，是不是二姑娘张荟琳的婚事？"杨嘉煜问。

"嗯，二姑娘催促着订婚呢。"

"这是好事。"

"可是，潘家捎信说，先把婚订了，随后才给彩礼。"

"老张，二姑娘把婚先订了，只要潘家把彩礼钱补上也行。"

"杨处长，那不行，要是把婚订了，潘家拿不出彩礼，咋办？到时再退婚，对姑娘影响不好。"

"老张，如果潘家拿不出彩礼钱，干脆拉倒算了。"杨嘉煜故意说。

"二姑娘不同意，她非潘吉林不嫁。"

杨喜煜听出了弦外之音，张荟琳可能怀孕了。

"这样拖着也不是办法，依我看，还是把两位年轻人的婚事订了，这样既了结两位年轻人的心事，又响应了政府喜事新办简办的号召。"

张满仓没有接话，也没有表态。

"年轻人既然相爱，就答应他们的请求，如果强迫小潘凑够彩礼钱再订婚，也不太好，他东借西凑拉了一屁股账，结婚以后被欠账拖着，小两口的日子也过不幸福。要是因为彩礼钱，伤了年轻夫妻的感情，那就更不好了。"杨嘉煜说。

"我们村还没有谁家的姑娘订婚不要彩礼的。"

"不会从张荟琳开始嘛！张荟琳与潘吉林我都了解，两个人是国家干部，有文化，懂礼节，他们结婚之后肯定会孝敬您的。"

张满仓被杨嘉煜说心动了，好男不吃父母饭，好女不穿嫁妆衣。

"杨处长，麻烦你给小潘捎句话，找个好日子，把婚订了吧。"

杨嘉煜一听心中暗喜。

"那彩礼还要不要了？"杨嘉煜问。

"杨处长，你就甭提彩礼了。"

杨嘉煜站起来握住张满仓的手说："感谢你对政府抵制高价彩礼，提倡移风易俗政策的支持！感谢你对帮扶工作的支持！"

杨嘉煜满载喜悦而归。

随后，杨嘉煜给潘吉林打了个电话："小潘，祝贺你，张荟琳爸同意你们订婚了。"

潘吉林听到杨嘉煜的话，高兴得跳了起来，说："杨处长，感谢您！"

"你不要感谢我，你要感谢张荟琳，是她请求我去找你准老丈人说情的。"

潘吉林听了之后，对张荟琳更充满了爱意。现在张荟琳正在他身边，他抱住给她一个甜蜜的热吻。

晚上，潘吉林买了两瓶酒到村委会向杨嘉煜表示感谢，正好碰到村书记祁建臻也在。

"杨处长，真诚感谢你给我帮的大忙。"

当祁建臻听说是潘吉林婚姻事情，他端起酒杯说："小潘，祝贺你！"

潘吉林把酒杯端起说："各位领导，先干为敬。"他一饮而尽。

看到潘吉林憨态可掬的样子，杨嘉煜说："小潘，祝贺你！"

杨嘉煜一饮而尽。

张凯端起酒杯也祝贺潘吉林，一饮而尽。

看到大家抢着喝酒的场面，李椿婷说："照这个喝法，两瓶酒根本不够。"

看到大家高兴的样子，杨嘉煜说，"没关系，今晚是周末，我这儿还有两瓶酒，大家放心喝。"

"杨处长，你带的好酒，为什么不早说？"张凯追问。

"我是周末缓解孤独用的。"

杨嘉煜说的是实话，一到节假日，市、县、乡帮扶干部都回家了，村委会往往只剩下他一人，独守大院。

"不能喝杨处长的酒，大家尽兴地喝，喝完了，我让张荟琳给咱们再买去。"潘吉林说。

"就是嘛，今天是潘吉林的大喜事，要喝只能喝他的喜酒。"张凯说。

潘吉林给张荟琳打电话，一会儿工夫，张荟琳又提来了两瓶酒。

男人天生喜欢酒，很长时间没有喝酒的几位同事，在相互劝说下，觥筹交错中，四瓶酒很快喝完了，大家喝得酩酊大醉。

选定吉日，潘吉林与张荟琳订婚。

张满仓的二姑娘张荟琳订婚不要彩礼的消息，不胫而走，又称得上驻屯村的一条新闻，这条新闻比村主任郭儒二儿子郭贵旺结婚不请

第七章 | 149

客、不待客的影响还要大。

赵文灿听到这个消息后，感慨万千，嘴里不住地念叨，这样的好事啥时候能摊到我家呢。

因为这一段时间，他正在为二儿子赵祥订婚的彩礼钱犯愁呢。

八

又到了高考录取的季节。

"祁书记，今年咱们驻屯村有没有考上大学的女孩子？"李椿婷问。

"李主任，有。安泰社刘祺平的大姑娘刘玲今年考上了华南理工大学，听说大学录取通知书已经拿到手了。"

"嗯，考得好。昨天县上召开妇联工作会议，会议通知，县妇联领导近几天要下乡调研考察，计划资助一部分家庭困难的女孩子上大学。"

"那太好了。"

"我先去刘祺平家了解一下情况，让刘玲写份申请材料，到时候交给县妇联领导，这次资助时间是四年，每年资助学费五千元。"

"嗯，对于一个农村家庭来说，是一笔不小的数字。"祁建臻说。

李椿婷到了刘祺平家，刘祺平正满怀喜悦地坐在院子里乘凉，他看到李椿婷进来，站起来说："李主任，你好！"

"老刘，听说大姑娘考上了大学，祝贺你呀！"

"嗯，娃争气，考上了。"

"我今天过来，给你通知一件事情，近几天县妇联领导下乡调研考察，准备资助一批今年考上大学的女孩子，我计划把刘玲报上，争取让你姑娘得到资助，资助期限四年，每年五千元。"

"感谢李主任！"这意外的好消息让刘祺平夫妇喜出望外。

"不用感谢。对了，让刘玲写份申请材料，调研组来了交给他们，越翔实越好。"李椿婷说。

"好嘞。"刘祺平再次表示感谢。

两天后,县妇联领导来驻屯村调研考察,李椿婷把调研组领到了刘祺平家。

通过实地考察,刘玲符合资助条件,确定了下来。

送走县妇联领导后,刘祺平一家欢喜不已。

中午,刘祺平准备请李椿婷吃饭,被她谢绝了。

下午,刘祺平提着一只鸡和一兜青菜亲自送到村委会。中午李椿婷没在他家吃饭,刘祺平心中充满歉意。

"老刘,你提这些东西干啥?"李椿婷问。

"李主任,中午本打算请你在家吃饭,你不吃,我把杀好的鸡送来了,我姑娘被资助的事情特别感谢你。"

"你的心情我领了,你把东西提回去。"

"李主任,这不是多值钱的东西,鸡自家养的,菜是自己种的,没有一样是拿钱买的,你一定要收下。"

李椿婷迟疑了一下,祁建臻示意她收下。

"那好,我收下,晚上,我们干部一块儿做着吃了。"

李椿婷这么一说,刘祺平脸上露出了笑容,说:"改天我请咱们帮扶工作队干部喝酒。"

"老刘,说话要算数哦。"祁建臻说。

"祁书记,你放心,说话一定算数,到时把村干部都请上。"

刘祺平说罢,回去了。

刘祺平一走,李椿婷问:"祁书记,你为什么要我把刘祺平送来的东西收下,这不是鼓励我犯错误嘛。"

"不就是一只鸡和一兜青菜嘛,能犯多大错误。"

"你没看刘祺平那诚恳的态度,你要不收下,我估计他不会回去。"金欣瑶说。

"金局长说得对。李主任,没关系,你害怕犯错误,我替你担着。"祁建臻说。

几天以后，刘祺平到村委会，请帮扶工作队的干部去他家喝酒，当时杨嘉煜感到很唐突。

"杨处长，刘祺平请咱们，咱们就去，李主任给他帮那么大的忙，他请咱们吃顿饭很正常。"张凯说。

"小张，你这话说得有点问题，咱们帮扶工作队干部来这里是工作的，是为驻屯村扶贫服务的，凡事都要讲回报，这不脱离了我们为人民服务的初衷吗？"

杨嘉煜的话，让张凯有点不好意思。

杨嘉煜正说着，祁建臻进来了，身带酒气，满脸酡红。

"祁书记，你到哪儿喝酒去了？"杨嘉煜问。

"到刘祺平家，过两天他姑娘刘玲去华南理工大学读书，他要招呼一下亲朋好友，这是我们这里的风俗，叫'暖学生'。"

"哦，听说过。"杨嘉煜说，"在省城，谁家的孩子考上了大学，也在酒店备几桌酒席招呼亲朋好友。"

"对，不过我们农村没有省城的档次高，我们这里是备几个凉菜，吃的臊子面。"

"政府不是禁止办升学宴吗？"杨嘉煜问。

"那是对你们国家干部来说的，在我们农村没有限制，你看我都在蹭饭吃，这是习俗。"

"祁书记，你喝醉了吧，身为一村之长，竟敢'胡言乱语'。"张凯戏谑着说。

"我没有喝醉，我们这里人比较喜欢办这种事，邻里之间相互帮忙，孩子之间相互鼓励，还能加深邻里感情，明天我还要讲话呢。"

"那好，小张、金局长、李主任，咱们今晚一块跟祁书记蹭饭喝酒去。"杨嘉煜说。

祁建臻一听帮扶工作队干部要去刘祺平家，他赶忙说："我去给刘祺平说去，让他多准备些下酒菜、臊子面。"

九

吃晚饭时，帮扶工作队干部去了刘祺平家。

到了刘家，一看挺热闹的，村子里德高望重的老人都被刘祺平请来了，他们聊着、喝着，气氛喜庆吉祥。

帮扶工作队干部被村民视为贵客，全村人很敬重他们，他们的到来，让刘祺平很高兴。

帮扶工作队干部每人拿出五百元钱，给了刘玲，他们的举动让刘祺平很感动。

帮扶工作队干部的融入，使刘祺平家的气氛更加热闹喜庆。

帮扶工作队干部参加村民家的活动，这是不是违反了国家规定，是不是领导干部有点掉架子？

按照正常的思维方式，好像帮扶工作队干部们的做法不合时宜，一般都是普通百姓撵着给领导送情捧场，哪有领导干部去平民百姓家喝酒凑热闹的。

这表明我们的干部与群众的关系密切了，领导干部融入到了群众之中，应该值得点赞。

在刘祺平家，欧忠与帮扶工作队干部们攀谈起来。

"领导干部工作作风的转变是在十余年前，全国农村税费改革试点工作之后，多项专门针对农民的收费被取消，领导干部的职能发生了变化。"欧忠说。

"欧大爷，您记得还挺清楚的。"杨嘉煜说。

"全国农村税费改革之后，领导干部的工作作风明显发生了改变，为人民服务的意识明显增强了。在税费改革之前，领导干部的工作作风确实有点问题。"

欧忠的话，明显对以前的领导干部工作作风有成见。

"我年轻时当社长，曾经打过当时的村主任。"

"您打村主任？"金欣瑶惊奇地问。

"嗯，我就敢打村主任。"

"欧大爷，您打村主任，为什么？"杨嘉煜问。

"说来话长，当时我们西滩社养羊，羊肉很好吃，上面来了领导，村主任欧恒就到西滩社来宰羊。但是西滩社的很多村民不愿意把羊宰了卖给村委会。"

"为什么不愿意把羊肉卖给村委会？"

"不给钱呗！村委会把羊肉买走，记下账，具体啥时候给钱，也不说。有时村委会领导换了，下届领导不认上届领导欠下的账，农民的钱没处要，就打了水漂，农民养只羊很不容易。"欧忠说。

大家被欧忠的耿直打动了。

"村委会在西滩社欠的羊肉钱多了，就没有威信了，上面来了领导村主任买羊，谁家都不愿意。一次，当时的村主任欧恒到张顺子家，非让他宰羊不可，张顺子性格内向，不善言谈，不敢说不卖羊，被欧恒逼得直淌眼泪，我正从地里浇水回来，路过顺子家门口，看到这种情况，我拿起铁锨把欧恒揍了一顿。"

"自从欧大爷打了村主任以后，村上的干部再也不敢去西滩社买羊宰羊了。"张满仓说。

"现在的领导干部与以前不一样了。"欧忠感叹说，"以前的一些领导干部下乡是走形式的，现在的领导干部下乡是帮助老百姓致富来的，是给老百姓送幸福来的。"

帮扶工作队干部倾听着欧忠的絮叨。

"为了响应习近平总书记提出的'绿水青山就是金山银山'的号召，前几年村上大规模地在山上种植经济林。当时植树的时候，镇上来的干部与村民同吃同劳动，一干就是二十余天，不然的话，驻屯村北山上也种不了那么多果树。现在的枸杞、枣树、文冠果树已经有了经济效益，村民们很感激领导干部，也很高兴。"

是的，领导干部的工作作风变没变，老百姓心中有杆秤，杨嘉煜想。

"为了让老百姓脱贫致富，现在的领导干部都在为群众做着很好的服务。"欧忠说。

"嗯，欧大爷，领导干部的工作职责就是全心全意为人民服务，让人民群众过上幸福美好的日子。"杨嘉煜说。

"现在的领导干部由原来的管理者变成了服务者，由原来的坐在办公室里工作，变为走进农民的田间地头帮扶劳动，一切为了群众的利益，这是名副其实的，老百姓听的不是口号，而是看的实际行动。"

"欧大爷，你对现在的领导干部评价真的这么好？"金欣瑶问。

"不是我评价好，而是领导干部把事情做得好。现在的包村包户干部吃住跟老百姓在一起，跟自家亲戚一样。"

欧忠还想往下说，这时刘祺平过来说："欧大爷，咱们先让帮扶干部们吃饭，吃完饭接着继续聊。"

"杨处长，不好意思，我光顾自己说话了，把你们吃饭给忘了。"

"没关系，欧大爷，我们挺想听您说的。"

"吃饭。"欧忠一喊，几位年轻人麻利地把饭菜端了上来。

吃过晚饭后，帮扶工作队干部回到村委会住处。

杨嘉煜回想起欧忠老人家的话，心中感到很温暖，我们的干群关系确实变了，领导干部能得到老百姓的认可赞同不容易啊。

第八章

一

八月的天气，娃娃的脸，说变就变。

下午三点多钟，晴朗的天空突然出现了一片乌云，从东南方向飘浮而来，迅速把太阳遮住了。

帮扶工作队干部正在南山地里帮助欧忠干农活。

"看样子，天要下大雨了。"杨嘉煜说。

"杨处长，你们没有带雨伞，先回去吧。这片乌云很有来头，你们看，东南方向又有大片云彩已经紧跟其后袭来，说不定要下大雨了。"欧忠说。

"欧大爷，咱们一块回去吧，等雨下大了，你走起来不方便。"

"我没关系，我们农民经常遇到这种状况，我不怕雨淋，你们赶紧先回。"欧忠催促着。

大家正说着，乌云迅猛地压了下来，往远处看，好像一块幕布遮住了视线，灰蒙蒙的一片，山上的树、村里的房子都模糊得看不清了。

在欧忠的再三催促下，帮扶工作队干部才收工回村。

起风了，大声怒吼着，霎时间雨哗哗地下了起来，风裹挟着雨，从天而降，黑沉沉的天，好似要崩塌下来。

突然间，一道闪电从云层里跳了出来，迅速在天空中炸开，金欣瑶、李椿婷不由自主地捂住了耳朵。

闪电在乌黑的天空中划出了光亮，电闪雷鸣，狂风呼啸，大雨随即倾盆而下，地面上的雨水滚滚流淌，帮扶工作队干部挽起裤腿跑回村委会。到了居处，一个个被雨水淋得像落汤鸡。

雨越下越大，风在为雨助威，滂沱大雨肆虐地下起来，势不可当。部分村民家的围墙在雨中倒塌，树枝像是无助的孩子在风中剧烈地摇摆。

刚换好衣服的帮扶工作队干部正准备工作填报表，村书记祁建臻慌忙地跑进来说："杨处长，不好了，东滩社张士胜的儿子张铁娃，到西山坪上放羊没有回来，村民们正沿西沙河找人。"

祁建臻的话，决不比刚才的雷声给帮扶工作队干部的震撼小，他们一下子愣住了。

"啊……"李椿婷失态地喊出声来。

"走，找人去！"杨嘉煜一声令下，帮扶工作队干部打着雨伞，又冲进了雨中，朝西沙河方向跑去。

突然一道闪电，随后一阵雷声，想想张铁娃在大山深处惊恐无助的情景，杨嘉煜的心跳得扑通扑通的。

一个十几岁的孩子在大山深处，遇到这种恶劣天气，他该怎么办，杨嘉煜不敢往下想。

当帮扶工作队干部赶到西沙河边时，那里已经聚集了很多村民，他们正与欧忠商量着如何去找人。

欧忠从南山地里刚回来，正好碰上张士胜在哭喊着找儿子张铁娃。

"杨处长，张铁娃去山中放羊，还没有回来，雨下这么大，不知道这孩子现在怎么样了？"欧忠说。

张士胜听欧忠这么一说，已经哽咽得说不出话来。他知道，在山中遇到这样恶劣天气的后果。

杨嘉煜抬头看了看，整个西沙河黄水滚滚，顺势而下。其实，河道中滚动的不是水，而是泥流，气势相当吓人，人要是被这泥石流冲走，后果不堪设想。

驻屯村的村民最害怕这种情况的出现，顿时人人面色铁青，沉默不语。

村民们为什么害怕这种情况出现呢？因为十几年前的一幕又出现在村民们面前。

当时也是下着暴雨，在西沙河对岸的几户人家，把羊圈建在了半山脚下，山水顺势而下，把羊卷入了河中，一位村民舍不得自家的羊，当他走到河边，企图拦截羊群上岸时，一股泥石流怒吼而下，结果连人带羊都被冲到了河中……

当村民们找到人的时候，已经是第二天中午，早已经没有办法救治了。村民们害怕这一幕的出现。

"欧大爷、杨处长，麻烦你们想想办法，救救我的孩子。"张士胜说着放声大哭起来。

二

雨越下越大，雨点打在身上隐隐作痛，打得人睁不开眼睛。

面对这种情况，杨嘉煜明白必须要让村民镇定下来，保持清醒，不能乱了局面，造成次生灾害的发生。

"大伙不要着急，孩子我们必须去找，但是要统一行动，现在咱们听欧大爷指挥，想办法去找人。"杨嘉煜说。

"张铁娃在西山坪上放羊，西沙河的河水太大，不能盲目过河寻找捷路，那是很危险的。"欧忠说。

"欧大爷说得对，不能过河去找人。"

"我们只能沿着西沙河东岸，顺势爬到山顶，再从山顶越过去，到张铁娃放羊的地方去找，天黑以前必须把人找到。"

村民们听着欧忠的安排。

欧忠是驻屯村的元老，大事小事村民一般都向他老人家请教，全村人很敬重他，凡事只要有他老人家在，村民们心中就好像吃了定心丸，感觉到踏实，感到有了主心骨。

"我们分成两组，每组十人，用绳按一定的间距拴好，注意安全。"欧忠用沙哑的声音说。

杨嘉煜、张凯要与大家一块上山去找人。

"杨处长、张大夫,你们两个不要去了,一是雨下得太大,二是你们两个不熟悉山里的情况。"欧忠说。

"欧大爷,没关系,我们与大家一块去,给大伙长长精神,我们一定没事的。"杨嘉煜说着,与张凯加入到了救援队伍中。

"那好,你们两个人注意安全。"

"两组都把人数数好,每隔一小时数一遍人数。一组祁建臻负责,二组郭儒负责。现在出发。"

欧忠一声令下,两组人顺着西沙河东岸的山坡往上爬。

大雨继续下着,丝毫没有减弱的迹象。由于雨下得时间长了,地都湿透了,两组救援队员爬山坡十分困难,滑下去的被拉上来,爬不上去的被后面的人推一把,每组人员像一个大球,在半山腰中徘徊前进。

猛然间,郭儒这一组由于大家没有站稳,十人整体下滑四五米,欧忠看着心提到了嗓子眼上。

原来这一组是张凯走在前面,他不熟悉爬山的相关地势,郭儒看到这种情况说:"赵启升、胡占民,你们走到前面,让张大夫走到中间。"

不到一千米的山坡,救援小组爬了近一个小时,站在山下面的村民,为他们捏了一把汗。

到了山顶往西走,两组人员分头去找。

空旷的山野在乌云大雨的遮盖下,显得格外阴森,雨虽然没有刚才下得大了,但仍不甘示弱,大家在山中寻找着、呼喊着。

两个小时过去了,始终没有张铁娃的音信,也看不到羊群的迹象。

大家的衣服淋湿了,长时间的奔跑呼喊,救援人员感到累了,有几位村民的鞋子,被泥水沾的不见了,光着脚丫子在山野中奔跑寻找呼唤。

跑了好几个山头,没有找到张铁娃和羊群,难道他和羊群被大水冲走了。祁建臻心中犯嘀咕。

想到这里，祁建臻心中一颤，他不敢往坏处想，也不能往坏处想。

五个小时过去了，天也快黑了，在没有寻找结果的情况下，两队救援人员商量要下山去了。

"人还没有找到，怎么能下山，晚上张铁娃一人在深山怎么过夜？"张凯情绪低落地说。

"但是我们找不到人，也不能在山上耗时间，天马上黑了，下山的路又不好走，大家还得保证自身安全。"祁建臻说。

"要不，咱们再找一会儿吧。"张凯说。

"附近该找的地方都找了，要找必须去更远的地方，时间已经不允许了。"祁建臻说。

"要是张铁娃等雨停了，他出来找人怎么办？"杨嘉煜说。

"那就这样吧，郭主任，你们这一组下山，我们这一组在山上待着，张铁娃要是躲在哪儿避雨，雨停了，他赶着羊群出来，我们一块儿下山。"祁建臻说。

"你们晚上没有饭吃，衣服还湿着……"杨嘉煜说。

"杨处长，没关系，我们山里的人一晚不吃没关系，冷了，我们想想办法，找个废旧窑洞避避寒气。"

听到祁建臻的话，杨嘉煜很感动，多么好的村书记啊。

"杨处长，听祁书记的，咱们赶快下山，等到天黑下来，再下山就困难了。"郭儒说。

"好吧。"杨嘉煜说着向前使劲握住了祁建臻的手，说："晚上把村民兄弟们的安全照顾好，全拜托你了。"

祁建臻点了点头，两个人的眼中充满了信任的泪水。

三

郭儒领着大家下山到村口时，天已经黑了，欧忠与许多村民还在村头等他们回来。

看到上山的村民拖着疲惫的脚步回来时，欧忠明白了，孩子和羊群没有找到。

"欧大爷，我们没……"没等郭儒把话说完，欧忠用手示意，不要再说了。

"祁书记他们在山上蹲守，担心雨停下来张铁娃出来，晚上找不到人。"杨嘉煜说。

"祁建臻做得对，又让他们受苦了。"欧忠老人家说着哽咽起来。

"咱们回村委会去吧，金局长、李主任回去做饭去了。"欧忠说，"上山的所有人都去村委吃饭，张士胜家没办法招呼大家吃饭。"

欧忠说了几遍，村民们没有应答，各自回家去了。

吃过晚饭，村民们聚在了村委会，商讨寻找张铁娃的事宜。

"欧大爷，你看今天下午雨下得这么大，张铁娃的情况到底怎么样？"杨嘉煜轻声问。

"唉，情况不好说。"

听到欧忠的这句话，杨嘉煜的心中冰凉冰凉的。

"不过你们上山去寻找人，我一直在西沙河岸边，看着汹涌的泥石流顺流而下，却始终没有发现有羊在河中翻滚下来。"

"您的意思是说，张铁娃与羊群还在山上？"

"可能在，说不定张铁娃找到避雨的地方了。"

"山上还有避雨的地方？"杨嘉煜问。

"有，山上有些破旧的院落，是前些年因山上生活艰难，搬迁户遗留下来的。"

"但愿如此。"杨嘉煜祈祷说。

"张士胜在村里为人忠厚老实。好人应该有好报，我想他的娃肯定没啥问题。"欧忠也祈祷说。

"村里的情况，明天让郭主任给镇领导汇报一下。"杨嘉煜说。

"那好吧。如果有啥特殊情况，也让镇上领导帮一下忙。"

欧忠、杨嘉煜、郭儒与村民们在商讨着明天的寻找方案。

晚上十点多钟，雨停了。祁建臻一组坚守在山上，大家虽然冻得发抖，饥饿难熬，但没有一点困意，他们等待着奇迹的出现。

山上山下都是不眠之夜。

第二天早上，郭儒急忙去镇政府汇报情况，镇党委书记张昭瑞、镇长展璇接到汇报后立即赶到驻屯村。

张昭瑞了解情况后，感到事情不妙。因为昨天下午雨下得太大了，到现在张铁娃仍没有找到。他问："杨处长，今天工作该怎样安排？"

"欧大爷在这方面有经验，咱们听从他老人家的安排。"

张昭瑞、展璇及其他镇干部点头赞同。

"今天的工作同样要具体分工，女干部去张士胜家帮忙，安抚好他们夫妇的情绪，不要没有找到人，却把张士胜夫妇伤心倒了。"

女干部们去了张士胜家。

"昨天下午上山寻找的一组人，今天继续上山寻找，把昨天晚上的那一组人换下来，他们一定饿坏了。"

杨嘉煜、郭儒、张凯等人准备出发上山。

"我们也跟上去找。"张昭瑞、展璇说。

"张书记、展镇长，你们不要去了，你们先在村委会等着，有啥事情咱们好联系。"欧忠说。

张昭瑞、展旋等镇上干部去了村委会。

欧忠不让他们去，担心有什么不测，让他们协助处理事务。

"老赵，你与满仓两个人沿着西沙河岸朝下游方向去寻找，看有没有被冲走的羊。"欧忠对赵文灿说。

"好的。"

赵文灿、张满仓沿着西沙河朝下游去巡查。

八点多钟，祁建臻领着村民从山上下来，种种迹象表明，张铁娃还是没有找到。

"你们回去换换衣服，弄点吃的，赶快过来，再上山去寻找，这次把寻找的范围扩大一些。"

村民们点了点头。

这次雨下得很大，村里有很多人家的院子里冲进了泥水，但他们没有时间清理，都帮助寻找人去了。

四

赵文灿、张满仓沿着西沙河向下游去寻找，一直找到公路拦坝处，也没有发现羊的尸体及其他可疑情况。

他们回来，向欧忠汇报了西沙河寻找的情况。听了赵文灿说的情况之后，欧忠心中有底了，他说："张铁娃与羊群一定在山上，所有人上山去找。"

听到欧忠的话，村民们又来了精神，纷纷上山找人。

天晴了，为寻找提供了方便，但是村民们又找了近两个小时，还是没有找到。

在山上寻找的过程中，杨嘉煜一不小心，一脚踩滑，滚下山坡，脚崴了，衣服挂烂了。

村民们把他抬下山，到镇卫生院做了包扎检查，脚踝骨折，需要打石膏治疗。

杨嘉煜人在医院，心却牵挂着张铁娃的寻找情况，当他得知向外扩大搜救范围，仍没找到时，顿时心急火燎。

时间过去近一天了，杨嘉煜觉得有必要把情况向省财厅领导汇报，寻求救援。

他随即拨通了省财政厅薛盛祥副厅长的电话，把情况向领导作了汇报。

情况危急，不能再拖，省财政厅立即与省政府应急保障厅取得联系，省政府应急保障厅派出直升机，赴三百公里外的驻屯村帮助寻找孩子。

随后，镇党委、政府也向县委、县政府汇报了情况，各部门派出相关人员奔赴救援一线。

一个孩子的安全牵动着大家的心。

直升机的参与为搜救工作提供了极大便利,搜救范围扩大了很多,在离驻屯村二十余公里的大山深处,很快找到了搜救目标张铁娃,并送往医院进行救治。

经过检查,张铁娃在山中因受饿受冻产生一些异常病症,对身体并无大碍。

历时近三十个小时,搜救工作圆满结束,驻屯村村民与所有参与救援人的心放了下来。

现代科技还是发达,村民们感叹道,要不是直升机参与,单凭依靠人的力量,在这峰峦叠嶂的大山里寻找,那真是困难重重。

两天之后,张铁娃平安出院,当问他怎么跑了那么远时,他自己也记不清楚了。

"当时我只记得雨下得很大,我把羊群从半山腰斜侧往山顶赶,不能顺沟而下,这是大人们教的防雨安全常识。"

"你这小子挺机灵的,这样做就对了,千万不敢顺沟往下跑。"欧忠抚摸着张铁娃的头说。

"到了山顶之后,我赶着羊群沿着山顶往前走,想找个临时避雨的地方,等雨不下了,想办法下山。"

"那后来呢?"

"可是雨越下越大,我没有找到避雨的地方,天黑了,我非常害怕。"张铁娃说得让大家流下了眼泪,当时一个十几岁的孩子在山中多可怜无助呀。

"雨停下来时,已经夜深了,但我想回家,不能在山上过夜,我赶着羊群沿着老路回。可是走了好长时间就是找不到下山的路,可能是朝着相反的方向去了。"

"那你走了多长时间,孩子?"欧忠问。

"我不知道,感觉天快亮了,当时我又饿又冷,不小心栽倒在地上,没有起来,睡着了,直到有位叔叔抱我的时候我才有了点知觉。"

"孩子,你走了一夜呀。"欧忠说。

张士胜夫妇听着孩子的遭遇，抽搐着哭起来。

"孩子平安回来了，大家高兴才是。"欧忠宽慰着大家。

欧忠在说话的时候眼圈也红了。

张铁娃平安回来，张士胜夫妇非常高兴，要不是全村人的帮忙，杨嘉煜及时向省上领导汇报，后果不堪设想。

"欧大爷，明天我准备请大家吃顿饭，感谢一下大家。"张士胜说。

当欧忠把情况向大家说明，村民们不同意张士胜破费招待人。

"孩子已经找到了，没有必要请大家吃饭，邻里之间谁不用谁帮忙呢。"祁建臻说。

张士胜听说之后，流下了感动的泪水。

五

由于这次雨下得很大，许多村民家中进了泥水，大家又投入到紧张的清理淤泥工作。

有些村民家中的淤泥厚达二三十厘米，大型机械无法进入，只能靠人工清理。

随后，祁建臻召开村民会议，提议院落里没有进水的村民帮助院落进水的村民清理淤泥。

村民们完全同意，这一干又是三天。

这就是我们农村的现状，朴实的民风，和谐的邻里关系，洋溢在整个村庄，啥是和谐，这才是真正意义上的和谐。

这次雨中救援，帮扶工作队干部表现得很好，他们衣、食、住、行都在村中，已经与村民们融合在一起，去地里帮助村民们干活，到村民家中调查走访，他们会拿起村民们家中盛水的缸子喝水，让村民感到帮扶干部没有架子，很亲切，这样与村民们接触多了，拉近了与村民们的距离，加深了与村民们的感情。

在清理淤泥工作中，帮扶工作队干部看到互帮互助的场面，他们很感动，也被这种场面感染着。

张凯在帮助村民赵振伟家清理完淤泥后，又到安泰社村民高世旺家去帮忙。

在高世旺家，近两个小时繁重的清理淤泥劳动，累得张凯满头大汗。

看到张凯那满头大汗的样子，高世旺夫妇感到很心疼。

"小张，歇会再干吧。"高世旺说。

"高大爷，没关系，我不累。"

其实，张凯嘴上说不累，但已经感到非常疲惫了，他已经三四天没有好好休息了，并且每天干的都是繁重的体力活。

金欣瑶、李椿婷虽然是女同志，她们也加入到了村民家中的淤泥清理工作。昔日的城里干部，现在变成了一介村妇，皮肤被晒得黝黑，手上磨出了血泡，但她们没有喊苦，而是克服困难，迎难而上，默默地为村民们干着实事，这怎能不让村民们感动呢。

帮扶工作队干部的工作姿态和状态如何，决定群众以什么样的心态看待驻村干部，帮扶工作队干部把扶贫工作当成一次难得的历练机会，反映在工作上就是把驻地当故乡，把村民当亲人，用脚丈量村中的每一寸土地，从小事做起，通过破解一道道难题，以看得见的成效赢得人民群众的信任。

杨嘉煜为寻找张铁娃，脚踝骨折了，一名省上下来的帮扶干部，能为老百姓的事情付出这么大的代价，真令人佩服。

省财政厅领导专门派人前来慰问，市、县领导对杨嘉煜的做法给予了高度的评价。

村民们轮流值班照顾他，张士胜更是操心，每天给杨嘉煜炖好土鸡汤送到村委会。

杨嘉煜虽然不让张士胜这样做，但他非做不可，人与人的交往是在交心。

脚上沾有多少泥土，心中就沉淀多少真情。

帮扶工作队干部的艰辛付出，换来了人民群众的交口赞颂，他们时时处处为村民着想，而不顾个人的安危得失，他们的奉献精神值得人们学习。

看一个干部的德才素质，很重要的就是通过看他在重大关头、关键时刻的表现，在紧急任务面前是否推诿躲让，在复杂问题面前是否退避退缩，在荣誉面前是否争先恐后等情形。

常言道，群众的眼睛是雪亮的。干部业绩在实践，干部名声在民间，干部干得好不好，平常表现怎么样，是不是一心一意为群众办实事、办好事，人民群众看得最清楚，体会最真切，最有发言权。

帮扶工作队干部在用自己的"辛苦指数"提升人民群众的"幸福指数"，相关部门对帮扶干部应给予更多的关爱和关注，坚持严管和厚爱相结合，激励和约束并重，让贫困群众脱贫致富，让帮扶干部舒心工作。

党的十九大报告提出，各级党组织要关心爱护帮扶干部，主动为他们排忧解难，急帮扶干部之所急，解帮扶干部之所忧，才能充分发挥帮扶干部的主观能动性和工作积极性，打赢脱贫攻坚这场硬仗。

关心关注帮扶干部，也就是在关心关注着脱贫攻坚。

六

杨嘉煜脚伤好了之后，又工作奔波在脱贫攻坚一线。

当杨嘉煜走访经过西沙河时，他对前一段时间下大雨时的情景历历在目，现在想起来仍心有余悸。

"每次下大雨，西滩社是不是与驻屯村就隔绝了？"杨嘉煜问陪同的祁建臻。

"是的，二十余年前，一场大雨下了一个多月，西滩社与村上基本上失去了联系。"

"现在通信工具先进了，情况好多了吧。"

"嗯，现在有手机，下雨时可以交流一下情况。"祁建臻说。

"张铁娃被困在西山坪上，为了保障大家人身安全，欧大爷让大家绕过西沙河上山去寻找，就是这个原因。"

"在西沙河上，如果修座桥，那就方便多了。"杨嘉煜说。

"以前西沙河上有一座简易石桥，被大雨冲垮了。村上经济困难，再没有补修，因为西沙河大部分时间是干涸的，西滩社的村民可以穿越河道到对岸来。"

提起修桥，让杨嘉煜有了想法，他说："要是能修座桥，交通方便了，村民安全了，西滩社也不再孤立了。"

"嗯，对西滩社方便，西山坪上的土地也能得到很好的开发利用。"祁建臻说。

说起西山坪上的土地，至今没有开发利用，既有缺水的原因，也有交通不便的原因。

"西沙河上修桥的事，咱们借助脱贫攻坚的契机，可以考虑。"杨嘉煜说。

杨嘉煜一提醒，祁建臻点了点头，他说："要是能修座便民桥，那可是件大好事呀。"

"有时间，咱们干部们开会议一议，讨论一下。"

两个人说着走进了西滩社一农户家中走访调查。

在干部例会上，杨嘉煜把在西沙河上修桥的事提了出来。

"在西沙河上能修座桥是件好事情，西滩社村民来往驻屯村也就方便了，安全了。"金欣瑶说。

"不但方便了，而且今后有很好的经济效益。"祁建臻说。

"有经济效益？"金欣瑶问。

"金局长，你不相信？"

金欣瑶用一种疑惑的目光看着祁建臻，她说："祁书记，说给大家听听。"

"如果在西沙河上把桥修通了，交通方便了，西山坪上的荒地就可以开发利用了，山上有好几千亩土地呢。"

"西山坪上的土地从来没有耕种过，开发利用的价值不大吧？"

"没耕种过，主要是缺乏水资源。如果有水的话，西山坪上的土地肯定有很大的开发价值。"

"要是能开发利用好西山坪上的土地，驻屯村的脱贫致富如虎添翼呀。"杨嘉煜说。

"是的。如果能把西沙河上的桥修好了，那又是一件造福驻屯村子孙后代的大事情。"祁建臻说。

祁建臻说得干部们心动了。

"那咱们想办法修建这座便民桥。"杨嘉煜说。

干部们点头赞同杨嘉煜的建议。

"我们这次要利用帮扶单位的优势，让帮扶单位资助修桥，把这件惠民实事办好。"

"杨处长、祁书记，你们先找专家预算一下修一座通行桥需要多少资金，我们也好向单位汇报。"金欣瑶说。

"好的，我们先找有关部门咨询一下。"

杨嘉煜、祁建臻去市交通局勘探设计院咨询情况。根据驻屯村的实际需要，修一座长二十米、宽六米的桥，采取以工代赈的建设模式，大约需要九十万元的建设资金。

杨嘉煜把情况向帮扶工作队干部做了说明，帮扶干部们向各自单位汇报了情况。

他们的想法得到了各自单位的大力支持。

根据各单位的实际情况，经过各帮扶单位协商决定，省财政厅出资四十五万元，市中医院、县科技局、五谷镇妇联各出资十五万元，共同修建西沙河上的便民桥，很快解决了西沙河上修桥的建设资金。

经过勘探、设计，工程如期开工建设。

在修桥过程中，驻屯村村民以工代赈，积极参加到修桥工作中，修桥进度进展很快，又节省了大批劳务费用。

西沙河桥修好后，村民们为出资单位立碑树传，起名叫"连心桥"，并写上四家帮扶单位名称，以作纪念。

七

根据精准扶贫、精准脱贫工作的需要，上级主管部门安排帮扶工作队干部集中培训学习脱贫攻坚相关文件精神，提高帮扶工作队干部的业务能力，严格按照国家扶贫政策标准开展工作，不至于犯常规性错误，确保脱贫攻坚摘帽工作平稳进行。

为加深对国家扶贫政策的学习理解，帮扶工作队干部会在工作之余，共同学习切磋探讨。

"小张，扶贫工作手册学习得怎么样了？"金欣瑶问。

"金局长，还可以吧。"张凯说。

"考一下你，怎么样？"

"接受领导的考核。"

"好嘞。请你说一下贫困人口的识别程序。"

"嗯，贫困人口的识别程序是一核、二看、三比较、四评议、五公示。即是入户核实农户收支状况；详细查看家庭生产和生活条件；综合比较农户收入、住房、财产状况；在农户申请的基础上，形成建档立卡初选名单，依次开展村民小组、村委会和村民代表大会民主评议；对评议后的建档立卡名单在本行政村进行第一次公示，无异议报乡镇审核后分别在该行政村和乡镇进行第二次和第三次公示。"

"记得还可以，那建档立卡户的评判标准呢？"金欣瑶又问。

"以户为单位，当年全口径人均可支配收入扣除'十不算'后，低于规定标准的全部纳入建档立卡范围。

"但存在下述情况之一的全部纳入建档立卡范围：一是家庭中有义务教育阶段因贫辍学人员的，智障和残疾导致辍学的除外；二是家庭主要居住用房鉴定为C、D级危房的；三是家庭成员患大病未治愈或患长期慢性病开支大导致贫困的。"张凯补充说。

金欣瑶对张凯的记忆力很是佩服。

"农户的经济收入是脱贫的重要指标，用高标准提高脱贫质量，保证脱贫人口的持续稳定脱贫,那脱贫农户的人均纯收入,省上又规定了'十不算''十不脱'的标准。'十不算''十不脱'又指什么呢?"李椿婷问。

说到"十不算""十不脱"问题,这是两位女干部很头痛的事,她们想这个问题一定能够难住张凯。

"核算收入,以下十项收入不计入贫困人口脱贫收入:一是按统计口径当年未实现现金收入的农副产品不算,哪一年出售实现现金收入就记入哪一年;二是养老金不算;三是残疾人补助金不算;四是临时性救济金和一次性生活补贴不算;五是合作医疗报销和大病救助资金不算;六是精准扶贫专项贷款分红不算;七是三、四类低保金不算;八是到户项目建设补助资金不算;九是学前、高中和中职学生补贴不算;十是一次性赠予和人情往来收入不算。"

张凯说完"十不算",继续说:"核实'三保障',对存在以下十个方面'三保障'不达标的人口,重新退回到贫困状态,简称'十不脱':一是住危房或新建、改建房屋没有达到入住条件的不脱贫;二是饮水不安全的不脱贫;三是义务教育阶段有辍学学生的不脱贫,智障和残疾导致辍学的除外;四是家庭成员患大病未治愈的不脱贫;五是易地扶贫搬迁未入住或刚刚入住的不脱贫;六是整户无劳动能力、无其他收入来源,主要依靠一、二类低保金等政策性收入维持生活的暂不脱贫;七是当年新纳入的不脱贫;八是虽然享受了扶贫政策,但当年收入情况和家庭生产生活条件与往年相比变化不大的不脱贫;九是虽然收入及'三保障'达标,但因灾、因学、因房、因病等借贷五万元以上的不脱贫;十是拟脱贫户民主评议大多数群众不认可脱贫但被强行脱贫的不脱贫。"

"张凯记忆力真好,可以称得上脱贫攻坚数据智能库了。"金欣瑶、李椿婷鼓掌祝贺。

杨嘉煜对张凯的表现也很满意,对他的记忆力也很佩服。

张凯听到大家的夸奖,他谦虚地说:"我只是记住了一些条框内容,杨处长,我有问题需要向你请教。"

"说吧。"

"建档立卡贫困户人均可支配收入怎么个计算法?"

"农村居民可支配收入:指调查户在调查期内获得的、可用于最终消费支出和储蓄的总和,即调查户可以用来自由支配的收入。"

张凯认真地听着。

"可支配收入既包括现金,也包括实物收入。按照收入的来源,可支配收入包含四项,分别为:工资性收入、经营净收入、财产净收入和转移净收入。"

"那计算方法遵循的原则呢?"张凯问。

"建档立卡贫困户人均可支配收入简便计算方法遵循原则:调查内容简单,贫困户群众愿意配合、听得懂、答得上;调查内容明确,工作人员说得清、问得明;计算方法直接、明了,工作人员易学、易算、相对准确。"

杨嘉煜又讲解了建档立卡贫困户人均可支配收入简便计算方法。

"农业经营性净收入=农产品销售收入×收益系数;经营性净收入=种植业净收入+畜牧业净收入+林业净收入+渔业净收入+二、三产业经营性净收入;贫困户人均可支配收入=(工资性收入+经营净收入+财产净收入+转移净收入)÷家庭常住人口数。"

经过帮扶工作队干部们的探讨学习,他们对群众脱贫的标准清楚了,明白了,有效地推动了脱贫攻坚验收工作。

八

随后,帮扶工作队干部又集中培训学习了贫困村和贫困人口退出的相关内容及标准。

"我们先看贫困村退出的标准,主要包括四个方面:一是贫困发生率方面;二是基础设施方面;三是公共服务方面;四是人居环境方面。"杨嘉煜说。

"在贫困发生率方面,具体地说,贫困发生率降至百分之三以内,这是我们经常提到的数字。"张凯说。

"对，百分之三以内。基础设施方面有六项：一是路，建制村通硬化路、有通自然村的道路；二是水，饮水安全农户比例达到百分之百；三是电，通动力电的自然村比率达到百分之百；四是房，危房改造完成率达到百分之百；五是网，建制村通网络；六是产业发展，有主导产业，有农民专业合作组织覆盖，有集体经济收入。"

"这六项驻屯村可能都达标了吧。"李椿婷说。

"达不达标，这需要我们帮扶工作队干部认真核查，逐项清零，不能有丝毫的马虎。"杨嘉煜说。

"公共服务方面的具体内容呢？"李椿婷问。

"公共服务方面八项：一是义务教育阶段适龄人口无辍学学生；二是有需求的村建有幼儿园；三是有标准化村卫生室；四是城乡居民基本医疗保险参保率达到百分之九十五以上；五是参加基本医疗保险患病人口全部享受了基本医保相关政策；六是符合条件的患病人口全部享受了大病保险、医疗救助、疾病应急救助等相关政策；七是有综合性文化服务中心；八是城乡居民基本养老保险参保率达到百分之九十五以上。"

杨嘉煜认真讲解，大家学习得也很用心。

"人居环境方面有一项：村容村貌整洁。"杨嘉煜说。

说起村容村貌整洁，金欣瑶还是有点犯愁，农村与城市不一样，农村人多面广，要保持村容村貌整洁，还真有点困难。但是要想让驻屯村脱贫摘帽，有机会还必须把驻屯村的村容村貌整洁工作搞好。

"杨处长，贫困人口退出标准呢？"李椿婷又问。

"贫困人口退出标准，有三个方面：一是收入方面；二是两不愁方面；三是保障方面。"杨嘉煜继续说，"收入方面三项：一是人均纯收入稳定超过当年省定退出验收标准；二是有增收渠道；三是无因病因学因房大额借贷五万元以上。"

"两不愁方面好记，不愁吃、不愁穿，有安全饮水。"张凯说。

"嗯。保障方面有五项：一是义务教育有保障，义务教育阶段适龄人口无辍学学生、接受学前和高中阶段教育的学生享受了相关特惠政策；二是基本医疗有保障，家庭成员全部参加了城乡居民基本医疗保险并享受了参保费用补贴政策；三是患病人口享受了基本医保特惠政策；四是符合条件的患病人口享受了大病保险、医疗救助、疾病应急救助等特惠政策；五是住房安全有保障，有安全住房。"

"杨处长这么一培训讲解，我们大家清楚了，在贫困村和贫困人口验收退出方面，有了依据参考。"金欣瑶说。

"对，我们要像小张一样，把这些内容烂熟于心，也当脱贫攻坚智能数据库专家。"李椿婷说。

李椿婷的话让张凯听了很高兴。

"脱贫是党和政府为人民服务的责任，脱贫之后，政府继续采取措施，保证群众不返贫，实行动态监控，并且加大投入，领导群众致富奔小康，群众脱贫之后，政府还将延续帮扶措施政策。"杨嘉煜说。

"党和政府的决策英明，是想让老百姓彻底摆脱贫困，过上幸福美好的生活。"金欣瑶赞叹说。

中共中央、国务院出台《关于打赢脱贫攻坚战的决定》明确提出，建立贫困户脱贫认定机制，对已经脱贫的农户，在一定时期内让其继续享受扶贫相关政策，避免出现边脱贫、边返贫现象，切实做到应扶则扶。群众脱贫后，在攻坚期内国家原有扶贫政策保持不变，做好脱贫后的继续帮扶、监管和巩固提升工作，同时制定了脱贫之后的"四不脱"政策。

一是脱贫不脱责任。继续保持贫困地区党委政府一把手的稳定，继续把脱贫攻坚作为统揽贫困县全局工作来抓，继续巩固发展成果，建立长效机制，加大对剩余人口的帮扶任务，确保脱贫攻坚责任的延续性。

二是脱贫不脱政策。对于已退出的贫困地区要继续提供扶持，脱贫攻坚期内国家原有的政策保持不变，确保脱贫退出稳定和可持续性。

三是脱贫不脱帮扶。贫困地区干部特别是扶贫干部要继续坚守岗位，保持工作连续性，继续执行驻村帮扶，加大第一书记、驻村工作队帮扶力度。

四是脱贫不脱监管。对已退出贫困地区,要继续实行最严格的扶贫考核评估,强化监督管理,确保脱贫退出成果得到人民认可、经得起历史检验。

帮扶工作队干部通过理论学习,提高了工作业务能力,宣传了国家的方针政策,筑牢了脱贫攻坚的根基。

九

帮扶工作队干部把贫困村、贫困人口退出的标准认真学习了,但是要执行起来是有一定的难度,部分村民为享受国家扶贫政策,总找一些理由和借口不想脱贫。

比如说,在计算农户家庭经济收入时,省上规定了"十不算",其中一条是:按统计口径,当年未实现现金收入的农副产品不算,哪一年出售实现现金收入就记入哪一年。有一农户每年种植七亩玉米,囤积了两年都没有卖,影响了他家的经济收入。再如省上规定的"十不脱",农户"虽然享受了扶贫政策,但当年收入情况和家庭生产生活条件与往年相比变化不大的不脱贫",在帮扶干部确定这一条时,经常与农户辩解吵嘴。这些都影响了脱贫的速度时效,还造成了一定的负面影响,产生出新的矛盾。

脱贫攻坚过程中,帮扶工作队干部虽然遇到一些困难,但他们并没有退缩,而是迎难而进,及时解决问题。

精准扶贫,越到后期越艰难,帮扶工作队干部要做好群众的思想工作,解决群众实际困难,将帮扶工作打造成精准扶贫的滴灌管道,探索创新机制,破解脱贫脱节的顽疾。

攻坚,到一线去,这是帮扶工作的具体要求,这一点驻屯村的帮扶干部做得很好,省、市、县、乡四级帮扶干部吃住在村上,随时随地参与当地的帮扶工作。

驻屯村的帮扶工作队干部,深入扶贫一线,掌握了很多的一线扶贫资料和基层村民的需求，他们把村民的每一项需求记在心中，随时寻找解决问题的方法和措施，科学实施脱贫方法，统筹推进脱贫政策的落实，他们做得很好，也做得很到位，受到驻屯村村民的一致好评。

脱贫攻坚，最怕"花拳绣腿"，最忌"光说不干"。为解决脱贫攻坚中存在的问题，驻屯村帮扶工作队干部在这方面做得很好，各级帮扶干部都能竭尽全力地服务村民，比如张凯整天与村民们打成一片，宣传政策，帮助村民们干农活，拉近了干群关系；金欣瑶、李椿婷想方设法寻找脱贫途径，解决村民们的需求。

有计划地组织帮扶干部进村入户，经常性、常态化开展帮扶工作，这是驻屯村干部的一贯做法，只有帮扶工作常态化，才能把帮扶政策落到实处。帮扶工作队干部、帮扶责任人与贫困户全覆盖，签订帮扶责任书，落实责任清单，积极高效地完成定期制定的工作目标，让驻屯村村民享有阶段性帮扶获得感。

驻屯村帮扶工作队干部，人人较真碰硬，人人传导压力，驻屯村构建了横向到边、纵向到底的脱贫攻坚帮扶体系，形成鲜明的工作导向和浓厚的攻坚氛围。

在一系列机制的保障和倒逼下，驻屯村的帮扶干部，俯下身子，进村入户，制定帮扶措施，落实"一户一策"，帮扶措施到人。

不仅如此，驻屯村还建立了分类精准施策的方法措施，针对不同致贫的原因，精准帮扶。对完全或部分丧失劳动能力、无增收渠道的贫困户优先安排到村集体合作社上班；对贫困程度较深，有一定劳动能力的贫困户，落实产业扶贫和就业扶贫双扶贫政策；对贫困程度一般，生产能力较强的贫困户，争取各种措施，重点发展致富产业……

精准扶贫，如何让"村有主导产业，户有增收项目，人有一技之长"，这是帮扶工作队队长杨嘉煜经常思考的问题。帮扶工作队干部都在想尽一切办法帮助驻屯村脱贫致富，大家各尽其责，各展其长，倾情参与，构建驻屯村扶贫大格局，有了这股大动力的注入，驻屯村一定会彻底摆脱贫困，走向幸福之路。

第九章

一

年轻夫妇外出打工，把孩子放在家中，由于监管不力，耽误了孩子的学业，荒废孩子的前途，孩子不好好学习，考不上大学，没有一技之长，只能去打工，这样形成了不良循环。

杨嘉煜与祁建臻在交流的过程中，提到了这个问题。

"关注孩子的成长，这是家长应尽的义务，也是家庭幸福的重要条件，是社会文明进步的重要表现。"杨嘉煜说。

"监管孩子的健康成长，是农村家庭的短板。农民外出打工是社会潮流。他们不外出打工，家庭没有经济收入；外出打工了，又照顾不了孩子、老人，这个矛盾没办法解决。"祁建臻说。

"现在咱们要想办法解决这个矛盾，这是我们每一位干部必须思考的问题。老百姓外出打工，不是脱贫的长久之计，他们要想脱贫，一定要有可持续发展脱贫致富的产业，必须提高群众自身技能和内生动力。"

"外出打工不是长久之计，村民们已经认识到了这一点。但是，不外出打工，没有经济收入，生活困难没办法。"祁建臻说。

"这是农村的现实情况。"

"在这偏远山区，哪有长久脱贫的产业？"

"没有长久脱贫的产业，咱们想办法去找、去创办。"杨嘉煜说。

"孩子没人监管，老人没人照顾，驻屯村这种情况很多，我邻居家的两个儿子没有念成书不说，还染上进网吧、打架的坏习惯。"

"像这种情况就得不偿失了，打工挣钱是为了改善生活，提高幸福指数，孩子不争气，心情能畅快吗？生活肯定不幸福。"

"夫妻双方能留在家中一个人，孩子有人监管了，老人有人照顾了，家庭的情况也就好转了。"

"这种想法好，但是一人外出打工挣得钱少，不够家中的开销，再说夫妻双方一人长期在外打工，长期分居也存在着很多社会问题。"杨嘉煜说。

杨嘉煜的话让祁建臻陷入了沉思，前两年驻屯村就发生过因夫妻长期分居，妻子在家不安分，丈夫知道后大打出手，差点出人命的事。

"以前的扶贫是看村民收入多少，现在的扶贫要看是否有可持续发展的产业，可持续稳定的收入。"祁建臻说。

"嗯，考核的标准变了，驻屯村要想顺利脱贫，我们必须想些办法，不能坐以待毙。习近平总书记说伟大的梦想不是等出来的，不是喊出来的，而是干出来的。"

"是的，杨处长，咱们开动脑筋，共同想办法，一定要让驻屯村按时摘帽，脱贫致富奔小康。"

"前几天，市上组织我们帮扶干部去外地考察学习，外地创办的'扶贫车间'很成功。"杨嘉煜说。

"嗯，听说过，是精准扶贫的一种新举措。"

"春丹市创办的'扶贫车间'，他们提出的口号是，精准扶贫，就业先行。抢抓国家帮扶深度贫困地区脱贫攻坚、推进实施乡村振兴战略和大力发展特色富民产业的重大机遇，积极打造了'扶贫车间'，探索出了一条就近就业帮扶的新路子，主要是有效解决了群众的就业问题，尤其是女性的就业问题，有力助推脱贫攻坚进程。"

"这个帮扶措施好，既解决了群众的就业问题，增加了家庭收入，又能照顾好孩子和老人。"祁建臻说。

"但是，'扶贫车间'的建设需要有致富能人的创业投资。"

"谁肯把钱投资到这偏远山区呢?"

"咱们想办法让他们往这里投。"杨嘉煜说。

祁建臻用一种困惑的目光看着杨嘉煜,说:"想什么办法?"

杨嘉煜解释说:"咱们山区有山区的优势,一是劳动力资源丰富且价格低廉;二是投资建厂房,村里可以无偿提供土地且不收租金等。这些优惠政策,企业老板在大城市是享受不到的。"

"嗯,杨处长说的也是,咱们齐心协力一块想办法,在村子里创办'扶贫车间'。"祁建臻说。

"祁书记,你想一下,咱们驻屯村有没有在外面创业干得好的、创业成功的村民,与他们联系一下,谈一下咱们的帮扶意向,让他们回家乡投资创业,创办'扶贫车间',为家乡的扶贫工作做点贡献。"

"好的,我想办法联系一下。"

一种新的扶贫举措正在驻屯村慢慢地筹划产生。

二

"扶贫车间"是一种很好的扶贫模式,对于老百姓和投资企业来说,是互利共赢的举措。

"扶贫车间"的创办有四种模式。

厂房式"扶贫车间"。通过帮扶单位,引进企业办"扶贫车间",政府提供培训和厂房,企业出资金,带技术找市场,组织贫困人口从事农产品初加工、来料加工制造等劳动力密集型生产。

居家式"扶贫车间"。按照"小分散、大集中"的要求,由企业找销路,签订单,订生产计划、生产任务,下达农户,农户利用闲置民房,按要求在家分散加工,最后由企业集中包装,统一销售,形成不受限于固定的时间、地点与农闲对接的居家式"扶贫车间"。

合作式"扶贫车间"。依托农村"三变"改革,充分发挥村集体的组织、带头、示范作用,通过"村集体+合作社+贫困户"的模式,引导村资金、村集体和贫困户,以土地扶贫资金入股等方式建设,除年终领取保底金和分红外,有劳动能力的贫困户还可到"扶贫车间"务工增加收入。

互联网式"扶贫车间"。对适合线上销售产品,电商企业和电商创业个人积极对接,优先在线上推广销售,形成互联网式的"扶贫车间"。

脱贫攻坚,增收是关键。"扶贫车间"帮助贫困户找准了贫困根子、解开了思想扣子,激发起了群众致富信心,成为贫困群众脱贫致富的催化剂、助推器。

"扶贫车间"是政府大力倡导的一种扶贫模式,是解决贫困群众特别是留守妇女就地、就近就业,致富能人回乡创业问题的有益探索,是推进就业扶贫和产业扶贫的重要抓手,既增加了群众务工收入,转变群众思想观念的深刻变革,又能弥补产业发展短板,加快推进脱贫攻坚。

"扶贫车间"是一种很好的脱贫致富措施,杨嘉煜打算在驻屯村筹建"扶贫车间",以解决村中群众的就业问题和村民们的增收问题。

"祁书记,前几天我让你办的事情怎么样了?"

"杨处长,正联系着呢,驻屯村目前在外发展最好的是王铭铭、马建国二人,他们在外都创建了自己的公司,听说他们的公司规模比较大,资金雄厚。"

"你与他们联系了没有?"

"联系了,王铭铭是我初中同学,他的公司主要业务是现代农业研发,他听说省农业大学在驻屯村进行玉米'粮改饲'科研项目,计划投资驻屯村的现代农业或者养殖业。"

"那你与王铭铭常联系,时机成熟了让他回驻屯村投资创业发展。"

"好嘞。"

"那马建国呢?他现在发展得怎么样?"

"听说他发展得也很好,他在广州创业发展,不过好些年没有与他联系了,他的父母也搬到了广州去居住。"

"'扶贫车间'的投资者，既要有一定的经济实力，又要愿意回乡创业，带动老百姓脱贫致富，抓紧时间与马建国联系沟通。"杨嘉煜说。

　　"好的。"

　　"建设'扶贫车间'，应按照'有一个成熟的企业为后盾，有成熟的产业为前提，有成熟的市场为关键'的建设条件，'扶贫车间'是一种很好的扶贫方式，能让贫困群众有一个稳定持续增收的机会。"

　　"我尽快与马建国联系沟通。"

　　祁建臻随后打听到马建国的电话号码，很快与他取得了联系。祁建臻把帮扶工作队与村委会的想法与他进行了沟通交谈。

　　让马建国回驻屯村投资创办"扶贫车间"，为家乡的脱贫攻坚做点贡献，他赞同领导们的这种想法，他表示尽快安排时间回驻屯村考察。

　　随后，祁建臻把情况向杨嘉煜作了汇报。

　　"杨处长，马建国的消息打听到了。"

　　"他公司业务是什么？"

　　"做服装加工、对外贸易、运输物流等生意，他在广州有一个很大的制衣厂。"

　　"祁书记，这太好了，他就是咱们驻屯村的产业扶贫救星。"杨嘉煜说着，脸上露出了笑容。

　　"马上邀请他到驻屯村来。"

　　"我电话联系了，现在他在非洲考察项目，回来之后，他马上回家乡考察调研。"

　　"好的，你们多联系，等他回来，咱们一定想办法让他在驻屯村投资创办'扶贫车间'，帮助驻屯村的乡亲们脱贫致富。"

　　"嗯，只要马建国有意向投资，咱们一定抓住这次机会。"

　　"咱们要创造条件，为他提供好的服务，让他有意向在驻屯村投资建厂，创办'扶贫车间'。"杨嘉煜说。

三

时隔不久，马建国从国外回来，到驻屯村考察调研"扶贫车间"的投资事项。杨嘉煜、祁建臻、郭儒等到机场迎接，随后在省城设宴为马建国接风洗尘。

马建国是土生土长的驻屯村人，在外打拼多年，创办了自己的公司，主要做服装加工出口、物流运输及跨境贸易等。

他先后在北京、广州读书，研究生毕业后分配到广州外企工作。从事国际贸易的他，在广州、上海、香港、欧美、非洲等地从事贸易业务，已经是很成功的人士。

在饭局中，杨嘉煜把帮扶工作队及村委会的想法与马建国作了交流沟通。

马建国听了之后，说："可以，我对驻屯村很了解，那是我从小生活的地方。"

杨嘉煜听了之后，心中有点疑惑，他问："马经理，听说你好长时间没回来了。"

"嗯，有十余年了吧。十余年前，我在广州落脚，就把父母接到了广州，家中没有直属亲戚，所以没有回来过。"马建国说着有点歉意。

"马家姓在驻屯村只有马经理一家，他又经常在外工作，没有回来可以理解。"祁建臻说。

"杨处长，村委会打算在村子里建'扶贫车间'，你们说怎么投资？"马建国问。

"听说你的公司有加工服装业务，你可以利用驻屯村丰富的妇女劳动力资源，在村中建设服装加工'扶贫车间'。"杨嘉煜说。

"嗯，这个计划好。"

"根据政府文件精神，地方政府提供培训和厂房，一般是村上的闲置土地或者房屋，企业出资金、带技术、找市场，组织村上有劳动能力的贫困户进行产品加工。"

"资金、技术、市场都没问题,'扶贫车间'的规模、大小怎么个确定?"马建国问。

"这需要政企双方共同商量,就驻屯村目前的情况看,'扶贫车间'至少要容纳八十户贫困户,近百名妇女的就业问题。"祁建臻说。

"行,'扶贫车间'的规模由村委会确定可以了。"

"驻屯村的父老乡亲感谢你!马总。"杨嘉煜说。

"应该感谢的是你们这些为驻屯村默默付出的帮扶工作队干部、村'两委'干部,你们才是驻屯村父老乡亲的大恩人。"

双方彼此客套起来。

"马总,'扶贫车间'如果效益好,你还可以扩大规模,同样享受政府的优惠政策,这里的劳动力资源比沿海地区丰富,同时给创办'扶贫车间'的企业落实优惠措施,财政、税收、人社等部门根据工作职能,积极主动地做好对企业的扶持工作,保证企业和'扶贫车间'安全、高效、长期地运行。"杨嘉煜说。

马建国听着,频繁地点头赞同。

杨嘉煜、祁建臻、郭儒与马建国洽谈一切顺利。

马建国回驻屯村考察了解后,他答应投资三百万元,在驻屯村建一个可以容纳近百人就业的服装生产车间。

为保障"扶贫车间"的建设按期完工,尽早投产,马建国回广州后专门派技术骨干来驻屯村协调、监管"扶贫车间"的建设运营。

四

两个月后,"扶贫车间"建成投入试运营阶段,在投产剪彩当天,马建国从广州回来。

"扶贫车间"共吸纳八十名贫困户妇女到厂上班。

在剪彩现场,杨嘉煜说:"首先感谢马建国总经理创建的服装加工'扶贫车间',为咱们驻屯村贫困户提供了就业岗位,为驻屯村脱贫摘帽创造了有利条件。"

现场响起了热烈的掌声。

"谢谢大家！要谢先谢咱们村的帮扶工作队干部和村'两委'干部，是他们为'扶贫车间'的建设及运行提供了方便与帮助。"

掌声又一次响起来。

"最近公司正与非洲一家服装公司洽谈业务，如果能洽谈成功，咱们村生产的服装将出口非洲国家，制衣公司就不是'扶贫车间'了，它将成为咱们驻屯村致富奔小康的主导产业，永久性产业。"

马建国的话让村民们非常激动，掌声经久不息。

"扶贫车间"建成投产后，先对八十位妇女进行上岗前培训，妇女们很不理解，自己做了半辈子的衣服，做衣服还需要培训。

但是，这是公司规定，也是工作程序，所生产服装的毕竟出口国外，质量要求很严格。

公司派来的技术部张经理说："公司总体目标是十月培养一批优秀的产业工人。"

妇女们听得似懂非懂。

张经理进一步解释说："公司董事会商定，每位公司员工每月保底工资一千八百元，但为了提高每位员工学习技术的积极性，分三步进行。"

这到底是大公司，条条框框真多，管理这么严格。

张经理接着说："第一步，前三个月时间，无论干活多少，每位员工一千八百元工资全额发放。第二步，第四至六三个月，每位员工发放九百元工资，然后计件再算工资，每件服装加工费十五元，一天能做两件，三十天做六十件，计件工资九百元，每月还是领取一千八百元工资。第三步，后面的四个月，全部计件来算，如果技术熟练，至少能领到三千多元工资。"

说到工资，妇女们都听得很仔细，大家听明白了，总体上说是计件发放工资，多劳多得，大家对工作很有信心。

"另外，'扶贫车间'运行正常了，再根据技术熟练程度分。"张经理说,"技术熟练的员工,加工高档服装;技术一般的员工,加工一般服装或者儿童服装;不同级别的服装加工费是不一样的。"

"扶贫车间"的建设运营,解决了驻屯村妇女们的很多问题,在"扶贫车间"上班的胡占民妻子姜丽说:"工厂就在村子里,上班很方便,在家门口一个月能挣两千多元工资,非常好,妇女的安全有了保障,还能照顾上家人,我非常珍惜这份工作。"

认真的工作态度,娴熟的缝纫技术,姜丽很快得到公司领导的认可,三个月之后,她每月能领到两千多元的工资。

当问起姜丽还有什么要求时,她不好意思地说:"要是再建一个男人干的'扶贫车间'就好了,让男人在家门口打工挣钱不外出,晚上也不感到孤单了。"

姜丽的话一说出口,车间里的女人们腼腆地笑了起来。

驻屯村制衣"扶贫车间"紧张有序地生产着,马建国为推销品牌,给"扶贫车间"取名"利民服装公司"。

公司生产运营三个月,服装成品虽然贮存在库房中,公司没有一分钱的盈利,但是公司员工的工资按月发放。

马建国的做法让村民们很感动,三个月要给公司工人发放近三十万元的工资。

公司员工也很担心,服装没有卖出去,工资照发,老板能坚持下去吗?

"张经理,咱们已经加工了三个月的服装,公司怎么不拉出去卖?"姜丽问。

"你只管好好做服装,销售的问题你不用操心。"张经理笑着说。

"我不操心能行嘛,我想在公司里长期打工上班,公司里的服装卖不出去,公司停产了,我去哪里打工?"

"你的担心,公司理解,你就放下思想包袱,放心地干吧,公司的服装不会卖不出去的。"张经理说。

公司里能有这样为公司考虑的员工,也是一件好事。

姜丽说过不久，总公司派车过来把库房里的服装全部拉走了，听说拉回广州二次加工之后，销售到国外市场。

公司员工心中一下子亮堂起来，她们信心百倍地投入到服装生产加工之中。

五

张士胜妻子石丽娟是"扶贫车间"的一名员工，每个月她能领到两千多元的工资。

石丽娟能挣这么多工资，因为她以前是学裁缝的。当姑娘的时候，在娘家开过几年的裁缝店。

有缝纫基础的妇女，技术师傅很容易教会。

张士胜因行动不便，妻子石丽娟不能外出打工，在农闲时，石丽娟也闲不住，她就在村子附近四处找零活，一个月能挣八九百元钱，如今干了这份工作，一个月能挣两千多元，她很高兴。

在农村投资办厂，不愁招不到工人。

让马建国更有信心的是，家乡的交通基础建设有了很大的改善，物流效率大大提高，用于生产加工的配件、辅料等，从国内各地发货一周左右的时间就可以收到，没有了后顾之忧。

如今，马建国把研发环节放在广州，产品销售主打国外，初级加工放在家乡，使得他的国际贸易产业链布局，更加高效合理，更有竞争力。

公司竞争力增强，关键是生产成本的降低，在广州寸土寸金，土地租用金高，劳动力价格高，而在农村，土地厂房使用成本低，人工费用低，并且政府还提供一系列的优惠政策，所以说生产链条转移才是公司最理想的创业方式。

利民服装公司生产的第一批服装出口非洲，以质优价廉，赢得了顾客的好评，订单源源不断地发来。

随着市场需求量的不断增加，利民服装公司的规模要扩大，在政府的正确引导下，马建国在驻屯村实行股份制经营，工人可以采取入股分红的方式进行投资。

驻屯村村民看到利民服装公司生意红红火火，踊跃参加公司融资，短短十余天时间，就达到两百多万元，企业规模进一步扩大，吸纳了驻屯村村民两百多人在公司上班。

利民服装公司通过扩大规模，改进生产技术，服装的质量和数量都有了大幅度的提升，获得了很好的经济效益。

马建国没有想到，帮扶工作队干部和村"两委"干部给自己提供了这么好的发展机会。他从广州回来，把帮扶工作队干部和村"两委"干部及村中德高望重的老人邀请在一起，吃顿饭，叙叙旧。

祁建臻问："建国，目前加工的服装主要出口哪里？"

"主要是非洲国家，部分服装出口南美一些国家。"

"经济效益还可以吧。"

"可以，非洲市场大，咱们的服装质优价廉，很受非洲及南美客户的欢迎。"

"马经理，你广州公司的规模挺大的，生意业务扩大到国外去了。"杨嘉煜问。

"是的，杨处长，我在外打拼了二十余年，才奋斗到目前的样子。"

"你们这些人，才是成功人士。"

说起成功，马建国一肚子的辛酸，他说："创业成功固然很好，但创业之前的艰辛和付出也是无法想象的。"

"你创业还失败过？"祁建臻问。

"祁书记，失败过。"马建国说，"我大学学的是金融贸易专业，毕业后分配到广州一家外企上班，主要是从事商品物流、跨境贸易等工作。刚开始时，工作环境、待遇都挺好的，经常出国跑客户。"

"那你怎么又创立了自己的公司？"

"随着工作环境的变化，经常出国联系业务时间长了，总感觉到自己安无定所，思想上有疲惫的感觉，加上自己想实现理想抱负，就辞职不干，下海自谋职业了。"

"很有成功人士的魄力胆识。"杨嘉煜称赞说。

"后来，我就与别人联手干出口日常用品生意。可是因商品出口、出关业务不熟，在商品报关时出现了一些常规性的错误，结果半年没有出口一单生意，各种费用照常开支，自己以前挣的二百多万元全赔了进去。"

听马建国说赔了二百多万元，祁建臻惋惜地说："唉，赔的就是太多了，后来你又怎么起家的呢？"

"刚开始时，打算重新回公司上班，当时辞职时，签订的是停薪留职合同。但是，当时自己回公司上班又有很多顾虑，只好放弃了回公司上班的想法，只能在外面打拼了。"

大家听马建国讲的很有传奇色彩，挺感兴趣的。

"哪里跌倒哪里爬，我在出口贸易领域继续探索寻找商机，后来一位外贸朋友的提醒，让我有了机会，我把出口商品挂靠在别人公司名下，拼船出口，给别的公司交纳管理费，省了很多出关麻烦手续，结果还成功了，把以前赔的钱又赚了回来，还有了一定的盈余。"

"成功都是给不言放弃的人准备的。"杨嘉煜说。

"杨处长说的对，我特别欣赏孔子晚年说过的三句话，给我的启发非常大。"

"哪三句话？"

"第一句，时也，命也。说的是时机决定命运；第二句话，慎始善终。说的是选择对了就要坚持下去；第三句话，尽人事，听天命。说的是选择对了的事，你就要努力做下去，成功与否就交给老天爷了。"

"这三句话经典，很有哲理性。"

"嗯，我也这么认为。人一辈子很短暂，要下定决心做好一件事，选择了，不做不会怎么样，但做了就会不一样。"

"这是你的成功感言吧。"

"可以算是吧。"

马建国看到大家都在听他说话，没人动筷子吃菜，他歉意地说："我只顾说话了，没有把大家照顾周全，请谅解。大家动筷子吃饭，饭菜都凉了。"

马建国说完，给村子里的老人家敬酒问安。

其实，马建国的一番话比请大家吃饭意义更大。

饭后，马建国向大家表态，他要增加驻屯村村民们的入股分红比例，这样就实现了"足不出户""就地致富"的目标，达到了政府提出的"一人就业，一户脱贫"的目的，真正让村子里的老百姓富起来，尽早尽快脱贫致富奔小康。

上班领工资，年底入股分红，增加了村民们的收入，调动了村民们致富奔小康的积极性和自信心。

杨嘉煜看到驻屯村红红火火的"扶贫车间"，驻屯村村民有了稳定的经济收入，脱贫摘帽指日可待，他开心地笑了。

六

帮扶工作队到驻屯村帮扶已经一年多了，转眼之间又到了冬天。

"杨处长，接镇上通知，明天市、县领导到驻屯村进行工作检查，主要看'一户一策''精准施策'的落实情况。"张凯说。

"小张，西滩社村民罗宏程家的取暖炉子和炭送过去没有？"杨嘉煜问。

"送过去三天了。"

"那好，咱们现在过去看一下罗宏程家的取暖情况。"

"好的。"

杨嘉煜、张凯去了罗宏程家。

走在乡村的道路上，冷风扑面而来，一股寒意袭上了心头，街道上的人很少，严寒把人们逼得不敢出门，蜗居在温暖的家中，享受着冬天带来的安逸休闲。

到了罗宏程家中，只见他双手插袖，正在院里转悠。

"老罗，你把房子里的火生着了没有？"杨嘉煜问。

罗宏程瞅了瞅他们两个，一句话没说，只顾自己在院中走动。

杨嘉煜看到罗宏程没说话，他径直走进房子，掀开门帘，一股寒气迎面而来。

让杨嘉煜生气的是，房子里的火不仅没生，而且炉筒子都没有架起来，仍放在地上。

"像你这种情况，不把你冻坏才怪呢。"张凯生气地说。

张凯的话让罗宏程很不高兴。

"你们送炉子的时候，为什么不把炉子安装好？"罗宏程说。

"纯属借口，给你安装好了，你又说为什么不把火生着。"张凯直接与罗宏程吵了起来。

杨嘉煜朝张凯摆了摆手说："不与他争辩了，进屋给他把炉筒子安装好。"

"杨处长，像他这样的懒人，咱们不能宠着他，要让他自己干活，不然的话，咱们的帮扶工作没办法搞了。"

"没关系，对他这样的人，我们要有耐心。"两个人说着走进了房子里去安装炉筒子。

杨嘉煜与张凯把炉筒子安装好，杨嘉煜笑着说："老罗，我们把炉子给你安装好了，你自己把火生着吧。"

罗宏程仍不说话，好像还有一定的抵触情绪，张凯想与他理论一番，被杨嘉煜劝住了。

第二天，市、县领导检查脱贫攻坚"一户一策"落实情况，采取的是抽样调查，真的抽到了罗宏程家。

杨嘉煜想，昨天已经给罗宏程把炉筒子安装好了，天又这么冷，今天他生火取暖肯定没问题。

可是，当市、县领导来到罗宏程家中时，他不但没生火，而且人也不见了，整个房子像座寒窑。

市委书记徐昆当即对帮扶工作队干部和村"两委"干部提出了严肃批评，并责令他们马上整改。

罗宏程的情况，让杨嘉煜意识到脱贫攻坚的艰巨性，镇主要领导和帮扶工作队队长受到了诫勉谈话。

精准扶贫的政策很好，如何激发群众的内生动力显得尤为重要。

通过一年多帮扶工作的开展，杨嘉煜意识到，驻屯村的部分贫困群众主动致富意识不强，过度依赖帮扶政策，某些困难群众甚至存在"你不帮我不动"的现象。

最主要的是，一些有劳动能力却不愿劳动的贫困村民，躺在脱贫帮扶优惠政策上，不劳而获，这种情况挫伤了其他村民劳动脱贫的积极性。

脱贫攻坚已经取得了决定性进展，但随着脱贫攻坚向纵深推进，深度贫困问题日益凸显，攻坚难度递增，工作中确实存在一些不容忽视的棘手问题。

像驻屯村西滩社的罗宏程，是村中的建档立卡贫困户，镇、村两级冬季给他配发了取暖炉子和煤炭，让他自己生火取暖，他都不干。宁可自己受冻，也不愿意去生火取暖，像这样的村民该怎么办呢？总不能专门派一个人伺候他吧。

针对这种情况，杨嘉煜思考着解决问题的办法。

七

杨嘉煜受到诫勉谈话之后，驻屯村村"两委"主要干部又接受纪委调查。

在上级纪委检查工作中，驻屯村有村民举报，村干部在危房改造过程中有违规违纪行为，纪委进行追纪问责。

"村民反映驻屯村危房改造有违规违纪情况，我们进行调查落实。"纪检干部说。

"我们村'两委'干部积极配合调查。"祁建臻说。

"在危房改造过程中，村'两委'干部有优亲厚友的现象。"

"这种现象不存在，每年的危房改造农户的确定，村委会都有严格的程序，不存在优亲厚友这种情况。"祁建臻说。

"请你把详细情况说明一下。"

"我们村'两委'干部，先在全村范围内进行实地排查，落实谁家的房屋属于危房，实地排查之后列出名单，然后召开村民代表会议，商讨评议，最后确定危房改造农户名单并张榜公示，无异议后上报镇政府。"

纪委干部细听过程，符合民主程序，他们要走村进户，进行核实。

"在危房改造中，村'两委'干部有收取村民礼品的问题，是否属实？"

祁建臻一听纪委调查核实的问题，他心中清楚是谁举报反映的问题。

"属实。"祁建臻直言不讳地说。

"那就请你说明问题。"

"今年危房改造指标共十户，他们给村干部买了两瓶酒和两条烟。"祁建臻说。

"烟、酒在哪儿？"

"在村委会办公室。"祁建臻说着，把文件柜打开，烟、酒在里面放着。

"是你们索要的，还是村民自愿送的？"

"是村民自愿送的。"祁建臻说。

"村干部为什么不退还给农户？"

"退了，他们又给送了回来。"

"你把送烟、酒村民的名单写好，交上来，我们需要进一步核查落实。"纪委干部说。

祁建臻把十户名单交给了纪委干部。

纪委干部根据名单逐户核实。

"当时，我代表危房改造户给村干部送的时候，他们不要，我是趁他们不在的时候，放在了村委会的办公桌上。"村民刘祺平说。

"那你们为什么要给村干部送礼？"纪委干部问。

"村干部为我们危房改造户没少跑路、操心,我们给村干部送两瓶酒、两条烟是正常的感谢,于情于理都说得过去。"刘祺平回答。

"你们的想法很好,可是你们的做法是让村干部在犯错误。"纪委干部说。

"村干部在犯错误?"刘祺平不解地问。

"是的。"纪委干部说。

"邻里之间帮忙还要请吃顿饭呢,拿到危房改造款,不感谢一下,是我们不近人情。"刘祺平说。

"这是两码事,收受危房改造的礼品是违规违纪行为。"

"这有点冤枉村干部了,在我家盖房的时候,祁书记、郭主任还给我家帮过几天忙呢。"

"这是组织纪律问题,不是冤枉谁的问题,干部收受群众礼品,就要追究责任。"

"那我们几人签字,说明是我们自愿的,行不行?"

"那不行,村干部已经收了违规礼品。"纪委干部态度很坚决。

刘祺平意识到问题的严重性,他联合其他几位村民写了一份说明书,并签字送到了镇纪检委,要求从轻处理村"两委"干部。

根据调查取证,走访了解,驻屯村村"两委"干部收取危房改造农户礼品属实,但不是索要,并且有危房改造户签字的证明。

经县纪委监委研究决定,给予村书记祁建臻、村主任郭儒党内警告处分,所收受的礼品如数退还村民。

村民们认为,对村"两委"干部处理的严重了,他们对村干部的辛苦深有体会,也对他们深表同情,但是没有办法,这是组织按程序依法依规办事。

村干部也以此为警钟,杜绝类似事件的发生,干部就是为人民服务的,吃点苦受点累,没什么,不能因为自己跑路为村民办事了,就收取村民的礼品等。

针对这件事,杨嘉煜召开了干部专题会议,要求大家提高思想认识,防微杜渐,保持清醒头脑,干好自己的本职工作。

八

祁建臻、郭儒因收取危房改造礼品，受到了党纪处分，但他们没有思想负担，因为他们没有干对不起老百姓的事情，心中踏实。

祁建臻想到举报人是罗宏程，但他当时没向组织反映，这次危房改造排查中，罗宏程的房屋应该在改造之中，可是他人懒，既不想翻建房屋，又想要两万元危房改造资金。

在他申请危房改造补助款时，村"两委"干部没有答应。如果罗宏程不改造房屋，给了他两万元的补贴，这才是真正的违规违纪。

还有一次，上级给贫困户发放救济面粉，每户两袋，而罗宏程非多要一袋不行。当时村干部没有答应，他非常生气，与村干部吵闹起来。

因为这些件事，罗宏程怀恨在心，处处与村"两委"干部、帮扶工作队干部对着干。市、县领导下乡检查工作，他明知要抽查，却故意不生火，制造一种帮扶不力的表象，让镇上主要领导和帮扶工作队队长进行了诫勉谈话。

后来，罗宏程在与别人闲聊时说出了事情的真相，当时纪检领导要对他进行责任追究，让祁建臻给拦住了，以避免矛盾的激化。

但是，像罗宏程这种有劳动能力而不劳动，只等国家优惠政策养活的人，确实让村"两委"干部头疼。罗宏程的生活表现，还容易在村中造成不好的影响。

整天辛苦劳动付出的村民，生活还过不到前面，而他靠享受国家扶贫优惠政策不劳动，却生活得有滋有味，这极大地挫伤了其他群众劳动致富奔小康的积极性。

为了在村民中消除不良影响，营造一种积极向上、团结和谐的社会环境，杨嘉煜与祁建臻商量，要动员罗宏程去镇敬老院，因为家中只有他一人，前几年，他妻子因病去世了。

村"两委"干部去罗宏程家中做思想工作，被他轰了出来。因为他听说，去了镇敬老院，管吃住，但补贴没有了。

罗宏程不去敬老院的借口是，他不适应敬老院的生活环境，他不喜欢与老年人住在一起。

他不去，村"两委"干部也不能勉强，还要尊重他本人的意愿。罗宏程好吃懒做惯了，镇、村两级干部都知道他的习惯。慢慢地，他再去镇上或者村上要钱要物或者享受特殊的优惠政策时，镇、村两级干部在不违反国家政策的前提下，对他少给或者不给，引导他去生产劳动、打工挣钱、自食其力，改变他过度依赖政府帮扶的心理和懒散的生活习惯。

可是，村"两委"干部对他的引导无济于事，罗宏程仍不思过，生活慢慢地出现了困难。

杨嘉煜抓住时机，给他做思想工作，开导他要肯于吃苦，勤劳致富，激发他脱贫的内生动力。

罗宏程在杨嘉煜的劝说下，答应自己要劳动，自力更生脱贫致富。

经村委会商量，先给罗宏程一个公益性岗位，每月六百元工资，再给他送五只小尾寒羊，让他进行养殖，增加收入。

罗宏程通过自己的劳动，经济宽裕了，生活有了奔头，心情也畅快了，他也不搬弄是非了。

罗宏程的日子慢慢地好了起来，对生活有了信心，他的转变让帮扶工作队干部和村"两委"干部感到很欣慰。

当前，脱贫攻坚进入了啃硬骨头、攻城拔寨的冲刺期，剩下的都是一些贫中之贫、困中之困、艰中之艰的老大难问题。虽然贫困的绝对人口在减少，但任务仍然很重，难度在增加，尚未脱贫的人口中长期患病者、残疾人、孤寡老人等特殊群体和自身发展动力不足的贫困人口比例高，政府可以兜底，但数量庞大。

充分挖掘部分村民脱贫致富的内生动力，这是帮扶工作队干部扶贫创新的当务之急。

随着扶贫领域政策执行的深入，惠农政策越来越实，对贫困地区和贫困人口给得越来越多，帮得越来越实，贫困户与非贫困户享受的优惠政策有很大的差异，一些所谓的贫困户躺在优惠政策上不劳而获，导致边缘户心理落差和抵触情绪越来越大，容易形成新的干群矛盾。

解决上述问题的办法是，坚持以高度的政治责任感推进脱贫攻坚，推动解决贫困村社建立可持续发展的产业体系，切实解决脱贫攻坚中的突出问题，进一步激发贫困人口内生动力，进一步加强作风建设，建立巩固脱贫成果的长效机制体制。

十九大报告指出，让贫困人口和贫困地区同全国一道进入全面小康社会，是我们党的庄严承诺，虽然在脱贫攻坚工作中存在诸多问题。但我们要动员一切力量，坚持精准扶贫，精准脱贫，坚持大扶贫格局，注重扶贫同扶智、扶志相结合，稳定实现扶贫对象不愁吃不愁穿，保障义务教育、基本医疗和安全住房，确保现行标准下农村贫困人口实现脱贫。

九

在脱贫攻坚中，祁建臻、郭儒没有利用手中的权力进行利己、"微型腐败"等行为，但是其他领导干部不一定没有"微型腐败"、犯错误不作为的行为。如五谷镇张庄村村干部不作为受到了严肃问责。

为增强基层干部的担当精神，培养基层干部的责任意识，县上通报了五谷镇基层干部不作为事件，让领导干部吸取教训，以更好地服务群众，干好脱贫攻坚工作。

五谷镇张庄村村民赵秀芝违规享受低保金问题，群众举报说乡、村两级干部在评低保户时有舞弊情况。

县纪委接到群众举报线索后，立即进行了核实，通过走访调查、个别谈话，村民赵秀芝违规享受低保问题属实。

赵秀芝享受低保问题，主要是乡、村两级干部不作为造成的。

政府低保评选采取本人申请、村级评议、张榜公示、政府核查的程序，对农村低保实行规范化管理。

在低保申请中，张庄村村民赵秀芝到村委会反映家庭困难，自己身体有病，申请享受低保。当时村书记和村主任接受了她的低保申请，因为赵秀芝长期患病，大家都知道，并经村民评议、乡政府审核后将其纳入低保。

这貌似规范的程序后面，却存在着不规范的问题，赵秀芝长期患病是事实，而赵秀芝丈夫洪林堂在外经营拉运货车挣的钱也很可观，乡、村两级干部明显存在不负责任、监督缺失的问题。

县纪委对乡、村干部不正确履行职责问题进行了立案审查。县纪委认定副乡长段长兴、村书记王泰恒、村主任蒋锋等乡、村干部，在低保审核工作中执行管理不到位，审核把关不严，违反工作纪律，造成了不良影响和损失，对三人分别给予党内警告处分，赵秀芝违规享受低保金予以追缴。

作为乡、村干部，责任意识缺失，纪律意识淡薄，工作中审核把关不严，致使不符合条件的家庭享受低保资金，这是干部工作的失职。

低保评定工作中出现的变味现象，说到底是领导干部责任意识的缺失，部分乡、村干部和部门工作人员，在其位不谋其事，只用权利不尽其责，必然导致落实政府决策部署打折扣，惠民政策落实出现问题。

让扶贫惠民政策精准落地，必须压实相关责任，严格监督管理，主动担当作为。

精准扶贫是一项复杂的系统工程，工作链条长、环节多，一个环节把握不严，一个环节不负责任，效果就会大打折扣。

如果一两个人不负责任，瑕不掩瑜，影响不大。如果领导干部责任心普遍缺失，则容易导致出现大面积的问题，扶贫效果可想而知。

领导干部在推进落实精准扶贫过程中，肩负着党的重托和人民的厚望，一定要把责任担当起来，必须下足"绣花功夫"，有条不紊地进行，做到扶贫对象精准，项目落实精准，资金使用精准，脱贫成效精准，必须严格执行精准扶贫工作机制，一层一层把责任落实到位，形成环环相扣的责任链，为精准扶贫取得实效提供保障。

为保证脱贫攻坚工作的顺利进行，防止脱贫攻坚过程中出现"微型腐败"问题，县委、县政府下文通知，要求基层领导干部一定提高思想觉悟，廉洁奉公，全心全意为人民服务，坚决杜绝脱贫过程中"微型腐败"的发生。

扶贫领域的"微型腐败"是发生在老百姓身边的腐败，"微型腐败"的出现，是"小微权力"的不当应用，直接关系着政府的形象和人民群众的信任度，造成不良的社会影响，严重阻碍精准扶贫的进展。

"小微权力"造成的"微型腐败"已经引起上级部门的重视，县上开展了深化扶贫领域腐败和作风问题专项治理工作，精准监督护航精准扶贫，精准监督执纪问责保驾护航脱贫攻坚。

对此，文件通知，围绕农村基层"小微权力"规范运行，治理微型腐败等关键领域和重点问题，深入基层调研，总结提炼基层工作实践，梳理惠农政策落实，社会保障救助，脱贫攻坚等小微权力清单，设置风险监控点，绘制监控示意图，确保基层"小微权力"规范运行，从源头上预防"小微权力"寻租和腐败行为的发生。

为此，在大量走访调研的基础上，纪检委分级制定了脱贫攻坚监督责任清单，职能部门制定监管责任清单，乡村党委制订主体责任清单。做好扶贫领域精准监督工作部署，督促下级监委落实监督责任，推动脱贫攻坚主体责任落实，推动职能部门和帮扶部门落实责任，推动综合整治延伸到基层。

有了纪委监委的精准监督，让人民群众感受到了党和政府对贫困群众的关心呵护，让他们感到有了靠山，有了安全感。

第十章

一

说起张凯,不但高世旺夫妇对他印象不错,村子里的其他村民对他印象也比较好,为人坦荡、勤快热情。帮扶工作期间,只要村民有需要他帮忙的地方,都能看到他忙碌的身影。

可能有人会说,一个帮扶干部整天在地里帮助村民干农活,要么是作秀,要么是大材小用了。

张凯不这样认为,一是他没有作秀,这是他的个性,是工作上的需要,他喜欢与人打道;二是他认为自己没才,年轻人整天坐在办公室里工作,不如去农民的田间地头,帮助他们干些农活,拉近与村民的关系,培养与村民的感情,便于帮扶工作的开展。

在帮扶工作中,张凯慢慢地意识到,帮助村民干农活,是一种很好的沟通方式,也是最有效的沟通方式,能够缩短干群之间的距离,真正了解到村民们的心声。

帮助村民干活,可以体验一下农民的辛苦,磨炼自己的意志。一次,他帮助村民张士胜在洋芋地里薅草,火辣辣的太阳直射,汗水很快湿透了他的衣服,皮肤晒得隐隐灼痛,一个多小时的农活,让他感到腰酸腿痛,深深感到农民劳动的不容易,他对贫困群众很有同情心。

张凯是一名医生,村民对他关注很多,不管是他走村入户了解情况,还是在田间地头帮助干农活,村民们只要见到他,有没有病总爱与他聊几句,听他讲一些医学保健知识和疾病预防知识。

张凯这样做,也是更好地遵守组织纪律,在下乡帮扶之前,组织部门召开了帮扶干部大会,要求下乡扶贫干部一定要俯下身子,踏踏实实地为当地老百姓办实事,为当地老百姓干些力所能及的事情,一定要搞好干群关系,带领老百姓脱贫致富奔小康。

张凯的干群关系,让村"两委"干部有时也很羡慕。

张凯跟孙娇分手后,在领导同事的劝导下,他从失恋的痛苦中解脱出来,但精神状态不是很好,尽管他与对象分手已经四五个月了。

人们常说,感情这种东西不是说放就能放下的,尤其是年轻人的初恋,那是刻骨铭心的。张凯和孙娇分手是女方提出来的,这让他对初恋感情更是不能释怀,心中有种隐痛的牵挂。

白天,张凯会全身心地投入到工作之中,繁忙让他忘记了失恋的痛苦。可是到了夜晚,精神上的煎熬就来了,他会想起与孙娇在一块儿的时光,想起恋爱中孙娇在自己面前的"无理"取闹;想起她高兴时嗲里嗲气的说话表情;想起他下乡后,孙娇在感情寄托上的无助……想起这些,张凯还是非常痛苦的。

白天工作上的付出,晚上精神上的折磨,让张凯面容憔悴。

张凯走访农户,高世旺妻子看到他那憔悴的面容,很是心疼,但她也不好意思打问原因。

一次,高世旺妻子去村超市里买日常用品,正好碰上了金欣瑶,双方打了招呼之后,她悄悄地问:"金局长,小张最近是不是有啥事情?情绪状态不是很好。"

"是的,高大娘,有烦心事已经四五个多月了。"

"啥烦心事?"高世旺妻子问。

"他跟对象分手了。"

高世旺妻子听了一愣,轻声问:"小张对象不同意了?"

"具体情况说不清楚,听说是女方提出分手的。"

高世旺妻子没有再问下去,她从超市买好日常用品回家了。

回到家中，她把事情告诉给了老伴，说："老高，我给你说个事情。"

"啥事情？"高世旺只顾喝茶，头也不抬地问，因为老伴说事情都是村子里东家长、西家短的闲事，或者拿不上趟的花边消息。

"张凯与对象分手了。"

高世旺听后，他问："你听谁说的？可不敢胡言乱语。"

"我刚才去超市买东西，正好碰上金局长，听金局长说的。"

"真的吗？"高世旺问。

"真的，这年轻人，不知怎么了，谈对象怎能说分手就分手呢，现在最猜不透的就是年轻人的心思。"高世旺妻子惋惜地说。

二

周末休息，高静怡回家，吃饭的时候，母亲告诉她张凯的情况。

"张凯为什么分手了？"高静怡问。

"听帮扶工作队干部金局长说，也没有具体原因。"

"闹矛盾了，现在的年轻人谈对象都是这样，三句话说不好就分手。"高静怡说。

"那算啥谈对象，没有一点包容理解，没有一点感情基础，像小孩子过家家一样。"母亲说着有点生气。

看到母亲生气的样子，高静怡没敢再说，说多了母亲会教训她的，因为两个人对婚姻的观点不一致。

下午，高世旺去村里转悠，碰上了张凯。他问："小张，周末怎么没有回家？"

"高大爷，我还有点事所以没回家。"

"其他干部都回家了吗？"

"回家了。"

"村委会只剩下你一个人？"

"嗯。"

高世旺看到张凯那无助的样子，心中觉得这孩子挺可怜的，他说："那晚上来家里吃饭。"

"不用了。"

"看你这孩子，平时给高大爷帮了那么多忙，现在请你吃顿饭都不来，你不给我面子。"高世旺认真地说。

张凯看到高世旺那诚恳的态度，只好答应了。

高世旺回到家中，说张凯晚上过来吃饭，妻子听了很高兴。

"静怡，今晚咱们包饺子，赶紧过来帮忙。"母亲说。

"包饺子就包呗，那么紧张干啥？"高静怡说。

"晚上张凯过来吃饭。"

高静怡听说张凯来家中吃饭，她说："你们也不嫌麻烦，无缘无故地邀请外人来家中吃饭。"

"张凯不是外人，他给咱家帮过很多忙。"

"他是帮扶干部，给包户群众干活是应该的。"

"你说话越来越不中听了。干部是来工作的，不是帮群众干活的。快过来帮忙做饭。"

母亲说话的意思，高静怡听明白了，她懂得母亲的心思。

母亲在做着准备工作，和面、切菜……

正当高静怡与母亲忙着包饺子时，张凯进来了，他看到高静怡回来了，猛地一愣。

"高编辑，周末放假回来了？"张凯问。

"嗯。张大夫咋没有回家？"

"不想回去。"

听到张凯的回话，高静怡不想多问。

"小张，赶紧进来坐下，饺子一会儿就包好了。"高大娘说。

"那我也来包。"

"你是我们家中的客人，怎能让你帮忙。"高静怡说。

"在你们家，我比你常来。"张凯开玩笑地说。

"是的，张凯在咱家里的时间比你多。"

母亲的话让高静怡无言以对。事实上，近一段时间，因为工作繁忙，她与父母待在一起的时间，真的没有张凯多。

张凯洗完手过来包饺子，母亲与高静怡没有拦他。

高静怡与张凯虽然不熟，但他与她的父母却很熟悉，并且有了很好的私人感情。

"我来擀面皮。"张凯说。

高静怡没说话，把擀面杖递了过去。

张凯擀面皮动作娴熟，听着沙沙的擀面声，高静怡有点看呆了。

"你擀面的动作真熟练。"高静怡说。

张凯没有答话，只是笑了笑。

其实，张凯不但面皮擀的好，饺子包得也好，他包饺子的手艺得到了高静怡的赞叹。

人多就是快，不大一会儿工夫，饺子包好了，煮好后大家坐在一块儿吃饺子。

此时的张凯与高静怡心中有了点变化，因为高静怡知道张凯与对象分手了，张凯心情不好，周末他才没有回家。

上次，张凯在高家吃饭，两个人表现得很正常，张凯有对象，高静怡对他又不熟悉，也没有其他心思想法。

现在两个人坐在一起不一样了。

高静怡想，吃饺子本是一家人的事情，怎么多了一个外来人。

但是虽然家中多了一个外人，大家坐在一起又很融洽，没有一点生分的气氛。

张凯的心中却不平静，今天他本不想来高家吃饭，自己想清静一下，最近一段时间，失恋的痛苦，工作的繁忙，让他感到身心疲惫。

可是偏偏遇到高世旺，让他来家中吃饭。吃饭这事很正常，高静怡周末回来也很正常，主要是张凯感到很不好意思。

一切是这样的巧合，又是这样的自然。

吃过饺子之后，高静怡心中有了一点小小的波澜，张凯那憨厚的表情，娴熟的包饺子动作，时时萦绕在她的脑海中，言语之中流露出对他的好感。

但此时的张凯没有想那么多，现在他想要的只是清静，让他苦恼的是，现在的姑娘为什么把感情看得那么淡，他不能抱怨别的姑娘，起码孙娇是这样的。

三

晚饭吃过之后，母亲给女儿谈了自己的想法，她想让女儿与张凯谈对象。

"妈，你咋这么心急地想把我嫁出去，是不是厌烦我了？"

"你咋能这样跟妈说话，哪有自己的妈妈厌烦女儿的？"

"那你为什么这样急着给我找对象？"

"女儿大了，应该找对象了。"

高静怡的对象问题，让父母着急，这一点她已经意识到了，为了让父母少犯愁操心自己的婚姻，高静怡只好答应了下来。

"好吧，有时间我与张凯先交谈一下，看能不能说得来。"

"嗯，妈让你先考虑一下，又没说让你嫁给他，看把你紧张的。"母亲说。

"好了，别唠叨了，我按老妈的想法去做不行嘛。"

高静怡说着向母亲做了个鬼脸。

"这还差不多，像妈妈的女儿，乖。"

高世旺妻子在为女儿与张凯的接触创造着条件。

又到了周末，高静怡要从单位回来，高世旺妻子找借口把张凯叫到家中。

高静怡到家时，正好碰上张凯在家中帮助父亲干活。看到张凯满头大汗的样子，高静怡想，表现得真卖力。

"张大夫，这一段时间多亏了你帮忙。"高静怡主动打招呼。

"我是来帮扶的，帮扶是我的工作职责。"

"调定的就是高。"高静怡微笑着说。

张凯听着她那甜甜的说话声，他的心怦怦直跳。

"中午在这儿吃饭。"高静怡说。

"干了一早上活了，不在家里吃饭，要赶人家走？"高世旺妻子质问女儿。

高静怡从母亲的话中听出了弦外之音，她领会了母亲的意思。

"张大夫，今天中午你一定在家里吃饭，你要是不吃饭走的话，我妈会抱怨我的。"高静怡开玩笑地说。

高静怡这么一说。张凯也不好意思走了。

在吃饭的时候，张凯拘谨了很多，平时高静怡不在的时候，他吃饭时，喋喋不休地说这说那，现在却静悄悄的。

高静怡也不好意思多说话。

两个年轻人有了那层意思。

为打破这种尴尬的局面，高静怡问："张大夫，你来这里扶贫多长时间了？"

"一年多了"

"听说你在市中医院上班。"

"嗯。"

"哪个科室？"

"针灸科。"

高静怡听说张凯在市中医院针灸科上班，她想怎么这么巧，市文化广电和旅游局编辑部主任冯睿娜的丈夫也在针灸科上班。

"史郁海也在这个科室吧？"高静怡问。

"嗯，他是我们科室的主任，你认识他？"

"史郁海的妻子冯睿娜是市文化广电和旅游局编辑部主任，我的顶头上司。"

"这还真的巧了，史大夫你也认识。"张凯说。

"是的，真是巧合。"高静怡说。

"有时间我回市里，请你吃饭，把史大夫和冯主任都请上。"

"可以，到时候咱们联系。"

吃过午饭，张凯回村委会休息。

张凯走后，母亲问女儿："这小伙子你觉得怎么样？"

"看上去挺老实的，说起印象如何，还谈不上，接触时间短，彼此不了解，暂时没感觉。"

"我和你爸接触次数多了，我们对他印象比较好，人老实勤快，随和有涵养。"

"张凯把你和我爸给哄住了，你们怎么给他这么好的印象。"高静怡嘻嘻哈哈地说。

"我跟你说正事呢，你老大不小了，不能再挑剔了，结婚是过日子，不是过家家。"

"妈，我知道，以后我与张凯多接触，彼此加深一下了解，能不能谈成，就看缘分了。"

这是高静怡找对象常用的借口，缘分这两个字，她的父母不知听了多少遍，只要是对象谈不成，高静怡就说二人没缘分。

四

张凯来驻屯村帮扶一年多的时间，平时没事情的时候，喜欢到各家各户去串门走访，了解村民们的需求。

他是医生，村民称他为驻屯村百姓健康的保护神，谁家的老人或者孩子有病了，都乐于让他诊断查看，村医务室的大夫有些病情也与他探讨，向他学习。

张凯是重点中医药大学针灸专业毕业，医学理论丰富，只要村民看病有需求，他都会欣然答应。

前两天，高世旺有点头疼，伴有恶心难受，把张凯叫了过去，他根据病情反应情况，建议高世旺去医院进行检查。

当时，高世旺没有当回事儿，农民一般是小病扛，大病熬，非到万不得已的情况下，不去求医。

半个月之后，高世旺的病又犯了，高静怡把他接到市中医院进行检查，市中医院离她工作单位比较近，她方便照顾陪伴。

高世旺是由于高血压引起的综合病症。

张凯听说之后，便去市中医院看望老人。

高静怡在医院里看到张凯，她惊奇地问："张大夫，你怎么在这里？"

"我来单位办点事，听说高大爷住院了，顺便过来看看。"

事实上，张凯是专门请假来看望高世旺的。

从张凯那说话的表情，高静怡知道他在撒谎。

"谢谢你！"高静怡说。

"不用谢！"张凯说着，朝高静怡看了一眼，正与她的眼神碰撞在了一起，两个人含情脉脉，心照不宣。

张凯的同事王衡看到刚才他与一位漂亮姑娘在含情脉脉地交谈，随后悄悄地问张凯："你对象？"

"不是，别胡乱猜想。"

"装吧，你小伙子艳福不浅呀，刚吹了一个，又找上了一个。我没有胡乱猜想，不是对象，说话怎么那样含情脉脉的？"

"是一位要好的朋友，多聊了几句。"

"别解释了，我不想知道她是谁。"王衡说着查病房去了。

下午，王衡看到张凯在病房中伺候一位病人，他知道是中午与张凯聊天那位姑娘的家属。

张凯给高世旺去抓药，路上正好碰上王衡，他又问："怎么这么卖力伺候一位病人？"

"他是我帮扶的对象，我是一名大夫，难道不应该吗？"

"应该，不过有点过头了，伺候病人像是伺候自己的准丈人。"

"你这是少见多怪。"

"不过，你的做法也正确，给准丈人表现，就是给对象表现，要是感动了准丈人，也就感动了对象，你谈成的可能性就大了。"

王衡的话，让张凯心中有了一些触动，他应该好好表现，因为现在他没有对象。

高世旺从医院出来在家疗养康复，张凯经常去他家看望，给老人讲些疗养方面的常识。

"高大爷，你的这种病要特别注意休息，不能劳累，也不能熬夜。"

"嗯，以后再不敢劳累了，也不能劳累了。"高世旺说。

"在饮食方面也应该注意，高脂肪的食物，不能吃，也不能吃高能量的甜食，降压药常吃，不能间断，间断了对血管不好，可能出现血管堵塞……"听着张凯娓娓道来的讲解，高世旺心中感到很高兴，张凯要是能成了自己的女婿，那就好了。

高世旺有病了，地里的农活不能干了，只能靠他妻子一人。每次张凯看到高大娘一人蹒跚地在地里干着农活，他就会不由自主地去帮忙。

高世旺家地里的农活，成了张凯的农活了。

高世旺的病情，在张凯的指导调理下，恢复得很好。高静怡听说之后，她对张凯很感激。

高静怡在感激张凯的同时，对他的爱意也逐渐产生，自从父亲有病之后，周末她回来的次数多了，先是看望生病的父亲，再是借机会见一下张凯。

张凯也明白高静怡的心思，当她不在父母身边时，他会尽量照顾好两位老人，让高静怡安心上班，少担心。

长时间的帮忙相处，高世旺夫妇对张凯的印象更好了。

自从张凯与高静怡有了爱意之后，他来高世旺家的次数多了。高世旺夫妇知道张凯喜欢自己的女儿，这也坚定了两位老人把他当女婿的想法。

五

随着张凯与高静怡接触次数的增多,两个人彼此之间产生了爱意。

近一段时间,高静怡的身影总在张凯的脑海中晃悠,有一种渴望在心中蠢蠢欲动。

想起到驻屯村帮扶工作一年多来,他与高世旺一家人的来往,是机缘还是巧合,他说不清楚。张凯第一次走访调查,与高世旺老人交谈,两个人说话就很投缘,有一种亲切感。

张凯与高静怡交往后,高静怡给他留下了很好的印象,人长得漂亮,白皙的皮肤,修长的大腿,飘逸的长发,得体的打扮,说话时的微笑,时时萦绕在他的脑海中,他已经喜欢上了这位漂亮的姑娘。

有时间回到市里,一定约她出来吃顿饭,张凯想。

高静怡自从前一段时间与张凯在家中一块儿吃饭,她的心中出现了一些感情波动,这是她先前所没有的。

高静怡与张凯在市中医院见面之后,她对张凯开始有了惦念。

以前父母在给她介绍对象时,高静怡抵触情绪很大,就是同意与对方见面,心中也不畅快,见到男方也没什么感觉。可是见了张凯之后,心中好像与之前不一样了。

对张凯的心理认同,这可能是父母经常在她面前唠叨张凯有关。高静怡想,如果自己看不上男方,就是父母再唠叨,她也不会出现惦念的心理认同。

这是婚姻的缘分吧。

周一早上上班,高静怡碰见编辑部主任冯睿娜,想到张凯与冯睿娜的老公在一个科室上班,她想从冯睿娜跟前打听一下张凯的情况。

高静怡回到办公室,拿起修改好的新闻稿让冯睿娜签字。

冯睿娜签完字后,高静怡在那儿愣了一下。

冯睿娜看到高静怡好像有事情,她问:"小高,有事吗?"

高静怡"嗯"了一声。

"你先坐下，咱们慢慢聊。"冯睿娜说。

"不客气，冯主任，我有点私事想与你聊聊。"

"说吧。"冯睿娜微笑着说。

"市中医院针灸科的张凯，你认识吗？"

"认识，他是我们家老史带的助手，还经常跟老史到家中喝茶。"

"哦，看样子你们很熟。"

"嗯，小高，你与张凯认识？"

"认识，但不是很熟。"

"哦，我明白了，你在与张凯谈对象。"出于女人的直觉，冯睿娜单刀直入地问。

冯睿娜的一句话，说得高静怡不好意思，脸上露出了羞涩的红晕。

"这有啥不好意思的，姑娘家谈对象是很正常的事。是别人介绍的还是自谈的？"

"同学介绍的。"高静怡没敢说出实情。

"张凯这小伙子比较优秀，东南中医药大学毕业，分配到市中医院针灸科上班，他爸是市商业银行的领导，他妈在市卫生局上班，有一个姐姐出嫁了，在省市场监督管理局工作，家庭条件很好。"

"冯主任，我没问你这么多呀。"高静怡低头说。

"我说多了，我收回刚才我说的话，你就当没听见。"冯睿娜开玩笑地说。

高静怡被冯睿娜的话逗笑了。

"冯主任，我还想问你一件事。"

"你刚才嫌我说得多，现在又想问啥？"

"冯主任，听说张凯以前谈了对象，为什么分手了？"

"这事不怪张凯，全怪他女朋友，张凯下乡扶贫，他的女朋友移情别恋了。"

"哦……"高静怡沉吟了一下。

"小高，抓紧时间哟，小伙子挺优秀的，我见了张凯，嘱咐他几句，让他主动些。"冯睿娜又把话重复了一遍。

"冯主任，谢谢你！我去忙了。"

高静怡说着走出了冯睿娜的办公室。

冯睿娜朝高静怡笑了笑，做了一个 OK 的手势。

经冯睿娜这么一说，高静怡有了与张凯进一步接触了解的想法。

六

张凯与高静怡感情的发展情况，双方父母都不清楚。张凯没有给他的父母说。高静怡的父母只知道，他们两个人在交往，具体情况也不清楚。

但是，最近一段时间，张凯去高世旺家的次数多了，这是事实。

一次，张凯从高世旺家回来，金欣瑶问："小张，是不是与高静怡约会去了？"

"不是，金局长。"

"你说的不是实话，最近周末，高静怡都从市里回来，我想，你们两个是商量好的。"

"真没有，金局长，高静怡回来是看她父母的，高大爷前一段时间不是生病了嘛。"

"那你周末常去高大爷家干什么？"

"我是大夫，去高大爷家给他治疗指导。"

"纯属借口，去看高静怡还不承认。"金欣瑶笑着说。

张凯知道自己在撒谎，心虚了。他向金欣瑶解释说："金局长，所有的事情都逃不过你的眼睛，我与高静怡是在谈对象，但谈成谈不成还说不上，请你一定替我保密。"

"这有啥好保密的。"

"我害怕谈不成。"

"没关系，谈对象，男人要胆大心细脸皮厚，要主动，有耐心，会哄人高兴。"

"谢谢金局长的指点。"

"算你聪明，一定要把握住机会。"金欣瑶鼓励张凯说。

一天，金欣瑶见到高世旺妻子，两个人闲聊，又提到了张凯。

"金局长，小张最近的情绪状态怎么样？"

"高大娘，比以前好多了。"

金欣瑶说张凯的情绪状态好多了，高世旺妻子心中踏实了许多。

看到高世旺妻子高兴的表情，金欣瑶说："高大娘，我有件事想与你商量一下，我想给你姑娘介绍个对象。"

高世旺妻子一听金欣瑶要给自己的女儿介绍对象，她就知道说的是谁，她说："好呀，金局长。"

"您是不是知道是谁了？"

"不知道，你说的是谁呀？"高世旺妻子佯装不知。

"高大娘，您看张凯怎么样？"

听了金欣瑶的话，两个人对视一笑，彼此都明白了意思。

"就这么定了，我给张凯说去。"金欣瑶说。

高世旺妻子高兴地回到家中，她对老伴说："帮扶工作队的金局长要给女儿介绍对象。"

"她介绍谁？"

"张凯。"

高世旺听了之后，问："是不是张凯请金局长保媒的？"

"不清楚，只要女儿同意，这婚事成的可能性大。"

"张凯刚来村子里扶贫时，我对他的印象都不错，看样子，一切都是注定的。"

金欣瑶回到村委会，她对张凯说："小张，今天有好消息要告诉你。"

"金局长，啥好消息？"

"你要交桃花运了，高世旺的女儿高静怡看上你了。"

"金局长，你听谁说的？"张凯故意问。

"高静怡看上看不上不知道，但是她的父母看上你了。"

"你哄我呢，你咋知道的?"

"高大娘亲口给我说的。"看着金欣瑶一本正经说话的样子，张凯有点相信了。

金欣瑶这么一提醒，更坚定了张凯对高静怡的追求信念。

七

工作之余，张凯去高家的次数频繁了，高世旺夫妇也喜欢他常过来，有活帮助干点活，没活时陪他们聊聊天、说说话，高世旺夫妇很高兴。

"小张，周末回家吗?"高大娘问。

"回去，高大娘。"

"你回的时候给高静怡带点东西，麻烦你送给她。"

"行，高大娘，您把带的东西准备好，我回的时候来取。"

张凯正寻思着周末如何找借口去见高静怡，现在借口有了，他心中暗自高兴。

由于心情迫切，现在张凯有种迫不及待的感觉，他感到时间过得太慢，恨不得马上到周末。

让张凯给女儿带东西，这是高世旺妻子的主意，她想给双方提供个见面的机会，让女儿对张凯多一点了解。

星期六早上，张凯高兴地带着高大娘带的东西回市里去了。

到了市里，张凯没有回家，打电话联系上高静怡，直接把东西送到了她的工作单位。

张凯打电话说要给高静怡送东西，当时高静怡有点懵了，她没有让母亲从家中给她捎东西呀。

猛然间，她明白了，这是母亲的良苦用心，让她与张凯接触，故意给他们俩找了个借口，牵了根红线。

可怜天下父母心。

其实，纸箱子里不过是装了两件衣服、几个苹果和两包枸杞。

"大老远让你捎带东西，辛苦你了。"高静怡说。

"不辛苦，尤其是给你带东西。"张凯表白说话的胆量大了。

张凯的这句话让高静怡脸红了。她想，这小伙子说话口无遮拦，太直率，但她没有厌烦的感觉。

高静怡把茶沏好，放到张凯面前，张凯给她一个感谢的眼神。

"双休日你一直在单位待着？"张凯问。

"嗯。"

心思相通的张凯与高静怡都明白了意思。

"以后你不回家，我可以过来陪你。"

"你下乡扶贫，有时间陪我吗？"

高静怡的话触痛了张凯的内心，此时，他猛然间想起了孙娇，孙娇与他分手有诸多原因，但其中就有他工作忙，陪她时间少。

"有，我尽可能多地抽出时间陪你，让你开心。等我帮扶工作结束后，天天陪你。"

高静怡听了，心中挺高兴的。

"下乡扶贫工作辛苦吗？"

"不苦。"

"不苦？不可能吧，尤其是你，把帮扶工作干完，还要深入到农户的田间地头，帮助他们劳动干农活。"

"这对于年轻人来说，是一种很好的锻炼。"

张凯这种乐观的精神让高静怡很佩服。听说很多年轻帮扶干部下乡扶贫，嫌基层辛苦，抱怨、牢骚满腹。

"是的，年轻人下乡锻炼是一件好事情，既响应了政府的号召，又锻炼了自己的能力，挺好的。我在驻屯村还得到高大爷和高大娘的照顾。"

"哦，我说你下乡扶贫，咋没感觉到苦，原来有人照顾你呀。"高静怡开玩笑地说。

高静怡的话把张凯说得很高兴，此时的高静怡也觉得自己说话没有分寸了，不过两个人关系特殊，是恋人，可以理解。

"今晚我请你吃饭。"张凯说。

听到张凯说要请她吃饭，高静怡心中有点忐忑紧张，她与张凯不陌生，但两个人要单独吃饭还是有点拘谨。

看到张凯那热心的样子，高静怡又不好意思拒绝，她说："你给我捎东西，辛苦你了，应该我请你。"

"我先请你，咱们吃什么？"

"随便。"

"吃火锅去。"

高静怡表示同意，两个人去了馨居码头火锅店。

这顿火锅，高静怡与张凯吃得很开心，因为这是两个人第一次单独坐在一块儿吃饭。

八

高静怡母亲去市里看望女儿，母女两个人坐在一块儿聊天。

"静怡，张凯把捎带的东西给你送来了吗？"

高静怡知道，这是母亲故意问的。

"妈，我啥时候让您给我捎带东西了？"

"没有吗？"母亲装着糊涂。

"我说了吗？"高静怡说着，朝母亲瞅了一眼，母女二人对视的眼神让双方明白了什么意思。

"我给张凯找了个借口去找你。"母亲笑着说。

"我就知道是妈的歪主意。"

听到女儿的话，母亲朝女儿瞪了一眼，说："有你这样跟妈妈说话的嘛，老妈我做错了还不行嘛。"

"妈，您别生气了，您只有一个女儿，如果您与女儿生气，她要不理您，您就可孤单了。"高静怡娇滴滴地说。

看到女儿撒娇的样子，母亲数叨说："都大姑娘了，还没有一点大姑娘的样子。"

母亲越数叨，高静怡越故意撒娇，母亲只好装作认输，哄女儿高兴。

"张凯给你送东西，没在你这儿坐一会儿？"母亲问。

"坐了，张凯也知道妈的用心，他表现得很好。"

"哦。"

"死皮赖脸地没话找话，一直坐到吃晚饭。"

"那表明张凯对你有爱意。"

"是吗？我怎么没有感觉到。"高静怡故意说。

"净说瞎话。"

"哄您的，老妈，晚饭我们两个在一块儿吃的。"高静怡双手拽着母亲的胳膊，嘴贴在母亲耳边说。

"那你刚才说没有感觉到。"

"我不这么说，你又骂我不知道矜持了，不懂自重了。"

"我那是说你当学生的时候，害怕你被男生骗了，现在你已经参加工作了，该是找对象的时候了。"

"我懂了，老妈。"高静怡害怕母亲喋喋不休的唠叨，赶紧把语气变软了。

"张凯家的情况，你了解吗？"母亲问。

"前几天在一块儿吃饭时了解了一点，她姐弟两个，有一个姐姐出嫁了，在省市场监督管理局上班，他爸是市商业银行的领导，他妈在市卫生局上班。"

"你了解得这么清楚，张凯给你说的？"母亲高兴地问。

"有些是他说的，有些是打听来的。"

听了女儿的这些话，母亲连忙说："张凯可以考虑，我看你们俩人挺般配的。"

"妈，您是不是特想把我给嫁出去？"

"妈妈既想又不想，我舍不得我女儿，但你已经二十五六岁的大姑娘了，到现在还没找上对象，妈能不着急嘛。"

"小的时候，我想谈对象，您把我天天骂，现在不谈对象了，您却天天着急。"高静怡说着直摇头。

"这次你与张凯的事情，要当回事儿，不敢三心二意了，这是婚姻大事，缘分来了要抓住，知道了吗？"

"知道了，妈。"

母亲说到缘分，这让高静怡心中一怔，婚姻难道真的有缘分！这两个字以前是自己搪塞母亲常说的两个字，没想到又成了母亲说教自己谈对象的借口。

婚姻好像有缘分，自从她与张凯吃过火锅之后，她对张凯的感情温度急剧上升，心中时常惦记着他，为什么有这种想法，自己也说不清楚。

在与张凯没有交往之前，她有闲时间去郊游、去读书，或者躺在床上美美地睡上一觉。

现在不行了，思绪比以前乱多了，想起张凯，高静怡心中有种思念的感觉，特想与他在一起闲聊。几天不见，心中焦躁不安，有时产生一种无聊的想法，怪罪张凯为什么不来看自己。

高静怡在怪罪张凯的同时，又在为他开脱，可能是他工作忙，腾不出时间。如果张凯有时间，他肯定会来看她，会陪她聊天，会请她吃饭。

由于帮扶工作的繁忙，张凯几周没回来。此时，高静怡在单位待不住了，她要回老家去见他。

双休日，高静怡回驻屯村，张凯却到县上开会去了。

高静怡没有见到张凯，心中有一种强烈的失落感。

九

上周回去没有见到张凯，高静怡心中闷闷不乐，情绪茫然，她承认自己喜欢上了张凯。

又到了周末，高静怡又想回家了，她对张凯的思念，促使她总想回家去看看他，这就是爱情吧。

　　高静怡渴望见到张凯。她想着，不由自主地去了汽车站，身不由己地坐上了回老家的班车。

　　到了村子里，高静怡还没有走进家门，心中怦怦直跳，忐忑不安。既有到家时的高兴，又有想见张凯时的激动。

　　当她走进家门，一眼看到张凯正帮父亲劈柴，高静怡的心中一下子亮堂起来，情绪上的阴霾顿时消散。

　　母亲看到女儿回来了，非常高兴，她知道女儿的心思。女儿的婚事，母亲不用操心了。

　　高静怡进门时，张凯抬头看了一眼，两个人虽然没有说话，彼此牵挂着的两颗心碰撞到了一起。

　　她走进屋里把包放下，对父亲说："爸，外面天冷，别着凉了，您进屋歇着，我与小张劈柴。"

　　高静怡把父亲扶进了屋里，她与张凯一起劈柴。

　　"上周末，听说你回来了。"张凯问。

　　"嗯，爸妈年龄大了，回来看看。"

　　张凯用深情的目光看着高静怡。

　　"你怎么知道我回来了？"高静怡轻声问。

　　"你刚走，我就来了，特想见一下你。"

　　"我有啥好见的。"

　　"你是我心中的一枝花，就是想见你。"

　　张凯说得高静怡心中怦怦直跳，自己在思念着张凯，而张凯更牵挂着自己，幸福感顿时涌上了心头。同时，她给了张凯一个眼神，让他说话小声点，父母都在房子里。

　　"上周末你没有回家？"高静怡问。

　　"没有，上周末县上召开帮扶干部会议，我去参加，我想你可能回来了，开完会，我马上往村里赶，结果还是没见上你。"

　　"说的是真的？"高静怡故意问。

　　"是真的，以后咱们两个电话多联系。"张凯说，"你不回来，我就回市里，你回来，我就在村里等你。"

"你从没有主动给我打过电话。"高静怡抱怨说。

"我害怕打电话你不接，或者影响你的工作，所以没敢打，以后保证给你多打电话。"

"我等你的电话。"高静怡说着用一种火辣辣的眼神看着他。

两个人的闲聊，心中感到很愉悦，恋爱中的年轻人就是幸福。

看着女儿与张凯在外面有说有笑，高大娘心中很高兴，女儿有了对象，老人家的心中就踏实了。

从此以后，张凯与高静怡开始了马拉松式的恋爱，周末高静怡回来，张凯会在驻屯村等她；她要不回来，如果没有特殊情况，张凯会回市里看望她。

与孙娇谈恋爱时所犯的错误，这次一定不能再犯。张凯想。

这样风尘仆仆地一来一往，这种马拉松式的恋爱，加深了彼此的感情，增进了双方的了解，感情基础牢固了。

邻居们看到张凯与高静怡成双入对地出出进进，大家向他们投来羡慕的目光。

郎才女貌，绝佳一对。杨嘉煜如此评价。

金欣瑶看到张凯精神焕发的样子，知道他对象谈得比较顺利，向张凯表示祝贺。

说起谈对象，张凯向金欣瑶请教，他害怕再次失恋。

"金局长，你教教我怎样谈对象呗。"

"你现在不是很好嘛。"

"是的，谈得很好，不过有时高静怡的心思揣摩不透。"

"谈对象，一是要会哄女人，不能顶撞；二是要大胆多关心；三是不要与女人讲道理……"金欣瑶说。

张凯把金欣瑶的话记在了心中。

多了一份思念，就多了一份牵挂。在高静怡不回来时，张凯周末一定回市里去看她。

都说谈对象是女人最幸福的时候，这句话在高静怡身上得到了很

第十章 | 219

好的体现。

　　张凯每次去看高静怡,都会给她一个意外的惊喜,让她沉浸在恋爱的幸福之中。

第十一章

一

一次,张凯去找高静怡,正好到做午饭的时候,两个人便一块儿做饭吃。

说到做饭,张凯一下子来了兴趣,他说:"静怡你坐着,我来做。"

听到张凯这句话,高静怡幸福地笑了。

张凯系上围裙,拿起刀具忙活起来。

"看你拿刀的姿势,好像会做饭。"

"不是好像会做饭,那是一定会做饭,包饺子的功夫,你不是没见过。"

提起包饺子,高静怡对张凯还真是佩服,擀皮、包饺子堪称行家。

"今天我给你炒几样菜,让你品尝一下,包你满意。"

"别把牛吹大了。"高静怡笑道。

"在对象面前绝对不敢吹牛。"

张凯说着忙活起来,他把洗好的洋芋蛋拿起,嚓嚓地切了起来。看到张凯切洋芋的技术,高静怡惊呆了,一个男人能把洋芋丝切到如此细的程度,这是现在的女孩子也很难做到的。

"张凯,你在家里是不是经常做饭?"高静怡问。

"不经常做。"

"不经常做？能有这么好的刀功！"

"以前我喜欢做饭，我妈做饭的时候，我经常在厨房帮灶，围在妈妈身边，东瞅西看，拿醋加盐，慢慢地，我学会了。我的这种表现，导致我跟我姐常吵架。"

"你与你姐吵架？"

"我帮我妈做饭，我妈拿我当例子，说我姐懒，不进厨房，我妈对我姐很失望。"

"我知道了，你是故意给你妈表现的，让你姐嫉妒了。"

"嗯，有这方面的原因，我妈是想教我姐做饭，而我姐却不进厨房。"

"说实话，想学做饭的女孩子不多。"

"不过，我妈在做饭的时候，爱使唤人，假如我不在的时候，我妈会在厨房喊我姐，张梅你帮我剥根葱，一会儿又喊张梅你帮我洗一下菜，或者你帮我倒一下醋，她喊得我姐心烦意乱的，一气之下，我妈怎么喊我姐，她都装着听不见。"

"阿姨不生你姐的气？"

"生，这个时候，我妈没办法了，她只好打发我去帮忙，我在帮忙时，学会了做饭。"

"有意栽花花不开，无意插柳柳成荫。"

"真让你说对了。我妈本想着教我姐做饭，没有想到把儿子培养成了厨师。"

高静怡听着很有意思。

"也好，学会做饭也是一种手艺，想吃啥就做啥，自己不会亏待自己。"张凯说。

"啊……原来你学会做饭是为你自己？"高静怡瞪大眼问。

"那也不是，我学会做饭，是为了我的老婆，为了我的孩子，为了我幸福的家庭。"

"嘴贫，赶快做饭。"高静怡温情地说。

高静怡看着张凯有条不紊地做着饭，她想，就凭他这一点，将来一定是模范丈夫，她心目中的白马王子终于等来了，一股暖流涌向了心头。

两个人说着笑着，一会儿工夫，张凯把饭做好了。

张凯做了四个家常便菜，木耳炒肉、醋熘洋芋丝、凉拌豆角、麻辣油菜，蒸米饭。

把饭菜端上，两个人准备吃饭。

高静怡拿起筷子夹起一撮醋熘洋芋丝放进嘴中仔细品味，味道还真是不错，她给张凯一个赞许的眼神。

吃饭过程中，更是一番恩爱秀，你给我搛菜，我给你盛饭的。

在温馨恩爱的二人世界里，这顿饭让双方吃得很满足、很高兴，高静怡猛然间有了一种温馨小家庭的感觉。

"下次你过来，我给你做顿饭吃。"高静怡说。

"哦，对不起，今天是不是我封杀了你的表现机会。"张凯朝高静怡做了一个恩爱秀的表情。

"就是。"高静怡说着，她深情地看着张凯。

"下次，一定把表现的机会让给你。"张凯说着，收拾好餐桌，洗碗去了。

高静怡没有阻拦，她想，让他好好表现吧，这正是考验他的时候。

二

爱情的力量是强大的，爱情是幸福甜蜜的，自从张凯与高静怡谈对象以来，两个人经常在一起度过恋爱的美好时光。

周末，高静怡回到家中，还没有坐稳，张凯就跟着进来了。

"你咋知道我回来了？"高静怡问。

"心灵感应。"

"听不懂。"

"装呗，一位电视台大编辑，要是听不懂，那是装的。"

"听不懂就是听不懂。"

"今天回来有啥指示?"张凯轻声问。

"先去超市买些食材,等一会儿帮我做午饭就行了。"

"好嘞。"

高静怡稍作休息就与张凯去了超市,买了些菜和日常用品。现在两个人的关系挑明了,名正言顺地谈起了对象。

两个人从超市回来,去厨房做饭,高大娘说:"小张,你出来歇着,让静怡做饭。"

"张凯,你看我妈多关心你。"高静怡故意大声说。

"高大娘,您说这话,静怡听着可能不高兴了。"

"老妈,您听,准女婿不同意您的说法。"

"说话一点分寸都没有。"高世旺妻子嗔视着女儿。

"高大娘,您去上房歇着,我们两个给您老人家做饭。"张凯说着,双手把老人家从厨房里扶进了上房。

现在厨房成了两个小情人的天地,张凯拿起围裙洗菜做饭。这时高静怡夺过围裙说:"今天你坐着,我做饭。"

"你要给我露一手?"张凯问。

"谈不上露一手,但我想让你见识一下我的做饭水平。"

高静怡说着,动起手来,看到她那娴熟的动作,洗菜、切菜……张凯很佩服。

"你做饭比我水平高。"张凯说。

张凯的话让高静怡心中甜滋滋的。

"你以为只有你会做饭呀,我也不比你差。"

"那是,你比我做饭水平高,看样子我这辈子有口福了。"张凯得意地说。

"那看你以后的表现了,表现好了,天天有好吃的。"

"静怡,现代女性一般都不会做饭,尤其是上班族的女性,你做饭的手艺啥时候学的?"张凯问。

"我做饭时间早了,是我妈教的。"

"高大娘教你做饭,你愿意学?你也有点儿太听话了吧。"张凯说。

"我妈对我可严厉了,她四十多岁才生下我,老年得女。我妈思想传统固执,她说女儿家只有学会了做饭、洗衣的手艺,出嫁到了婆家才不会受气,所以我妈从小就教我做饭。"

"咱俩挺有缘分的,你从小跟着妈妈学做饭,我从小也跟着妈妈学做饭,夫妻两个人做了一手好饭,真是天生一对,地造一双。"张凯围在高静怡身旁说。

"张凯,市文化广电和旅游局的冯主任,对你印象不错。"

"是吗?她是我老师的爱人,平时走得比较近,没事的时候,我常去她家做客。"

"冯主任对你评价挺高的,我与你谈对象,她替你说了不少好话。"

"那是的,冯主任对我好,让我们科室的同事羡慕死了。"

"真的?净吹牛,给你竖根杆,你还真的往上爬。"

"不是吹牛,你们冯主任没有女儿,要是有女儿的话,肯定要招我做个'驸马'了。"

张凯正说着,高静怡拿起菜刀在他面前晃了晃,吓得他直往后退,张凯意识到自己把话说错了。

但他马上前去抱住高静怡的腰说:"你们冯主任不是没女儿嘛,就是有女儿给我介绍,我也不可能接受,因为我有你这样的美女做老婆呢。"

"别净说些好听的哄我,你要是敢三心二意地谈对象,小心我收拾你。"高静怡态度强硬地说。

"我只是说笑而已,我敢向你保证,一辈子只爱你一人,对你的感情没有一点私心杂念,不让咱们的爱情有半点瑕疵。"

"这还差不多。"高静怡幸福地笑了。

"静怡,饭做好了吗?"母亲问。

"妈,饭马上就好。"

"亲爱的,赶快做饭,两位老人早已饿了。"张凯提醒说。

"都是你废话太多，影响了我的速度。"

"全怪我。"

张凯说着从高静怡手中接过炒菜勺子，刷刷刷地炒起菜来。

这顿饭做的时间有点长，高世旺夫妇等不住了，才催促了一下。不过，老两口听到女儿与张凯的说笑声，心中感到挺高兴的。

三

吃过午饭，高静怡与张凯在村子里转悠。清闲的日子就是好，谈恋爱的甜蜜快乐，让两个人处在幸福之中。

"静怡，有件事我一直对你很抱歉。"

高静怡看了一眼张凯没有说话。

"每个周末，都是你回驻屯村，我应该回市里去看你，这都是我不好，请你谅解。"

"有你这片心意，我就知足了。我知道你工作忙，没有双休日，抽不出时间回市里。"

"近一段时间，帮扶工作队干部们没有休息过，加班加点地整理完善帮扶资料，只有这个双休日休息一天，明天接着继续上班。"

"我支持你的工作，距离不能阻断感情的思念，只要你心中有我，就行了。"

听了高静怡的话，张凯很是感动，爱情除了幸福甜蜜，还包括相互理解与尊重。

张凯拉住她的手说："感谢你，静怡，咱们到村委会去坐坐。"

"村委会有人吗？"高静怡迟疑了一下问。

"有人没人都没有关系，你怕害羞？"

"那倒不是，不过见到你们同事有点不好意思。"

"今天休息，帮扶干部回家去了，村干部一般不在村委会。"

高静怡答应了，两个人径直去了村委会。

走进村委会大院，正如张凯所说，院子里没有人。张凯打开宿舍门,很客气地把高静怡让进去。

高静怡进了房子,看到房子收拾得还算干净,里面布置简单,一张床,一张办公桌和一把椅子。

"欢迎你到寒舍,亲爱的,你的到来,让寒舍蓬荜生辉。"

"瞧你那傻样。"高静怡嗔笑道。

"你先坐,我给你沏茶。"

高静怡坐在椅子上,顺手把办公桌上的书翻了翻。张凯是大夫,桌子上除了几本扶贫手册外,大部分书是医学方面的,她看不懂,也不想看。

张凯把茶沏上,又洗了几苹果,端到高静怡面前。

看到几个红彤彤的大苹果,高静怡问:"哪儿来的这么好的苹果?"

"给你买的,准备的时间长了,一直没有机会让你品尝。"

"真的?"

"真的!"

高静怡对张凯的表现竖起大拇指,现在两个人边吃边聊。

"静怡,你知道男人都喜欢什么样的女人吗?"

"不知道,你说说让我听听。"高静怡抬头看了一眼张凯。

"好嘞。"张凯清了清嗓子说,"一是会做饭的女人。"

"肯定的,因为男人都懒。"

"你只说对了一部分,因为女人会做饭,这是从远古传下来的手艺,都说巧妇难为无米之炊,没有说巧男难为无米之炊,这说明女人天生就是应该做饭的。"

"强词夺理,一派胡言。"

"我没有强词夺理,一派胡言,学过历史的人都知道,古代描绘生活的图画,一般都是女人腰缠兽皮,拨弄篝火,准备食物。因此,说明做饭是女人的一件大事。"

"那男人喜欢的第二种女人呢?"高静怡问。

"男人喜欢的第二种女人是爱读书的女人。书不是胭脂,但会使女人心颜常驻；书不是棍棒，但会使女人铿锵有力；书不是万能的，但会使女人千变万化。不读书的女人，无论她怎样粉饰自己，只是一时妩媚；常读书的女人，书中收藏着百代精华，让女人娇艳永驻。"

高静怡听着张凯的数叨，知道这小伙子读了不少书，很有文化涵养。

"男人喜欢的第三种女人是心存感恩之心，又独自远行的女人。知道感谢父母，知道感谢天地，知道感谢朋友，有着自强、自立、自信的人生信念。"张凯说。

"那你接着讲讲男人喜欢的第四种女人吧，要不然会把你憋出毛病来。"高静怡调侃说。

"是你想听？还是让我卖派？"

"两者都有，赶快说。"高静怡催促着。

"男人喜欢的第四种女人是到了年龄就恋爱，到了年龄就生子的女人。"

"这还用你说嘛，男大当婚，女大当嫁，这是自然规律。"

"你说得对。可是，现在城市中就有一批剩男剩女，对自己不负责任地活着，男女同住，但不结婚，结了婚又不要孩子，说是什么人生难得的自由，是最理想的生活模式。"

张凯所说的这种情况，在现实生活中存在很多，这是社会生活中的一种现象。

"女人到了年龄就恋爱，到了年龄就生子，恰似一株按照节气拔苗结粒的庄稼苗，按照规律成长，就能丰收丰产，而如果不按成长规律而逆行之，需要艰难的付出和忍耐。如果是平凡的女性就要珍爱上苍赋予的天然规律，顺其自然。"

"张凯，你喜欢我，我属于哪一种？"

"这四种，你都具备，宝贝。"

"我有那么优秀吗？"

"你就是那么优秀。"张凯说着抱着高静怡，给她一个深深的吻。

"首先，你是一位会做饭的女人，这就不用说了，我眼见为实。

其次，你是一位爱读书的女人，我第一次去你宿舍，看到你床上堆放了那么多书籍，就知道你喜欢读书。再次，你经常回来看望父母，帮助干农活，知道你是心存感恩的女人。最后，你从与我谈对象开始，你就是一个到了年龄恋爱，到了年龄结婚生子的女人。"

张凯的最后一句话说得高静怡满脸红晕。

与这样的男人生活在一起，挺幸福快乐的，高静怡想。

四

张凯近几次回家，心情比较好，到家之后，又经常外出，父母问他干什么去了，他不说。

一次，张凯晚上回来很晚，母亲问："凯子，你每次回来都不着家，你是不是有事瞒着妈？"

"没有，妈。"

"你昨天晚上回来那么迟，是不是谈对象去了？"

"嗯。"张凯笑着说了实话。

"以前妈问你，你为什么不说实话？"

"因为恋爱关系没有确定下来，不想对外张扬。"

"现在恋爱关系确定了？"

"也没有，但是两个人很谈得来。"

"对象在哪里工作？"

"在市文化广电和旅游局，家是五谷镇驻屯村的。"

"她家是你帮扶村的？"

"是的。"

"现在谈得怎么样了？"母亲迫不及待地问。

"正谈着呢。"

"找个时间领到家里来，让妈给你参谋参谋。"母亲说。

"嗯，我找女方商量一下。"

"姑娘名字叫什么？"母亲问。

"高静怡，比我大两岁，今年二十六岁。"

张凯的父母听说姑娘比儿子大两岁，也没说什么。

以前张凯找对象时，父母曾经说过一定要找比他年龄小的姑娘。现在他找的对象比自己年龄大，他唯恐父母对姑娘有挑剔。

看样子，张凯的担心是多余的。

"明天我去市文化广电和旅游局找高静怡，让她到家里来。"

"可以。"母亲高兴地说。

儿子又找上对象了，张凯的父母也就放心了，自从张凯与孙娇分手后，他一直沉浸在失恋的痛苦之中。

其实，心中痛苦的不只是张凯，还有他的父母，父母看到儿子痛苦的样子，心中像针扎一样的难受。

张凯失恋之后，他在扶贫单位两个多月没有回来，他想逃离一下痛苦的环境。他的父母也不想让他回来，偶尔打电话问候一下，只要儿子平安无事，高兴工作就行了。

第二天早上，张凯去市文化广电和旅游局找高静怡。

张凯敲门，她刚起床。

"今天怎么早上过来了？"

"我有要事与你商量。"

"啥事？中午请我去馨居码头吃火锅？"

"吃货，就知道吃。"

高静怡抬起手朝他嘴上拧了一下，说："我一听这话，就知道你早上没刷牙，满嘴的臭气。"

"早上刷牙了，刷得特别干净。"张凯说着抱住高静怡亲吻。

高静怡赶快推开张凯说："我还没有洗漱呢。"

"我不在乎。"张凯把她抱得更紧了。

高静怡被他征服了，温驯地贴在张凯的怀中享受着被爱的幸福。

"今天中午我爸妈请你去家里吃饭。"

听到张凯的话，高静怡一惊，她说："那不行，我没有一点思想准备，这太突然了。"

"我爸妈请儿媳妇去家中吃饭，还需要她有什么思想准备？"

"谁是你爸妈的儿媳妇，我还没答应呢。"

"咱们手拉了，嘴也亲了，这还不算吗？"张凯说着，准备亲吻她。

高静怡赶忙躲开，告饶道："俗气，放过我，我答应去你家，还不行嘛。"

"这还差不多。"张凯给高静怡一个甜蜜的飞吻。

说实在的，高静怡也想去张凯家看看，见一下准公婆，她唯恐与张凯的关系持续发展下去，如果有不合适的地方，遭到他父母的反对，给双方造成伤害，那该怎么办。

"今天你一定要打扮得漂漂亮亮去我家，第一印象震慑住我爸妈。"张凯说。

"我不打扮也能震慑住你爸妈。"高静怡自信地说。

"说的也是，我媳妇不漂亮，谁家的媳妇还漂亮呢？"

五

中午十点多钟，高静怡与张凯去了他家。

"张叔、张阿姨好！"高静怡礼貌地打招呼。

"小高，你好，赶快坐下。"张凯的母亲说着赶忙去厨房洗水果。

高静怡初次到张凯家来有点拘谨。

"凯子，给小高沏茶。"

听到妈妈的喊声，张凯朝高静怡做了个鬼脸，这个动作正好被从厨房出来的母亲看见。

高静怡羞涩地低下了头。

张凯的母亲心中有数了。

"小高，吃水果。"张凯的母亲拿起一个苹果递给高静怡。

"谢谢张阿姨！"

第十一章 | 231

张凯的母亲与高静怡交谈了一会儿，两个人说得很投机，通过张凯母亲的表情来看，她对未来的儿媳妇第一印象比较满意，姑娘朴实大方，很懂礼貌，虽不是大家闺秀，却很有涵养。

"小高，你先坐着，我给咱们做饭去。"

"张阿姨，我帮您做饭。"

张凯的母亲拦住高静怡说："我与你张叔做就行了，不用你帮忙。"

高静怡坐在客厅沙发上，显得很无聊，张凯看着她无所事事的样子，轻声说："你初次到我家来，不参观一下我家？"

张凯的提醒，给高静怡找了很好的借口，她站起来四处看看。

这是一套三居室的房子，装修得很豪华，尤其是家中的书房最为讲究，有很多藏书。

高静怡从书柜中取出一本书《百年孤独》，翻着看了一下，上面用红笔圈着、点着，一看是认真研读过的。

"这本书你看过？"高静怡问。

"我没有。"张凯回答。

"上面画得这么多，够认真的。"

"这是我爸的书，是他看的。"

"张叔叔喜欢看书？"高静怡悄悄地问。

"我爸是个书迷，他比我更喜欢看书。"

"你也喜欢看书，我咋没见过？"高静怡说着，朝张凯耸了一下鼻子，意思是她不相信张凯喜欢看书。

"我下乡扶贫去了，工作忙了，没时间看书。现在因为谈恋爱了，更没时间看书了。"

"不想看书，别找借口。"

"都是让你把我看书的想法勾引去了。"

高静怡走到张凯面前揪住耳朵说："乱说，小心我揍你。"

"你揍我，我就喊我妈救命。"张凯说着故意把嘴巴张得很大，高静怡害怕了，赶紧捂住张凯的嘴。

"放开我，宝贝，你想捂死我嘛，我不喊不行嘛。"看着张凯通红的脸，高静怡感觉自己用力过大了。

"这还差不多。"

高静怡放开手，给张凯捶了捶后背。

正当两个人在书房打闹嬉戏时，张凯的母亲喊他们两个出来吃饭。

张凯与高静怡收敛起刚才的嬉笑，一本正经地坐在了饭桌前。

吃饭时，张凯不停地用筷子往高静怡碗里搛菜，催促她吃好，他的父母明白了一切。

吃过午饭，高静怡找借口离开了张家，张凯的母亲提了一兜水果让她带上，高静怡不要，张凯的母亲说："女孩子爱吃水果，提上回宿舍吃。"

张凯的母亲不但送水果，而且把高静怡送到楼下，好像母女分别，有嘱咐不完的话语，久久不肯离去。

送走高静怡之后，张凯与父母坐在一块聊起天来。

"妈，你看高静怡咋样？"

"第一印象不错，你们接触时间有多长了？"

"不长，三四个月的时间。"

"你们两个是怎样认识的？"

"会州县科技局金局长介绍的，她是我们帮扶工作队的干部。"

"嗯，姑娘挺不错的。"张凯的母亲赞许说。

"说是金局长介绍的，其实是我们两个人自谈的，在金局长介绍之前，我们两个人就认识。"

"此话怎讲？"

"高静怡家是我的帮扶对象，我与她爸妈很熟悉。"

"你们两个的事情，她爸妈知道吗？"

"知道，高静怡的爸妈对我很满意。"

"是吗？"母亲问。

"她的爸妈对我很好。"

"只要你没意见，我和你爸就没意见。"

"那你和我爸同意了。"

母亲笑着点了点头。

张凯一看父母同意这门婚事，他高兴地跳了起来，他说："我告诉高静怡去。"说着又出去了。

看到张凯高兴的样子，父母脸上露出了喜悦的笑容。

六

过了一段时间，张凯的姐姐张梅从省城回来，听说张凯把对象找上了，她想见一下未来的弟媳妇，便让张凯把高静怡叫到家中吃饭。

这次做饭用不着两位老人忙活了，而是三位年轻人在厨房里说着、笑着做午饭。

张梅对高静怡的印象也很好。

"静怡，你身材长得真端正，真好看。"

"梅姐，你说话会哄人。"高静怡笑着说。

"我说的是实话。"

"嗯，姐姐说的是实话，在市文化广电和旅游局工作的女同志肯定长得漂亮。"张凯在取悦高静怡。

"我也不是播音员，我只是个编辑。"

"编辑更漂亮，有学识，有涵养，是一种内外兼蓄的漂亮。"张梅说。

"梅姐，有涵养的是你，专挑好听的说。"

"静怡，你爱上张凯，算是你这辈子选对了。"张梅说。

"梅姐，说说你的理由。"

"张凯聪明老实不说，主要是他喜欢做饭洗碗，现在这样的男孩子少有。"

张凯听到姐姐在表扬他，高兴得手舞足蹈。

"瞧你那嘚瑟样，禁不起表扬。"高静怡说。

"我弟弟就这个德行,永远长不大。"

"梅姐,你说的对,张凯做饭的手艺确实不错。"

"看,你说实话吧。"张凯冲着高静怡说。

"你见过张凯做饭?"张梅问。

"见过,还吃过他做的饭呢。"

"静怡,你口福不浅呀,你真幸福,真羡慕你。"张梅说着用胳膊轻轻地推了她一下。

高静怡心中乐滋滋的。

"因为张凯喜欢做饭,我没少挨妈妈的批评,妈妈经常拿张凯与我对比,说我是女孩子,懒得不进厨房,长大以后找不上对象。"

"这事张凯给我说过。"

"哎哟,你们两个谈对象说到我身上了,静怡,他没有说我的坏话吧。"

"没有,梅姐,净说你的好话。"

"我知道你在哄姐姐高兴,不过他是我弟弟,真说我坏话,我也没办法,他小时候经常说我坏话,说我不给他好吃的,说我打他,爸妈从小就袒护着他,让我没少挨爸妈的训斥。"

正当张凯准备下手炒菜时,高静怡说:"张凯,你到客厅歇着去,我与姐姐做饭。

"谢谢老婆!"张凯解下围裙出去了。

张凯的话让高静怡张大嘴不知所措。

"静怡,很正常,别怕,又没有外人,都是自家人。"张梅说着抚摸了一下高静怡的后背。

此时,高静怡脸上泛起了幸福的红晕。

今天的菜是高静怡炒的,她的手艺得到了大家的好评,吃饭的时候,爸妈、姐姐不停地称赞。

高静怡从此成了张家中的一员。

隔了一段时间,高静怡把去张凯家的事情告诉给了母亲,母亲听后很高兴。

"你去张凯家,他的爸妈对你没意见?"母亲问。

"好像没有意见,家庭条件比较好,家里人都很通情达理。"

"没有意见,你们先谈着,我与你爸虽然对张凯印象比较好,能否谈成关键看你和张凯是否谈得来,是否对脾气,我和你爸尊重你的意见。"母亲吩咐着女儿。

"妈,我知道怎样把握好自己,您就甭操心了。"

听到高静怡的话,母亲开心地笑了。女儿长大了,该放手的时候得放手,该放飞的时候就得放飞。

七

张凯的父母经过一段时间与高静怡的接触,两位老人对高静怡的表现很满意,姑娘勤快,通情达理,善解人意。父母在征求张凯的意见,张凯说同意这门婚事,他与高静怡很相爱。

张家去高家提婚,得到了高家的同意,媒人是市文化广电和旅游局的冯睿娜。

选好良辰吉日,张凯及父母、媒人前往高家订婚。

一切都在顺利地进行着。

参加张凯订婚仪式的有驻屯村帮扶工作队队长、省财政厅社会保障处副处长杨嘉煜、县科技局副局长金欣瑶、镇妇联主任李椿婷及村"两委"干部。

订婚之后,张家筹备着儿子结婚的事情,高家没有阻拦,因为姑娘大了,二十五六岁的人了,该结婚成家了。

张凯结婚的时间定在明年国庆节。

张凯与高静怡订婚后,父母想让高静怡来家里住,他们把想法与张凯做了交流。

"凯子,有时间你去和静怡商量一下,让她搬到家中来住。"

"静怡可能不会来吧。"

"都是一家人了,怎能不来住呢?她来了,吃住方便了,省得她一个在单位做饭了。"

"那我去找她商量一下。"

张凯把父母的想法与高静怡进行了交流沟通。

"谢谢爸妈对我的关心,但我不能搬过去住,因为咱们还没有结婚,害怕别人说闲话。"

"我下乡扶贫去了,又没有在家中住,别人能说啥闲话?"

"那是你的个人想法。"

高静怡不想搬到家中来住,张凯没有强求,两个人最后商定,她答应常去家中陪陪老人。

高静怡没有答应去张凯家居住,但她回驻屯村的次数多了。她回来帮助父母搞搞家务,做做饭,也解决了张凯的吃饭问题。这让张凯感到生活很幸福。

一天,张凯回到市里,他约高静怡陪父母去吃饭。

吃过饭后,父母让他们两个去景澜花园小区看婚房,这让高静怡有点不知所措。

"咱们不是有房子住吗?"高静怡问。

"房子已经买好了,让你去看看。"

"我以前没听你说过有婚房呀?"高静怡疑惑地问。

"我不是想给你一个惊喜嘛,亲爱的。"

高静怡听了之后,心中很不平静。两个人打的去了西城区景澜花园小区。到了景澜花园小区,张凯拉住高静怡的手走进了A座四单元电梯。

"房子在几楼?"高静怡问。

"十六楼。"

电梯很快到十六楼。

走出电梯,打开房门,高静怡一看惊呆了。

"咋买这么大的房子?"高静怡问。

"复式两层,两百个平方。"张凯说。

"爸妈怎么买这么大的房子？"

"不是爸妈买的，是姐姐买给爸妈的。"张凯说，"爸妈年纪大了，起初姐姐想在省城给爸妈买一套有电梯的楼房，上楼方便，等爸妈退休了去省城居住，可是两位老人不去，姐姐只好在市里买了一套。"

"姐姐真有钱。"

"姐姐没钱，她是公务员，哪来的钱？可是姐夫有钱，他是陇德中医药科技研发公司的老总。"

"这是姐姐、姐夫孝敬爸妈的房子，咱们结婚不能用，你们家现在住的房子挺大的，咱们在现在的房子里布置婚房就行了。"高静怡说。

"我也是这么考虑的。可是爸妈、姐姐不同意，他们坚持要把咱们的婚礼举办得漂漂亮亮、阔阔气气的。"

"你没有劝说一下爸妈和姐姐？"

"劝说了，姐姐说这套房子迟早都是咱们的，姐夫已经把装修公司找好了，不耽误咱们明年'十一'国庆节结婚。"

高静怡站在宽敞的房子里，心中的幸福满满的。

"我还有一个想法，等咱们结婚了，把你爸妈都接过来，住在这房子里，让两位老人家安享晚年。"

听到张凯的话，高静怡眼睛里盛满了泪花。她向前一步，紧紧地抱住了自己心爱的男人。

八

深冬季节，农民们闲了下来。为了丰富群众的文化生活，创建一种文明健康的社会生活环境，帮扶工作队与村"两委"计划联合举办"扶贫扶智扶志，助力脱贫攻坚"文艺演出活动，并表彰奖励一年来脱贫攻坚过程中，涌现出的各种模范先进代表人物。

扶贫必扶智，治贫先治愚。贫穷并不可怕，怕的是智力不足，头脑空空；怕的是知识匮乏，精神委顿。在脱贫攻坚中，注重精神思想脱贫与物质生活脱贫一齐抓。

帮扶工作队干部与村"两委"干部召开文艺演出协调会议，商讨演出的节目问题。

"第一个节目为《开门红》，由村上广场舞大妈表演。"祁建臻说。

"每天晚上在文化广场上练舞的那些大妈？"杨嘉煜问。

"是的。跳得不错吧？"

"不错，那些大妈们跳舞我看过，服装统一之后，可能更好看，排在第一个节目。"杨嘉煜说。

"第二个节目让学校学生表演。"郭儒说。

"学生表演什么？"杨嘉煜问。

"表演安塞腰鼓。"

"学生会表演安塞腰鼓？"

"会的，为了提高学生的综合素养，学校开发了校本教材，欧忠大爷被请进了学校，当了特聘教师，专门免费给孩子教打安塞腰鼓，学生们打得可精神了。"

"欧大爷会打安塞腰鼓？"杨嘉煜问。

"嗯，他是市上确定的非物质文化遗产继承人，他的安塞腰鼓打得可好了。"

郭儒这么一说，杨嘉煜来了精神，他一直担心演出节目的问题，没想到驻屯村有这么丰富的文化资源。

"这只是一部分，还有更精彩的。"祁建臻说。

"说说看。"

"赵文灿夫妇的秦腔唱得很好，两年前参加县文广局举行的秦腔大赛，他们唱的《二进宫》荣获全县一等奖。"

"好得很！"杨嘉煜拍手称快。

"驻屯村出了这么多节目，帮扶工作队干部也应该表演几个节目吧。"祁建臻说。

帮扶工作队的干部互相对视了一下。

"杨处长，你必须表演一个节目。"郭儒说。

"我……"

"杨处长的歌唱得很好，平时闲的时候他老唱呢。"张凯说。

"行，到时我唱一首。"

"金局长，你的歌不是也唱得很好嘛，你也唱一首。"杨嘉煜说。

金欣瑶的嗓音确实不错，说要让她表演唱歌，她爽快地答应了。

"我和李主任一块唱《走进新时代》《我和我的祖国》。"

会议室里响起了热烈的掌声。

"张凯，帮扶工作队干部都有表演的节目，现在只剩你一个人，你也得表演一个吧。"金欣瑶说。

"金局长，我既不会唱歌，也不会跳舞。"

"那不行，必须得表演一个节目。"金欣瑶起哄说。

张凯听到自己必须要表演节目，像泄了气的皮球坐在了椅子上。

"小张，你真的不会表演？"李椿婷问。

"不会，李主任。"

"想想办法嘛。"李椿婷提醒说。

"李主任，那想什么办法呀。"

"找外援，找高静怡。"

"她是做编辑的，也没有特长。"

"刚订完婚，就学会怜香惜玉了。"

"她真的不会，我知道。"

"她不会找别人嘛。"

李椿婷的提醒，让张凯明白了，市文化广电和旅游局经常组织文艺下乡慰问演出，如果她能联系一个文艺演出分队，那不就更好了嘛。

张凯答应联系高静怡，节目暂定。

张凯给高静怡打了电话，说明情况。高静怡向市文化广电和旅游局领导做了汇报，局分管领导答应，派一个公益性演出团队赴驻屯村慰问演出。

驻屯村的村民，听说市上的专业团队来慰问演出，大家都表现出极大的热情。

文艺演出如期进行，表演节目大部分是村民耳熟能详、喜闻乐见的精彩节目。整场文艺演出高潮迭起，热闹非凡，掌声不断，为驻屯村村民献上了一场精彩的视觉盛宴和丰富的文化大餐。

市文化广电和旅游局派来的公益演出团队，为这次文艺演出增添了光彩，驻屯村的村民夸高静怡有本事，有能耐。

文艺演出活动旨在丰富群众的文化生活和精神生活，确保村民在物质生活条件不断提高的同时，精神文化生活也应得到满足和享受。

通过活动演出，希望村民们能够恪守社会主义核心价值观，努力做一个有文化、有素养的社会公民。

借助这次文艺演出，表彰脱贫攻坚中涌现出的先进典型，激励村民们勤劳致富、自主发展，形成"崇尚劳动，脱贫光荣"的社会氛围，调动村民们的内生动力，助力打赢脱贫攻坚战，激发广大群众克服困难，迎难而上，奋发作为，全面奔向小康的信心和决心。

九

春节快要到了，经过会州县党和政府及帮扶单位多方协商，驻屯村得到爱心企业的捐助，二十吨面粉和五千斤清油发放给驻屯村的人民群众。每户两袋面粉，二十斤清油，让他们过上个美满幸福祥和的春节。

市、县文联举办的"迎新春　送春联"活动也在村委会同时进行。

村民们领到面粉和清油都很高兴。

"现在的党和政府以及爱心企业真好，处处想着老百姓，像我这把年纪，给政府没干一点事情，政府既发养老金，又给盖房看病的。"欧忠说。

"是的，像咱们这把年纪的人，尽给政府增加负担。"万起超感慨地说。

两个人正闲聊着，杨嘉煜走了过来。

"你们到村委会办公室去坐坐，外面冷得很。"

"没关系，杨处长，感谢你们给驻屯村村民拉来的慰问品，今年过年可丰厚了。"欧忠说。

"这是政府倡导爱心企业赞助，给驻屯村群众赠送的过年物资。"杨嘉煜说。

"感谢政府，感谢爱心企业。现在党和政府只有一个想法，让人民群众过上幸福美好的生活。"万起超说。

"是的，现在党和政府是全心全意为老百姓着想，为人民群众谋福祉。"

两位老人你一言我一语地赞扬着政府。

"你们二老春联写了没有？"杨嘉煜问。

"还没写呢，不着急。"万起超说。

"今天来的都是咱们市、县的书法大家，一定要让他们给你们好好写些对联。"

"是的，我把对联内容都准备好了。"欧忠说。

"哦，让我看看。"

欧忠说着把对联内容拿了出来，他念道："大门对联，上联：致富政策处处顺应民意；下联：阳光大道条条彰显党恩。上房对联：上联，坚定信念跟党走；下联：脱贫致富奔小康……"

"欧大爷，你选的对联内容好。"杨嘉煜赞叹说。

欧忠让杨嘉煜看罢对联，他与万起超朝写对联的村委会会议室走去。

走进村委会会议室，里面热闹非凡。红彤彤的对联铺满了地，村民们三五成群地在里面窜动着，有的在为书法老师搞服务，有的在欣赏着书法艺术，有的在评论着对联的内容。书法家们带着党和政府对人民群众的亲切关怀和新春祝福，开展"迎新春，送春联"活动，受到广大人民群众的欢迎和赞扬。

雪润青松炉火旺，情暖万家对联红。今年的写春联活动，镇领导也高度重视，镇长展璇、镇人大主席曹弘前来助阵，村"两委"干部热情接待，积极支持市、县文联举办的此项活动。

"党建引领中国梦，政通人和奔小康。"杜青林边看边念对联的内容。

"这副对联写得好，真正写出了现在的社会风貌。"刘祺平说。

"嗯，党和政府为人民群众脱贫致富干了很多实事，老百姓对党和政府很感恩，政通人和非常真实。"

杜青林、刘祺平边欣赏边评述着对联的内容。

刘祺平走到胡占民身旁，看他在整理着十余副对联。

"老胡，你家能贴这么多对联？"

刘祺平这么一问，胡占民支支吾吾地说："贴不了这么多。"

"那你要这么多对联干什么？"

"我给老丈人家要了几副。"

正当胡占民说着，祁建臻走过来说："这是给老丈人家表现的好机会，多拿几副没关系。"

祁建臻这么一说，胡占民有点不好意思了。

"这没啥不好意思的，不就是多要几副对联嘛，完全理解。"欧忠在为胡占民解围。

大家对胡占民态度的转变，是他有病出院以后，请张凯到他家中吃饭，这表明他还是有情义的。他病好之后，又到市里给张凯送土特产表示感谢，按时上交合作医疗保险费等，彻底让村民们改变了对他的看法。

现在，他与村民们来往了，不与村"两委"干部闹矛盾了，融入村民大家庭之中。

听到欧忠的话，祁建臻说："欧大爷说得对，有需要对联的，尽管拿，咱们村委会有的是笔墨纸张，辛苦我们的书法家们多写一会儿就行了。"

祁建臻的提议，得到了村民们的赞同，会议室里又热闹了起来。

第十二章

一

又是一年春当时。

为改善农村居民生活环境，提升农村良好形象，为人民群众营造舒适、整洁、干净的劳动生活环境，县委、县政府按照《农村居民环境整治行动实施方案》，组织开展农村生活居住环境整治工作。

随着物质生活水平的提高，精神生活水平也应该与之相适应，改善农民居住环境，建设美丽和谐乡村，先从改善农村村民的居住环境开始。

农村地域辽阔，基础配套设施不完善，村民平时没有养成讲究卫生的习惯，生活垃圾乱倒，农作物秸秆乱放，牲畜饲养圈乱建等，严重影响着农村卫生环境。

村上召开会议，安排部署相关工作。

"根据工作安排，县上决定开展农村卫生大整治，时间为一个月，月底进行检查。"杨嘉煜说。

"我们要积极配合县委、县政府开展工作，把村中垃圾清理干净，让村容村貌发生改变，给广大村民一个清洁舒适的居住生活环境。"祁建臻说。

"祁书记，你先把具体工作安排一下。"

"好的。帮扶工作队干部和村'两委'干部共十人，咱们驻屯村共有五个社，两位干部督促一个社的卫生清理整治，希望各社社长配合好卫生清理工作。"

"我们赵家湾社旁的垃圾场咋办？"赵家湾社社长赵启升问。

"赵家湾社旁的垃圾场是多年形成的一个倾倒垃圾的地方，这次一定要清理掉。"祁建臻说。

"堆积成山的垃圾怎么清理？"

"由村委会商量协调，村上出钱把垃圾清理掉。"

赵启升听村书记答应帮助把垃圾场处理掉，感到很高兴。赵家湾社的垃圾场形成的时间久了，让赵家湾社的村民很头疼。

"村委会能帮助把垃圾清理掉，我们赵家湾社村民就放心了。近几年垃圾场成了赵家湾社村民的思想负担，一年四季臭气熏天，极不卫生，村民怨声载道。"赵启升说。

"这次把垃圾清理干净，你们赵家湾社一定要负起责任，垃圾不允许再乱扔乱倒了。"祁建臻对赵启升说。

"我们尽量负起责任，可是赵家湾社垃圾场管理起来非常麻烦，长期形成倾倒垃圾的地方，要想彻底铲除不容易。"

"垃圾清理之后，再做个提示牌，从此那儿不允许倾倒垃圾。"杨嘉煜说。

"可以。"

"过几天，镇上分发的垃圾桶就到了，一个社分配十个垃圾桶，以后的垃圾就倒进垃圾桶里。"祁建臻说。

"咱们农村也像城里，有垃圾桶了？"赵启升问。

"政府在想办法提高农村居民的生活环境，各村分发了垃圾桶，还派专人专车按时来清运垃圾。"祁建臻说。

"好，以后不用担心村民们乱倒垃圾了，也不会因为倒垃圾产生矛盾了。"赵启升说。

"各社社长现有一项任务，就是负责各社垃圾桶的管理，操心垃圾桶不能丢失，不能破损，协调帮助拉运车装卸垃圾。"

各社社长表态赞成。

随后，驻屯村掀起了大搞卫生的热潮。

帮扶工作队干部和村"两委"干部都加入到村里垃圾清理工作之中，帮助村民们清扫装运垃圾。

"政府连农村的垃圾都开始管了，关注关心咱老百姓的生活居住环境，这真是为老百姓着想。"杜青林说。

"听说政府又提出了美丽乡村建设，要把农村打造成环境优美的宜居生态文明乡村，提高农村居民的生活环境质量，让老百姓生活上开心，环境上舒心。"张士胜说。

"是的，以前还从来没有见过这种情况。"

"政府能有办法把领导干部工作积极性调动起来，不容易，当干部的能与老百姓一起拿起铁锨干活更不容易。"张士胜发自内心地感叹。

驻屯村的很多老人也参与到环境整治清理工作之中。

经过十余天清理整治，驻屯村的垃圾全部打扫清理干净，村民们看到干净的街道，心情舒畅多了。垃圾桶严格按规定放置，村民们把每天的生活垃圾倒进桶里，大人小孩都养成了卫生习惯。

镇上的垃圾车三天来清运一次垃圾。

"这么多的垃圾拉到哪里去了呢？"张士胜疑惑地问。

"先把垃圾拉到镇上垃圾处理站，打捆包装，再有大车拉到市垃圾发电厂，焚烧发电。"司机师傅说。

"现在的人真聪明，垃圾也能变废为宝。"张士胜感叹道。

垃圾清理干净之后，村上又有了大的举动，镇上组织工程队把各家各户的院墙及房屋周围粉刷成了白色墙面，粉饰上传统壁画，村容村貌看上去更整洁了。

驻屯村的村容村貌发生了很大的变化。

"不愁吃，不愁穿，生活环境这么好，我还要好好地活哩。"欧忠见人就说这句话，言语之中透露出对当下生活的赞美。

驻屯村的村容村貌改观了，居住环境改善了，在全县美丽乡村建设检查评比中，驻屯村以高分被评为全县村容村貌改观先进村，被县委、县政府给予嘉奖。

二

美丽乡村建设有序开展，村容村貌改观了，现在要进行"美丽庭院"的创建。

结合美丽乡村建设计划，为配合县妇联倡导的"美丽庭院"创建工作，驻屯村开始了庭院卫生大整治。

"上次农村居住环境的整治工作，驻屯村开展得很好，这次开展'美丽庭院'的创建工作也不能落后。"杨嘉煜说。

"'美丽庭院'创建工作，是改变群众家庭居住环境的重要工作，帮扶工作队与村'两委'必须高度重视，具体工作由金局长和李主任负责，其他干部配合，让群众家庭居住环境有一个彻底的改观，争取在'美丽庭院'创建评比中取得好的工作业绩。"

金欣瑶、李椿婷接受任务。

"美丽庭院"创建的内容包括"居室清洁美，庭院洁净美，环境绿化美，外观协调美，家庭和谐美，书香氛围美"六美标准。

李椿婷把省妇联统筹创建"美丽庭院"标准印刷成小册子，分发给各家各户，要求农户严格按照标准执行创建。

"美丽庭院"创建工作是美丽乡村建设的重要内容，是农村精神文明建设的重要载体，金欣瑶、李椿婷感到责任重大。

金欣瑶、李椿婷的工作目标是，驻屯村"美丽庭院"创建工作一定要走在全县乃至全市的前列。

有了目标就有了动力，两个人首先挨家挨户进行家庭卫生摸底排查，制定相应措施，实施"美丽庭院"精准创建工作行动。

金欣瑶、李椿婷把工作中排查到的问题向村"两委"汇报。

"由于驻屯村村民没有养成卫生习惯，院子里的杂物乱堆乱放，院子清理干净不容易。"金欣瑶说。

"庭院卫生清理工作既要讲进度，又要注重质量，工作难度大的可以协调解决。"杨嘉煜说。

"村民家中脏乱差的状况一时不好改变，就是把卫生打扫干净了，院中整洁也很难做到。"金欣瑶说。

"嗯，干部们多动动脑筋，想想办法，一定要把'美丽庭院'工作创建好。"祁建臻说。

"要想让村民院落整洁，需要一定的统一规划，比如说在各家各户院落中设计花园或者栽种绿化树等。"

"金局长的提议好。祁书记，你找几位泥水匠，让他们根据各家各户院中的面积和情况，设计一个花园或者菜园等，便于庭院美化，建设用料让赵启升购买。"杨嘉煜说。

"好的，我下去安排。"祁建臻说。

赵启升的食用菌暖棚建成投产后取得了很好的经济效益。他曾向杨嘉煜说过，如果村里有需要帮忙的事情，他一定竭尽全力帮助。

随后，杨嘉煜找到赵启升，说明情况，让他购买一些水泥、砖块支持一下村中"美丽庭院"的创建工作，他欣然答应。

帮扶工作队干部及村"两委"干部走家进户做动员工作，调动了村民"美丽庭院"创建的积极性，并帮助无劳动能力的家庭清理垃圾、打扫庭院。

金欣瑶从小在城里长大，干得最多的活是帮助妈妈洗洗衣服、做做饭，搞搞楼房里的卫生，从来没有干过这么脏累的活。刚开始干活时，她有点儿不太适应，但作为帮扶干部，一想到工作责任，她也管不了那么多了，因为只有俯下身子，以身作则地去工作，才能赢得村民们的认可。

金欣瑶帮助村民清理垃圾的第一天，她手上就磨出了血泡。但她没有退缩，忍受着疼痛继续工作。

一天，杨嘉煜从市里开会回来，已是下午五点多钟，到村委会，不见一人，他到村中去找，看到帮扶工作队干部都在挥锹干活，帮助村民清理院内垃圾，他也参加了进来。

把赵家湾社赵振伟家中垃圾清理完，天已经黑了，大家累得没有精力做饭，张凯给大伙买了些方便面，回去解决晚饭问题。

三

帮扶工作队干部和村"两委"干部的工作举动，打动了驻屯村的很多村民，也调动了他们清理庭院垃圾的主动性、积极性。

众人拾柴火焰高。在帮扶工作队干部及村"两委"干部的带动下，驻屯村的许多村民不但把自己的院子打扫得干干净净，而且又把村中的卫生死角也打扫得干干净净。

驻屯村的垃圾清理工作进展很快，村民们把自己庭院里的垃圾清理掉了，村子里的卫生上了一个新台阶。

院子里的卫生打扫干净了，驻屯村的村容村貌发生了彻底的变化，看着干净的街道、美丽的庭院，村民们脸上露出了开心的笑容。

驻屯村的卫生干净了，现在要把"美丽庭院"创建工作向纵深方面发展。金欣瑶、李椿婷最近的工作是把庭院内涵延伸，每家每户要对自家的庭院进行合理布局。

庭院里统一布置了花园，院中的杂物也放到了合适的地方，院落整齐了，但房屋内布置还有待进一步提升，不能说把房屋内的卫生搞干净了，被子叠整齐了算完事了，还要有一定的装饰，要显示出一定的居家品位与内涵。

驻屯村村民喜欢书法、字画，由来已久。一等人忠臣孝子，两件事读书耕田，是对驻屯村的真实写照。

为配合好村民们"美丽庭院"的创建，房屋内的布置由帮扶工作队联系省、市、县书画家协会会员，到村中书写书法作品、绘画美术作品，装裱后挂在房屋内显得端庄大气有涵养。这一举措得到村民们的支持，也得到了很多人的赞扬。

有些爱美的人家在庭院里的花园中栽种了各种奇花异草，推动了绿花青草向农家庭院延伸。

"美丽庭院"创建工作顺利通过市、县的督导验收,受到了验收组的高度评价。

为了保证"美丽庭院"的持续发展,并保持下去,防止一阵风过后颓废到了原来的样子,杨嘉煜要求村"两委"干部,定期召集会议,开展"美丽庭院"复评工作,谁家的庭院保持最好,谁家的庭院最美,谁家的庭院有新的变化,要记录在案,评出优秀家庭,进行适当奖励。

在"美丽庭院"创建中,金欣瑶、李椿婷利用直接能联系到广大家庭妇女群众的优势,深入妇女群众家庭,引导妇女从做家务的细节入手,培养妇女讲卫生、爱干净的好习惯,形成了家庭文明的新风尚,村民们的思想观念和不良习惯也在悄悄地改变。

"美丽庭院"创建以前,胡占民家中的卫生存在一定问题,不是胡占民妻子姜丽不讲卫生,而是胡占民整天在外吃喝不顾家,夫妻双方经常吵架生气,姜丽对家庭、对生活失去了信心。

自从胡占民因喝酒生病以后,他不能喝酒了,并在张凯的帮助下,发展了养殖业。农闲了,胡占民外出打工挣钱,一年有了很好的经济收入,姜丽对生活也有了奔头,有了信心。

在"美丽庭院"创建中,胡占民妻子姜丽表现得很好,积极配合领导干部的工作,把家里拾掇得井井有条,并保持得很好。

"以前家里卫生差,现在可不一样了,卫生打扫干净了,心情也舒畅了,我家就是村里的'美丽庭院'。"姜丽喜笑颜开地说。

看到姜丽朴实憨厚的笑容,金欣瑶、李椿婷为她点赞。

驻屯村以"美丽庭院"创建为抓手,大力开展村民精神文明创建活动,培育文明乡风,助推乡村振兴。"美丽庭院"的创建,不仅丰富了村子文化建设内涵,更进一步推动了精神文明建设,将移风易俗、尊老爱幼、邻里和睦的精华融入村民道德建设之中,进一步提升文明素质和道德水平,成为推动社会文明进步的正能量。

现在的驻屯村,房屋错落有致,村容整洁清新,山坳里的村子绽放出了别样的风情。

帮扶工作队承载着乡村的嬗变,美丽乡村的建设,"美丽庭院"

的创建，在改善农村人居环境中的独特作用，得到了有效发挥，一座座"美丽庭院"的变化，扮靓了一个美丽乡村，新农村的新画卷就这样徐徐地展开了……

四

为了让驻屯村美丽乡村建设再上新台阶，彻底改善人民群众的居住生活环境，帮扶工作队筹划着村中的巷道硬化工作。

驻屯村的主干道硬化了，而通往各家各户的巷道没有硬化，因为村里人家居住比较分散，村中巷道硬化代价较大，项目审批不过。

要想解决群众出行不便的问题，硬化村中巷道，只能靠帮扶工作队和村"两委"干部想办法。

"驻屯村巷道硬化困难大，因为没有集体经济，没有资金来源。"祁建臻说。

"但是，村里的巷道必须硬化，不硬化的话，群众出门仍然是晴天一身土，雨天两脚泥，尤其是离主干道远的农家，雨天出行更是不方便。"杨嘉煜说。

"只有想办法拉赞助了。"金欣瑶说。

金欣瑶一提醒拉赞助，张凯想到了一个人。

"那我想一下办法，但没有把握。"张凯说。

硬化村中巷道虽然没有主干道工序复杂、要求高，但是村中巷道分散、距离长，需要资金多，张凯心中没有把握。

"小张，有没有把握没关系，你先试试。"杨喜煜说。

"嗯。"

张凯想到了自己的姐夫孟玮。

孟玮是省中医药协会的副会长，陇德中医药科技研发公司董事长，他虽然年轻，但事业做得很大。

随着人们生活水平的提高，对日常保健越来越重视，为中医药的发展提供了机遇，现在的陇德中医药科技研发公司已是省内很有名的企业。

张凯高考报考中医药大学都是受姐夫孟玮的影响。

晚上,张凯给姐夫孟玮打电话,孟玮不接电话。随后他拨通了姐姐张梅的电话。

"喂,姐,我是凯子。"

"今天咋想起给我打电话了,是不是准备结婚请我呀。"

"姐,别开玩笑了,房子你都给我没装好呢,我结什么婚呀,我结婚定在'十一'国庆节,你又不是不知道。"

"说,找姐有啥事?"

"我姐夫在吗?刚才我给他打电话他不接。"

"你姐夫没在,今晚他有个应酬,可能把电话调到静音了,你找他有事吗?"

"我想请我姐夫帮个忙。"

"事情能给我说吗?"

"能。等我姐夫回来了,你跟他商量一下,能不能把我帮扶的驻屯村的巷道硬化一下,阴天下雨,村民们外出不方便。"

"你拉赞助咋想起你姐夫了?"

"现在政府正提倡鼓励民营企业积极参加精准扶贫。"

"巷道共有多长?"

"大概四千多米。"

"这我还做不了主,等你姐夫回来再说吧。"

"好的,姐,你一定要操心帮一下我。我们帮扶工作队的干部都给村上办了实事,唯独我没有。"

"行,等你姐夫回来我与他商量。"

"谢谢姐姐!"

张凯把电话一挂,心中的兴奋倏然而生,他知道,姐姐家的事情,只要姐姐同意,基本上都能解决。

孟玮回来之后,张梅把张凯的事情告诉给了他。

"凯子这么年轻都知道搞政绩了。"孟玮说。

"凯子只是一个大夫,他搞政绩有什么用?"张梅反驳说。

"那他拉赞助修路干什么?"

"他是帮扶干部,组织上派他去,他得为当地老百姓干点实事吧。"张梅在为弟弟辩解。

"凯子的心思我明白了。"孟玮装作深沉地说。

"你明白什么了?"张梅看到丈夫那表情的变化,有点猜测不透。

"一是凯子想给当地老百姓干点实事;二是想给丈母娘表现一下,显示一下自己的能力。"

"凯子没你老谋深算,他一个年轻小伙子,能想这么多?"

"凯子的事情,你说咋办?"孟玮征求老婆的意见。

"必须办。"

"老婆,听你的,必须办。"

"这还差不多。"张梅朝老公噘了噘嘴。

"前几天,省总工会召开了民营企业家座谈会,开展'千企进千村'帮扶活动,邀请企业家们积极参与精准扶贫,进行结对帮扶,明天我让公司人员去省总工会申报一下,陇德中医药科技研发公司结对帮扶五谷镇驻屯村。有时间,你给凯子打个电话,把驻屯村帮扶工作队修路的计划,以书面的形式报上来,把项目尽快落实到位。"

"嗯,今天晚了,明天我给凯子打电话。"张梅说。

五

第二天,张凯接到姐姐的电话,说陇德中医药科技研发公司同意帮扶驻屯村修路,他高兴得跳了起来。

"我的亲姐姐,你真好!"张凯说。

"别再讨好我啦,你姐夫让你与村上商量,把项目可行性报告先报上来。"

"好嘞,我马上就办!姐姐,再见。"

张凯把情况向帮扶工作队作了汇报。

"小张,你真行啊,要是把驻屯村村中巷道硬化了,这可是你的一大功劳啊。"杨嘉煜说。

张凯很高兴。

"我没有想到我姐夫答应得这么快。"

"姐夫给小舅子帮忙办事,那速度必须快。"

"我姐夫让村委会写一份可行性报告送上去,便于公司备案核查,公司好落实项目的实施。"

"好的,你与祁书记联系,尽快把项目材料做好送上去。"

张凯去与祁建臻联系。

村委会把材料做好送了上去,陇德中医药科技研发公司很快召开董事会,把项目落实下来。

听说张凯要为村里修路,驻屯村的村民沸腾了。

"高世旺的女婿要给咱们村修巷道。"赵振伟说。

"嗯,就是,政府把村里的主干道修好了,可是通往各家各户的巷道还没有修好,下雨天,村民们从家里出来仍是道路泥泞,行走不便。"赵文灿说。

"咱们赵家湾社离村中主干道远,这下可占了便宜了。"

"是啊,咱们要结束晴天一身土,雨天一脚泥的艰难走路了。"

"把村中巷道硬化到各家门口,那可得花很多钱的。"

"就是,高家的女婿真有钱。"

"不是高家女婿有钱,而是这小伙子的姐夫有钱。"赵振伟说。

"这些帮扶干部真好,他们想办法拉赞助,扶持村民致富,改善居住环境。"

"听说这次修村中巷道需要花四十多万元。"

"嗯,就是。"

……

听到村民们的议论,张凯很高兴。他一定要把这件事办好,有时间一定要感谢一下姐夫和姐姐。

张凯把姐夫孟玮帮助驻屯村修路的事情告诉高静怡,她很激动,修路需要很多钱呀。

高静怡周末回到驻屯村,她要好好做顿饭来犒劳一下自己心爱的男人。

张凯看到丰盛的饭菜,心中是满满的爱。

在吃饭过程中,张凯说:"静怡,我有件事情想与你商量。"

"说吧,我听你的。"

"我还没有说啥事情,你就答应我?"

"嗯。"高静怡用一种炙热的眼神看着张凯。

"我想让你搬到家里去住,爸妈想你了。"

高静怡没有说话,一直深情地看着张凯。

以前张凯提到过这件事情,被高静怡拒绝了。

"主要是我想你了。"

听到张凯的话,高静怡点了点头。

驻屯村村中巷道硬化项目很快落实。

陇德中医药科技研发公司出资四十万元,硬化了驻屯村村中巷道到各家各户门口,村民们下雨天出门再也没有满脚泥了。

张凯给老丈人高世旺长足了精神。

"十一"国庆节,张凯与高静怡结婚,村中自发组织几位村民代表,去表示祝贺。

看到驻屯村步履蹒跚的几位老人走进婚礼现场,这几位特殊的客人让张凯的父母十分惊喜,万分感动。

这是驻屯村村民对张凯的一分情谊,一分赞许。

干群关系能融洽到如此程度,帮扶干部的工作也就值了。

六

在党与政府的正确领导下,经过领导干部和人民群众的齐心协力,驻屯村美丽乡村建设取得很大的成就,村容村貌发生了根本性的变化。

为弘扬中华民族的传统美德，提高美丽乡村建设内涵，县妇联、县总工会决定开展"孝敬公婆"好儿媳评选活动。被评选的先进个人，县妇联、县总工会要加强典型宣传，营造一个敬老爱老、团结和睦、宽容和谐的社会居住环境。

李椿婷接到通知后，她与村"两委"干部协商人选问题。

"赵家湾社村民赵振伟妻子王芙琴是合适的人选。她的公婆都是耄耋老人，两位老人之所以高寿，跟王芙琴操持的和睦家庭氛围有很大关系，我建议推选王芙琴。"祁建臻说。

"那好，祁书记，我去了解一下情况，收集一些典型事迹材料，整理上报。"李椿婷说。

李椿婷去了赵振伟家。

王芙琴，一位五十多岁的农家妇女。

走进她家的小院，给人一种清新舒畅的感觉，院子里的东西放得井井有条，打扫得干干净净。

她的公公婆婆都是八十多岁的老人，在王芙琴的精心照顾下，老人家的身体硬朗，精神矍铄。

王芙琴见李椿婷进来，赶忙把她往屋里让。

"嫂子，你现在做晚饭呢？"

"嗯。"

"这才下午四点呀。"

"公公、婆婆年龄大了，晚饭吃得早些，要是吃晚了，不易消化，老人家晚上睡觉不舒服。"

"村里人都说你是好媳妇，孝敬老人，眼见为实，一点不假。"李椿婷说。

"家里有老人是儿女们的福分，我们晚辈应该伺候好老人，一日三餐，都为老人家着想。"

朴实的话语，彰显着王芙琴敬老爱老的高尚品质，她用实际行动诠释着敬老爱老的真正含义。

三十年前，王芙琴怀揣着对幸福生活的憧憬，嫁到了驻屯村。

三十年后，她用心经营着这个家庭，做好丈夫的后盾，如今两位老人慈祥安康，一家人日子过得幸福和睦。

当李椿婷向两位老人询问儿媳妇怎么样时，婆婆说："有芙琴这样的好媳妇，是我们前世修来的，谁说婆媳关系难相处，好相处得很，她把我们当亲生父母，她就是我们的亲姑娘。"

婆婆的自豪之情溢于言表。

其实，很多时候孝敬老人不需要做出惊天动地的大事，生活中的点点滴滴就能结出温馨的幸福果实。

因此，李椿婷刚一走进这个农家院落时，迎面拂来的是一种温馨幸福。

李椿婷走进老人的房间，里面打扫得干干净净，被褥叠得方方正正，牙具、牙缸、茶杯放得整整齐齐。

"嫂子，你为老人家真是操心了，房子收拾得很整洁。"

"我公公、婆婆爱干净，年轻时两位老人没少为我们操心，现在我们做的都是应该的，应该为老人营造舒适的生活居住环境。"

"是的，让老人安享晚年是我们晚辈应该做的，不过，你伺候老人得这么周全，已经成为驻屯村的佳话"。

"其实我也没做什么，对待老人只要耐心一点、细心一点就行了。"

"这就是你的过人之处，细小之处见真情，你能做到的，别人可能做不到。"李椿婷说。

王芙琴伺候着老人，还与丈夫赵振伟种着二十多亩地。自从去年赵振伟打工摔伤后，二十多亩地的农活她一人承担。虽然地里的农活很忙，但她还是尽力把老人的生活调剂得好一些，让公婆吃饱、吃好、穿暖、高兴、开心。

农忙的时候，王芙琴会早早起床，把早餐做好放在锅里，等老人醒来吃。早餐她换着花样做，让老人吃得可口，吃得开心。

公公、婆婆年龄大了，晚饭吃迟了，不易消化，她得提前做晚饭，地里农业活再忙，王芙琴下午四点准时回家给两位老人做晚饭，从没有耽误过，等老人吃过晚饭后，六点钟她再做一次晚饭，全家人吃。她的做法让村里的人们很敬重。

王芙琴是一位孝顺的好媳妇，这是村里人对她最公平的评价。

老人怕寂寞，王芙琴一有时间会陪老人说说话，看看电视，自小就爱干净的她，无论多忙，都及时为公公、婆婆洗干净床褥、衣服。

"嫂子，我今天过来是找你有事，县妇联为了弘扬敬老爱老传统美德，结合美丽乡村建设，要评一批'孝敬公婆'好媳妇，进行表彰宣传，驻屯村把你作为'孝敬公婆'先进典型报上去。"

听李椿婷一说，王芙琴还是那些朴实的话语："我也没做什么大事，都是些鸡毛蒜皮的小事，不值得表扬。"

"正是因为这些小事才显示出你的孝心。嫂子，我回去了，你等着好消息吧。"

王芙琴笑着送走了李椿婷。

七

工作例会上，李椿婷把评选"孝敬公婆"的相关情况作了汇报，大家一致同意上报赵家湾社的王芙琴。

"昨天，我去了王芙琴家，了解了一些她的情况，她的做法让人感动。随后，我又走访了一些街坊邻居，街坊邻居们对王芙琴的评价都很好。"李椿婷说。

"她是我们驻屯村'孝敬公婆'的模范。"祁建臻说。

"王芙琴为了让公公、婆婆吃饱吃好，她一天要做两次晚饭，下午四点多先做给公婆吃，六点多再做家人吃的，一般的家庭妇女是做不到的。"李椿婷说。

"是的，正是她的勤快、孝顺，让这个经济并不富裕的家庭过得很和睦，很幸福。"

"王芙琴敬老爱老的表现，祁书记很推崇，他多次在村民大会上宣传学习王芙琴的这种传统美德，孝敬公婆的好做法，收到了很好的社会效果。"郭儒说。

"她的这种孝敬老人的精神很值得学习推广，现在的很多人在孝敬老人方面做得很不好，儿女不孝敬父母的社会现象很多。"李椿婷说。

"提倡敬老爱老的传统美德是乡村文明建设的需要，是社会和谐发展的需要。物质生活脱贫了，精神生活一定要跟上去，不能让群众过上幸福生活之后，精神生活颓废得跟不上时代发展。"杨嘉煜说。

"刚才李主任说的，那只是王芙琴的一小部分事情，还有比这更感人的呢。"祁建臻说。

"还有呢？王芙琴怎么跟我没说？"李椿婷问。

"王芙琴要是告诉你，那不是她王婆卖瓜自卖自夸嘛。"

"什么感人事？祁书记说说听。"

"十年前，王芙琴的婆婆不小心把腿摔坏，在她的精心料理下，硬是让一位老太太站了起来。"

"能让一位古稀之年的老人站起来，王芙琴就是有耐心、有信心。"

"有人说久病床前无孝子，这句话对王芙琴来说不合适，她婆婆卧病在床三年，她三年如一日，悉心照顾着婆婆。"祁建臻说。

"王芙琴用行动诠释着孝道。"

"王芙琴照顾着婆婆，从无半句怨言，她妯娌三人，老人一直吃住在她身边，她的孝心感染着周边群众。从她进了这个家门，就把自己的一片真诚投入到这个家庭，一刻不停地忙碌着。"

邻居们看到王芙琴从早忙到晚，天天忙碌，着实太累了，劝她注意身体，而她却说，既然自己是这个家庭中的一员，就有义务照顾好每一位老人，这也是她应该做的。

满心期待婆婆能够站起来的王芙琴，每天精心给老人准备饭菜，使得老人在生病期间有足够的营养。她还在院子里为婆婆准备了一张大床，以便天气晴朗的时候让老人能够晒晒太阳。

"三年来，在照顾老人的这件事上，王芙琴不会用华丽的言语表

第十二章 | 259

达，只会用行动去诠释，面对别人的称赞，她总是说，我只是在尽儿媳的职责，她的一举一动也得到了亲戚邻居的充分肯定。"祁建臻接着说。

王芙琴自结婚以来，年复一年，日复一日，她用真诚的付出、辛勤的汗水、实行的行动践行着孝道，传承着中华民族的传统美德，展现了一位农村妇女纯朴善良的坦荡情怀，彰显着一位农村媳妇博爱真诚的美丽形象，她孝敬老人，团结妯娌，给整个家庭做了榜样，后辈们在她的影响下，都十分孝顺长辈，家庭关系越来越好，越来越融洽。

"王芙琴夫妇二人也相敬如宾，相濡以沫，携手共进，共同操持着这个幸福的家庭。"郭儒说。

"平常就是美丽，真诚就是价值，平凡就是伟大，持久就是美德，一个人做点孝敬公婆的事并不难，难的是做一辈子孝敬公婆的事。"李椿婷感叹道。

经帮扶工作队干部和村"两委"干部表决，一致同意上报王芙琴为驻屯村"孝敬公婆"模范人物。

王芙琴受到了县妇联、县总工会的表彰奖励。

八

教育扶贫工作的开展，杨嘉煜与王尧涵的接触频繁了，两个人很快熟悉了。有时双休日杨嘉煜不回省城，王尧涵会到村委会找他闲聊，讨论一些双方彼此关心的话题，谈谈教育扶贫问题。

"王校长，最近学生的精神状态怎么样？"杨嘉煜问。

"比以前好多了，省实验小学的支教舞蹈老师开展的课外兴趣班，学生们很感兴趣，乐意参加。"

"那就好，只要学生的精神状态好，快乐健康地学习生活，我们的目的也就达到了。"

"杨处长，今晚上只有你一个人？"

"嗯，其他干部回家了。"

两个人闲聊了一会儿，杨嘉煜说："王校长，今晚咱们两个人喝几杯。"

"好嘞，我给咱们买酒去。"

"我这里有酒，咱们再做两个菜，边吃边喝边聊。"

"那就让杨处长破费了。"王尧涵说着，动手帮忙做起菜来。

菜做好以后，两个人小酌起来，酒逢知己千杯少，不大一会儿工夫，两个人把一斤酒喝完了。

杨嘉煜准备打第二瓶，王尧涵拦住他说："杨处长，今晚咱们酒不喝了，一斤酒每人半斤，正好。"

"你可能还没有喝尽兴？"

"喝尽兴了，酒不能再喝了。"

"王校长，听你的，咱们改天再喝。"杨嘉煜说着，起身给王尧涵把茶水倒上。

"杨处长，酒，咱们不喝，喝杯茶，唠唠嗑。"

"行。"

"杨处长，我问你一个问题，孩子读书到底有啥用？"

"你是学校校长，读书有什么用，你还不清楚？今天晚上，你是不是喝多了？"

从王尧涵说话的动作表情看，他喝醉了。

"我没有喝多，在以前缺吃少穿的时候，读书确实有用，可以跳出农门，不在农村吃苦受累，这是中国的传统观念，因为城乡二元治理结构下，在大家眼里，农民地位是比较低下的。"

"嗯，咱们都是从那个时代过来的。农家子弟，在孩童时代听到父母唠叨最多的是，如果你不好好读书，长大以后就与我们一样，在山沟里当一辈子农民。"

"杨处长说的是实话，有些农民自己离不开农村，把希望寄托在下一代，远离农村，改变农民身份。"王尧涵说。

"谁家的孩子一旦考上大学，那是家族的荣耀。"

"是的，20世纪80年代，我只是考了个师范学校，我们王家家族

第十二章 | 261

都高兴得不得了。我去师范学校读书，一个家族的人都来为我送行，当时鸡蛋收了一大筐，鞋垫收了几十双，我父母高兴得几天都睡不着觉。因为我跳出了农门，跳进了龙门，以后我就是公家人了。"王尧涵说着，脸上露出了自豪的笑容。

"后来随着时代的变化，大学生扩招和并轨实行收费制，以及毕业后的双向选择，考大学的风气慢慢地有点降温。"杨嘉煜说。

"不过农村降温的程度不大，传统观念中的'万般皆下品，唯有读书高'，仍在发挥着积极的作用。"

"供子女读书，一是让子女过上体面的生活，二是让子女有条件孝敬父母。事实上，考上学进城后的子女，反而不能更好地孝敬父母。"

杨嘉煜点了点头。

王尧涵说着看了看时间，已是半夜一点多钟。

"闲聊的时间过得很快，杨处长，时间不早了，不打扰你休息了，我回去了。"

"王校长，时间晚了，你酒也喝多了，今晚不回去了，住在张凯的房子里。"在杨嘉煜的挽留下，王尧涵没有回家，住在了张凯的宿舍。

九

次日，王尧涵醒来，已是早上八点钟。

"王校长，昨天晚上是不是酒喝得有点多？"杨嘉煜问。

"嗯，我喝多了。"王尧涵说。

"现在承认自己喝多了。昨晚你说现在的孩子读书到底有啥用，我一听这话就知道你喝多了。"

"昨天晚上，我酒喝多了，是不是乱讲什么了？"

"没有，咱们只是喝酒闲聊。你说考上大学后进城的子女，反而不能更好地孝敬父母，这话怎讲？"杨嘉煜问。

"我师范毕业后分配到驻屯村，当了一名教师，从教三十多年，我没有离开过父母，孝敬父母我做得很好。可是我儿子就不一样了，他师范大学毕业，分配到县城中学教书，工作两年就嚷嚷买楼房，说不买楼房找不上对象等理由，硬是把我多年的积蓄给要走了。"

"这是很正常的，儿子买楼房你不拿几万元，能行吗？"杨嘉煜说。

"儿子当时说是借的，但肯定是有借无还，那是我大半辈的积蓄，他把钱借走了，我又开始紧巴巴的生活。"

"现在你给儿子借钱买房，以后孝敬你，把你接到县城去住。"

"说起孝敬，我气就上来了，自从儿子结婚以后很少回家，不回来还好，回来了每次都是小苞米、大包菜地的往城里拿。"

"这是做父母的惦记着子女。"

"但是，家里孩子没有读成书的家庭，现在反而老人的生活过得很舒心幸福。"

"此话怎么解释？"杨嘉煜问。

"子女没有读成书的老人，现在不种地了，地由他们的子女种，老人头疼发热，还能得到很好的照顾。而继续种地、得病无人照顾的老人却是子女考上大学的、留在城里工作的，他们晚年的生活显得很孤单。年轻人去了城里，现在的老人感到孤独呀，驻屯村有好几家呢。"

"农民是社会进步的奉献者，这句话说的有道理。农家子弟，即使通过考大学，跳出农门，进城后没有房子，前二十年给自己奋斗住房，后二十年给子女奋斗住房，不要说孝敬父母，许多在城里工作的人，还不得不剥夺父母微薄的农业收入来填补城里的经济缺口，几代人的全部积蓄都输送到了城里，城市的繁荣农民在做着贡献。"杨嘉煜说。

"农村出现了'空心化'和'老龄化'。杨处长，你在这里扶贫了一段时间，你应该清楚驻屯村有多少院落是常年不住人的，那都是夫妻双方外出打工的。"

"这个我清楚，有很多院落没人住，一年四季大门锁着。"

"乡村'空心化'的问题，已经引起了政府的关注，现在的整村搬迁，易地搬迁扶贫，有些村庄即将消失，这虽然是社会进步的体现，也是城镇化发展的必然结果。但是农村文化受到了很大的冲击。"王尧涵说。

王尧涵考虑的问题，是深层次的问题，他对生他养他的农村还是挺有感情的，他担心农村文化的消失。

"农村文化、农业文明，是社会文化的有机组成部分，有些在城镇消失的传统习俗，可能在农村坚若磐石地保留下来。"杨嘉煜说。

"嗯，说得好。婚丧嫁娶在城里过得比较简单，而在农村是按传统习俗进行，比如说儿子娶媳妇，这是非常高兴的事情，咱们农村还是按照前三后四习俗办理。"

"可是，这种传统操办是一种铺张浪费。"杨嘉煜说。

"有一点铺张浪费。儿子娶媳妇最大的经济负担是高价彩礼，举办婚礼花不了多少钱。"

看样子，王尧涵对政府提倡的移风易俗、婚丧嫁娶、新事新办持有不同意见。

"农村娶媳妇不像城里，吃的是大餐，山珍海味，农村除了结婚当天准备得丰盛些，其余的时间吃的是臊子面，也费不了多少。再说农闲的时候，老人们坐在一起聊聊天，扯抹点闲事，增进点感情还是挺好的。"

"看样子，王校长对农村习俗挺拥护的。"杨嘉煜说。

"不是我拥护，农村文化也需要保护，如果过分提倡移风易俗，农村文化很快就不存在了，这也是一种文化损失。一位著名作家说过，越是民族的，越是世界。"

"王校长说得有道理，咱们在提倡移风易俗的同时，也要振兴农村传统文化，要保护和传承农村文化。"

"这就对了，杨处长，我不反对政府提倡的抵制高价彩礼，推进移风易俗工作的开展，但是农村传统文化还是需要保护和传承的。"

两个人侃侃而谈，很尽兴，也很投机。

第十三章

一

　　王莉莉与卢佳国接触的时间长了,她对卢佳国有了更深的了解,让她感觉到文化层次决定着人的涵养,文化层次越高,对问题的看法越能站到更理性的高度去评判。

　　在与王莉莉交谈中,卢佳国讲的那些家庭婚姻的道理,体现了一种现代男女平等的思想观念,是对女性的一种理解尊重,他对家庭婚姻的看法,在传统思想意识比较落后的农村,是很难听到的。

　　卢佳国与王莉莉的频繁接触交往,他在向王莉莉传递一个信号,他爱王莉莉,他理解她,他不在意她的过去,想与她喜结连理,共度幸福美好的婚姻生活。

　　现在他们彼此在意着对方,对婚姻生活有了憧憬,双方的举止言谈足以让大家相信,卢佳国与王莉莉若能携手走进婚姻的殿堂,那一定是幸福的。

　　爱情原来有很多种模样,但相同的部分是你在爱,我也在爱,彼此双方都在爱;你理解,我宽容,彼此双方在包容。婚姻的确不容易,但拥有了爱,拥有尊重和理解,就拥有了幸福的密码。

　　卢佳国对王莉莉的宽容理解,拉近了彼此的距离,增进了两个人的感情。

根据驻屯村玉米"粮改饲"科研项目部工作的需要，省农业大学安排卢佳国带领他的科研团队赴南方五省农业大学考察学习，他邀请王莉莉参加。

"最近，省农业大学安排我们科研团队外出考察学习，我想邀请你一块儿去。"

"邀请我？为什么呀？"王莉莉惊讶地问。

"在科研工作中，你受镇政府的委派，协助省农业大学玉米'粮改饲'科研团队搞科研，给我们科研团队提供了力所能及的帮助，科研团队想找机会感谢你。"

"帮忙是我工作分内的事，是我的工作职责，用不着感谢。"

"邀请你去考察学习，是科研团队提出的，很抱歉，科研团队事先没有与你商量，把考察学习的名单给你报上去了，省农业大学也批了，咱们还是一块儿去吧。"

王莉莉难为情地迟疑了一下。

"就这么说定了，本月十号走，你到时准备一下。"

王莉莉为难了，自己是镇政府委派协助省农业大学玉米"粮改饲"科研项目部搞服务工作的，也不是科研单位的成员，怎么能与他们一块儿考察学习呢？

杨嘉煜了解情况之后，他鼓励王莉莉去参加。

既然省农业大学已批准王莉莉随从玉米"粮改饲"科研团队去考察学习，杨嘉煜又鼓励支持，王莉莉只好一同去了。

在考察学习过程中，卢佳国与王莉莉相处的时间多了，为两个人的交流沟通提供了很好的机会。

卢佳国科研团队的研究生们，也为老师提供方便，他们鞍前马后地服务着，这让王莉莉很感动。

两个人考察学习，互相照应，互相关心。王莉莉十余年没有单独与男性近距离地走在一块儿，现在她与卢佳国走在一起，有了一种久违的安全感，对男人的依赖心理油然而生。

女人需要男人的保护，女人需要用关爱男人来展示自己的柔情，在这以前，王莉莉没有这种想法，因为自卑心理让她在男人面前低人一等，更谈不上做女人的自尊。

是卢佳国唤醒了她的感情自尊，让她又重新回到女性对恋爱的向往与憧憬。

王莉莉与卢佳国走在一块儿，她会无意识地靠近他，卢佳国也会不自觉地帮王莉莉拿拿手提包、外衣等。

王莉莉陪同省农业大学玉米"粮改饲"科研团队外出考察学习，她的父母不知道。

近几天，王莉莉的父母感觉心烦意乱、焦躁不安的，在省城住了一段时间了，想女儿了，想回老家看望一下女儿，。

王尔恒夫妇把想法与儿媳董菁进行了沟通。

"爸、妈，你们急着回家干什么？家里没有种地，也没啥可牵挂的，你们急着回家，村里人还认为我和铭铭不要你们呢。"儿媳董菁说。

"菁菁，你想多了，你们对我和你爸很有孝心，咱们老家的人都夸你们呢。"婆婆说。

"那你们就安心住在这里，不要总牵挂着农村老家。"

"我和你爸主要是担心你姐，周末她没地方去，我们在农村老家，你姐有时间可以到家中转转，散散心，说说话。"婆婆说。

原来公公、婆婆在为女儿王莉莉操心。

前一段时间，两位老人听说女儿与省农业大学在驻屯村玉米"粮改饲"科研项目负责人卢佳国接触频繁，两个人能谈得来，他们听后很高兴。

但是，卢佳国是大学教授，文化层次高，他是否真心喜欢自己的女儿，两位老人揣测不透，所以，他们又很担心。王尔恒夫妇认为这桩婚事成的可能很小，很多人都有同样的看法。

然而，越是大家不看好的事情，反而却向好的方向发展。

种种迹象表明，卢佳国真的爱上了王莉莉。

王尔恒夫妇听说之后，心中非常高兴，并且听说卢佳国不在意女儿不能生育问题，老人家心中的郁结解开了。

王尔恒与卢佳国很熟悉，在驻屯村时，两个人闲暇时间常在一块聊天，他也相信卢佳国的人品，不会哄骗自己的女儿。

两位老人很想回家看看。

"噢，想我姐了。"董菁说。

两位老人没有吱声。

"想我姐，给她打个电话，让她有时间上来不就行了嘛。"心直口快的董菁在劝说着公公、婆婆。

"好的，菁菁，你去上班吧，我们先不回去，我给你姐打个电话问一下。"婆婆说。

"好的，妈，我上班去了。"

二

母亲拨通了女儿的电话。

王莉莉看到是母亲的电话，她问："妈，你与我爸最近好吧。"

"好着呢，你呢？"

"我好着呢，我现在在省外考察学习。"

"在考察学习，多长时间？"

"半个月，我与卢院长在一块儿。"

猛然间听女儿说是与卢佳国在一块考察学习，母亲心中一颤，说不出话来。

"妈，好了，不跟您说了，我们坐车要去参观一个现代农业科技示范园，有时间我给您回电话。"

"好的，路上要小心。"母亲说着把电话挂了。

"老王，莉莉与卢佳国在一块儿考察学习，我刚才把电话听错了吗？"王尔恒妻子问。

"没有听错，莉莉刚才电话中说的，我都听见了。"

"她怎么与卢佳国在一块考察学习，是单位安排的，还是……"

"你就甭操这么多心了，莉莉应该有自己的交往空间。你也就是的，莉莉没有找上对象，你愁她找不上，现在找上了，你又不放心。"王尔恒数叨妻子。

老伴还是从刚才的震惊中没有回过神来。

"你放心吧，女儿不会有事的，我与卢佳国在村子里交往过一段时间，那人挺老为的。"王尔恒说。

老伴听着老汉的安慰话，高兴地流下了眼泪，女儿也该有个家了。

考察学习结束，卢佳国给团队成员一天的自由安排时间，科研团队成员大部分去了旅游景点，放松一下科研压力，游览一下自然风光。

卢佳国与王莉莉没去，他们在下榻宾馆的茶楼品茗交谈，她现在想的是与卢佳国多相处了解一下，多交流沟通一点。

考察学习回来，回到了省城，卢佳国邀请王莉莉到家中做客，她欣然答应了。

卢佳国住在省农业大学家属区。他居住的房子很大，四室两厅，是单位分配的。当王莉莉走进宽敞明亮的客厅和幽香典雅的书房，她被震撼了，这到底是高级知识分子家庭，王莉莉感叹道。

"你先坐，我烧水沏茶。"卢佳国说。

王莉莉朝四周看了看，她感觉到这房子好长时间没住人了，略显得有点冷清。

"看样子，我女儿卢茜也好长时间没有回来了。"卢佳国说。

"家中没有人，卢茜回来也是一个人在家待着，她可能不想回来吧。"王莉莉说着，搞起了卫生。

卢佳国看到她在帮忙干活，没有拦她。王莉莉在卢佳国的心中，已经不是外人了。

客厅卫生打扫干净，卢佳国把茶沏上。

"王主任，休息一下，喝点茶。"

卢佳国叫着王主任，有点别扭，王莉莉听着也有点不自然。

"现在我不能叫你王主任了，应该叫小王或者王莉莉。"卢佳国的话让王莉莉腼腆起来。

"十几年没有亲切地叫过女性名字了，没有与女性这么倾心地交谈过，也从来没有这么开心过。"卢佳国说。

王莉莉看了一眼卢佳国，说："是的，生活环境的变化，可能让人感到命运的不公。"

王莉莉说的命运不公，是双方婚姻家庭的不幸。

"妻子病逝已经十余年，她走的时候，姑娘才八岁。"听到卢佳国的话，王莉莉感到有点凄凉。

"这十余年，你还有女儿做伴，可我是被别人抛弃的，生活上更感到孤独无助。"

"过去的不要再提了，再提都是辛酸泪。"

"对于以前的事情，我尽量不想，婚姻家庭的不幸，让我父母操碎了心，对于我目前的状况，一直是父母放不下的思想包袱。"王莉莉说。

卢佳国坐在沙发上听着。

"妻子去世后，你没有打算再成家？"

"没有，好长时间都没这个心思，也不想成家，只想一门心思地把女儿拉扯大。"

"卢茜今年多大了？"

"二十岁了。"

"卢茜二十岁了，她同意你再成家吗？"

"姑娘正催促着我找一个老伴，她经常做我的思想工作，我才有了这种想法。姑娘说，她终究要离开我的，害怕我老了，没人陪伴，感到孤单。"

"卢茜还是挺懂事的。"

"是的，以前没有找到合适的，可能是没有缘分吧，事情就搁置下来。"卢佳国深情地看着王莉莉，"现在缘分来了，不知道你的想法。"

"我不合适……"王莉莉直截了当地说。

"怎么不合适？"

"你是大学老师，我只是乡镇职员，咱们不相配，也走不到一块儿。"

"不是理由，谁说大学老师与乡镇干部不能结婚了。"

"我的情况你是知道的。"

"没关系，只要两个人相爱相知，互相理解，就是人生的幸福。"

"我有缺陷，我不是一个完整的女人。"

卢佳国拉住王莉莉的手，恳切地说："我不在乎，我喜欢你……"

中午，卢佳国与王莉莉到外面吃了饭。王莉莉没有来得及去看望父母，她给父母打了个电话，就急匆匆地赶回了镇政府，因为单位有很多事情等她去处理。

三

王莉莉随省农业大学玉米"粮改饲"科研项目团队考察回来，她与卢佳国的感情骤然升温。卢佳国每次去镇政府开会或者办事，都要去镇农业服务中心看望她。

一天，卢佳国到镇政府办完事后去看望王莉莉。

"小王，今天中午做饭了吗？"卢佳国没进办公室就喊。

王莉莉起初很不习惯卢佳国的这种称呼，慢慢地也就适应了。

"省上派来的科研专家，难道还没人给饭吃，你这专家混得够可怜的。"王莉莉故意说。

"不是没人给饭吃，而是我不想去吃？我只想吃我夫人做的饭，那才是有滋有味的。"

"这是在单位，小声点。"王莉莉娇嗔着说。

卢佳国不听王莉莉劝说，只顾大声地说着。

"今天过来，我想问一件事。"卢佳国说。

"啥事？说吧。"

"王铭铭现在在省城吗？"

"他在省城公司。"

"这就好了，麻烦你给牵个线，我想见一下他，看他有没有在驻屯村投资养殖业的意向。"

"这不清楚。"

"我们的玉米'粮改饲'科研项目有了阶段性成果，该项目发展前途十分广阔，现在需要投资方来支持科研项目的发展。"

"你打算让王铭铭来投资？"

"是的，这是一个互惠双赢的项目。今年科研项目部二百亩的试验田马上就要收割了，要想办法把钱给农户兑付，不然的话，明年就没办法再扩大种植试验规模了。"

"这件事我给王铭铭说，你要与他亲自交谈。"

"好的，感谢夫人的支持。"

王莉莉听到卢佳国喊她夫人，脸上泛起了红晕，说："我还没有答应与你谈对象，谁是你夫人？"

"那就喊你对象。"

"对象也不能喊，咱们都这么大岁数了，不能再像年轻人那样浪漫，卿卿我我的，多不好意思。"

"越老越要浪漫，你的思想又固执了，前一段时间的恋爱课给你白上了。"

王莉莉听他越说越离谱，不再与他理论了，但她心中却感到一种温暖。

"过两天我去一趟省城，把事情给王铭铭说说，让他约你，详细情况你们两个交谈。"

"好的，我等你消息。"卢佳国说着，给王莉莉一个拥抱。

王莉莉没有挣扎，享受着恋爱带来的幸福。

"今天中午不做饭，咱们到街上饭馆吃饭去。"王莉莉说。

"感谢夫人！"

听着卢佳国满嘴的恩爱，王莉莉心中充满了幸福喜悦。她提起背包与卢佳国一起去了镇政府附近最好的饭馆，她要好好招呼一下自己心爱的男人。

为什么这一次卢佳国过来，王莉莉放得这么开，竟敢让他拥抱。

因为王莉莉与玉米"粮改饲"科研团队考察学习回来，她把与卢佳国接触的情况给父母说了，并且得到了父母的支持。

近一段时间的两个人交往，王莉莉认为卢佳国人稳重、有学识。在没有得到她的答应之前，卢佳国一直表现得很得体，很有涵养，他不想伤害一位心灵受过创伤的女性。

卢佳国知道了王莉莉的情况后，他不但没有歧视，反而更加尊重她，开导她，让她从自卑郁闷的思想状态中解脱出来，活出自己的人生幸福。

在卢佳国的鼓励下，王莉莉从自卑的阴霾中解脱出来，她一定让自己生活得阳光、快乐，活出个性的自我。

王莉莉在感情上慢慢地接受了卢佳国，并把自己的人生幸福交给了他。

四

几天后，王莉莉去省城找王铭铭，顺便去看望一下父母。

王尔恒夫妇看到女儿精神状态比以前好多了，老两口心中很欣慰，自从女儿与卢佳国交往后，心情比以前好了，人开朗了，见人爱交流说话了。

"妈，铭铭不在家吗？"王莉莉问。

"去北京了，你找他有事吗？"

"有点事，是咱们村上的。"

"你与卢佳国的事情怎么样了？"母亲悄悄地问女儿。

"不怎样。"王莉莉说着，朝母亲笑了一下。

"你要抓紧，千万不敢到手的蚂蚱让它飞了。"

"你说话怎么这么难听。"

"我说话不难听，这是实话，我听说他对你很好。"

"嗯，我们接触这一段时间，我对他了解了很多。"

"他要是有啥想法，让他给妈说一下，我一定答应他的要求。"

父母越是这样，王莉莉的思想负担越沉重，她好像成了家中烦恼，成了父母的负担，父母要急着把她推送出去。

不是王莉莉父母忧愁，而是两位老人考虑的是女儿的幸福，女儿天天过着孤单的生活，对于一个人来说，生活还有什么意义。

"我这次来找铭铭，是因为卢佳国的事情。"

"他找你弟弟有啥事？"

"卢佳国在驻屯村负责的玉米'粮改饲'科研项目有了成果，他想让铭铭帮忙。"

"可以，等铭铭回来，我让他尽力帮卢佳国，不管是公事还是私事。"母亲高兴地说。

王莉莉看到母亲高兴的样子，母女俩紧紧地抱在了一起。

下午，弟媳董菁从公司下班回来，看到王莉莉，兴奋地问："姐姐，你啥时候来的？"

"中午。"王莉莉说着，接过董菁手中的包，董菁弯腰换拖鞋。

"妈呢？"董菁问。

"妈在厨房准备做饭呢。"

"不要让妈做了，咱们到外面吃去。"

"今天让你破费了。"

"主要是我想破费，没机会。铭铭经常在我面前念叨你，说等你啥时候到家里来，一定请你吃大餐。可是我们全家天天等你，就是等不来。"

"我有那么费劲吗？"王莉莉笑着问。

"有。"董菁说，"姐，你与卢佳国的事情怎么样了？"

王家人都在关心着王莉莉的婚姻大事。

王莉莉只顾看董菁笑，不说话。

董菁凭女人的直觉，知道他们的事情有了眉目。

"姐，祝福你。听说卢佳国在追求你，说明他是喜欢你的，一定要想办法把他拿下。"

董菁说得王莉莉不好意思了。

一家人坐在一块闲聊了一会儿。

"妈，中午吃啥饭？我饿了。"女儿雅芳在卧室里喊董菁。

"走，吃大闸蟹去，附近有家刚开业的。"董菁说。

听说要去吃大闸蟹，雅芳高兴地跳了起来。她赶紧换好衣服，朝姑姑做了鬼脸，说："姑姑，你面子真大，你一来就吃大闸蟹，我跟我妈商量了好长时间，她都说工作忙，把我的请求推辞掉了。"

看着侄女噘起的小嘴，说得怪可怜的，王莉莉走到她跟前，摸摸她的头说："没关系，以后想吃大闸蟹，就给姑姑打电话，姑姑请你。"

"我给你打电话，你一定要上来呀。"

"没问题，雅芳的电话就是命令，姑姑一定服从命令。"王莉莉说得侄女很高兴。

一家人高高兴兴地去吃晚饭。

第二天，王铭铭从北京回来，王莉莉把卢佳国的情况给他说了，王铭铭说他可以考虑这个问题。

"卢佳国有忙，你一定要帮，还要帮到底。"母亲在一旁发话了。

"妈，您放心，我一定帮。"

"你帮卢佳国，其实是在帮你姐。"母亲说。

"妈的话，就当命令，听见没有。"董菁在一旁煽风点火地说。

看着董菁那夸张的口气，全家人都笑了。

"行，姐，你回去给卢佳国说一下，我们约个时间见个面，详细交谈一下具体情况。"王铭铭说。

五

王莉莉回驻屯村见到卢佳国，说王铭铭要约时间见一见他。

卢佳国听了之后很高兴。

"王铭铭说他回驻屯村来见你。"王莉莉说。

"不能麻烦王经理来驻屯村，我要去省城拜访他，把杨处长也叫上。"卢佳国说。

"去省城也可以，你与杨处长约好，我与王铭铭协商。"

"好的，劳驾你了。"

王莉莉拨通了王铭铭的电话，说卢佳国、杨嘉煜要去省城见他，王铭铭同意了。

杨嘉煜、卢佳国如期赴约，王莉莉一同前往。王铭铭把家乡帮扶干部安排在了金宏宾馆。

卢佳国、杨嘉煜本想着做东，请王铭铭，没想到王铭铭做东，把事情安排好了。

到了金宏宾馆，王铭铭在宾馆大厅等候大家，打完招呼，一块走进了"静苑"包厢。

"杨处长、卢院长，感谢你们为驻屯村脱贫攻坚付出的努力和带来的发展机遇。"王铭铭说。

"王总，你客气了，带领村民脱贫致富奔小康，这是我们帮扶干部的职责。"杨嘉煜说。

"卢院长，你在驻屯村搞科研，听说是解决养殖业的冬春饲料问题。"王铭铭问。

"是的，随着粮食市场的波动，现在的粮食价格不稳定，玉米'粮改饲'养殖饲料是一种尝试，主要是把玉米作物青贮，在冬春缺少青草饲料时喂养牲畜，但这种青贮饲料营养成分很高，玉米良种的培育试种，我们已经试验种植面积二百亩。"

"这种做法很好。"王铭铭说。

"现在遇到的问题瓶颈是,这二百亩玉米'粮改饲'丰收后的饲料处理问题,玉米'粮改饲'要有一定的养殖产业扶持,但是驻屯村的养殖业没有形成规模,一般都是散养,饲料需求量小,二百亩玉米'粮改饲'饲料要出现过剩问题。"卢佳国说。

"今天我们来找你帮忙,商讨解决玉米'粮改饲'科研项目青贮饲料过剩的问题。"杨嘉煜说。

"驻屯村的牛、羊养殖我清楚,我小的时候就上山放过羊。"

"王总,我今天过来想寻求你的支持,希望你能在驻屯村搞规模养殖业上投资。"卢佳国说到正题。

王铭铭听了卢佳国的建议,他说:"投资可以,具体事宜可以谈。"

卢佳国没有想到,王铭铭会答应得如此爽快。

其实,卢佳国知道,这都是王莉莉前期做好工作的功劳。

卢佳国给王莉莉一个感谢的眼神。

"卢院长,谈谈你的想法。"王铭铭问。

"需要你投资一百万元,把玉米'粮改饲'科研项目的青贮饲料难题先解决了。"

卢佳国说要他投资一百万元,王铭铭点了点头,卢佳国脸上露出了笑容。

"这一百万元的投资,我已给你计划好了,拿出五十万元建一个承载五百只羊的养殖场,二十万元购买一套收割机器设备,三十万元收购二百亩玉米青贮饲料。"卢佳国说。

"王铭铭投资一百万元,要是赔了怎么办?"王莉莉问。

"赔是不会的,就看赚多少了。"卢佳国说。

"你这么有把握?"王莉莉问。

"嗯,养殖业是实体产业,投资了就有效益。"卢佳国回答。

王铭铭同意卢佳国的说法。

"王总,你作为驻屯村的能人,为家乡做点贡献是应该的,养殖项目尽早立项动工,争取早日建成造福驻屯村村民。同时,我会向上级主管部门申请项目补贴资金，支持你发展养殖产业。"杨嘉煜说。

杨嘉煜一鼓动，王铭铭当即表态："养殖场的建设由村委会筹划，具体由祁建臻、郭儒负责。"

事情很快商谈稳妥。

饭局结束后，杨嘉煜、卢佳国想再交谈一会儿，他们住在了宾馆。王铭铭、王莉莉回家去了。

第二天醒来，杨嘉煜、卢佳国仍处在兴奋之中。

"卢院长，你到驻屯村搞科研收益大了。"杨嘉煜说。

"王铭铭投资是在为帮扶工作队干部添光增彩。"

"你到驻屯村既搞了科研，又谈成了老婆，我能与你相比？"杨嘉煜笑着说。

"谢谢杨处长，让我娶了夫人，又立了功呀！"

"当初，我听说你嫌条件艰苦，路途远，根本不想来驻屯村搞玉米'粮改饲'科研项目？"

"以前的事情别说了。"卢佳国歉意地说。

"你要找机会感谢我。"杨嘉煜说。

"走，请你吃牛肉面。"

"啬皮。"

两个人说笑着走出了房间。

六

半月之后，王铭铭带着资金来到驻屯村，委托村书记祁建臻、村主任郭儒建设一个养殖场。

根据合同协议，王铭铭租用集体土地建养殖场，租金归集体所有。

在各方协调努力下，养殖场在玉米"粮改饲"收割青贮以前，建成并投入使用，成立了驻屯村众富养殖公司。

卢佳国种植的玉米喜获丰收，收割在即。

所谓的玉米"粮改饲"是指把玉米在最有营养的时候，粉碎成全株青贮饲料，用于喂养牛、羊，也可以直接变成商品饲料出售给养殖户。

"把粮食当草卖，疯了！"欧忠第一个站出来反对。

"我要是知道卢佳国这样糟蹋粮食，起初我就不应该把自己的五亩地租种玉米。"赵文灿直接反对。

"玉米还没有成熟就粉碎成草料，这不是把辛辛苦苦种的庄稼给毁了嘛。"高世旺惋惜地说。

……

驻屯村村民的不同意见，卢佳国听到了。他想，对于驻屯村老人的反对，可以理解，新生事物的诞生，让人们接受认可需要一个过程。

当王尔恒听说之后，虽然没有直说反对，但他他心中感到不舒服。

糟蹋粮食那是造孽，驻屯村是一个深度贫困村，艰苦的生活环境让这里的人们以前解决不了温饱问题，但为了吃饱肚子，村里的老一辈人想尽一切办法去营生，最终解决了温饱问题，日子总算一天比一天好了起来。

然而，省农业大学的教授卢佳国来到这里搞育种试验，村民们想他们搞科研是提高种子的质量，可没有想到他们出了这一招，提出了玉米"粮改饲"的想法，并且得到村民王铭铭的支持，还掏出上百万元支持这一做法，青贮饲料老一辈人从来没有听说过，这让老一辈人怎么接受。

玉米"粮改饲"科研项目的推进，割裂了长期以来群众与粮食之间的特殊感情。

"打包青贮玉米，不透气，牛、羊吃了会不会生病？牛、羊吃了加工的青贮饲料好不好？"杜青林提出了这样的疑问。

"长得正旺的玉米棒子连秸秆交给公司，到底能不能赚钱？青贮饲料草包在塑料里面会不会腐烂？"张士胜也有疑问。

针对村民们提出的这些问题，卢佳国给大家解释说："请大家相信科学，用青贮饲料喂牛、羊，对牛、羊生长没有一点危害，还为饲养提供了方便，不再需要加工草料，喂养轻松，一个育肥周期，一只羊至少增重二至三公斤，牛增重十至十五公斤，这是国外经过实验得出的结论。"

经济利益摆在面前，有些村民心动了，答应把自家试种玉米进行"粮改饲"实验。

"现在向大家说明，凡是试种的玉米，村民们可以自行收割，省农业大学不收种子费。"卢佳国说。

经过卢佳国科研团队的解释说明，村民们的抵触情绪减少了许多。

到了玉米青贮最佳期，收割机开进青青的玉米地里，村民们看着很惋惜，很多人看完之后转身离开了。

答应玉米"粮改饲"工作的村民张士胜，看到自家地里的玉米这样收割，不禁扼腕叹息起来。

签下合同的农户收割完后，众富养殖公司按每吨二百六十元价格收购，每亩产青贮饲料五吨左右，一亩地能卖一千四百多元。

公司边收割，边购买青贮饲料。

村民们计算了一下，一亩地玉米，如果成熟收割能买一千二百元左右，并且还不算人工费，如果算上人工费，只能有七八百元的收入。

村民们一算账，还是进行饲料青贮划算，大型收割机收割，既省工，又省时，自己也不感到劳累。

随后又有一些农户与公司签订了玉米"粮改饲"饲料收购合同。

有几家饲养户提出试验田的玉米，他们自己要留一些青贮饲料喂牛、羊，公司负责人满口答应，给他们免费收割打包。

卢佳国试种的二百亩玉米"粮改饲"实验田，百分之八十的农户完成玉米"粮改饲"签订合同，部分农户等到玉米成熟后再掰收。

七

玉米青贮饲料收割完毕，打包的饲料捆整齐地在公司放着，成为驻屯村一道靓丽的风景，王铭铭又投资十余万元，购买了五百只小尾寒羊进行设施养殖。

众富养殖公司的饲料业务由卢佳国科研团队全程跟踪服务，测量分析玉米"粮改饲"青贮饲料的营养成分，及其用青贮饲料喂养对牛、羊的影响，疾病的发生等指标进行监控和预防。

对于用玉米"粮改饲"青贮饲料的散养农户，卢佳国科研团队也定期免费检查提供服务。

经过三个月的跟踪检测，得出的结论是，玉米"粮改饲"青贮饲料适合设施养殖，用料经济。牛羊圈养用青贮饲料，对它们的生长发育没有任何影响，还能很好地促进牲畜增壮增肥，提高免疫力，经济效益可观。

没有青贮饲料的农户看到邻居家用青贮饲料养殖的牛、羊长得又肥又快，他们纷纷向众富养殖公司购买青贮饲料进行喂养，原本认为青贮饲料过剩的公司领导，脸上的愁云消散了。

看到王铭铭的公司挣了钱，王莉莉很高兴，她对卢佳国的爱意更深了。

"老卢，你们这些大学教授可真厉害。"王莉莉说。

"怎么厉害？"卢佳国问。

"你们研究的玉米'粮改饲'科研项目，怎么知道青贮饲料能挣钱？"

"我们是做过市场前期调查的，以科学为支撑，以事实为依据，干任何事情都不会失败。"

"听说，王铭铭计划要流转土地，参与玉米'粮改饲'科研项目，扩大玉米种植规模。"王莉莉问。

"嗯，过几天他就回来了，想与杨处长、祁书记商量这件事。"

"他打算回来，我咋不知道？"

"王铭铭看不上你这个姐姐了，我是他姐夫，又是他的财神爷，事情不跟我商量，跟谁商量？"卢佳国得意地说。

"瞧你那傻样。"王莉莉用手指朝卢佳国的头上轻轻地戳了一下。

"莉莉，我爱你。"卢佳国张开双臂把她抱在怀中。

王莉莉幸福地投入了卢佳国的怀抱。

王铭铭回驻屯村检查众富养殖公司工作，他与杨嘉煜、卢佳国及村"两委"干部商讨明年的玉米"粮改饲"种植情况。

"最近，国家又出台了新的惠农政策，可以调动广大村民积极参加公司发展，一是农村的'三变'改革，流转土地；二是惠农贷款让村民融资成为公司的股东。"杨嘉煜说。

"这个方式好，可以减轻公司投资风险，也能调动村民的积极性和责任感。"卢佳国说。

"养殖业是农民增收的持续产业，扩大养殖规模有很多好处，能尽快带领村民脱贫致富奔小康。"杨嘉煜说。

经过协商，村委会与王铭铭达成协议，众富养殖公司先把北山的土地流转过来，每亩公司出租金四百元，政府的惠农贷款每户五万元，入股养殖公司，每一万元，每年保底分红八百元，年底每户至少分红四千元，效益分红至少百分之十二以上，入股的村民可以到公司打工，挣得一份工资。

政策一出，驻屯村的村民纷纷拥护，以前害怕承担风险、处于观望态度的村民也加入进来。

五谷镇地处山中荒滩，日照时间长，适应种植玉米。近年来在政府的大力支持和推动下，全膜双垄沟播玉米得到大面积的种植，玉米粮食产量逐年增长。

但随着市场玉米价格的下降，又面临着增产难增收的窘境，与此同时养殖业却有着良好的发展基础和前景。

但这里不是草原，长期缺少养殖饲料，这里的村民靠饲养牛、羊可以解决温饱，要想发家致富存在着很多困难。

正当驻屯村村民为养殖业发愁时，杨嘉煜听说省农业大学正搞玉米"粮改饲"项目的科研，他就找人把这个惠农项目拉了过来。

玉米"粮改饲"科研项目让五谷镇找到了一个推进农业供给侧结构性改革，加快种养一体化进程，加快脱贫致富步伐，控制秸秆污染相结合的路子。

玉米"粮改饲"科研项目工作的开展，正是适应了政府发展农业农村的契机，省农业大学抓住这个契机，搞玉米"粮改饲"科研工作，并稳步推进玉米"粮改饲"工作，加快种养一体化全产业链发展，探索种养循环、饲养兼顾、农技结合的新型发展路子，以省农业大学农学院院长卢佳国教授为代表的科研团队立项研发，取得了很好的科研成果。

八

省农业大学玉米"粮改饲"科研项目的实验成功，为驻屯村脱贫致富提供了机遇，驻屯村有优质养殖饲料，县畜牧局引进的安格斯牛养殖项目落户到驻屯村，这标志着驻屯村迈开了以安格斯牛养殖引领全镇养殖产业提质增效的步子。

"最近有一条好消息，听说过没有？"赵文灿说。

"没有，啥好消息？"刘祺平问。

"听说给咱们驻屯村，发放一批从外国进口的基础母牛叫安格斯牛。"

"要钱吗？"

"要得少，国家补贴多，计划每户两头。"赵文灿说。

刚听到这个消息，驻屯村村民不相信，后来村书记祁建臻说出了实情，大家才相信了。

时隔不久，县畜牧局拉来了一批安格斯牛。

建档立卡贫困户以每户两头基础母牛发放，其余农户每户一头，每头基础母牛一万两千元，每头母牛价格政府补助四千元，每头政府贴息贷款五千元，每头基础母牛群众只需自筹三千元，还能享受每年八百元的产业补助，连续享受三年。

这就是说，三年后，每户村民只要还清银行贴息贷款，这头牛就是村民的了。

驻屯村村民按标准都领到了安格斯牛，大家非常高兴。

安格斯牛生长发育快，分娩难产率低，环境适应性强，出肉率高，市场前景好，政府出台的安格斯牛养殖产业补助政策更实惠。

"没想到省农业大学的玉米'粮改饲'科研项目给驻屯村带来这么大的好处。"赵文灿说。

"是的，感谢省农业大学的卢佳国院长，明年我计划种十亩玉米，全部青贮，用于养殖牛、羊，省去了收割、脱粒、晾晒等环节，劳动成本降低了，一增一省，一亩地又能多挣二三百元。"刘祺平如数家珍地计算着，时时发出咯咯的笑声。

安格斯牛是从国外进口的优质品种肉牛，牛的价格比较昂贵，在饲养过程中，村民们格外小心。

政府引进这一批安格斯牛，主要用省农业大学的玉米"粮改饲"科研项目的青贮饲料，科研团队对饲料的跟踪检测也非常重视，以便为科研项目的实验寻找不足及积累经验。

在随后的跟踪检测过程中，青贮饲料的营养效果得到了养殖户的认可与验证。经过饲料检测对比，用了青贮饲料的养殖户的养殖优良率明显高于非青贮饲料的养殖户的优良率。

针对村民们在饲养过程中，担心青贮饲料发霉变质的问题，玉米"粮改饲"项目科研团队也进行了严格的监测分析。结果表明，青贮饲料出现异味不属于发霉变质，而是正常的饲料发酵表现，吃了这种青贮饲料不担不会让牛生病，而且还可以增加营养，促进牛的生长发育。

事实证明农户的担心是多余的，农户在用青贮饲料喂养过程中，也未见安格斯牛有生病的迹象。

省农业大学科研管理中心，了解到驻屯村玉米"粮改饲"科研项目取得的成果并且有很好的社会经济效益和反响，科研管理中心对玉米"粮改饲"科研项目给予二十万元的绩效奖励。

二十万元的绩效奖励，玉米"粮改饲"科研团队没有作为奖金分配发放，而是在五谷镇建立了一个"养殖疾病检测中心"，更好地为当地发展养殖业服务。

镇党委书记张昭瑞对卢佳国科研财团队的做法非常感激，也让王莉莉对卢佳国的做法感动。

构建富民产业是实现脱贫的根本之策，也是统筹乡村振兴的重要基础。在发展产业上，驻屯村各级领导干部，干字当头，下足绣花功夫，啃掉攻坚硬骨头，抓产业项目推进，抓基础保障短板，凝心聚力，精准脱贫。

驻屯村在帮扶工作队干部的引领下，结合农村"三变"改革和村中脱贫产业的发展，采取多种模式，完善产业结构，拓宽收入渠道，千方百计增加村民们的收入。

同时，引进龙头企业，负责育种技术服务及市场包销，形成"公司＋合作社＋农户"现代农业经营体系，通过脱贫计划精准到户，帮扶措施精准到户，强力推进产业到户达标全覆盖，见实效。

驻屯村全体帮扶干部精心谋划，精准施策，继续凝心聚力，以时不我待、只争朝夕的奋进精神，团结带领全村广大党员群众，共同奋斗在脱贫致富奔小康的康庄大道上。

九

为进一步实现科技精准扶贫、精准脱贫，县科技局在金欣瑶的建议下，邀请畜牧兽医技术服务中心高级兽医师鹿为民专家到驻屯村举办科学养牛技术培训。

鹿为民专家采取专题讲座和现场交流的方式，就科学饲养、疾病防疫、减少养殖死亡技术措施、养殖中应该注意的事项以及相关惠农政策等内容进行了深入浅出的讲解，并耐心解答养殖户提出的问题。

培训现场气氛热烈。

"鹿老师，养牛要想经济效益最大化，最关键的是什么？"杜青林开门见山地问。

"关键的是养牛品种的选择，品种是提高养牛经济效益的首要条件。品种的好坏直接决定了牛的增重量、饲料消耗量、饲养周期和料肉比等。众多试验表明，喂养优良的牛种，可使牛增重量增加百分之十至百分之二十，饲料利用率提高百分之十五以上。"

养牛品种的选择决定着养牛经济效益最大化。

"我家养的牛是政府分发的安格斯牛，但我总觉得牛长得比较慢，不知道是啥原因？"赵振伟问。

"安格斯牛是一种适应性快、免疫力强、出栏率高的肉牛。牛长得慢是多方面原因造成的，先看饲料搭配是否合理，饲料是养牛的基础，是养牛成败的关键。通常饲料费用占养牛成本的百分之七十左右，所以怎样合理地选择利用饲料，降低耗料率，对提高养牛的经济效益起着重要作用。"

"饲料用的是青贮饲料。"

"青贮饲料好，这种饲料是目前冬季养牛最好的饲料之一。饲料如果没问题，牛是不是有其他疾病，牛有疾病也影响它的生长发育，影响生长效率。"鹿为民耐心地讲解。

"牛有没有疾病，这不太清楚，防病疫苗定期注射着呢。"赵振伟说。

"牛的疾病传染快，发病率、死亡率均高，不易治愈而危害大，坚持预防为主，防重于治是至关重要的。"

鹿为民专家的培训，让村民们学到了很多养殖知识。

"科学管理的养殖场，也非常重要。"鹿为民接着说，"饲养管理好的养殖场，可以节约饲料，避免饲料的浪费，使投入的饲料最大限度地转化为牛的增重量，饲养管理好的养殖场还可以减少牛疾病的发生，节省常规预防费用。"

"鹿老师，麻烦你介绍一些养牛的技术，好吗？"祁建红问。

"下面我正要讲这个问题。要想使牛生长快，饲料要定时定量，不能没有规律地喂养，根据不同的季节确定饲草的用量。比如，夏秋季节一般每天要喂三次，冬春季节每天早晚各一次，一年四季一定要保证充足的饮水量，在夏秋季节要喂适量的青草，以增加牛的食欲和维生素的供给量。"

"养牛给饲料还要定时定量？以前我没有这样做过，每天早上给牛背上几筐饲料，放进饲养槽，两三天都不管了。"祁建红说。

"你的做法不科学，养牛要做到'六净二光'槽净、草净、料净、水净、棚净和牛体净。每次添加的草、料、水都要让牛吃光、喝光，这样才能使牛达到增肥的目的。"

"怪不得我家饲养的牛出栏慢呢，原来没有按科学方法饲养，以后要严格按照专家讲授的方法技术去做。"赵振伟说。

"牛吃饱以后，要赶到敞棚里去遛牛，每次牛吃饱喝足后，要坚持把牛赶出暖棚圈，遛牛至少十五分钟，以增加血液循环，促进草料的消化吸收，避免发生积食积水。"

村民们认真地听着鹿为民专家的讲解。

"养牛还要注意冬晒夏阴，冬季保证牛舍的温暖，让牛多晒太阳。夏季防止太阳暴晒，以免牛中暑，并要保证活动场地阴凉和通风、透光。"

"嗯，这一点，我们在建养殖棚时，师傅们给我们讲了，饲养棚一般要建暖棚和敞棚，就是这个道理。"赵振伟说。

"科学的养殖棚就要科学利用，对养殖场所要注意定期消毒，每周用石灰水喷洒盆槽各一次，以防止牛发生疾病。除定期消毒外，牛平时要加喂一些助消化防积食的药物，以增加牛的免疫力。"

"鹿老师，有没有简单的方法识别牛生病了？"祁建红问。

"有。比如说，查看牛的舌头，如果口舌呈桃红色，则是正常无病；如果呈红色，则为热症；如果呈青色，则为寒症。"

"清楚了，鹿老师，养羊与养牛是一样的吧。"

"是的，养羊比较简单些。"

通过此次培训，养殖农户进一步掌握了养殖技术，有效解决了养殖难题，对村民提高养殖技术，促进农民增收，增强养殖户脱贫致富的信心起到良好的推动作用。

鹿为民专家培训结束，会议室里响起了热烈的掌声。

第十四章

一

驻屯村缺水,是制约驻屯村发展的瓶颈,保证安全用水、安全饮水是脱贫攻坚的重要指标之一。如果能够解决驻屯村的用水问题,村民们的致富奔小康问题就能得以很好的解决。

驻屯村有一眼泉水,祖辈们吃水全靠这股泉水,泉水流量不大,可以供给村中千余人饮水。

在这地处偏远的山村,以前有股泉水已经是饮水条件比较好的地方。因为山中大部分地方没有水,饮水靠天上下雨,吃水贵如油是山中饮水的真实写照。

有了这眼泉水,驻屯村的小伙子算是占了便宜,山中别村的姑娘都乐意嫁到驻屯村。村子里的村民常说,小伙子结婚多是这眼泉水招来的媳妇。

驻屯村单身小伙子比其他村的少,这是上天赐给驻屯村男人的婚源吧。

驻屯村饮水不难,但发展农业生产用水的问题就难解决了,这里与其他村一样,农业发展全是靠天下雨,如果一年雨量小的时候,庄稼也是没有收成。

现在党和政府提倡的脱贫攻坚,就是解决人民群众"两不愁三保障"的小康生活,村民们脱贫致富奔小康,单靠这眼泉水已经不能解决问题。发展现代农业，培育养殖产业，美丽乡村建设等都离不开水资源，驻屯村要想顺利脱贫摘帽，解决安全用水提上了日程。

良机紧随。

前年，市委、市政府规划的一项水利工程项目，让驻屯村安全用水成为可能。

但是一波三折，引黄河水入山工程项目虽然经过了驻屯村，但没有开设支渠，工程项目主要服务大山深处没有水的村庄。

杨嘉煜在驻屯村偶尔听到这个事情，他找到祁建臻询问详情。

"祁书记，听说前年规划的引黄河水入山水利工程主干渠道，经过咱们村的西山坪。"

"是的，杨处长。"

"当时驻屯村为什么不申请水利工程在驻屯村设计支渠，为驻屯村提供水源？"

"这是市上规划的项目，当初设计时只考虑到大山深处的缺水村庄，对驻屯村没有设计支渠。"

"是驻屯村没有申请，还是有其他原因？"

"当时乡政府申请了，可是在勘探论证中没有通过。"

"驻屯村失去了一次很好的发展机会，把黄河水引到驻屯村，这可是一件造福子孙后代的好事情。"

杨嘉煜的话让村"两委"干部很闹心，这么好的一件事情，当时村委会为什么没有坚持争取衔接呢？杨嘉煜越说，村"两委"干部越后悔。

"杨处长，你是省上领导，要不，麻烦你去找一下上级领导协调沟通一下。"祁建臻说。

"那我先与市、县水务部门沟通一下，看能不能说得通。"

"感谢杨处长！如果此水利工程能在驻屯村设计支渠，村民们再不靠天吃饭了，发展现代农业彻底改变贫穷落后的面貌，提高经济收入和生活质量。"祁建臻说。

这是一项很好的惠民工程，一定要想法办妥。杨嘉煜想。

第十四章 | 289

杨嘉煜先向县委、县政府作了工作汇报，得到了县上主要领导的大力支持。

为了让驻屯村早日通上黄河水，杨嘉煜近期主要工作是与市、县水务部门协调沟通，把驻屯村的实际情况和设计支渠的可行性报告做了翔实的考证说明。

一次，杨嘉煜去市水务部门与领导衔接相关事宜，市水务部门领导因临时有事外出培训学习，他就住在宾馆等候了三天。

功夫不负有心人。

在县委、县政府主要领导的大力支持下，经过杨嘉煜的不懈努力，驻屯村所申请的引黄水利工程入村项目，得到了市上领导的高度重视，并派水利部门组织专家对驻屯村设计支渠问题进行了实地考察论证。

水利专家再次论证的结果，在驻屯村设计支渠有很好的社会效益和经济效益，市政府批准了引黄河水入驻屯村的农田灌溉和安全饮水项目。

项目总投资八百万元，除了保障驻屯村的安全用水外，预设灌溉农田面积三千五百多亩。

得知引黄河水水利项目在驻屯村开设支渠，并马上施工建设，半年后就能通水的消息，驻屯村的村民欢呼雀跃。

"驻屯村能用上黄河水，这是祖辈们想都不敢想的事情，因为这里离黄河有三百多公里的距离，太远了。有了水，我就可以种植蔬菜等经济作物，不用外出打零工了。"赵文灿激动地说。

"能种上水浇地，这是祖辈们的愿望，没想到现在终于实现了。"祁建臻说。

"祁书记，杨处长为咱们村做了这么好的一件事情，你一定要感谢一下帮扶工作队干部。"

"我计划请帮扶工作队干部吃羊肉，到时候还需要你老伴过来做一下。"

"绝对没问题，回去我给老伴说，一定让她拿出最好的手艺，把羊肉做好，来犒劳帮扶工作队干部。"

第二天，祁建臻自掏腰包，在西滩社买了只羊，赵文灿妻子亲自掌勺做羊肉，宴请了帮扶工作队干部。

这让帮扶工作队干部们很感动。

二

为进一步加快推进农村深化改革工作步伐，增强农村发展活力，激活农村发展内生动力，推动农业产业结构调整，确保农村改革发展取得重大突破，促进农村资源要素优化配置和合理利用，将股份制融入农业经济发展，政府积极探索农村"资源变资产、资金变股金、农民变股东"的"三变"改革。

农村"三变"改革，盘活了农村发展的活力，土地可以作为资产入股合作社租赁发展，增加经济收入，土地作为农民的资产，也有了经济价值。

"三变"改革让土地作为资产有了经济收入，引黄河水入村，荒地变成了水田，随之而来的矛盾也就发生了，西滩社的陈甲奎与陈乙奎两兄弟就是因为南山的撂荒地争吵不休。

"西滩社陈家两兄弟又吵架了。"张凯向杨嘉煜汇报。

"陈甲奎与陈乙奎？"杨嘉煜问。

"是的。"

"为什么？"

"因为南山上的撂荒地。"

"南山上的撂荒地，郭主任给陈家两兄弟不是已经处理好了嘛。"杨嘉煜问。

"郭主任当时解决好了，陈甲奎的媳妇对于解决方案又不同意了。现在'三变'改革，土地入股，让撂荒地有了经济效益，黄河水引进村里，旱地变成了水田，陈甲奎媳妇认为陈乙奎家占了便宜。"

"现在在吵吗？"

"正在吵着呢。"

"咱们去看一看。"

"好的。"张凯与杨嘉煜一起去了陈家。

他们到的时候,两兄弟正吵得厉害。

陈乙奎看到帮扶工作队干部来了,他说:"杨处长,你来得正好,给我们评评理。"

"南山上的撂荒地,郭主任不是已经处理过了嘛。"杨嘉煜问。

"两年前已经处理过了,现在陈老大媳妇又变卦了,在这里胡搅蛮缠。"

"以前处理得不公平。"陈甲奎怒气冲冲地说。

"怎么不公平,我还让给你家两亩地,我应该一分荒地都不让给你。"陈乙奎说。

"不让,这地谁都别想要。"陈甲奎说。

"南山的撂荒地,我非要不可。"两兄弟越吵越凶,差点动手打起来,被杨嘉煜、张凯拉开了。

"陈乙奎,你把情况详细说说是怎么回事?"杨嘉煜问。

"南山九亩撂荒地,我父亲活的时候给陈老大说好的,这地是我的。"

"凭什么撂荒地都是你的?"杨嘉煜问。

"因为十多年前,陈老大在我家最好的土地上盖了房子,就是现在他居住的院子。"

"院子只有一亩半地,你凭啥要南山上的九亩土地?"陈甲奎问。

"黄河水引上来了,南山九亩撂荒地,被村集体征收,搞养殖,有了经济收入,你眼红了。"陈乙奎说。

"我就是眼红了,你凭啥要独吞。"

"我没有独吞,这地应该是我的,上次郭主任已经调解好了。"

"老陈,前年郭主任调解,你弟陈乙奎不是分给你两亩荒地了嘛。"张凯说。

"分给我家的少了。"

"给你已经够多了,本应该一分都不给你,你看现在的撂荒地值钱了，你家的果园子早就挣大钱了。"

陈乙奎说的果园子就是陈甲奎现在的住处，一亩半土地，陈甲奎盖好房子之后，在院子前面种了一亩苹果树，早已经结果卖钱了。

"我盖房用了耕地，你还住着老院呢。"陈甲奎媳妇说。

"老院三分地，能与你家的院子相比？"

事情的缘由杨嘉煜搞清楚了，陈甲奎想多要些南山撂荒地，农村"三变"改革让这九亩荒地有了经济效益，陈乙奎不想多给，因为陈甲奎十多年前盖房占了最好的耕地，并且还有一个挣钱的苹果园。

"你们两兄弟不要争吵了，事情我们再进行调查了解，事后帮扶工作队再进行调解。"杨嘉煜说。

陈家两兄弟在杨嘉煜、张凯的劝说下，各自回家了。

三

随后，杨嘉煜让张凯对陈家两兄弟的事情进行协商沟通处理。

张凯先去了陈甲奎家。

"老陈，对南山上撂荒地你到底有啥想法？"张凯问。

"上次，郭主任调解给我两亩土地，有点少。"

"你们兄弟二人的土地纠纷，我们已经了解了一点。按照常理说，经过郭主任前两年调解，你不应该与你弟弟陈乙奎再要了。"张凯说话很直接，也很实在。

陈甲奎被张凯说得接不上话来。

张凯看到陈甲奎那难堪的表情，知道自己说话有点难听，他说："你想要多少？"

"想要四亩。"

"一共九亩撂荒地，你想要四亩不可能，因为你现在住的院子比陈乙奎的要大得多。"张凯说。

"因为我的院子比老二的大，我也没要求把撂荒地与他平分。"

"老陈，你的话有点过头，以前占了便宜，现在还再卖乖，照你的说法，陈乙奎可能一亩都不给你。"

陈甲奎也知道自己理亏，没有再说下去。

"我把你的意思传达给陈乙奎，我听听他的意见。"张凯说。

陈甲奎点头同意。

张凯去了陈乙奎家，他把陈甲奎的想法给陈乙奎说了，陈乙奎一听火冒三丈。

"如果陈老大不讲道理，九亩撂荒地一分都不给他！"

"陈乙奎，你先消消气，陈甲奎的院子比你住的院子大，这是事实，但你也不可能把九亩撂荒地占完或者只给他两亩。"张凯说。

"他以前建房子的时候，我父亲跟他商量好的，南山的撂荒地是我的，他们夫妻当时满口答应，现在不守信用，变卦了。"

"这种情况出现很正常，不是随着社会进步，土地'三变'改革增值了，水引上来了，旱地变成了水地，有了庄稼收成了。"

"我看陈老大两口子就是小心眼，见不得别人家日子好过。"

"多余的话咱们不说，要让陈老大两口子听说又不高兴了，就事论事，你觉得给陈甲奎多少土地合适？"

"两亩地合适。"

"这不可能！如果两亩地合适，你哥还会与你再争吵要地？"

"张大夫，你从陈老大家来，他到底想要多少？"

"你哥想要四亩。"

"不可能！"陈乙奎气愤地说。

"这只是你哥的意见，我不是过来征求你的意见嘛。"

"四亩不给，张大夫，你给陈老大说去。"

"陈乙奎，都让一步，行吗？"

"怎么个让法？"

"你给陈老大三亩，能否考虑？"

陈乙奎只顾吧嗒着抽烟，没有吭声。

"这种分配方法，我看能行。"张凯说，"你要不让步，你们兄弟俩还有吵闹的时候。"

陈乙奎还是想不通，他哥陈甲奎种了近二十年的好地，为什么还要与自己争摞荒地呢？一点兄弟情谊也没有。

但是，在经济上，古人留下一句遗训，亲兄弟明算账，这谁又能改得了呢。

陈乙奎虽然不太乐意，但还是退让了一步。

张凯把事情协调成功，九亩摞荒地，陈甲奎三亩，陈乙奎六亩。

为了把问题彻底解决好，张凯让潘吉林拟好调解意见书，让陈家两兄弟在上面签字确认，今后谁要是再闹事，谁要负主要责任。

利益均衡是解决问题的前提，利益不均衡是矛盾产生的关键。一场家庭矛盾解决了，张凯松了口气。

四

一天，干部们召开工作例会后，杨嘉煜问祁建臻："祁书记，昨天晚上翟家是不是吵架了？"

"是的，杨处长，昨天晚上恐怕影响你休息了。"

"影响倒没影响，就是听着翟家儿媳妇哭得揪心。"

"昨天晚上，翟尕勤带着他在外面的相好回来了，他胁迫父母要与妻子滕艳霞离婚。"

"翟尕勤真是个混账，上次他回来，妻子滕艳霞谅解了他，他的老毛病怎么又犯了。"杨嘉煜气愤地说。

"昨天晚上吵架，我与郭主任去了翟家，这次把两位老人都气倒了，翟尕勤的态度比较坚决，与妻子滕艳霞非离婚不可。"

"那老翟有什么想法？"

"老翟肯定不同意，他用木棒把翟尕勤的头打破了。"

"你说翟尕勤在外面打个工，就不安分守己了，瞎折腾，那婚能说结就结、说离就离嘛，最后怎么处理的？"杨嘉煜问。

"翟尕勤抱着头，领着那个女人回镇上住旅社去了。可是老翟的心脏病又犯了，要是没有救心丸，昨天晚上的事情就闹大了。"

"翟尕勤辨不来道理，要是离婚了，这个家就散了，可苦了老人和孩子。"金欣瑶说。

"现在的年轻人外出打工就变了，不是找情人，就是包二奶，搞得乌烟瘴气的。八里湾村，一个小伙子外出打工，拐骗别人的女人，被拐骗女人的丈夫打听到他的住处，深夜闯入，用刀子把他捅死了，这是家庭的悲剧。"祁建臻说。

"因为男人不守规矩而闹出人命，是一个家庭的不幸，也是一种罪孽。"郭儒说。

"唉，现在农村家庭的稳定性存在着一定的问题，夫妻两地分居产生了很多不和谐的因素和社会道德问题。"祁建臻说。

"听说翟尕勤领的那个女人，她也有家庭。"

"有，不知道离了没有？"

"他们这样做可能毁了两个家庭，我们领导干部不能不管，我们不但要扶贫，而且要扶智，扶家庭责任担当，扶良好社会风气。"杨嘉煜说。

"帮扶不但让村民脱贫，过上富裕的日子，而且还要让他们精神上充实，生活上幸福。"

"翟尕勤再回来，你与金局长去做做他的思想工作，让他与那个女人分开，讲讲利害关系，千万不敢闹出人命来。"杨嘉煜对祁建臻说。

"嗯，等翟尕勤回来，我们尽量去做工作。"

翟尕勤到镇上以后，去镇医院进行了包扎，打了三天吊针。

伤好了以后，翟尕勤不能回家，只好在镇政府招待所包了房间，与相好的女人住下。

这样一待就是二十余天。

在这段时间，翟尕勤没心思打工挣钱，两个人很快把身上的钱花完了。

"你不是说回到家以后与你老婆离婚吗？"相好的女人抱怨说。

"我也想离，可是我父母坚决反对，离不了。"

"长期住招待所也不是办法，你身上没钱了，你说以后咱们生活怎么办？"

"咱们去省城打工。"

"我不去，我想过安稳的生活。"

"过两天，我再回家一次，把离婚手续办了。"

"你有把握？"

"我把滕艳霞哄到镇民政所来。"

相好的女人听了之后，心中有点轻松，但思想顾虑仍然存在。

两天后，翟尕勤回到驻屯村家中，他还没开口，就让父亲抽了几耳光，怒骂说："滚出去，家里没有你这个儿子！"

父亲几巴掌，打得翟尕勤两眼冒金星，他还没有反应过来，父亲已经提起铁锨向他走来。

"我今天非把你打死不可！"翟尕勤看到气急败坏的父亲，害怕了，如果在家多待一会儿，父亲非把他打死不可。

在母亲的推搡下，他跑出了家门。

翟尕勤回到镇上以后，把事情的经过给相好的女人说了，女人陷入了沉思。她觉得不能再与翟尕勤鬼混下去了，若再这样下去，连吃的也没有了。

第二天早上，当翟尕勤醒来时，相好的女人不翼而飞，他到街上去找，没有找到人影。翟尕勤明白了，所谓与相好女人的海誓山盟的爱情都是假的，她是看上自己打工挣了几千元钱，花完之后，便溜之大吉。

翟尕勤在镇上没吃没喝没住的，只能回家了，后悔的他，向父母、妻子道歉，想得到他们的谅解。

翟尕勤又被父亲痛打了一顿，并向妻子保证以后再也不敢拈花惹草，下跪谢罪，才得到妻子滕艳霞的谅解。

一场风波总算平息。

五

翟尕勤的问题解决后，杨嘉煜在想，现在的农村已经不像以前的农村了，农民的思想观念在发生着变化，传统的社会习俗受到了冲击，社会伦理道德也受到了影响。

全面小康社会的实现，不仅表现在物质生活上的富裕，精神追求上也应该积极健康。因此，加强社会主义精神文明建设显得尤为重要，制定"村规民约"提到了日程。

帮扶工作队干部与村"两委"干部召开会议，商讨"村规民约"的内容。

"首先，全村村民应遵守公民道德基本规范，爱国守法，明礼诚信，团结友善，勤俭自强。"杨嘉煜说。

"这是目标，概括性太强。"张凯说。

"领导嘛，思想就要高起点。"李椿婷笑着说。

"来一点实在的。"杨嘉煜说，"自觉维护社会秩序和社会安定，尊老爱幼，保护老人、妇女、儿童等合法权益，严禁虐待、遗弃、伤害老人、妇女和儿童。"

"这一点提得好，特别是保护老人、妇女、儿童的合法权益非常切合实际。"张凯说。

"你就知道跟风，奉承领导，小张，你提几条建议。"李椿婷说。

张凯看李椿婷在逼自己，他说："提几条建议，实行婚姻自主，提倡晚婚晚育，杜绝非法同居，提倡婚姻文明新风尚。"

"这一点，小张好像针对翟尕勤说的。"金欣瑶说。

"金局长，这话不能说，我提的建议是针对大家的，是为了弘扬社会传统婚姻道德，建设美丽和谐乡村。"

"不管针对谁都应该，都应遵循传统的社会伦理道德、社会规范，不能为所欲为，败坏社会道德和社会习俗。"祁建臻说。

"祁书记说得好，做事不能违背社会伦理道德，应该提倡社会主义文明新风尚。"杨嘉煜说，"村民邻里发生了纠纷，要接受村委会的调解，力争做到纠结不出村，矛盾不上交。"

"这对村庄声誉好，对于和谐社会建设非常重要，矛盾要解决在萌芽状态，社会才显得更加文明，提倡勤俭节约，反对婚嫁、丧葬大操大办。"金欣瑶说。

"嗯，我同意金局长提出的建议。"郭儒说。

"为调动村民遵守'村规民约'的自觉性，还应开展一系列评选活动，如评选'五好家庭''最美家庭'等。'村规民约'制定后，要让约定发挥大作用，开展美丽乡村建设，引导村民向美向善。践行'村规民约'，贵在遵守，结合乡村实际，增强村民'村规民约'的针对性，加强宣传引导，提高'村规民约'的认同感，建立合理机制，解决'村规民约'的执行力。"杨嘉煜说。

"村规民约"是农村培育和践行社会主义核心价值观的有效载体，要将"村规民约""法律法规""社会主义核心价值观"与群众生活紧密联系在一起，引导村民自觉遵守，提高村民道德素养，推进家风建设、诚信建设、道德评议等活动，营造向上向好、向善向美的社会氛围，从而实现乡村振兴战略中提出的"乡村文明　治理有效"的总要求。

"祁书记，在制订'村规民约'的同时，把'五好家庭''最美家庭''孝顺媳妇'的标准一同制订出来，然后打印装订成册，每户一册，进行宣传学习。村委会要定期检查评比，选出各类模范先进家庭进行表彰奖励。"杨嘉煜说。

"嗯，这样有利于村民学习，可以调动村民学习'村规民约'的积极性，提高'村规民约'的有效性。"

根据杨嘉煜的要求，潘吉林在分发"村规民约"等材料时，着重向村民讲清楚"五好家庭""最美家庭""孝顺媳妇"等，每年评选一次，要进行表彰奖励。

看样子，杨嘉煜是狠下决心，要改变驻屯村的精神面貌了。

六

"村规民约"在实行的过程中,收到了良好的社会效果,邻里之间的矛盾少了,多了一些理解和宽容。虐待老人、妇女、儿童的事件明显下降,婆媳关系和睦了,家庭美好幸福了,驻屯村精神面貌发生了很大的变化。

面对村中这欣欣向荣的喜人景象,杨嘉煜在想,在"村规民约"学习宣传过程中,对涌现出的典型家庭必须进行表彰奖励,给老百姓的承诺一定要兑现。

说到承诺兑现表彰奖励问题,金欣瑶问:"杨处长,那奖励资金……"

"我想办法,不但要奖,而且奖的面要大,奖品要重,并把这良好的开端延续下去,要把驻屯村真正建成为民风淳朴、社会安定、家庭和睦、幸福美丽和谐的新农村。"

看到杨嘉煜信心满满的表情,干部们给他点了个赞。

"提高了村民们的物质生活问题,而村民们颓废的精神生活问题不解决,那不是真正意义上幸福和谐的小康社会,如同一位健康人少了一只手。只有物质生活和精神生活双提高,才能建设美丽新乡村。"杨嘉煜解释说。

"领导职位高了,看问题的眼光就是远了,站位就是高。"金欣瑶赞叹说。

"金局长,高看我了,提高村民们的素养是我们全体帮扶工作队干部的责任,我们要齐心协力,共同担当,力争早日把驻屯村建设成为幸福村、小康村。"

说到奖励资金的问题,杨嘉煜想好了,他要向省财政厅汇报,让厅里来解决。

杨嘉煜去省城开会,他把自己的想法向省财政厅副厅长薛盛祥作了汇报。

"杨处长，单位完全支持你的工作。"薛盛祥说。

"感谢领导对我工作的支持！"

"我们应该感谢的是你，你下乡扶贫为厅里争得了荣誉，解决了困难，杨处长，奖励资金你先预算一下，需要多少，在厅领导班子会议上我好说明汇报。"

"我打算一年评选一次，一次评选五十个家庭左右，每家奖励三轮电动车一辆，共计十五万元。"

"奖励三轮电动车……"薛盛祥迟疑了一下。

"三轮电动车，群众很需要，那里的群众去地里干活，很多人都拉架子车，骑三轮电动车去地里劳动或者拉些东西很方便。"

"好吧，我按你的想法在厅领导班子会议上汇报。"

杨嘉煜已经打算好了，他想通过"五好家庭""最美家庭""孝顺媳妇"的评选，激励人民群众营造良好的社会环境。

一周之后，薛盛祥打来电话说驻屯村申报的奖励资金省厅批了下来。

杨嘉煜随后把情况向帮扶工作队和村"两委"作了汇报，评选工作如期进行。

"为了不影响评选结果的真实性、公平性，大家先不要给村民说奖励的事情。"

"嗯，村民们如果知道了奖励的奖品，难免会影响评选结果，而且有可能引发矛盾。"祁建臻说。

"计划奖励多少户？"张凯问。

"大家商讨一下。"杨嘉煜说。

大家互相对视一下，没有人说出具体家庭数。

"计划表彰奖励四十五户，'五好家庭''最美家庭''孝顺媳妇'各十五户，大家看怎么样？"

"奖励这么多家庭？"李椿婷吃惊地问。

其实，不但李椿婷感到惊奇，在场的干部们都有点吃惊。

第十四章 | 301

"选出的各种先进家庭，每户奖励三千元左右的三轮电动车一辆，并且这项活动明年还要评选。"

听杨嘉煜这么一说，干部们面面相觑，惊讶不已，省上的领导真是有魄力、大手笔。

杨嘉煜把大家工作的积极性调动起来，评选工作紧锣密鼓地进行着。

经过推荐、初评、公示，评选结果很快出来。

村民听说先进家庭每户奖励一辆三轮电动车，全村的人沸腾了，在驻屯村的历史上，还从来没有过这么大的奖励。

在开表彰大会那天，出人意料的是，杨嘉煜自己掏钱购买了十五双皮鞋，奖给十五位孝顺媳妇，并由他亲自给"孝顺媳妇"颁奖。

皮鞋值不了几个钱，可是杨嘉煜的举动暖人心啊，村民们感动地流下了眼泪。

为了加强驻屯村的精神文明建设，形成良好的村风，并保持下去，杨嘉煜又计划着明年"五好家庭""最美家庭""孝顺媳妇"的评选活动。

只要把群众的冷暖放在心上，群众肯定会尊敬他。

七

对于驻屯村的千年古城堡文化古迹，杨嘉煜挺感兴趣，他曾多次向祁建臻询问打听千年古城堡的相关历史材料。

一个周末的下午，杨嘉煜亲自近距离地、全方位地拜谒了驻屯村这座古城堡。

走近千年古城堡，只见一片荒芜的土地静静地躺在那儿，在古城堡的城门楼前，立着一块石碑，上面写着省级文物保护单位，时间是20世纪90年代。

在省级文物保护单位没有评定之前，赵家湾社的村民在古城堡内，堆放着各种柴草。

但是，村民们对古城堡遗迹保存完好，北宋时期的古城堡城墙虽然是残垣断壁，还清晰可见。

千年古城堡占地近二百亩，站在古城堡的边缘，朝中间望去，给人的直觉是，当时古城堡还是挺大、很雄伟壮观的，整个古城堡里长满了杂草，显得有点凄凉，这与当时北宋的数十万军队在这里驻扎宿营的热闹景象，形成了鲜明的对比。

登上千年古城堡的高处，才看清了这个古堡本来的样子，高大威严的城墙外还有一条护城河，现在看起来早已模糊，但河的印迹依然存在。

坐在坍塌的墙头，遥想当年，苍凉依旧，多年前的黄土承载着厚重的历史文化，让人感受到一些来自历史的辉煌印记，为平定边疆叛乱，宋代将士不远千里来到大西北，在萧瑟的战场上，为国捐躯，凝成忠魂，永远留在了大西北。

千年古城堡右方沿着山脚稍微开阔的地方，零星地住着五六十户人家，这就是赵家湾社。

赵家湾社大部分人家姓赵。据说是北宋武将曹彬在平定边疆叛乱之后，班师回朝时又路过这里，稍作休整后继续回朝。他在走时留下了几十号士兵驻守城堡，作为西征平叛军队的宿营地，其中一位姓赵的士兵与本地一位姑娘喜结连理，生儿育女，也就是现在的赵家湾社。

赵家湾社的五六十户人家，相对于历史沧桑的古城堡来说，已经显得十分渺小，要不是每天的炊烟袅袅升起，小山与农户家的房子连在一起，还真的看不清房子的真实面目。

任凭旷野的晚风吹拂着脸颊，那一抹如血的残阳洒在经年破损不堪的墙头，晚风中，墙头摇摆的衰草映照着遥远而模糊的历史天空。在这座破损残缺的古城堡面前，唯有沉默，任何天马行空的想象，都无法还原一个历史的细小片段。这座伫立在深山的古城堡，以永恒的沉默，坚守着这片孤寂的山野。

挖掘千年古城堡厚重的历史文化，进行旅游开发，陶冶净化心灵，坚定追求信仰，正是现代文明的重要组成部分。

一定要说服省瑞翔开发公司总经理赵淑婕投资驻屯村的旅游开发，把驻屯村悠久的历史文化宣扬出去，让驻屯村的千年古城堡文化熠熠生辉，让旅游助力驻屯村脱贫致富。

杨嘉煜走出千年古城堡城楼大门，正好碰上赵启升。

"杨处长，你在游览观赏我们驻屯村的土堡子呀。"

"是啊，小赵，千年古城堡历史悠久，文化厚重，是一处难得的文化古迹。"

"人啊，有文化就是涵养高，这不就是一座残垣断壁的土夯院落嘛，咋到了你们文化人眼中就成了文物呢？成了文化古迹呢？"

"不是我把古城堡看成文化古迹，而是它真的有它的历史文化价值。"杨嘉煜说。

"杨处长，说实话，我小的时候，经常与一帮同龄孩子在这里玩耍，爬上爬下地打土仗，捉迷藏。自从省上来了一批专家说是省级文物，父母才不让我们孩子在古城堡城墙上玩耍了。"

"父母们管得对着呢，要不然的话，古城堡也被你们给爬坏了。小赵，你来这里有事干呀，与我一样游览古城堡？"杨嘉煜开玩笑地说。

"不是，我在家中看到你在古城堡里，顺便过来了。杨处长，到家里喝茶去。"

"你家里有好茶？"杨嘉煜故意问。

"有，专门给你准备的，感谢你为我的食用菌产业发展帮的忙。"

"那是我们帮扶干部应该做的，你不用客气。如果有好茶，我可要喝去哦。"

"杨处长，你一定要去我家，真的有好茶。"

两个人说着，朝赵启升家走去。

八

驻屯村发展旅游产业，有着得天独厚的条件，"千年古城堡"这个省级文物保护单位，有着很高的旅游开发价值，这也是一项很好的致富产业。

杨嘉煜在帮扶工作队干部和村"两委"干部会议上提出建议，依托省瑞翔开发公司的经济实力，大力发展驻屯村旅游产业。

他的提议得到与会干部的一致赞同。

会议商定，杨嘉煜与祁建臻要去省城拜访省瑞翔开发公司总经理赵淑婕，与她商讨驻屯村的千年古城堡的旅游开发事宜。

他们受到赵淑婕的热情接待。

"赵总，上次咱们谈到驻屯村千年古城堡的开发问题，您考虑得怎么样了？"杨嘉煜问。

"这是一个很好的开发项目，挖掘历史文化，弘扬传统文明，搞旅游开发，是一个持久发展的产业。"

"上次，你去古城堡考察之后，我又去了两次，历史的沧桑和厚重让人回味无穷，昔日雄伟壮阔的场面让人浮想联翩，也很让人感叹。"

"是的，数千年以前，在生产力条件极其落后的情况下，单凭肩挑人扛修建一座硕大的古城堡不容易。"赵淑婕说。

"站在古城堡的城墙上，回首千年前修建古城堡的豪壮场面，数万人挥镐培土，旌旗猎猎，让人心潮澎湃，犹如历历在目。"

"杨处长，你想象力挺丰富的，让人有身临其境的感觉。"

"驻屯村的古城堡是一处省级文物保护单位，有它深刻的文化内涵，开发驻屯村的古城堡文化，有着重要的社会意义，既可以促进驻屯村各项产业的发展，又能获得可观的经济效益。"

在与杨嘉煜探讨的过程中，赵淑婕对驻屯村千年古城堡的开发产生了浓厚的兴趣。

"驻屯村千年古城堡占地近二百亩，四周筑有城墙，四个拐角建有烽火台，城外有护城河，古迹保留完整，具有很好的观赏价值和旅游开发效益。"杨嘉煜说。

"关于驻屯村千年古城堡的开发，要经上级主管部门批准，请专

第十四章 | 305

家团队设计修缮建设，一定要考虑周全。"

"是的，赵总，您表个态，是否进行投资开发，给个确定意见，让驻屯村的老百姓吃个定心丸。"

"杨处长，你这是逼我上'梁山'呀。"赵淑婕开玩笑地说，"这个项目我搞定了，不过，我有一个条件。"

"您讲，只要我们能做到的，一定答应。"杨嘉煜说。

"单纯开发古城堡的旅游业有点单调，必须有相应的配套项目共同开发，才能有更好的经济效益。"

"赵总，您还有别的想法？"

"有。首先，政府要把配套设施建设好；其次，我想在驻屯村建一座现代旅游娱乐园，主要供小孩子玩耍的地方，这需要土地的审批问题。"

"这些土地使用问题，我们协调解决，一定让您满意。"

"这就好了，以上项目的开发建设，再加上老百姓开的农家乐，这一产业链就齐备完善了。"赵淑婕说。

"赵总，你考虑得很周全，我们就按您的要求去做就是了。"

双方对洽谈的结果很满意。

杨嘉煜、祁建臻从省城回来，他们又去了县文物局汇报了驻屯村的千年古城堡旅游开发问题，他们请求县文物局出面协调对古城堡景观进行科学设计规划，得到了县文物局的同意和支持。

县文物局邀请省城市设计院的专家团队对驻屯村的千年古城堡及驻屯村进行了整体设计，以"尊重历史古迹，突出旅游特色"为前提，在建设美丽乡村的原则下进行改造设计。

驻屯村的旅游开发采用股份制形式，积极调动社会资本参与公司经营，这样既减轻了企业的经济负担，又能调动参股者的积极性和责任感，有利于公司经营的良性发展。

驻屯村的旅游开发，得到县委、县政府的大力支持，先后投入一千多万元改造驻屯村的基础设施，为旅游产业的发展打下了坚实基础。

省瑞翔开发公司对驻屯村千年古城堡的修缮改造建设加紧进行，

遵循"保护古迹，尊重历史，保持原貌，修缮维护"的原则，让古城堡既不失历史古迹文化，又让游人感受到现代文明，真正发挥历史古迹文化对当代精神文明建设促进的现实意义。

在县委、县政府的正确领导下，在社会各界的大力支持下，驻屯村的古城堡修缮改造、现代旅游娱乐园的建设、农家乐的建设和改造顺利进行。

九

驻屯村的旅游开发，着力挖掘本村文化特色品牌，从观光旅游到体验旅游再到文化旅游，加入乡土文化，突出以历史文化、乡村田园景观为核心的旅游模式，打造特色休闲旅游品牌，成立了驻屯村古城堡文化旅游公司。

根据千年古城堡开发的总体规划，高质量提升古城堡文化品牌，充分利用驻屯村的自然资源，打造美丽乡村旅游新模式，研发新的旅游经济模式。

从省道308线到驻屯村的近两公里的通村油路两旁流转了一千亩荒地，采取"公司+农户"的模式，每亩流转荒地，公司补贴三百元，种植油菜，秋后所收油菜籽归农户所有。

流转的土地，由公司进行统一规划，对道路两侧二百米的土地，进行景观设计，田中修建栈道、楼台亭榭、石板小路，供游客观赏休憩。

为确保油菜种植质量，采用现代滴灌技术，由公司统一管理，经营打造花海旅游。

建设现代旅游娱乐园一座，占地四十亩，用地手续很快批了下来。

利用引上来的黄河水，建设观赏荷塘，在荷塘上修建浮桥栈道，在领略千年古城堡神韵之前，让游客观赏荷塘美景。

千年古城堡附近，在保护好历史遗迹，尊重历史文化的基础上，建造仿古一条街，利用租赁方式进行招标经营。

在驻屯村古城堡文化旅游公司的引导下，驻屯村遴选十家场地宽阔、条件优越的家庭做成农家乐，以配套驻屯村旅游的发展。

王铭铭因事回驻屯村，听说村子里的古城堡有位省城企业家投资开发，搞旅游产业，他对这位投资方很佩服，这位旅游开发商很有眼光，也很有人文情怀。

在杨嘉煜、祁建臻的引领下，两个人见面了。

"王经理，这位是省瑞祥开发公司的赵淑婕经理。"杨嘉煜说。

"久仰大名，赵经理好！我叫王铭铭。"

"哦，你是铭新现代农业科技公司的王总，借助省农业大学的玉米'粮改饲'饲料科研项目，投资驻屯村的养殖业，杨处长、祁书记经常提到你。"

"我是驻屯村人，从小在这里长大，我与杨处长、祁书记很熟悉。"

"看样子，你们是老朋友了。"

王铭铭微笑着点了点头。

"赵经理很有旅游文化智慧，我们驻屯村千年古城堡的旅游开发，一定会给赵总带来丰厚的经济效益。"

"借王总吉言，希望驻屯村的千年古城堡的旅游开发能有好的发展前景。"

"赵总，千年古城堡的旅游开发，一定有好的发展前景。随着人们生活理念的转变，观光旅游已成为人们休闲度假的时尚，尤其是具有历史文化价值的景点受到人们的青睐，千年古城堡会显现出它的厚重历史价值和丰厚的社会效益。"

"王经理这么一说，你对历史文化古迹也有兴趣？"

"谈不上兴趣，平时喜欢看一些琐碎的文章报道。我是搞现代农业开发的，对历史古迹文化缺少了一种敏锐性，不敢涉猎。"

"我在大学学的是古迹文化与研究专业，对历史文化比较感兴趣。"赵淑婕说。

"我就知道你有旅游文化智慧，大手笔开发驻屯村的千年古城堡，术业有专攻。"

"听说你利用省农业大学的玉米'粮改饲'科研项目在驻屯村创办了养殖公司。"

"是的，赵经理。驻屯村有省农业大学研发的玉米'粮改饲'科研项目，主要是解决养殖业的冬春饲料问题，与我们现代农业研发一脉相承，我们公司投资养殖业也算是轻车熟路。"

"驻屯村有得天独厚的养殖条件，这里的羊肉很好吃，我第一次来驻屯村考察，祁书记就是用羊肉招待的我。"

祁建臻点了点头。

"赵经理，如果你信任我们养殖公司，我们可以为你的餐饮和游客提供优质的羊肉。有时机我还可以在驻屯村搞现代农业开发，积极配合你的旅游业的发展。"

"那好呀！"赵淑婕笑着说。

赵淑婕向王铭铭伸出了大拇指，说："这样太好了，咱们是珠联璧合，共同促进驻屯村的脱贫攻坚。"

省瑞翔开发公司与铭新现代农业科技公司优势互补，丰富了驻屯村的旅游开发的多样化。赵淑婕与王铭铭真正成为驻屯村产业发展的引领者，有效地推动了驻屯村村民的脱贫致富。

第十五章

一

　　随着网络扶贫行动的开展，电子商务企业逐渐发展壮大，电子商务应用与普及，政府要求实现县有农村电子商务服务中心，乡有电子商务服务站，村有电子商务服务点，群众能通过电子商务销售农产品、特色产品，带动贫困地区提升特色产业效益。

　　驻屯村处在边远山区，电子商务发展比较落后，但是要想把村子里的特色农产品卖出去，电子商务销售是比较好的渠道。

　　帮扶工作队干部筹划着驻屯村的电子商务销售平台的建设。

　　"李主任，听说你大学是学习机算机的？"杨嘉煜问。

　　"杨处长，是的。"李椿婷说。

　　"帮扶工作队计划让你筹建驻屯村的电子商务销售服务平台，你看怎么样？"

　　"我？"李椿婷迟疑了一下。

　　"是你。"

　　"我已经毕业十余年了，好长时间没有动用电脑了，电子商务技术我没有接触过，我能行吗？"

　　"电子商务技术不难掌握，只要懂计算机操作的，很容易接受，你能行。"

　　杨嘉煜的鼓励让李椿婷有了信心，她说："服从领导的安排，那我先试试吧。"

"过几天，你随县商业局组织的电子商务培训团，去省上学习培训电子商务销售服务平台建设，咱们驻屯村也搞网络销售。"

"听说这种网络销售平台挺流行的，电商扶贫是国家扶贫的一种形式，是一种很好的脱贫致富发展思路。"

"我们驻屯村也要抓住网络销售的机遇，拓宽村民收入渠道，加快村民脱贫致富的步伐。"杨嘉煜说。

一周之后，李椿婷被派往省商务厅，参加电子商务销售平台创建的培训。

通过这次学习培训，李椿婷见识了网络平台销售的巨大功能，农产品足不出户，通过网络销售平台，可以销售到全国各地，并且能为农民创收可观的经济效益。

李椿婷培训回来之后，创办了驻屯村电子商务销售平台。

驻屯村电子商务平台网络营销先从村子里群众养的土鸡蛋开始。受传统农耕文化的影响，驻屯村的村民，家家都养一些土鸡，按从前老人家的说法，养鸡等于建一个银行，以前的农家孩子上学读书的费用、家庭酱油醋盐的日常开支都是靠鸡蛋变卖成零花钱来维持。

驻屯村养鸡有着得天独厚的条件，鸡是散养的，房前屋后都是它们的栖息地，从不用饲料喂养，鸡蛋属于无公害土特产。

村子里的土鸡蛋刚上网络销售平台，一天竟卖掉上千个，这让村民们很惊奇，也很惊叹。

土鸡蛋网络平台上的热销，是因为李椿婷创办的电子务商销售平台，配有很多图片，驻屯村优美的自然环境，鸡在田间地头觅食的照片，一看就吸引了众多客户，他们纷纷下单，订购驻屯村的土鸡蛋。

驻屯村不但鸡蛋畅销，而且鸡肉也很抢手，让村民们没有想到的是，家里养的几只土鸡，也能卖钱，并且价格高得惊人，每公斤高达上百元。

驻屯村电子商务销售平台的创办，让村民们看到了增加经济收入的希望。

不到三个月的时间，驻屯村村民散养的三千多只土鸡、土鸡蛋被销售一空，每户净收入上千元。除了驻屯村的土鸡外，村子里的香菇、苹果、大枣、羊肉等也搬到了网上去销售。

驻屯村的土鸡蛋、土鸡肉销售一空，而订货下单络绎不绝，销售链条出现了问题，刚刚培植起来的网络销售渠道要中断，李椿婷感觉很可惜。

"要想让电子商务销售平台持续很好的发展，必须有一个先进的经营理念，充足的销售货源，完善的产品链条。"金欣瑶说。

"是的，但我没有想到市场对土特产品需求量这么大。"李椿婷说。

"人们的健康饮食观念变了，对无公害的土特产品需求量大，我们应该预测到。"

"嗯，特别是生产周期长的土特产品，更应该加强预测调控。"

"像土鸡蛋、土鸡肉的供应问题，它受时间性、周期性影响，如果不科学调控养殖，在产品供应上很容易断链。"

"要想让网络销售成为村民们持久性的经济收入来源，咱们干部们一定要负起责任。"李椿婷说。

"有时间，你把销售情况向杨处长汇报一下，寻找一下解决问题的办法。"

"好的，我去找杨处长，把相关情况汇报一下。"

李椿婷把电子商务销售平台目前遇到的问题向杨嘉煜作了汇报，引起他的重视。

为解决这些问题，帮扶工作队干部与村"两委"干部召开会议，商讨电子商务销售平台遇到的困难，最后商定，要完善管理体制，创造有利条件，整合扶贫资金，政策奖补资金八十余万元，组建新型经营主体，成立农业合作社，建立起了农村电子商务产业孵化基地，来解决驻屯村网络销售中出现的问题。

二

驻屯村电子商务销售平台的创建，增加了村民的收入。但因销售农产品中断出现的问题，让部分村民认为这种销售渠道不可能持久。

为了消除少数村民的思想顾虑，李椿婷准备在村子里组织电子商务销售培训班。

"小潘，你去与学校联系一下，星期六准备三间教室，我想借用一下。"李椿婷说。

"李主任，你要到学校上课？"潘吉林问。

"我要给咱们驻屯村的村民上课。"

"你给村民们上课，那就更没人听了，他们地里的农活都干不完，哪有心思听你上课？"

"我给他们上赚钱的课。"

听说是给驻屯村村民上赚钱的课，潘吉林说："这还差不多。"

"我要鼓励村民接受新事物、新理念、新技术，转变思想观念，搭建致富平台，让他们了解省、市、县的电子商务扶贫惠农政策，调动村民们创业致富的积极性。"李椿婷说。

"好的，我通知各社社长，要求他们动员村民积极参加。"

"我这次主要讲解农村电子商务销售平台的创建维护，多动员些年轻人参加，不过有兴趣的人都可以来听。"

"嗯。"

各社社长接到通知，按照要求组织村民们参加培训。

开课当天，村民们来了很多，让李椿婷很高兴，平时村上召开村民会议，不是征地，就是选举什么的，村民们参加的积极性不高，而这次参加人数之多，让村干部感到惊奇。

李椿婷的培训，主要讲的是农产品网上销售渠道的创建维护，从电子商务销售平台创建的背景、创建的过程、创建后的经济效益和社会效益的各个环节讲起，注重强调电子商务销售平台的方便性，部分村民们以前有了亲身体验，很容易接受，也很感兴趣。

"驻屯村地处山区，交通不便，要想把农副产品拉出去卖不现实，尤其是小宗商品，花钱做广告，让人们熟知咱驻屯村的优质农产品也不可能，因为咱们拿不出钱去做广告。要想让外界知道驻屯村的优质农产品，只有通过发展电子商务，才能让外面的人在网上了解驻屯村的优质农产品，订购咱们的农产品，扩大咱们驻屯村无公害农产品的销售市场。"李椿婷向村民们讲解。

"李主任，你已经建好了电子商务销售平台，我们的农副土特产品从你那儿销售就可以了。"刘祺平说。

"可以，但是仅靠我创建的电子商务销售平台，规模太小，咱们现在要把规模扩大，需要更多的村民参与进来，需要大家的大力支持。"

"李主任，你负责技术培训，我投资创建公司，你看怎么样？"赵启升问。

"太好了，咱们驻屯村正需要一个致富带头人。"李椿婷说。

让李椿婷高兴的是，她与赵启升的想法不谋而合，有了电子商务销售公司，销售链再也不会出现中断问题了。

村民们听说赵启升投资创建电子商务销售公司，都很赞同。

在培训结束后，赵启升筹划着电子商务销售公司的创建。

在帮扶工作队及村委会的支持下，赵启升投资二十万元，创办了青年电子商务销售服务公司。

公司成立之后，村子里有几位年轻人报名参加了青年电子商务销售服务公司。

随后，公司把青年员工派送到省商务厅电子商务销售平台培训中心，进行了为期十天的岗前培训。

驻屯村青年电子商务销售公司的创办迈出了实质性的一步。

三

驻屯村首批电子商务人员培训回来，正式上岗经营电子商务平台，精心打造销售品牌。

新的机遇带来了新的发展，公司员工都很敬业，大家齐心协力，团结一致，把驻屯村的优质农副土特产品全部搬到电脑网络上，土鸡蛋、香菇、苹果、大枣、枸杞、羊肉等，还有村中巧手祁建红妻子程艺霞做的手工点心，张士胜妻子石丽娟做的手工刺绣等产品，都通过电子商务平台去销售。

青年电子商务销售服务公司规定，公司员工除了基本工资外，鼓励大家网上推销，更新网络宣传平台，谁下的单多，提成就多，鼓励员工多花心思，多搞创意，多用时间，运作电子商务销售服务平台，调动公司员工的工作积极性。同时，在保证农产品销售的同时，可以把驻屯村的特色产品、传统工艺品等，在平台上大力宣传，扩大驻屯村的知名度。

青年电子商务销售服务公司成立一个月告捷，公司经营开门红。祁建红妻子程艺霞的手工点心销售了二百余斤，除了工本费，净挣千余元。陈甲奎的苹果销售了五百多斤，他见人就高兴地夸赞，没想到放在地窖里的苹果也能卖出去，这电脑真神了。

其他的土特产品销量也很可观。

为了解决某些土特产品供货断链的问题，帮扶工作队干部与村"两委"干部在想办法解决，比如说驻屯村电子商务销售服务平台成立之初的土鸡蛋销售断货的问题。

领导干部在做着正确的引导，除了整合扶贫资金、集体融资、创建电子商务产业孵化基地外，让有经济能力的村民投资土特产品的生产与培植。

赵启升创办了青年电子商务销售服务公司，他现在最操心土特产品供应链的问题。

"前几天，赵启升到村委会找我，说他想建一个养鸡场，把驻屯村的土鸡蛋品牌维持好，并打出去，让它成为村民脱贫致富的持久产业。"祁建臻说。

"他这个想法好。"杨嘉煜说。

"建养鸡场没地方，他想让村委会协调一块土地。"

"想办法给他找地方。"杨嘉煜说，"村'两委'干部考虑一下，驻屯村哪里有空地，提供给赵启升使用。"

"在驻屯村的南山上，有一百多亩土地，原来是村集体土地，因没有水，无法种植，撂荒了，那里建养鸡场很好。"祁建臻提议。

"那先租借给赵启升使用。"杨嘉煜说。

"好的。"祁建臻说

大家一致同意把驻屯村南山上那块集体荒地先转让赵启升建养鸡场。

会议结束后，祁建臻与赵启升进行了交谈，他听了村书记祁建臻的意见，很高兴。

两个月的施工，养鸡场很快建好，为保证鸡肉的质量，赵启升采取了散养的饲养模式，他购置了铁网栏杆，把一百亩地的四周圈起来，进行散养。

养鸡场建好投入使用，先买了五千只小鸡进行饲养，养鸡场招募了六名工人，是赵家湾社的建档立卡贫困户。

养鸡产业是一个短平快的产业，四个月就能见到经济效益。

养鸡场的鸡蛋、鸡肉通过电子商务销售平台对外出售，销售两旺，取得了丰厚的经济效益。

建养鸡场的土地属于集体土地，赵启升每年向村委会交纳租金，村委会作为村集体经济收入，分红给村民，增加了村民们的收入。

四

通过近半年的电子商务销售经验摸索，电子商务销售服务下一步要在农产品的包装上下功夫，像赵启升的食用菌暖棚里的香菇，养殖场里的土鸡蛋，祁建红妻子程艺霞的手工点心，村民们的苹果、大枣、枸杞等都需要精美的包装。

赵启升找到了帮扶工作队干部。

"金局长，麻烦你去城里找一个造箱厂，给青年电子商务销售服务公司定制些纸箱。"

金欣瑶一听，知道赵启升想在销售包装上做文章，提高销售档次，她说："可以，大力支持赵经理的工作。"

"还有一件事情需请杨处长帮忙。"

"说吧。"杨嘉煜说。

"杨处长，麻烦你在省城找一家设计公司，为青年电子商务销售服务公司设计一个商标，商标一定要体现驻屯村的人文地理环境特点。"

"赵经理，你的想法好，我回省城请商业大学传媒设计学院为青年电子商务销售服务公司设计商标。"

"请商业大学传媒设计学院设计公司商标，那就更好了。商标设计好，印在包装纸箱上。"

"赵经理的商业智商就是高。"金欣瑶点赞。

"纸箱要定制成不同规格，便于农产品的包装和邮寄。"杨嘉煜说。

"嗯，杨处长的建议好。"赵启升说。

驻屯村的电子商务销售开始规范化经营。

半月之后，省商业大学为驻屯村青年电子商务销售服务公司设计好了商标。

金欣瑶把定制纸箱的业务联系好，纸箱上印制上青年电子商务销售服务公司的商标。每一个箱子都印制了"感谢您在万千商家中选择并信任我们，祝您购物愉快"的字样。

这句话拉近了公司与消费者之间的距离，让消费者感到很贴心、很亲切。

公司定制来的包装纸箱，赵启升很满意。

包装精致了，销售量明显上升，很多驻屯村民主动到青年电子商务销售服务公司来交流洽谈，有些村民要求加入青年电子商务销售服务公司，把自家的农副产品通过青年电子商务销售服务公司销售，增加经济收入，发展致富产业。

看到村民参与电商致富的积极性不断提高，李椿婷想尽办法为村民们提供更多的培训和就业机会，让村民们拥有一技之长，使村民通过自己的努力，摆脱贫困生活。

李椿婷为驻屯村成功打造了全链条式的电子商务产业，培养了一批农村电商人才，带动广大村民增收致富。

在青年电子商务销售服务公司的带领下，驻屯村集体经济、网售产品、从事电子商务经营性人才从无到有，全村呈现出电子商务快速发展，助力脱贫攻坚的良好势头。

为了更好地促进驻屯村电子商务销售的发展，以青年电子商务销售服务公司为依托，扩大网络销售渠道，集中优势力量打造高品位品牌，经过帮扶工作队干部和村"两委"干部协商，把驻屯村网络销售统一起来，由青年电子商务销售服务公司统一代理。

村委会的提议得到了村民们的赞同，因为在网络销售的过程中，部分村民操作不熟练，土特产品质量参差不齐，包装不规范等，经济效益不佳，网络销售信誉降低，有的还受到客户的差评，对驻屯村的农副产品营销声誉影响不好。

"各家各户把自家的农副产品交到青年电子商务销售服务公司，统一在网络平台销售，这个方法好。"刘祺平说。

"统一销售，村民们省心省事，能把精力和时间投入到农业生产中。"杜青林说。

"关键是销售的管理有了统一的标准，产品销售信誉有了保障，农户家的农产品的销售渠道更加畅通。"

村民们看到了统一管理、抱团发展的好处，他们积极响应，只有这样才能把网络销售产品做大做强。

镇党委、政府为了支持驻屯村网络销售的快速发展，又筹措十万元的资金，支持青年电子商务销售服务公司的发展。

驻屯村的电子商务销售平台做得很成功，把驻屯村的农副土特产品品牌打出去，走进了城市里的千家万户。

驻屯村电子商务销售平台的快速发展，取得了很好的经济效益，加快了村民们脱贫致富的步伐。

五

帮扶干部的辛勤付出，真心为村民干实事的行动，深深地打动着每一位村民，帮扶干部已经融入了村民之中，成了驻屯村村民中的一员，村民们邀请帮扶工作队干部到家中吃饭，或者把菜送到帮扶工作队干部的住处，这些小事，已经习以为常。

脱贫攻坚工作，帮扶工作队干部不辱使命，深入偏远山村，不顾酷暑严寒，进村入户对群众嘘寒问暖，踏进田间地头，查看庄稼长势，倾心竭力为村民们增产增收，用真心赢得村民的信任，用热血点燃贫困群众的希望。

正是有了帮扶工作队干部的不懈努力，创造了脱贫攻坚的人间奇迹，宽阔的公路通向偏远的山村，黄灿灿的果实成为秋天最美的颜色，秋收的季节，农民露出最美的笑脸。

村民们的事情，就是帮扶工作队干部们的事情，这已成为大家的共识。

驻屯村今年洋芋喜获丰收，但是洋芋丰收后，销售却成了问题，增产不增收，这让村民们很犯愁。

帮扶工作队干部又为村民的洋芋销售尽心尽力，出谋划策。

驻屯村适宜种植洋芋，历史久远。在生活困难时期，洋芋养活了驻屯村人。到目前为止，洋芋在驻屯村还有多种吃法，洋芋丝、洋芋块、洋芋片等传统炒菜吃法，还有洋芋粥、洋芋面等等。

洋芋丰产了，村民们以前的做法是，先把洋芋放在地窖中，然后自己再开着三轮车去县城卖。

但是，这样做的经济效益不是很好，到县城去卖，路途远，花销大，如果销售顺利还可以，销售不顺利在县城待几天，除去花销费用，一车洋芋也挣不了多少钱，村民们还比较辛苦劳累。

群众虽然年年种洋芋，但是经济效益不是很好。

杨嘉煜了解到这种情况，与大家商讨洋芋的销售问题。

"杨处长，今年驻屯村里洋芋又丰收了，可是销售困难，你看怎么办？"金欣瑶说。

"嗯，我已经听说了，为了让村民们把洋芋销售出去，咱们共同想办法。"杨嘉煜说。

面对家家户户堆积如山的洋芋，要想快速销售出去，谈何容易。

由于前期没有做好宣传工作，从外面寻找买家比较困难，缺少好的销售渠道，暂时还没有办法解决。

突然，杨嘉煜脑子一转，想到了卢佳国。

"金局长、李主任，晚上你们多做几个菜，我要请卢佳国吃饭。"杨嘉煜说。

"请卢院长吃饭，为什么？"张凯问。

"到时候你就知道了。小张，你去科研项目基地找卢院长，就说我晚上请他吃饭。"

"哦，明白了，你想利用卢院长……"

"话别说得这么难听。"杨嘉煜指着张凯说。

张凯朝杨嘉煜做了个鬼脸，去玉米"粮改饲"科研项目基地找卢佳国去了。

晚上，卢佳国过来，看到一桌子丰盛的饭菜，他疑惑地问："帮扶工作队干部今晚怎么了，准备了这么丰盛的饭菜？"

"请你吃饭呀。"杨嘉煜说。

"有点鸿门宴的味道。"

"没有，就是请你吃饭。"

"今晚，帮扶工作队干部好像找我有事？"

杨嘉煜把酒斟上，笑了笑说："还真让卢院长猜对了。"

"啥事？说吧，看我能不能帮忙？"

杨嘉煜说出了自己的想法。

"我是来驻屯村搞科研实验的，你的意思是让我给驻屯村村民推销农产品。"

"是的，你的人脉资源比较广。"

卢佳国迟疑了一下。

"我就直说了吧，你把驻屯村的洋芋推销到省农业大学的餐厅，这就是所谓的消费扶贫。"

"这我可没有把握。"

"你必须有把握，要想得到镇农业服务中心王莉莉的信任，你必须把这件事做好。"

杨嘉煜的一句话，把卢佳国给镇住了。

"那我试试吧。"

"我们等着你的好消息。"杨嘉煜说着，向卢佳国敬酒道谢，两个人一饮而尽。

卢佳国刚把酒杯放下，金欣瑶说："小张，快给卢院长斟酒。"

"好嘞，今天晚上，一定把卢院长招呼好。"

杨嘉煜、张凯轮流给卢佳国敬酒，一会儿的工夫，他们两个把卢佳国给灌醉了。

吃过晚饭，送走卢佳国，大家给杨嘉煜伸出大拇指点赞。

省农业大学有三万多名在校大学生，如果驻屯村的无公害蔬菜推销进校园，将是一个非常可观的消费市场。

卢佳国既然答应了杨嘉煜，就必须去学校协商这件事情。

六

卢佳国到了省城，没有回家，直接去了单位，找到主管后勤的王继昌副校长。

卢佳国敲门进去。

"王副校长好!"

"卢院长好!请坐,啥时候从科研基地回来了?"

"刚回来。"

"最近,科研项目进度如何?"王继昌问。

"按计划进行着。"

"根据目前的研究状况,结果如何?"

"比较乐观,玉米'粮改饲'科研项目研究不算太复杂,只要保证秸秆、玉米双丰收,青贮打包之后,做好营养检测化验工作就可以了。"

"这一段时间辛苦你了,学校前两天开会研究,正准备去科研基地慰问你们科研团队。"

"感谢学校领导的关心!"

"卢院长,今天匆忙来学校,有啥问题需要解决吗?"

"有,王副校长,我正有事与你商量。"

"有问题尽管提,条件许可,学校一定为科研团队解决。"

"不是科研团队的问题,是科研项目所在地驻屯村的问题,咱们学校餐厅是否可以购买一些洋芋?"

"卢院长,你咋想起向学校餐厅推销农产品了?"

"王副校长,今年驻屯村洋芋丰收了,但由于深居大山,信息滞后,销售成了问题。"

"你这是帮助村民们解决销售难题呀。"王继昌赞许道。

"本来我没有这个想法,帮扶工作队的领导找我,说咱们学校人多、市场广阔,让我帮助他们解决,驻屯村洋芋属于无公害农产品,个大质优,一定能达到学校餐厅购买的质量标准。"

"卢院长,你这个想法好,只要保质保量,学校帮你解决这个问题,学校餐厅承租公司这几天正在筹划餐厅蔬菜订购的问题。"

"感谢王副校长!这件事情就麻烦你了,请你多关心,事情成了,我让驻屯村民给你送两袋子一等洋芋。"

"那不行，卢院长，你这叫贿赂……"

王继昌的话，惹得两个人开怀大笑。

经王继昌推荐，学校餐厅承租公司董事会研究决定，今年洋芋定购驻屯村的。

王继昌打电话通知卢佳国事已办妥。

卢佳国接到电话后，他匆忙带领驻屯村村"两委"干部赶到省农业大学，与学校签订定购协议。

"根据学校餐厅承租公司董事会研究，学校一年共需洋芋二百吨左右。"王继昌说。

听到省农业大学餐厅要定购二百吨洋芋，卢佳国与村"两委"干部脸上露出了笑容。

"不过，咱们先签订购置协议，村上要分批次给学校供应，学校餐厅承租公司没有闲置的库房储存。"王继昌说。

"这个我理解，分批次供应没问题。"卢佳国说。

"价格随行就市，分批次供应，分批次定价。"

"行！"村书记祁建臻满口答应。

随后，村"两委"干部与省农业大学餐厅承租公司签订了定购协议，第一批购置三十吨洋芋，过两天就要送到学校。

协议签订后，卢佳国又说："王副校长，驻屯村还种植高原夏菜，如西红柿、莲花菜、小白菜、绿萝卜等，如果学校餐厅需要，我们也可以洽谈合作。"

"卢院长，你真是把科研驻地当故乡了。"王继昌笑着说，"可以，如果学校餐厅承租公司有购买意向，我会向公司推荐的。"

卢佳国与村"两委"干部回到驻屯村，要求每户准备两千斤洋芋，首批次产销对接农产品走进大学校园。这样既解决了农民的农产品销售问题，又保证了大学菜篮子工程质量，中间消除了很多销售环节，采购价格自然也就降了下来，让大学生吃上放心便宜的无公害蔬菜。

第十五章 | 323

卢佳国为驻屯村销售洋芋的事情在村中传开了，王莉莉听说之后，她对卢佳国倍感敬佩，更坚定了她与卢佳国交往下去的决心。

杨嘉煜又通过东西部帮扶省份合作的有利条件，与东部帮扶省份及时沟通，把驻屯村的绿色无公害农产品推荐到东部省份的超市市场，拓宽了销售渠道，助力村民增产增收。

七

转眼之间，两年时间过去了。

帮扶工作队在这两年的时间里，他们竭尽全力，为驻屯村办了很多实事，为村民们脱贫致富创造了有利条件，得到了村民们的认可和爱戴。

帮扶时间一到，帮扶干部就要回原单位上班了。此时的祁建臻心中非常着急，部分帮扶项目及措施正在协调进行之中，帮扶工作队一走，势必影响到项目的进展。

在驻屯村脱贫攻坚爬坡过坎之际，村"两委"干部需要帮扶工作队的支持，村干部与村民们舍不得这批帮扶干部离开驻屯村。

一天，祁建臻与杨嘉煜交谈，他试探性地问："杨处长，帮扶时间快要到了，你们是否该回去了？"

杨嘉煜明白祁建臻的意思，他知道驻屯村干部和村民们舍不得帮扶工作队干部离开，他说："帮扶工作一般是两年，但没有严格规定，只要能让人民群众按时脱贫，帮扶干部贫困山区扶贫是应该的。"

"这两年时间，你们帮扶工作队干部没少吃苦，办了很多实事，驻屯村的发展变化，有目共睹，驻屯村真的舍不得你们离开。"

"为村民办事，这是帮扶工作队干部的职责任务，祁书记没有必要这么客气。"

"这不是客气，而是村民们舍不得你们走，他们希望你们带领他们脱贫摘帽奔小康呢。"

杨嘉煜听了祁建臻的话,他心中清楚,村民们已经对帮扶干部有了感情,有了信任和依赖。

"帮扶工作队干部感谢大家的信任,我们理解村民们的心情,我们一定会做得更好,帮扶工作队干部回不回原单位上班,还需要组织部门的审批。"杨嘉煜说。

"明年,驻屯村就要脱贫摘帽了,大家希望帮扶工作队干部们等驻屯村脱贫摘帽之后再走。不过村民们的要求有点苛刻,需要帮扶工作队干部在我们这艰苦山区再待一年。"

"祁书记,村民们的想法,我们会考虑的,村民们只要能脱贫致富过上幸福美好的生活,帮扶干部们吃点苦没什么。"

杨嘉煜的话让祁建臻很感动。

在帮扶工作队干部工作会议上,杨嘉煜就祁建臻的想法与大家交谈。

"祁书记的想法与村民们的想法一致,我在走访与村民们交谈时,很多村民都不想让咱们回单位上班。"张凯说。

"驻屯村的干部和村民不想让大家走,他们认为帮扶工作队干部已经与大家熟悉了,在脱贫攻坚过程中,有点想法好与帮扶干部沟通交流,他们对帮扶干部的工作态度是认可的。"杨嘉煜说。

融洽的干群关系在起主导作用。

"融洽的干群关系是推动工作开展的前提,脱贫攻坚已步入啃'硬骨头'、攻城拔寨的冲刺期,有一个稳定可信任的帮扶干部队伍,对于村民来说就有了可靠的保证。"李椿婷说。

"在脱贫攻坚的关键期,没有退路,只能前进,再用常规方法实现脱贫攻坚,已经很难奏效,必须创新理念、思路、方法和工作方式,采取超常措施才能完成脱贫任务。"张凯说。

"这种超常措施的采取,必须了解帮扶对象的情况,因户施策,进行帮扶,如果再派一个帮扶工作队,他们摸清驻屯村的情况需要一段时间,再制订帮扶措施,就有点晚了。"

"杨处长考虑的全面，找准贫根补短板，对症下药促增收，是需要过程的。"金欣瑶说。

说到帮扶工作时限问题，大家陷入了沉思。走吧，辜负了村民们的期盼；不走吧，还要在脱贫攻坚的道路上再奋斗一年。

"我有一个想法，想与大家交流。"杨嘉煜说。

大家把目光聚到了杨嘉煜身上。

"杨处长，说吧，大家会听你的。"金欣瑶说。

"要不，咱们申请帮扶工作延长一年。"

大家知道杨嘉煜的想法，他的话一说出口，帮扶工作队干部们对视了一下，点头同意。

"大家没有异议，咱们就向单位申请。"

"可以！"帮扶干部们异口同声地说。

"既然大家同意帮扶时间延长一年，我们一定要抓住这短暂的一年时间，尽力工作，让驻屯村高质量地脱贫摘帽。"李椿婷说。

"这是我们期盼的结果，在今后的帮扶过程中，大家一定树立敢打必胜的信心，发扬敢死拼命的精神，进一步增强紧迫感和责任感，真扶贫，扶真贫，积极响应上级号召，'输血'与'造血'并举，'治标'与'治本'齐抓。针对脱贫攻坚中遇到的问题，整改上再提速、标准上再聚焦、措施上再精准、质量上再提高，采取力度更大、针对性更强、作用更直接、效果更持续的措施，抓重点、补短板、强弱项，众志成城实现脱贫攻坚目标。"杨嘉煜的一席话让大家责任倍增。

随后，各帮扶干部向本单位递交了延长一年帮扶工作的申请。

帮扶干部们的申请很快批了下来，大家在驻屯村的帮扶时间延长一年。驻屯村的村民听说帮扶工作队干部不走了，等到明年驻屯村脱贫摘帽之后，才回原单位上班，整个村子沸腾了，村民们感到脱贫致富奔小康更有了信心和盼头。

八

　　王铭铭从省城回来,听说帮扶工作队干部申请延期一年,继续在驻屯村开展帮扶工作,他对帮扶工作队干部既钦佩,又高兴。他从西滩社买了羊肉,去村委会犒劳帮扶工作队干部。

　　正当王铭铭与帮扶工作队干部倾心畅谈时,县长任琪、县教育局长赵萍艳及其他陪同人员到了村委会。

　　"任县长、赵局长,今天你们怎么来了?"杨嘉煜问。

　　"近期,根据工作安排,县政府、县教育局对义教均衡工作进行评估调研。今天,我们到五谷镇调研,顺便看望一下帮扶工作队干部。"

　　随从人员把慰问品从车上拿了下来。

　　"感谢任县长的关心!"

　　"赵局长好!您还认识我吗?"王铭铭主动向赵萍艳打招呼。

　　"王铭铭,你怎么在这里?"

　　"这里是我的老家。"

　　"哦,你是驻屯村的。"

　　"你们两个人认识?"杨嘉煜问。

　　"认识,赵局长是我高中的语文老师。"

　　"赵局长,你水平不错呀,教出这么优秀的学生。"杨嘉煜说。

　　"说说怎么个优秀?"赵萍艳试探性地问杨嘉煜。

　　"王铭铭,省铭新现代农业科技公司的总经理,公司在现代农业科技研发方面,走在西北地区的前列。"杨嘉煜介绍说。

　　"噢,真地很优秀。"赵萍艳说。

　　"赵老师也挺优秀的,现在您已成为会州县教育界的领头雁。"

　　"学生过奖了,你才是创业成功人士。"赵萍艳说,"有时间也关心一下家乡的教育事业。"

　　"赵局长,可以,有时间我去找您,咱们再商议。"

"好的，我等候你的光临。"

随后，任琪、赵萍艳与教育督导团去了驻屯村小学。

过了几天，王铭铭去拜访赵萍艳，两个人对会州县的教育状况及前景进行了交谈，王铭铭听说全县教育发展状况良好，他非常高兴。

"赵局长，近几年，咱们会州县的教育发展很快，已经得到了全县人民群众的称赞认可。"

"是的，老百姓对全县教育状况比较满意，教育关系着千家万户孩子的前途命运，搞好教育，责任重大。"

"赵局长，您说让我关心一下家乡的教育事业，那我能为家乡的教育做点什么呢？"王铭铭问。

"现在，教育上比较突出的问题是家庭经济困难学生的读书问题，有些品学兼优的学生，因家庭经济困难，影响着他们的学习。"

"这个问题能帮上忙，我可以资助一部分学生。"

赵萍艳一听王铭铭愿意资助一部分家庭经济困难的学生读书，她高兴了。

"那太好了，教育局有一个想法，是想在县一中筹办一个班，专门招收品学兼优而且家庭困难的学生，帮助他们完成学业。"

"可以，这个想法好。"

"前一段时间，我与县一中校长协商，这个班级谁资助就由谁来命名。"

"谁来命名没关系，关键是让家庭经济困难的学生好好读书，帮助他们完成学业。这些学生，每生每年我资助三千元。"

"这个班就由你来命名。"

"赵局长，这个班就叫'成珠'班吧。"

"这个命名好，希望被资助的贫困学生都能成为学习上的佼佼者，学生中的珍珠，将来成为社会有用之才。"

在两个人商谈交流的过程中，王铭铭表示，为了提高全县教育的高质量发展，激励广大教师安心工作，学生认真学习，每年只要有考上清华大学、北京大学的学生，给每位任课教师奖励两万元，给学生奖励五万元。

"你的这种举措很有激励性，我代表县教育局感谢你！"

"赵局长，您客气了。"

王铭铭并答应，对于今年考上的清华大学、北京大学的学生和任课教师，立即给他们兑现奖金。

教育局在县一中随即召开了高考表彰大会，对县一中考上清华大学的一名学生奖励了五万元，六位任课教师每人奖励两万元。

王铭铭的资助善举，在社会上引起了强烈反响，更激励了全县广大师生工作、学习的积极性，为明年的高考再创佳绩，创造了有利的条件。

九

在帮扶过程中，由于工作面大，范围广，工作环境千变万化，帮扶干部面临着诸多困难，在解决困难时，时有意外情况的发生，而有的帮扶干部甚至献出了年轻的生命。

邻市帮扶女干部扶贫路上遇难；部分帮扶干部因劳累过度，遭遇不测而去世等重大事件，得到了省委、省政府的高度重视。

省委、省政府立即下发通知，要求帮扶工作队干部工作期间一定要注意安全，在做好帮扶工作的同时，注意劳逸结合，关注身体健康。

通知要求，全体帮扶干部在顾大局促进度的同时，要切合实际地开展工作，不要负病工作，不要汲险工作，注意劳逸结合地工作。

在贫困山区帮扶的干部要注意交通安全，在没有急需要求的情况下，不提倡晚上开车报送材料，在没有特殊通知的情况下，不要帮扶干部夜间在交通不便的山区开展工作。

在帮扶工作期间，因饮食等方面不习惯的情况，当地政府要协助解决生活问题，居住、饮食、交通等方面应及时、妥善安排，为帮扶干部创造一个舒适、安全的工作生活环境。

积极鼓励保险行业参加脱贫攻坚工作，为帮扶干部购买人身意外保险，让他们安心工作，让家庭放心生活。

有些帮扶干部倒在了扶贫路上，他们的猝然离去，令人心痛不已，其奉献精神令人钦佩，敬重榜样的力量激励着其他帮扶干部要有更大的担当。

一些帮扶干部牺牲了，年轻的身体倒在了他们挚爱的这片热土上，英雄们的精神在祖国大地上永恒。

人生是一种磨炼的过程，没有磨炼，就永远没有价值，帮扶干部用自己的生命诠释了他们的追求，他们无愧于自己，更无愧于脱贫攻坚这项伟大的事业。

向牺牲的帮扶干部致敬，学习他们舍己为人的精神，他们用行动诠释了一名帮扶干部的初心和使命，用青春和生命谱写了一首壮丽的赞歌，他们必将激励更多的党员干部义无反顾地向脱贫攻坚一线冲刺，打赢这场必胜之战。

帮扶干部的牺牲，警示扶贫之艰和脱贫之难，帮扶干部坚守奋战在祖国最贫困的地方，用自己的奉献之火、生命之光，点燃苦寒贫困的土地，温暖贫困群众的心灵，他们"舍小家为大家"的崇高精神，如果没有坚毅的品质、赤诚的初心、崇高的信念是很难坚守下来的。

党和人民群众永远把他们记在心中。

伟大的时代呼唤伟大的精神，崇高的事业需要榜样的引领。省委、省政府号召，广大党员干部要像牺牲的帮扶干部那样不忘初心，牢记使命，坚定不移地学习和践行习近平新时代中国特色社会主义思想，始终把党和人民的事业放在心中最高位置，做到与人民群众同呼吸、共命运、心连心，坚决打赢打好脱贫攻坚这场历史性决战。

杨嘉煜看了省委、省政府下发的通知，立即召开帮扶干部工作会议，要求帮扶干部在做好帮扶工作的同时，一定要注意好自身安全，只有保护好自己的人身安全，才能更好地为群众服务。

同时，帮扶干部要以高度的责任感，勇于担当的工作精神，去完成党和政府交给的帮扶工作任务，一定要让贫困山区的人民群众过上幸福美好的新生活。

第十六章

一

为加快脱贫攻坚冲刺工作进度，会州县召开脱贫攻坚工作调度会，县委书记伊仲楠主持，相关负责人汇报了工作进展情况。

伊仲楠在讲话中传达了《省委办公厅、省人民政府办公厅关于脱贫攻坚成效考核情况的通报》精神，并对下一步全县脱贫攻坚重点工作进行了安排部署，要求各机关、各乡镇及帮扶工作队要保持工作定力，持续精准发力，一村一户抓排查，全面排查存在的问题短板，一一建立问题清单；一件一件抓整改，明确整改措施、整改时限、整改责任人；一层一层抓责任，通过抓责任落实到位、抓政策业务提升、抓工作落实成效，从而形成强大合力；一项一项抓达标，紧抠贫困户"两不愁三保障"，坚持目标标准，盯住攻坚方向，全面抓好到村到组到户到人帮扶措施、扶贫政策、资金项目的落实落地。提高数据质量，做好部门衔接，迅速推进易地扶贫搬迁、危房改造、饮水安全等重点工作。

会议总结了全县脱贫攻坚帮扶工作成效，分析了存在的突出问题。伊仲楠指出，脱贫攻坚战进入了最后的总攻期，各项政策措施到了冲刺阶段。帮扶工作的重要性更加凸显，帮扶力量不能有丝毫减弱。帮扶领导干部要提高政治站位，思想上要"紧"起来，迅速转变角色，工作上要"沉"下去，严守工作纪律，作风上要"实"起来，真抓实干、狠抓落实，以帮扶干部的责任感提升群众的获得感，以帮扶工作的精准度提升群众的满意度。

近年来，会州县始终坚持把脱贫攻坚作为最大的政治任务和最大的民生工程，在脱贫攻坚过程中，又把精准扶贫、精准施策作为重要举措，取得了很大的成就。针对贫困山区，要彻底解决人民群众的"两不愁三保障"，易地扶贫搬迁可以说是最有效的措施之一，尤其是在三保障方面。

会州县积极抢抓政策机遇，大力实施易地扶贫搬迁工程，彻底解决"一方水土养不了一方人"的贫困问题，总结推广"搬迁+高效农业"的产业脱贫模式，创新提出"变旱为水、下山入川，出乡进城"的总体思路，采取"集中安置"为主，"插花安置为辅"的安置方式，规划"城区、园区、川区、中心镇村区"四个集中区域和多个分散安置点，全面统筹解决好易地扶贫搬迁选址建设和产业配套问题，确保贫困群众应搬尽搬，稳定脱贫，易地扶贫搬迁主要围绕以下几个方面：

围绕"挪穷窝"。科学规划合理布局，对居住在山大沟深，干旱少雨，生态脆弱，交通不便，基础设施落后，自然灾害频发的山区群众进行全面排查摸底，做到精准识别，积极主动做好思想动员工作，做到应搬尽搬。

在项目选址上，立足各乡镇资源条件和产业发展基础，选择交通条件便利，水资源优势明显，产业开发有潜力，区域承载容量大的川区及灌区作为搬迁安置地点，力求整体性解决制约贫困户发展的出行难、上学难、就业难、发展难等问题。

围绕"换穷貌"。不断完善基础配套，始终坚持"群众搬迁到哪里，基础设施建设到哪里，公共服务就配套到哪里"的原则，高起点规划，高标准建设，不断加大水、电、路、网等基础设施资金投入力度，把乡村道路、农村能源、美丽乡村建设等项目资金集中用于安置点建设。

积极配套建设幼儿园、学校、卫生室、村委会、文化广场等基础设施，结合农村人居环境整治和全程无垃圾专项治理，大力开展卫生改厕、村庄绿化等村庄生态建设和村容村貌整治，彻底改善提升贫困群众生产、生活条件和农村环境面貌。

围绕"拔穷根"。积极培育富民产业，按照"短平快优先，长稳远结合，一二三产业联动和产业到户、达标到人"的原则，因地制宜、因人施策，大力推行高效农业发展模式，采取产业奖补方式，引导带动不同安置区域搬迁群众，大力发展主导产业，确保贫困户及特色产业达标覆盖。

同时，依托农村"三变"改革，推行"党政引领，龙头带动，群众主体，金融支持，专合组织"五方联动机制，按照"统一种植，分户经营""入园务工，保底分红""资金入股，收益提成"等模式，大力推进脱贫产业园和特色产业园建设，确保贫困户全部入园，稳定脱贫，永久受益。

搬得出，稳得住，能致富，这是脱贫攻坚易地扶贫搬迁的最终目的。经过全县上下干部的齐心协力，全县已建成脱贫产业园八十二个，特色产业园八十三个，种养殖业搬迁户全覆盖，搬迁村民稳步脱贫，向幸福小康大踏步迈进。

县委、县政府正统筹安排，精心谋划，认真贯彻落实扶贫政策，创新扶贫举措，切实做好易地扶贫搬迁脱贫工作。

二

随着脱贫攻坚工作的深入开展，县委、县政府下发文件，提出"一户一策"的扶贫策略。"一户一策"策略来自脱贫攻坚实践，符合扶贫的实际情况，契合精准扶贫要求，针对具体贫困户制定的帮扶措施，一条条、一项项都要量身打造。

驻屯村下芦社位于北山大沟深处，共有四十三户，一百八十九人，百分之七十以上家庭是贫困户，交通不便，产业单一，主要靠种植业。生存环境比较恶劣，在现有的条件下，完全达到脱贫标准"两不愁三保障"有很大的困难。

杨嘉煜到驻屯村帮扶脱贫时，他去过下芦社调研走访。

下芦社的生产生活状况落后，杨嘉煜清楚，要想让下芦社群众如期脱贫，这是一块难啃的"硬骨头"。

但是，不管下芦社条件多艰难，帮扶工作队干部必须以时不我待、只争朝夕、勇于担当的精神，让下芦社如期脱贫。

下芦社没有支柱产业，传统产业以种植、养殖为主，种植业仅够解决温饱问题，养殖业多以散养为主，没有形成规模，很难见经济效益。

下芦社的脱贫攻坚问题，是摆在帮扶工作队干部面前的艰巨任务。

帮扶工作队干部与村"两委"干部召开会议，商讨下芦社的脱贫摘帽措施问题。

"下芦社的村民靠种植业脱贫已不可能，因为下芦社每位村民只有四五亩土地，且都是旱地，种的是玉米、洋芋、小杂粮等，经济效益不好。"祁建臻说。

"下芦社农业种植不行，发展养殖业怎么样？"杨嘉煜问。

"养殖业没有规模，农户都是散养，平时只能提供零花钱。靠养殖业脱贫也是不可能。"

"下芦社交通不便，就是有好的致富产业、脱贫项目，也不可能分配到深山沟中。"

"是的。上一届来的帮扶工作队干部争取到养殖项目，准备分配给下芦社，可是在选址建设施饲养栏舍时，连一块平整的地方都没有。最后，只有把这个养殖项目分配给了西滩社。"祁建臻说。

"要想使下芦社整体脱贫，现在最有效的办法是整体易地扶贫搬迁，到交通条件好、居住方便的平整地方去生活，才能达到政府规定的'两不愁三保障'的标准。"杨嘉煜说。

"易地扶贫搬迁，恐怕下芦社的农户不同意。尤其是下芦社的老一辈人，他们祖辈生活在那里，一下子搬出来，思想上接受不了。"

"咱们好好做下芦社农户的思想工作，如果下芦社的农户不同意搬迁，要想实现整体脱贫，是一件很困难的事情。"

大家对杨嘉煜的观点表示赞同。

"下芦社的条件艰苦，项目不容易落实，吃水困难没保障，脱贫摘帽不容易，就是这些问题解决了，下芦社的孩子享受优质教育资源，也是一个难题，孩子在教学点上课，教学质量肯定上不去。"金欣瑶说。

"咱们下一步的工作，是要倾听下芦社群众的意见，听听他们有没有好的办法脱贫致富。同时，要把政府倡导的易地扶贫搬迁政策宣传到户，会后我先去下芦社了解一下具体情况。"杨嘉煜说。

次日，杨嘉煜深入到下芦社征求意见。在走访的过程中，面对自然条件的限制，村民们也说不出什么致富门路。

"我在这里生活了七八十年，祖祖辈辈靠种地，没有什么好的致富产业。"下芦社村民万起超说，"下芦社虽然没有致富产业，人们的生活拮据些，但还能过得去。"

"目前，咱们社里的情况怎样？"杨嘉煜问。

"这里的村民还是传统的思想思维方式，只要能填饱肚子就行。改革开放后，年轻人读成书考上大学的去外面工作了，没有读成书的年轻人，农忙时在家种地，农闲时外出打工。"万起超说。

"外出打工一年能挣多少钱？"

"挣钱多少不一样，一般一人一年能挣三四万元。在外打工时间长的、有技术手艺的，挣得多一些；在外打工时间短的、没有技术手艺的，挣得少一点。"

"万大爷，咱们下芦社有多少人在外打工？"

"一般年轻人都外出打工，很多家庭都是夫妻双方在外面打工，这样可以多挣一些钱。"

"夫妻双方都外出打工，老人、孩子就没人照顾了。"杨嘉煜说。

"是的，这是现实。每到农闲季节，年轻人外出打工了，下芦社家家户户人都少了，没有了昔日的热闹，静悄悄的。"

"针对这种情况，政府正在想办法解决问题，人民群众的物质生活水平提高了，精神生活水平也应该提升，不能因为打工挣钱而忽略了对老人的关照，对妻子、孩子的关心。"

"是的，政府对老百姓很好，以前给钱给物，现在是帮扶脱贫致富发展产业。年轻人外出打工造成诸多的家庭问题、社会问题，应该引起关注，外出打工钱是挣了，但挣钱以后没有了亲情，没有了感情，这也让人痛惜。"

万起超说出了下芦社的实情。

这次，杨嘉煜去下芦社走访，没有提到易地扶贫搬迁问题，他害怕下芦社的村民一时接受不了。

三

杨嘉煜与万起超谈了之后，对下芦社村民的生活、生产状况，有了进一步的了解，综合因素考虑，易地扶贫搬迁才是下芦社群众脱贫致富奔小康的最有效途径，他与村"两委"干部商量，决定在下芦社召开一次村民代表会议，共同商讨下芦社的易地扶贫搬迁脱贫致富的问题。

在下芦社村民代表会议上，杨嘉煜说到易地扶贫搬迁问题，万起超第一个站起来反对，不同意搬迁。

"下芦社穷是穷了些，但还不至于穷到没吃没穿的地步，祖辈们留下来的家业，怎能一走了之。"万起超说。

"万大爷，我知道您舍不得离开这里，现在下芦社村民已经解决了温饱问题，但是要想达到政府规定的'两不愁三保障'的脱贫标准，还有很大的差距。"杨嘉煜说。

"想让下芦社村民的生活水平再提高，国家可以多关心一些、多帮扶一些嘛。"万起超说。

"关心帮扶肯定没问题。可是要想永久脱贫致富过上幸福美满生活，不能全靠国家的扶持，自己要有致富的内生动力，要有脱贫致富的产业，要有稳定的经济收入。"

"下芦社养牛、养羊不是很好嘛，我都养了一辈子的牛、羊，养殖业是我们的传统致富产业。"

"万大爷，你那叫养殖副业，不叫产业。咱们下芦社交通不便，大部分人分散在沟壑之中讨生活，搞养殖产业的条件不好。"金欣瑶说。

金欣瑶的这句话，把万起超堵住了。

"这些地方沟壑纵横，梁峁起伏，基础设施落后，吃水困难，发展受限制，脱贫的最好办法是易地扶贫搬迁，改善生活居住环境。"杨嘉煜说。

"我不搬迁。"万起超直截了当地说，"我住的房子虽然有点旧，但住着舒心，前几年建的围墙，盖的大门，院落收拾得干干净净，我舍不得。"

万起超说的是实话，干净整洁的院落，给人一种亲切的感觉，习惯于传统生活的老人家，要想让他舍弃几十年的住处，还真舍不得。

"镇政府附近的易地扶贫搬迁安置区，水、电、路等各种条件都比这里好。"杨嘉煜说。

"条件好，也不搬。"万起超说。

下芦社还有几位老人与万起超的想法一样，也不同意搬迁。

"我们住在这里生活，虽然不富裕，但日子能过得去，有地种，有粮吃，家里有饲养猪、牛、羊圈舍，搬到外面去住，人生地不熟的，种谁家的地去，生活靠什么？"万起超说出了自己的担心。

"万大爷，政府既然让你们搬迁出去，一定想办法让大家有地种，有粮吃，保证大家有致富产业。"杨嘉煜解释说。

万起超对帮扶工作队干部的话有些担心，没有同意杨嘉煜提出的易地扶贫搬迁的意见。

从下芦社回来，帮扶工作队干部与村"两委"干部召开会议，再次商讨下芦社的脱贫问题，结论仍是易地扶贫搬迁是最好的措施。

既然帮扶措施已确定，杨嘉煜进行了分工，帮扶工作队干部与村

第十六章 | 337

"两委"干部包户去做思想工作。

任务分配后，干部们立马行动，去下芦社做村民们的思想工作。可是一天下来，干部们无获而归。

金欣瑶去了下芦社王大娘家了解情况，她连王大娘的家门都没有进去。王大娘说她耳背，听不见，把金欣瑶打发走了。

吃晚饭时，大家再做交流体会。

"杨处长，咱们这叫干的什么事情，为别人好，别人不但不领情，而且还给气受，不要说给水喝了，连家门都不让进。"金欣瑶带着情绪说。

"金局长，怎么生气了？咱们干的是好事情，这叫为人民服务，这叫工作尽职尽责，受了点委曲，就牢骚满腹、灰心丧气了？"杨嘉煜说。

"灰心丧气倒没有，就是感觉心中不舒服。"

"心中不舒服，因为有病无法抗拒可以理解；要是因为工作遇到麻烦心中不舒服，那就不行了，要学会自我调节。"杨嘉煜说，"做群众工作，要有耐心，工作过程中要有韧性，工作之后要宽容理解，不能生气。你要是带情绪去工作，下次你到王大娘去，她会关起门，让你吃闭门羹。回到单位，你要是赌气说，工作不干了，领导肯定批评你，说你工作没能力，因为工作是你的职责，把工作圆满完成是你的任务。"

杨嘉煜说得金欣瑶只顾低头吃饭，不再说话。

"好好调节情绪，明天接着继续工作，一切都会好起来的，去掉心中的阴霾，奔向心灵的阳光，最终的胜利肯定属于我们。"杨嘉煜开导大家，给大家加油鼓劲。

四

第二天，帮扶工作队干部去下芦社继续做易地扶贫搬迁思想工作。

"万大爷……"

"你不要说了,我知道你来干什么的,你们这些帮扶工作队干部,工作目的达不到,是不会罢休的。"

杨嘉煜见到万起超,他刚一开口,万起超摆摆手,示意不让他说了。

杨嘉煜没有生气,他笑着问:"万大爷,昨天开会讨论的易地扶贫搬迁问题,您再认真考虑一下。"

"我考虑好了,不搬。"

"为什么?易地扶贫搬迁是改善村民们生活居住环境,是让大家过上好日子。"

"你说的情况,我能理解。不过,说实话,我舍不得我住的院落呀。"

"您的心情我理解,您对现在住的地方有感情,在这里生活得很安逸,很舒心。但是这里的条件的确达不到政府规定的'两不愁三保障'的小康标准。"

"我最担心的是,我们搬到镇政府的易地扶贫搬迁安置区,生活上到底怎么个过法?难道户户都有地种?再说了,镇政府也没有那么多耕地分配给搬迁户呀。"

"万大爷,上次我给您说了,这您放心,政府既然让大家挪穷窝,一定让大家有地种、有钱挣、有饭吃,过上幸福美好的生活。"

万起超对杨嘉煜的话还是不敢相信。

"现在镇政府易地扶贫搬迁安置区,已经建好近三百套安置房。"杨嘉煜说。

万起超听说已建好三百套安置房,他问:"要搬迁三百户,能搬迁那么多吗?"

"能。镇政府易地扶贫搬迁安置区,计划扶贫搬迁八百多户群众,这是第一批搬迁户,现在全乡镇正在做统计工作,对居住在大山深处、交通不便、生态脆弱、基础设施落后、自然灾害频发的山区群众做到应搬尽搬。"

杨嘉煜的解释,让万起超的抵触情绪消除了一些,他没有想到的

第十六章 | 339

是，全镇一次要搬迁这么多农户。"

"县上领导对五谷镇的易地扶贫搬迁安置项目非常重视，在规划项目时，做到精准谋划，在项目选址上精准施策，易地扶贫搬迁安置区，立足自然条件和产业发展基础，选择交通条件比较好，土地资源优势明显，产业发展潜力较大区域，作为搬迁安置点，力争整体性解决制约贫困户发展的出行难、上学难、就业难、发展难等问题。"

万起超认真听着杨嘉煜的讲解宣传。

"易地扶贫搬迁安置区建好后，随着搬迁户的不断入驻，政府会不断地完善基础设施，始终坚持群众搬到哪里，基础设施建到哪里，公共服务就配套到哪里的原则，高起点规划，高标准建设，不断加大水、电、路等基础设施资金投入力度，积极配套建设幼儿园、学校、卫生室、文化广场等基础设施。"

"听你说的，各项条件确实比在下芦社有很大的改观。"

"万大爷，那是一定的，让村民搬迁过去就是要享受好的生活环境，过上幸福美好的生活，如果搬迁出去还不如现在，咱们就不搬了。"

"说得好不如做得好。"万起超的风凉话又上来了。

"做得好，是最有说服力的。万大爷，您先把名报上，如果安置区建好达不到您的要求，您可以不搬。"

"恐怕把名报上，到时候就由不得我了。"

……

无论杨嘉煜怎样做思想工作，万起超就是不同意搬迁。

"新建的易地扶贫搬迁安置区，结合农村人居环境整治和全程无垃圾专业治理，大力开展易地扶贫搬迁安置区的生态建设，彻底改善提升贫困群众生产、生活条件和农村环境面貌，真正打造一批房屋美观、配套完善、环境整洁的美丽宜居新村。"

"搬迁户的劳动生产怎样安排？"万起超问。

杨嘉煜听到万起超问话，他赶忙说："政府围绕搬迁户拔穷根，积极培育富民产业，按照让搬迁户尽快脱贫致富的原则，发展'短平快产业、优先长远稳产业'相结合，一二三产业联动和产业到户，因地制宜，因户施策，采取产业奖补方式，引导搬迁群众大力发展主导产业。"

"杨处长，你说得太理论化、官方化，听不懂，你也说累了，我也要去地里干农活了，咱们改天再聊吧。"

杨嘉煜一听，这是万起超听得不耐烦了，他说："万大爷，可以，您先去地里干活，咱们有时间再聊。"

万起超虽然不想听杨嘉煜做易地扶贫搬迁思想工作，但从他的表情来看，他的思想已经开始动摇了。

坚持就是胜利，杨嘉煜暗暗给自己鼓劲加油。

五

做群众工作一定要有耐心，要有韧性，要投入精力和思想情感，不能操之过急、趾高气扬，以上压下来解决问题。

过了一段时间，杨嘉煜找机会去做万起超的思想工作。

万起超看到杨嘉煜进来，直摇头说："杨处长，你又给我讲大道理来了。"

杨嘉煜笑了笑，没有吭声，他走到万起超身边，给老人家递了一根烟，帮他点上。

万起超的抵触情绪有所消减。

"万大爷，上次你说我讲的道理太理论，太官方话，啥意思？"杨嘉煜问。

"没啥意思，不想听呗。什么一二三产业联动、产业到户、达标到人的原则，那都是你们领导讲话用的，说些具体的，让我们搬迁户得到的实惠。"万起超耿直地说。

"具体地说，镇政府易地扶贫搬迁安置区，确保搬迁户一户一座八十米的温室大棚，一家五只羊，一人一亩地及其他特色产业达标全覆盖。"

"哼，你是随便承诺一下吧，哪有那么好的事情，让我们平头老百姓摊上。"

"万大爷，这敢随便承诺！这是在五谷镇政府申请易地扶贫搬迁安置区建设以前，县委、县政府就筹划好的。"

"大棚、羊是无偿送的？"万起超问。

"嗯，是配套送的，要使搬迁户搬得出、稳得住、能致富，早些过上幸福美好的小康生活。"

"看样子，政府真是为民办实事。"

"那是肯定的。同时，依托'三变'改革，积极发展股份制产业，增加村民收入，大力推进脱贫产业园和特色产业园建设，确保搬迁户入园稳定脱贫，永久受益。"

杨嘉煜的宣传说教，让万起超思想上动摇了。

"万大爷，您放心，政府说到做到，现在第一批安置房已建好，配套设施也正在紧锣密鼓地进行。要不，有时间我领您去镇政府易地扶贫搬迁安置区看看？"杨嘉煜在征求万起超的意见。

"行，我过去看看再说。"

"好嘞，回去我安排车拉您去镇政府易地扶贫搬迁安置区看看。"

下午，杨嘉煜找了车与万起超去了镇政府易地扶贫搬迁安置区。

五谷镇易地扶贫搬迁安置区在距离镇政府以东五公里的一处山川上，交通便利，地势宽阔，已经建好近三百套房子。

"这地方听说过，还没有来过。"万起超说。

"建好的房子，已经开始粉刷，等院子里硬化好了，第一批搬迁户就可以搬过来了。"杨嘉煜说。

万起超在院里转悠着，每户搬迁房共七间，上房五间，两间厨房，在上房的后面还建有库房，院墙、大门已经建好，这里要是有地种，有挣钱门路，也是比较好的地方。

看着万起超满意的表情，杨嘉煜说："万大爷，这里是生活区，您再往东看，那里是致富养殖区和种植区，现在咱们看到的是养殖区，搬到这里要搞集中养殖。再往远处看，有几台推土机工作的地方，以后是种植区，政府承诺的一一兑现。"

到镇政府易地扶贫搬迁安置区实地考察，真的触动了万起超，现在他已经没有抵触情绪了。

杨嘉煜现在不再劝说他了，让他回去思考一下。

不过杨嘉煜已经胜券在握。

驻屯村下芦社的易地扶贫搬迁问题，只要万起超同意搬迁了，后面的事情就好办了，因为下芦社的村民听他的。

从镇政府易地扶贫搬迁安置区回来，杨嘉煜给领导干部们发了一条短信：一切顺利，马到成功。

帮扶工作队干部及村"两委"干部看了短信，开心地笑了。

六

金欣瑶再去王大娘家做搬迁工作时，王大娘正在院中的花园里翻地。

"王大娘，我帮您翻吧。"金欣瑶说。

"你去忙吧，我自己能行。"

"我知道，您能行，我也不是没有给您帮过忙，您是不是看不上我干活？"金欣瑶微笑着问。

"我不是看不上你干活，是看不惯你多管闲事。"

"王大娘，我怎么多管闲事了？"

"你看，我们家的院落好好的，你非动员我家搬迁。"

金欣瑶害怕今天出现僵局，赶紧转换话题说："我今天是来看望您的，是帮您干活的，别的事情咱们不谈，"

金欣瑶说着，从王大娘手中接过铁锹，干起活来。

王大娘是金欣瑶帮扶的建档立卡贫困户，以前，王大娘与金欣瑶关系很好，把她当亲戚看待，金欣瑶也会说话，又常常与王大娘聊天，帮助她干农活等。

自从上次金欣瑶来做搬迁工作，王大娘对她的态度变了，见到她没有以前热情了。

"王大娘，您儿子与儿媳外出打工多长时间了？"

"走了一段时间了。"

"这一段时间只有您与孙子、孙女三人在家？"

"嗯。"

"最近我看您走起路来腿有点不太方便。"

"不知咋了，腿有点酸疼。"

"您没有去医院检查一下？"

"查了，医生说没有大碍，这是老年人常犯的骨质疏松症。"

"您要多注意休息，少干些体力活。"

"农民不干活能行嘛。"王大娘叹息说。

"您的腿疼，儿子知道吗？"

"知道。"

"知道您有病，他还外出打工。"金欣瑶装作生气地说。

"不外出打工没办法，不打工没钱花，生活艰难呀。"

"您身体不好，就是没钱，儿子也不能外出打工，因为母亲的身体重要。"金欣瑶故意大声说。

王大娘无奈地说："我也不想让儿子、儿媳外出打工，但他们日子过得紧张，唯恐别人笑话。他们外出打工，有时我在家，也感到孤独，特别是在生病时，更希望儿女在身边。"

"王大娘，我有一个办法，既能让您的儿子、儿媳打工挣钱，又能在您身边伺候您。"

"真的？"王大娘眼睛一亮。

"在镇政府附近正在建设蔬菜温室大棚和规模化养殖场，到那里打工比到外面打工好。"

"温室大棚和养殖场建好了没有？"

"快了，再过三四个月就好了，到时候您把儿子、儿媳叫回来打工就是了。"金欣瑶把王大娘说高兴了。

"不过，还有一种更好的情况，如果您能搬迁过去，那就更好了。"金欣瑶把话题转移到易地扶贫搬迁上。

"我就知道你这丫头片子来了没好事，又来劝我搬迁呢。"

这次，王大娘说话比以前和气多了。

金欣瑶朝王大娘微微一笑说："这是我的工作嘛。王大娘，您家要是搬迁过去，政府要送您一座八十米长的温室大棚，每家五只羊，每人一亩地。"

王大娘一听说送的，来了兴趣。她问："政府不要钱？"

"不要，政府送给搬迁户，是让他们脱贫致富的，镇政府易地扶贫搬迁安置区，还有集体合作社，农忙时您儿子、儿媳种自己的大棚、自家的地；农闲时，可以到集体合作社里面打工挣钱，这样一年四季都有活干，您的儿子、儿媳也不用外出打工了。"

王大娘一听这种办法好，儿子、儿媳不怪罪她不让他们外出打工。

"主要是您在家中有人陪伴，也不感到孤独了，一家人高高兴兴地过日子，这才是真正的幸福生活。"

"要是下芦社其他人家不搬，怎么办？"王大娘问。

"您放心，下芦社的人家都要搬，谁家签订的协议早，易地扶贫搬迁安置区的房子谁先挑。"

"那我等儿子回来商量一下。"

"行，您慢慢思考一下才下决定。"

王大娘的思想工作做通了，金欣瑶心中暗自高兴。

"好的，王大娘，记住一点，谁先签订搬迁协议，谁就可以选挑新房子哦。"

金欣瑶越说，王大娘越激动，她竟拿起手机给儿子打起了电话，商量搬迁的事情。

"王大娘，花园里的地，帮您翻好了，我也该回去了。"金欣瑶放下铁锹，走出了王家大门。

在回去的路上，金欣瑶也发了一条短信：一切顺利，马到成功！

经过帮扶工作队干部和村"两委"干部的共同努力，历时二十余天的时间，驻屯村下芦社四十三户全部签订了易地扶贫搬迁协议，将

第十六章 | 345

搬到镇政府附近的易地扶贫搬迁安置区，这块所谓的扶贫"硬骨头"终于解决了，干部们都笑了。

七

张凯与高静怡结婚后不久，他们去拜访了媒人冯睿娜，张凯也顺便看一下自己的老师史郁海。

张凯与高静怡的到来，让史郁海与冯睿娜非常高兴。

"小张、小高，快坐下。"冯睿娜说着给两位新人沏茶。

"冯主任，我来沏茶吧。"高静怡说。

"今天，你是客人，哪能麻烦你。"冯睿娜示意高静怡坐下。

史郁海去厨房洗水果，张凯紧随其后，这个家对于张凯来说，太熟悉了。

张凯与史郁海的关系，让高静怡有点羡慕。她听张凯说过，在他没有下乡扶贫之前，经常到史郁海家来喝茶聊天、探讨工作中遇到的医学问题。

茶沏上了，水果也洗好了，四人坐了下来。冯睿娜给张凯讲了很多家庭方面的知识，让他知道结婚以后，男人该如何操持这个家庭。

张凯听后既受启发，又很感激。

中午，史郁海夫妇请张凯、高静怡去饭店吃饭。

"史主任，还是在家吃饭吧，我最爱吃冯主任做的土豆炖牛肉了。"张凯说。

"那就听张凯的。"史郁海说。

"那不行，小高是贵客呀，怎能在家中招呼吃饭？"

"冯主任，就在家中做饭吃吧，咱们是一个单位的同事，就不要把我当外人了。"高静怡拉住冯睿娜的手说。

"那就委屈我们高编辑了。"冯睿娜笑着说。

"冯主任净拿我开玩笑。"高静怡不好意思地说。

"那好，不说你了，我给大家做饭去。"

"冯主任,我给你打下手。"高静怡说。

高静怡与冯睿娜去了厨房做午饭。

张凯与史郁海继续闲聊。

"张凯,你申请延长帮扶工作时间,院里的领导对你很赞赏,单位里的同事对你很敬佩。"

"史主任,当时的情况比较特殊,驻屯村正处在脱贫攻坚的关键期,省财政厅社会保障处的杨嘉煜副处长考虑到驻屯村的脱贫攻坚政策的延续性,提议帮扶工作队干部帮扶时间的延长。"

"你们帮扶工作队干部的表现很好,在前一段时间,市委、市政府召开的全市扶贫工作会议上,市领导还表扬了驻屯村的帮扶工作队干部。"

听到市领导在全市扶贫工作会议上表扬他们,张凯很开心。

"延长帮扶时间,一方面是保证脱贫攻坚的成效;另一方面是当地人民群众舍不得离开你们,你们与村民们有了深厚的感情。"

"可以这样说吧。"张凯说。

说到驻屯村卫生室的情况,张凯说:"史主任,情况不是很好。"

史郁海看了一眼张凯,让他继续说下去。

"村卫生室的医疗水平有待提高,就不用说了,这是基层卫生室普遍存在的问题,可是驻屯村卫生室硬件设施也比较落后。"

"怎么个落后状况?"

"就拿床位来说吧,村卫生室一共有六张病床,要是遇到流行性感冒高发期,大部分病人是坐在凳子上输液。"

"床位是有点少。"

此时的张凯灵机一动,他说:"史主任,我有个想法,不知该讲不该讲?"

"说吧。"

"咱们市中医院是否能给驻屯村卫生室资助几张病床?算是帮扶单位对扶贫村的支持。"

史郁海点了点头,说:"你的想法可以考虑,市中医院应该帮扶

第十六章 | 347

一下对口单位，应该尽一下市中医院的责任。"

"史主任说得好！"张凯会意地笑了。

"那驻屯村生卫生室需要多少张病床？"

"如果把旧病床换掉，大概需要二十张吧。"

"好吧，我向医院申请一下，尽量为驻屯村卫生室申请资助二十张病床。"

"谢谢史主任！"

正当张凯高兴时，史郁海又说："张凯，我还有一个想法。"

"史主任，您说。"

"上个月，南方一家医疗器械公司为了推销医疗产品，公司给咱们针灸科捐献六把现代科技按摩椅，我打算给驻屯村卫生室赠送两把，农村卫生室可能更需要这种医疗设备。"

一把按摩椅上万元。

张凯听了之后，他激动地说："史主任，太感谢您了！"

史郁海笑着说："你啥时候学会跟我客套起来了。"

两个人正谈得高兴时，冯睿娜与高静怡把饭做好，四人高兴地一块儿吃午饭。

在市中医院行政例会上，史郁海把驻屯村卫生室需要病床的事情提了出来，并且得到了院方的同意资助。

半月后，市中医院派专门车辆把二十张病床与两把现代科技按摩椅送到驻屯村卫生室。

驻屯村村民对帮扶工作队干部充满了感激之情，村卫生室的条件得到了很大的改善。

八

半年之后，驻屯村通上了黄河水，结束了祖祖辈辈缺水的历史。

黄河水引进了村里，根据设计方案，先给各家各户安装自来水。

"咱们也能像城里人吃上自来水了，这是以前想都不敢想的事情。"祁建红高兴地说。

"是的,再也不用到两里外的泉眼旁担水吃了。"张士胜激动得热泪盈眶,因为他是残疾人,一直是妻子石丽娟去两里之外的泉眼旁担水,他很心疼自己的妻子。

拧开水龙头,水就流进缸里,这对于张士胜这样的残疾人来说,更是好事情。

家家通自来水工程按工序进行,村民们热情高涨,积极参与自来水管道建设。一个月的时间,家家户户自来水管道铺设改造完成,村民们吃上了放心安全的自来水。

为了保证村民安全饮水、农业安全用水,驻屯村还建立一个水质量监测中心,确保驻屯村的用水安全。

安全饮水、安全用水工程的实施,有效解决了村民们吃水难和不安全的问题,受益群众从繁重的人挑水、畜驮水、车拉水中解放出来,集中精力投入到农业、副业生产中,许多农户利用自来水积极发展养殖业,发展庭院经济,拓宽致富门路,经济效益不断显现。

有了安全充足优质方便的自来水,人民群众因为饮用不安全水带来的危害大大减少,身体健康水平有了大幅度提高,居家生活和精神面貌有了很大改观,个人卫生和环境卫生意识有了明显提高。

这项惠民工程、民心工程正发挥着积极的效益。

自来水改造安装完成后,随后的工作是对农田灌溉项目的开发和建设问题。

"西山坪、南山、北山上的土地可以直接改造成灌溉农田。"祁建臻说。

"是的,村委会要做好引导,根据设计方案,政府进行技术指导,村民出工修建水渠,把水引到田间地头,让旱田变为水田。"杨嘉煜说。

"南山、北山的土地改造容易进行,因为土地产权明晰,引导村民们干就可以了,关键是西山坪上的土地开发和利用。"

"西山坪共设计灌溉农田两千余亩,这些土地改造利用好,引黄河水入村的经济效益就更凸显了。"

"是的,杨处长,咱们近期重点工作是开发好西山坪、南山、北山上的三千五百余亩灌溉农田建设。"

"通往西滩社的桥修好了,交通便利了,西山坪的土地适合规模性农业开发。"杨嘉煜说。

"嗯,西山坪的农田灌溉项目完成后,要找一种好的经营模式。"

驻屯村村民对西山坪上的土地开发利用充满着憧憬。

西山坪的土地改造完成后,王铭铭主动找上门来,他要承包经营这些土地,进行现代农业开发。

一天,祁建臻接到了王铭铭的电话。

"祁书记,你好!"

"老同学好!"祁建臻说。

"我想请帮扶工作队干部和村'两委'干部吃顿饭,你有时间安排一下。"

"王总,请干部们吃饭有事情吗?"

"坐下来闲聊一下。"

"不只是闲聊吧,肯定是有事情的。"

"看来有事情是瞒不过老同学了。"

"是不是看上西山坪上的土地了?"祁建臻问。

"让你猜中了。"王铭铭毫不避讳地说。

"那好,我与杨处长碰个头,交流一下意见,约定个时间。"

"好嘞,我等你的消息。"

当祁建臻听到王铭铭要投资开发西山坪上的土地时,他开心地笑了。

祁建臻把情况向杨嘉煜作了汇报,杨嘉煜听后立即让祁建臻回话王铭铭,热烈欢迎他的投资开发。

王铭铭接到祁建臻的回话后,他急忙从省城回到驻屯村,商讨西山坪的土地开发事宜。

"西山坪上的土地利用，我想的时间长了，就是苦于没有水，没办法开发利用。"

"王总，现在西山坪的土地改造完成了，有水灌溉了，你怎么个开发利用？"杨嘉煜问。

"我准备搞现代农业种植，建设现代农业科技温室大棚和经济果园，配合村里千年古城堡的旅游开发。"

"你的想法好，这样既解决了集体土地的利用问题，又完善了你在驻屯村的投资产业链。"

"现代农业温室大棚建成后，主要是种植蔬菜，可以采用多种经营模式，一是公司直接经营，村民可以到公司里来打工，领取工资；二是村民可以承包温室大棚种植，公司提供免费指导服务，回收种植农产品，多渠道增加村民收入，帮助他们脱贫致富。"

王铭铭承包西山坪的土地，目的很明确。

杨嘉煜、祁建臻召开村民代表大会，商讨相关事宜。村民们听了之后很是高兴，一致同意把西山坪的土地承包给王铭铭搞现代农业开发。

王铭铭投资两千万元，高标准建设了四百座现代农业科技温室大棚，自动控温、自动卷帘机、滴灌技术、病虫害自动监控等设施一应俱全。

为了提高温室大棚的经济效益，进行农产品深加工，王铭铭又引进蔬菜脱水烘干生产线，为需要脱水蔬菜的大企业提供资源。

这为驻屯村的发展又创造了一个好的机遇，温室大棚，助力脱贫攻坚效果更加明显。

九

经过一年的紧张施工建设，驻屯村古城堡文化旅游进入试营业时期，取得了很好的经济效益和社会效益，已成为周边地区游人休闲度假的理想目的地。

但在千年古城堡旅游管理过程中，遇到了一些问题，就是每家每户的旱厕与现代文明的景观不相适宜，这是旅客经常反映的问题，厕所脏、乱、差，在农家乐住宿、就餐有异味等。

要解决这个问题，提高景区旅游品位，必须把农户家的厕所进行改造，把以前脏、乱、差的旱厕改为现代文明的水厕。

村"两委"干部提出建议，要把农户家中的旱厕改为水厕，部分村民态度不积极。

省瑞翔开发公司总经理赵淑婕专门从省城来到驻屯村，协调解决景区厕所改造问题。

"要求把农户家中的旱厕改为水厕，部分村民不同意。"祁建臻说。

"为什么？"赵淑婕问。

"改造厕所需要资金，村民们不想掏这个钱，他们认为把钱花在修厕所上不值。再者水厕费水，村民不想糟蹋浪费来之不易的黄河水。"

"村民有这种想法很正常，可以理解。祁书记，召开村民代表会议，进行协商。"

"可以。"

在村民代表大会上，村民们进行了激烈的讨论。

"咱们现在要提高千年古城堡的旅游档次，必须把旱厕改为水厕。"赵淑婕说。

"旱厕没有游客反映的那么脏、乱、差，我们祖辈们都用旱厕，没有臭气熏天的，也没有见过传染病的传播。"张满仓说。

"老张，你说的情况我们知道。但现在不是以前了，有条件了就要跟上时代的发展，况且我们驻屯村现在是旅游景区。"

"赵经理，跟上时代没错，但水厕是要用水去冲，用干净水去冲厕所，那多可惜，我们是从缺水苦难生活中度过来的。"

村民们不愿改水厕，主要是因为心疼水。

"厕所改造是政府进行美丽乡村建设的重要内容，前几年政府就对'厕所革命'作过指示，积极探索厕所建设，创新管理模式。尤其是对旅游景区的厕所扩建改造提出了明确的要求，要主动融入人文关怀，引领旅游环境的提高。"赵淑婕说。

"政府还管厕所改造？"刘祺平问。

"是的，'方便'的事如果不方便，会让游客兴味索然，厕所虽然不起眼，但人人却离不开它，解决了游客们的上厕所问题，也就能提高他们的旅游兴致。"

听着赵淑婕的讲解，村民们面面相觑，感到很惊奇。

"厕所文明代表着一个景区的文明，厕所的形象也代表着一个景区的形象，大的文明景区正着手融入人文关怀的提升，修建第三厕所。"

"什么是第三厕所？"赵振伟问。

"第三厕所是对特殊人群需求的厕所。比如，年轻的妈妈带着小男孩或者中年男人带着年迈的母亲，去女厕所或者男厕所都不合适，第三厕所正是为了满足这部分游人的需求。"

"村民们不想把旱厕改为水厕，认为花钱不值，又惜疼从几百里外引来的黄河水，没想到景区的厕所有这么多的讲究。"赵振伟说。

"是的，驻屯村的旱厕改为水厕，正是契合大众休闲旅游的要求，将'厕所革命'推向深入的务实之举，这也是今天召开村民代表大会的主要原因。"祁建臻说。

"建设厕所的理念也要改变，以前的厕所都是建在比较隐蔽偏远的地方，现在的厕所一定要建在比较起眼的地方，方便游客上厕所。"赵淑婕建议。

"厕所建在比较起眼的地方，那多难看。"杜青林说。

"因为厕所建在比较起眼方便的地方，所以厕所必须卫生，造型必须新颖，外观必须漂亮，与周边景观融为一体，既解决了游客的'燃眉之急'，又成为一道独特的风景。"

村民代表被赵淑婕说动了，现在没有人反对改造自家的旱厕了。

"咱们驻屯村的千年古城堡是很好的文化旅游资源，必须把品位

第十六章 | 353

档次提升上去，我们现在的投入正是为了将来有更好的经济效益。至于改厕的费用，我与杨处长已经协商好了，争取国家改厕项目，不让咱们老百姓掏一分钱。"

免费改厕，让村民们吃上了定心丸。

驻屯村农户家厕所改造之后，赵淑婕担心村民害怕费水而不用，她与村"两委"干部协商，每户免费提供五吨水供厕所使用，彻底解决了驻屯村的"厕所革命"中的难题。

后来，根据景区发展的需要，又在景区附近修建了三座公共卫生厕所，积极探索以商养厕的管理模式，取得了很好的成效。

千年古城堡景区，经过本次"厕所革命"，不仅提高了千年古城堡景区的旅游知名度，而且驻屯村被评为省级乡村文明建设示范村。

千年古城堡旅游景区品位的提升，吸引了越来越多慕名而来的游客。经营理念的先进，就是经济效益。

第十七章

一

　　陶乙奎是金欣瑶帮扶的贫困户，他一家三口人，一个女儿，妻子何琼常年有病，不能劳动。

　　家庭的困难让陶乙奎失去了生活的信心，他经常酗酒，不愿意回家，地里的庄稼不好好管理，日子过得很紧张。

　　村"两委"干部曾多次劝说过陶乙奎，让他树立生活的信心，但无济于事。

　　金欣瑶过来帮扶之后，她也反复做陶乙奎的思想工作，效果不太明显，但她没有放弃，并下定决心，一定要让陶乙奎树立生活的信心，激发他的内生动力，帮他脱贫致富奔小康。

　　陶乙奎不收拾家务，妻子何琼卧病在床，家中一片狼藉，房子里的卫生脏、乱、差，茶几、电视柜已经好长时间没有擦拭过，上面的污垢到处都是。

　　去年，借助乡村振兴计划、"美丽庭院"创建活动，陶乙奎家中的卫生状况有了改善。可是随着时间的推移，何琼有病不能走路，家里的卫生没人打扫，又回到了原样。

　　对于陶乙奎家的帮扶，金欣瑶先从帮他家搞卫生开始。

　　"金局长，让你给打扫卫生，不好意思，屋里脏得很，你不要管了，有时间我来打扫吧。"何琼说。

她说着想从床上爬起来，满脸的痛苦表情，金欣瑶知道她病得很厉害。

金欣瑶把何琼扶起，帮她坐起来。

"嫂子，你这种情况怎么打扫卫生呀？"

"这一段时间病情有点严重，以前疼痛轻的时候，我一直在做饭、打扫卫生。"

金欣瑶边聊边擦拭电视柜、沙发，何琼面带感激之情。

"嫂子，你患的啥病？"

"类风湿性关节炎，已经好长时间了。"

"没有去医院看吗？"

"经常看，类风湿性关节炎，治不了根。"

"哦……"

"房子里太脏太乱，金局长，你先休息一下。"

"没关系，嫂子，我慢慢打扫。"

"自从我患上腿病以后，不能干活了，家里的日子就过烂包了。孩子他爸也没心思操持家务，我不能下地干活，他也不能外出打工，只能靠种地生活，刚能吃饱肚子。"

"刚能吃饱肚子不行，政府要求咱们奔小康，'两不愁三保障'必须达到。"金欣瑶说。

说起生活奔小康，何琼一脸的茫然，像他们的家庭，过得这样烂包，怎么奔小康呢？

"嫂子，国家优惠政策都享受到了吧。"

"享受到了，困难家庭补助、医疗救治报销、学生教育补助等。现在的政府好得很，要不是政府的帮扶，我们家的日子根本没法过。"

"优惠政策享受就好，不管生活怎么困难，都要有生活的信心。"

金欣瑶边打卫生，边宽慰着何琼。

经过近两个小时的忙活，陶乙奎家房子里的卫生被打扫干净了。

陶乙奎从地里回来，看到帮扶工作队干部金欣瑶把房子里打扫得干干净净，说："金局长，真不好意思，麻烦你给打扫卫生。"

"没关系，老陶，今天我把你家屋子里的卫生打扫干净了，你要注意保持，嫂子不能动弹，屋里脏了、乱了，你要勤打扫，勤收拾。"

陶乙奎嘴里应答着。

"另外，有时间你把院子里的卫生也打扫一下，杂物不能乱堆、乱放，现在政府提倡建设美丽乡村，改善农村居住环境，你家卫生根本达不到标准。"

提起家里的情况，陶乙奎心中犯愁了。

"金局长，不是我不收拾，我们家的状况让我没心境收拾。"

"你们家的情况我知道，嫂子有病在床，不能劳动干活，你又不能外出打工，挣钱没有门路。但你作为一家之主，必须挑起重担，树立生活的信心，鼓起生活的勇气。"

陶乙奎知道，金欣瑶在开导自己。

"你不能外出打工，在家要想办法挣钱，把日子往好里过，人活精气神，不能让生活中的困难打倒自己。"

"金局长，听你的。"

金欣瑶的开导，让陶乙奎心情有了好转。

"在脱贫致富上，你有啥想法，跟我说，咱们共同协商解决。只要你有致富的信心，脱贫肯定没问题。政府的优惠政策，我会想办法给你争取。"

"谢谢！金局长。"

扶贫先扶志，扶贫先扶智，在这方面金欣瑶做得很好，经过她的开导，陶乙奎生活颓废的思想有所消除。

二

"小张，治疗类风湿性关节炎，有没有好的药物和治疗方法？"金欣瑶问张凯。

"金局长，有谁得了类风湿病？"

"我的帮扶贫困户陶乙奎的妻子。"

"哦，这病比较难治，到目前为止，类风湿性关节炎尚无特效治疗药物和方法，仍停留在炎症和后遗症的治疗中。但是，注重病理期的综合治疗，大多数患者可以获得一定的疗效。"张凯说。

"治疗类风湿性关节炎，通常用的药物有哪些？"

"一般首选甲氨蝶呤、柳氮磺嘧啶等，其中甲氨蝶呤属于免疫抑制剂，可以控制类风湿关节炎的病情发展，抑制炎症细胞增生，是目前类风湿性关节炎首选的治疗药物之一，无禁忌均应服用，另外，还可选择来氟米特等。"

"嗯，知道了，除了药物以外，平时应该注意哪些问题？"

"类风湿性关节炎病患者最怕冷、潮湿，住的卧室最好向阳，通风干燥，保持空气新鲜，床铺要平整，被褥轻暖干燥，经常晾晒，洗脸、洗手宜用温水，晚上勤洗脚，促进下肢血液循环。"张凯说。

"那在饮食方面应注意哪些问题？"金欣瑶问。

"饮食一般应吃高蛋白、低脂肪、易消化的食物，少吃辛辣、刺激性食物以及生冷、油腻之物，多吃蔬菜水果，蔬菜水果含有大量的纤维素，可以有效地帮助患者改善肠道功能，同时也可以满足机体对各种微量元素、维生素的需求。"

"得了类风湿性关节炎需要锻炼吗？"

"需要，类风湿性关节炎患者通过日常锻炼，可以防止关节出现僵局挛缩，促进血液循环，恢复关节功能，一定强度的锻炼，对机体来说是一种应急状态，可以促进肾上腺皮质分泌激素，这种内源性激素在一定程度上有治疗作用，振奋精神，增强体质，增强恢复信心。"

"说得太专业了，有点听不懂，简单地说，适量的锻炼对类风湿性关节炎患者有好处。"

"嗯，就是这个道理。"

"小张，陶乙奎妻子的类风湿性关节炎比较严重，吃了很多的药物不见疗效，有没有一些传统方法进行治疗？"

"类风湿性疾病害怕冷，平时注意保暖，保护膝关节。为了保证膝关节的干燥保暖，可以买一些粗盐在锅中炒热，用布袋装上，敷在膝关节上，有一定的疗效，主要是保证膝关节的保暖，减少疾病痛苦。"

"为什么要用粗盐？"金欣瑶问。

"粗盐加热慢，散热也慢，对膝关节能持久地保温。"

"谢谢小张，通过你的讲解，我都快成大夫了。"

"金局长，学了本事就要请客。"

"明白了，晚上我做好吃的，专门犒劳张大夫。"

周末，金欣瑶回到县城，去大药房买了两个疗程的甲氨蝶呤，去超市买了五包食用粗盐。

周一上班，金欣瑶拿着药和粗盐去了陶乙奎家。

"金局长，过来了？"何琼打招呼。

"嫂子，腿还痛吗？"

"还是以前老样子，疼痛得不能下地走路。"何琼沮丧地说。

"嫂子，我给你带些治疗药物，你先试试。"

"还让你操心买药。"

"我给你买了些粗盐。"

"买盐干啥？"

"治关节病呀，这是一个传统疗法。"

"粗盐还能治关节病？"

"嗯，今天我给你试试。"

金欣瑶说着，她去厨房炒盐，把盐炒热，然后放进缝好的布袋中，让何琼敷在了腿上。

"这盐挺热的。"何琼说。

"就是利用粗盐的热量，烘烤膝关节，防止膝关节受湿、受凉。"

"感谢金局长！这盐敷多长时间？"

"一般是一个小时，如果盐的温度较高，也可以多敷一会儿。"

刚开始时，效果不是太好，主要是因为何琼的关节炎病情太重，敷了几天之后，有了疼痛轻松的感觉。

第十七章

随后，金欣瑶天天来给何琼炒盐敷腿。

三

一个多月过去，何琼的腿疼竟然奇迹般地减轻了，现在她可以下床走路了，这让金欣瑶很高兴。

"金局长，太感谢你了，你拿来的药还真管用，尤其是你拿来的粗盐，我每天两次加热后敷在腿上，效果很明显。"

"嫂子，你的类风湿性关节炎，主要是潮的了，你只要注意好防潮、不受凉、不受冷，肯定能够治好。"

"是的，年轻的时候不注意身体，冬天下地干活，从不注意防范，现在全身都是病。"

"咱们农民都是这样，小病靠拖，大病靠熬，最后把身体拖垮了。"金欣瑶说。

"以前主要是家庭经济困难，没钱看病，现在的社会好，看病花钱政府都给报销。"

"是的，政府制定政策是让农民过上幸福美好的生活，不愁吃不愁穿，住房、上学、看病都有保障。"

金欣瑶与何琼谈得很默契，交流得很开心。

"嫂子，用粗盐敷腿，你不要间断，要一直敷下去，这样才有成效。"

"嗯，金局长，听你的。现在我的腿疼痛减轻了，心情也比以前好多了，真正体会到了身体健康的好处。"

"对，你也不能一直在床上躺着，适当的时候还要进行锻炼，平时多吃些蔬菜水果，提高免疫力，增长自信心，这样对疾病恢复有利。"

何琼听着流下了眼泪，自从她生病以来，还没有人像金欣瑶这样为自己操心。

正当金欣瑶与何琼闲聊时，陶乙奎回来了，看到他那醉醺醺的样子，何琼立马把脸掉了下来。

"老陶，今天又喝酒了。"

陶乙奎听到金欣瑶在问，他吞吞吐吐地说："嗯，喝了一点儿。"

"瞧你那醉醺醺的样子，丢人现眼的。"何琼怒骂道。

陶乙奎知道自己理亏，没敢辩解。

"老陶，喝酒没关系，不能天天喝，也不能天天喝醉。"

金欣瑶的话让陶乙奎猜想，这肯定是妻子给她说的，他怒气冲冲地看了妻子何琼一眼。

金欣瑶注意到陶乙奎表情的变化，她说："你经常喝酒，不是嫂子说的，你爱喝酒，还经常喝醉，村里人都知道。"

陶乙奎只好认错。

"老陶，你经常说自己心情不好的时候才喝酒，今天喝酒心情为什么不好？说出来听听。"

"今天心情好着呢，就是想喝点酒。"

"喝酒没错，但不能多喝，每次多喝或者喝醉，对人的身体不好，对家庭和睦也不好。"金欣瑶给陶乙奎讲着道理。

说到家庭关系，陶乙奎有了思想负担。他这几年家庭不和睦，与他喝酒有很大关系，他知道自己酒风不好，每次喝多酒回来都与妻子吵架，家庭经济本来就紧张，他还在外面乱花钱买酒喝。

"以后我尽量克制自己喝酒。"陶乙奎在承认自己的错误。

"这就对了，现在嫂子的腿疼病好多了，能下床走动，帮你干些家务活，你应该高兴才是。"

"这应该感谢金局长！我妻子的病多亏了你操心。"陈乙奎说。

"以前的事情就不要再提了，从现在开始，咱们要做的第一件事，就是如何想办法挣钱脱贫。"

"金局长，你放心，我会想办法挣钱脱贫的。"

"想办法挣钱脱贫，别忘了克制住自己喝酒哦。"金欣瑶的一句玩笑话说得陶乙奎很惭愧。

何琼给了金欣瑶一个感激的眼神。

四

陶乙奎家中没有洗衣机，衣服靠人洗，妻子有病在身，行动不便，家里的被子、衣服很长时间没有清洗过。

金欣瑶计划给陶乙奎家买台洗衣机。

当她把洗衣机送到陶乙奎家中时，何琼不敢接收，洗衣机的包装都不让打开。

"嫂子，为什么不打开洗衣机包装？"金欣瑶问。

"我家没钱买。"

"这是我送给你家的。"

"那也不行，你送我家洗衣机有点太贵重了吧。"

"不贵重，不就是一台洗衣机嘛，以后你洗衣服方便了。"

一台洗衣机五六百元钱，困难的家庭也消费不起。

在金欣瑶的劝说下，陶乙奎妻子才肯收下，打开洗衣机，金欣瑶帮助何琼把衣物清洗了一遍，家里的卫生又干净了许多。

帮扶工作队干部，为了能让自己的帮扶对象尽早脱贫致富奔小康，真是想尽了一切办法，帮扶干部的工作精神，正是领导干部全心全意为人民服务的诠释。

金欣瑶有了闲暇时间，就去帮扶对象陶乙奎家，金欣瑶的到来，让何琼的心情畅快了很多。以前她一人待在家中，没人说话，心中焦躁，有时陶乙奎酒喝多了，骂骂咧咧，让她感到生活没有奔头，思想精神上很郁闷。

现在何琼有人说话了，精神状态比以前好多了，经过药物治疗和保健调理，她能走路了，这让何琼很高兴。

金欣瑶来陶乙奎家的次数多了，他的女儿陶雪便与她熟悉了，喊她"姑姑"，金欣瑶真正地融入到了这个家庭之中。

陶乙奎酒戒了，妻子也能走路了，经济上虽然面临很多困难，但精神上比以前轻松了，小院中又传出了欢快的笑声。

精神帮扶与经济帮扶同样重要。

陶乙奎农闲时，外出打工，跟着村上的建筑队给农家盖房，有时工程进度紧张的时候，他几天才回来一次。

在这个时候，金欣瑶会经常去陶乙奎家，帮助何琼料理一下家务，干些家务活。

金欣瑶有时从县城回来，给陶雪买些零食或学习用品，陶雪会很高兴。

陶雪聪明伶俐，上小学四年级，学习很好，由于妈妈身体不好，她经常帮助妈妈干些力所能及的家务活，夏天去地里帮助爸妈薅草浇水，冬天帮助妈妈煨炕，给鸡、羊喂饲料等。

乖巧伶俐的陶雪，金欣瑶很喜欢，她甜甜地叫"姑姑"让金欣瑶感到很亲切。

金欣瑶有时去陶乙奎家，看到陶雪那麻利的洗碗动作，她有点心疼起来，多么懂事的孩子呀。

"她爸不在家时，都是姑娘在帮我。"

"陶雪这姑娘太懂事了。"金欣瑶说。

"这么小的孩子在城里正是玩耍的年龄，而在我们这个家庭已经帮助爸妈干农活了。"

"农村孩子有这个锻炼条件也好，艰难困苦对孩子的磨炼，有利于孩子的健康成长，对他们以后走向社会有好处。现在城里的孩子生活条件优越，优越的生活条件不能锻炼孩子的意志力，让孩子形成很多惰性，没有自主生活的习惯，缺少自主生活的能力，这样的孩子走向社会之后，很难适应时代的发展、社会的变化。"金欣瑶说。

"希望农村的孩子以后走向社会，有出息，可是农村孩子经常帮助父母干农活，把学习给耽误了。"

"陶雪不是学得很好嘛。"金欣瑶指着墙上的奖状说。

在陶乙奎家中，最让他们自豪的就是贴在墙上女儿的二三十张奖状。

"姑娘学得很好，希望她以后有出息。"

"嫂子，你放心，你看陶雪这么懂事，学习又好，将来一定能考个好大学，肯定有出息。"

听着金欣瑶对陶雪的夸奖，当母亲的心中自然高兴。

五

在后面的接触过程中，陶雪与金欣瑶的关系更近了，金欣瑶去陶乙奎家，陶雪会跟金欣瑶倾心交谈，像姑姑侄女的关系。

一天下午，金欣瑶去陶家走访，她一进院落，看见陶雪正在做作业，看见金欣瑶进来，陶雪高兴地说："姑姑，我正想你呢。"

"小丫头，你真会说话，说得姑姑挺高兴的，说吧，啥事？"金欣瑶问。

"姑姑，我想让你给我辅导一下作业。"

"我还以为你想姑姑，给姑姑好吃的呢，原来是让姑姑辅导作业呀。"金欣瑶装作不理解地说。

陶雪知道金欣瑶与她开玩笑，她拿起作业本站起来说："姑姑，你先给我讲题。"

"好的。"

金欣瑶在辅导作业的过程中，陶雪听得很认真，并且不断地问为什么，这一点说明，陶雪是一位学习特别认真的孩子。

从此以后，金欣瑶又承担起陶雪作业辅导的任务。

金欣瑶有时间过来，就在陶乙奎家给陶雪辅导作业，她没时间过来，陶雪会去村委会找她。

金欣瑶的精心辅导，让陶雪的学习成绩比以前更好了，陶乙奎夫妇对金欣瑶倍加感激。

陶乙奎农忙的时候在家种地，农闲的时候外出打零工，种地留足口粮没有多大经济效益，而他没有技术，打工干的多是体力活，也挣不了多少钱。

陶乙奎家离政府规定的脱贫标准还有很大的差距，这让金欣瑶对他家的脱贫现状很着急。

要想让陶乙奎家脱贫，必须让他家有可持续发展的产业，上次政府扶贫给陶乙奎送了十只小尾寒羊，搞起了养殖业。但养殖规模小，不足以脱贫致富，他家仅靠养殖业也达不到脱贫的目标。

金欣瑶在思考着陶乙奎家脱贫的问题。

金欣瑶去陶乙奎家给陶雪辅导作业，陶乙奎正好在家中。

"老陶，今天外出打工，怎么回来的这么早？"金欣瑶问。

"金局长，今天没去。"

"为什么？"

"八里湾村一农户家的房子盖好了，村工程队没活干了。"

"哦，老陶，像这样打零工一年能挣多少钱？"

"能挣一万多元吧。"

"能积蓄一点吗？"

"不能，农闲时打些零工挣的钱，仅够平时家中花销的。"

打零工挣的钱，只够平时花销，这是一种现实情况。打工挣钱，只能维持生计，要是家中出现突发事情，急需用钱，老百姓就没办法了。

"老陶，我有件事想与你商量。"

"金局长，你说。"

"前一段时间，王铭铭把西山坪租种的土地计划建设一批现代农业科技温室大棚，并对外进行承包，你有意愿吗？"

"温室大棚以前没种过，听说要懂技术，我不懂技术。"

"不懂技术没关系，铭新现代农业科技公司和镇农业服务中心会派技术员进行指导。"

"听说承包一座温室大棚需要五万元。"

"嗯，不过政府有规定，发展特色产业有补贴，特别是建档立卡贫困户，还有贴息贷款，如承包一座八十米的温室大棚，农户暂不掏钱，到时间把贴息贷款还上就可以了。"

第十七章 | 365

听金欣瑶这么一说，陶乙奎有了种植温室大棚的想法。

"承包温室大棚需要哪些手续？"陶乙奎问。

"先到村委会报名，村上做数量统计。"

"那好，我先把名报上。"

"种温室大棚就有了稳定的收入，不再东奔西跑打零工了，这是脱贫的长久之计。"金欣瑶说。

"金局长，你说的对，东奔西跑打零工的原因，是没有固定产业的发展，将来有了温室大棚，一年四季可以种植，收入就有了保障。"

"是的，咱们就这么定了，你去村委会报名，我给陶雪辅导一下作业。"金欣瑶说着，给陶雪辅导作业去了。

六

经村上初步统计，驻屯村有近百户村民承包铭新现代农业科技公司的温室大棚，其余的温室大棚由公司统一管理经营。

在温室大棚的种植过程中，五谷镇农业服务中心主任王莉莉带领技术人员深入到各农户大棚中亲自指导种植，确保温室大棚种植万无一失。

陶乙奎家的温室大棚种植的是黄瓜，金欣瑶与王莉莉亲自指导，育苗、嫁接、栽种、打药、施肥等，金欣瑶全程陪伴，与陶乙奎一起管理。

在镇农业服务中心技术人员和金欣瑶的悉心指导下，陶乙奎掌握了温室大棚的种植管理技术。

三个月的辛勤劳作终于有了结果，陶乙奎家的温室大棚种植的黄瓜，在春节前上市销售，获得了可观的经济效益。

温室大棚的第一茬黄瓜，卖了近千元，陶乙奎高兴得合不拢嘴。

帮扶工作队干部陪同农业专家去村民温室大棚检查蔬菜生长情况，陶乙奎掩盖不住内心的喜悦，见领导专家进了温室大棚，他急忙摘了几根黄瓜让领导专家们吃，他那憨态可掬的动作，让大家感到农民的真诚朴实。

领导专家们看着满棚郁郁葱葱生长的秧苗，上面吊着翠绿的黄瓜，大家心中充满了喜悦，村民们脱贫致富有了新的希望。

"老陶，好好务种经营，幸福的日子一定会到来。"杨嘉煜给陶乙奎鼓劲打气。

"杨处长，你放心，我一定好好务种大棚，靠自己的双手脱贫致富奔小康。"

这句话，让金欣瑶听了很高兴，陶乙奎是她帮扶的贫困户，他曾因家庭困难而失去对生活的信心，有种破罐子破摔的想法。

能让一位曾一度对生活失去信心的村民重新振作起来实在不容易，调动村民脱贫致富的内生动力，才是脱贫致富奔小康的有效措施。

"老陶，现在喝酒有下酒菜了，摘几根新鲜黄瓜拌上，喝酒才舒心呢。"杨嘉煜说。

听到杨嘉煜这句话，陶乙奎腼腆地说："杨处长，现在没时间喝酒了，整天要操心温室大棚。"

"嗯，这就对了，这才是一位敢于担当、有责任心的一家之主，才称得上家中的顶梁柱。"杨嘉煜说着，朝陶乙奎伸出了大拇指。

"温室大棚种植对技术要求很严格，大棚里的温度、湿度、授粉时间，要随时进行监控，及时操作，需要费时费力，陶乙奎哪有闲暇时间去喝酒。"金欣瑶说。

对于金欣瑶的说法，陶乙奎赞同。

王铭铭的现代农业科技温室大棚喜获丰收，助力脱贫攻坚的顺利进行，没有种植大棚的村民看到温室大棚可观的经济收益，也开始租种铭新现代农业科技公司的温室大棚。

铭新现代农业科技公司在西山坪上开发的现代农业科技温室大棚，经济效益和社会效益很好，为驻屯村村民的脱贫致富提供了很好的机会。村民们要么租种温室大棚，要么到公司里去打工，经济收入有保障，减少了外出打工带来的诸多问题。

公司效益好了，王铭铭尽量把收益让利于民，他免费为租种温室大棚的农户提供化肥、农药,管理技术上门服务,提高股份分红比例,提高打工村民的工资,免费为打工者提供午餐等。

便利的打工条件,村民们很高兴,他们对王铭铭充满感激之情。驻屯村帮扶工作队干部及村"两委"干部也为公司的发展提供方便、支持,让公司形成良性发展,助力脱贫攻坚。

七

陶乙奎去镇上卖黄瓜,路上碰见金欣瑶。

"金局长,早上好!"

"老陶,你好!最近黄瓜卖得怎么样?"

"好着呢,已经收入一万多元了。"

"照这样持续下去,一个温室大棚能净收入多少钱?"

"四五万元吧。"

"嗯,不错,今年你是第一次种植温室大棚,在技术上有啥不懂的或者有需要解决的问题,尽管说,我们尽力帮你解决。"

"好的,金局长,大棚的种植情况一切正常。"

"那就好,老陶,下次再卖黄瓜就不用去镇集市上去了。"

陶乙奎听了这话,有点疑惑不解,他问:"金局长,黄瓜不到市场上去卖,到哪儿去卖?"

"村主任郭儒已经给大家联系好了,由镇蔬菜市场老板直接到咱们村上来收购。"

"那太好了,这让老百姓又省了很多事。"

"铭新现代农业科技公司已筹划着成立销售中心,直接把村里的无公害蔬菜运到大城市去卖,那时的经济效益会更好。"

陶乙奎越听越高兴,不住地点头称赞,他计划着手头宽裕了,再租种一个温室大棚。

帮扶工作队干部为老百姓带来的福祉,直接让他们幸福到了心坎上。

帮扶工作千头万绪，琐碎繁杂，困难重重，但帮扶工作队干部要坚持实干当头，勇于担当，基层工作才会卓有成效，真正让群众满意。

驻屯村的帮扶工作队干部在这方面做得很好，他们无论做什么工作，都求真务实，摸底走访，丝毫不马虎，只有摸准实际情况，拿出实际招数，不走过场，不走形式，不摆花架子，才能一步一个脚印，取得脱贫攻坚实效。

陶乙奎家的变化，就是帮扶工作队干部金欣瑶工作的真实写照。

驻屯村的帮扶工作队，在杨嘉煜的带领下，时时处处为老百姓着想，从细节抓起，从小处着手，把实事干好，让老百姓满意，拥有实实在在的获得感、幸福感。

金欣瑶周末回家，她让陶乙奎摘了五箱黄瓜，每箱十斤，顺便带到县城去。

陶乙奎以为金欣瑶自己送人，他没有多问。

周一上班，金欣瑶给陶乙奎送去了二百元钱。

"金局长，你给的啥钱？"陶乙奎问。

"周末拉你的五箱黄瓜钱。"

"那是我送你的。"

"那不行，我拉你的黄瓜是帮你卖的，不是我送人的。"金欣瑶说。

陶乙奎一听是金欣瑶拉黄瓜是帮他卖的，心中又是一阵感动。

陶乙奎不要那二百元钱，金欣瑶硬是给了他。

"老陶，你种的黄瓜，我拉回县城给单位的同事介绍推荐，他们对于这种无公害黄瓜非常认可，有些亲戚朋友都想买呢，同事们让我以后每周回县城都要给他们带些。"

"太感谢金局长了！"

现在的领导干部真好，不仅帮助村民发展致富产业，而且还帮助他们推销农产品。

"金局长，昨天镇农业服务中心的王莉莉主任过来了。"

"她对你种的温室大棚有啥建议?"

"这次她过来指导,说要让我在温室大棚的墙体上种些油菜。"

金欣瑶愣怔了一下。

"王主任说,用洒壶把墙体喷湿,把油菜籽用手摁进墙上,油菜就会慢慢地长起来。"

"立体农业发展模式,听王主任的安排,下午我帮你来种。"

"金局长,不用你来帮忙,我已经把准备工作做好了,下午镇农业服务中心派技术员过来,我们种就好了。"

"那好,下午你听从技术员的指导,好好学种植技术。"

"嗯,你放心,我一定认真学。"

二十天之后,陶乙奎家的温室大棚中又多了一种绿色蔬菜,肥嫩丰腴的油菜成了市场上的抢手货。

八

金欣瑶回一次县城,就把陶乙奎的黄瓜、油菜拉上一些,向单位、同事及亲朋好友推荐销售,由于消费群体固定,销售的数量比较可观,这种方式被称为扶贫消费。

消费扶贫,既满足了消费升级的需求,又能为贫困群众带来增收效益,可谓是一举两得。

金欣瑶起初拉陶乙奎家的五箱黄瓜,是她买来送给亲戚朋友的,她的想法是帮助陶乙奎减轻一下销售负担。

让金欣瑶没想到的是,单位同事、亲朋好友听说后,都要购买黄瓜,因为黄瓜品质好,无公害蔬菜,这样销售的范围扩大了。

从此以后,金欣瑶每周回去,都要从班车上捎带十余箱黄瓜。

随后,青年电子商务销售服务公司把驻屯村的新鲜蔬菜在网上推销,虽然蔬菜多是本地销售,但也有一定的销售量,经济效益还是比较可观的。

消费扶贫,是政府提出的一种新的扶贫方式。消费扶贫,一头连着贫困农户，一头连着广阔市场，它的最大特点是运用市场机制，动员社会力量参与到扶贫过程中。

消费扶贫不同于简单的给钱给物和解决眼前问题，消费扶贫更能为贫困地区的产业发展注入内生动力，促进贫困人口稳定脱贫和贫困地区产业持续发展。

正因如此，不久前，国务院办公厅印发了《关于深入开展消费扶贫 助力打赢脱贫攻坚战的指导意见》，要求大力发展实施消费扶贫。

充分发挥集中力量办大事的体制优势，是我国创造反贫困奇迹的一大秘诀。消费扶贫作为国家倡导的一种重要扶贫方式，采取"以购代捐""以买带帮"等方式，采购贫困地区产品和服务，既可以满足单位或个人的消费需求，也可以帮助贫困人口增收脱贫。

消费扶贫本质上是一种你卖我买的商品交换行为，按照市场经济原则，唯有买卖双方能够实现互利共赢，消费扶贫才能可持续发展，才能把消费潜力变成脱贫动力。

要实现双赢，就要找到双方的利益连接点，贫困群众需要产品有可销售的渠道，广大消费者需要消费品有可保证的品质。

让产品获得可销售的渠道，需要政府部门在贫困地区和消费市场之间架起桥梁，这就需要在生产、流通、消费各环节，打通制约消费扶贫的难点、痛点，让贫困地区的产品真正流动起来，打通供应链条，形成农产品从田间到餐桌的全链条联动。

打通流通梗阻，提升流通效率，才能真正推动贫困地区产品和服务融入大市场，为消费扶贫的可持续发展打下市场基础。

让消费者在获得可保证的农产品品质，需要在产品的生产过程中进行供给侧改革，外界的助推可能引起一时的消费，但要形成可持续消费效应，最终的决定因素还是产品的质量和特色，特色农产品要追求规模和数量，更要追求品位和质量，这需要政府、社会、企业和农户共同发力形成合力。

对政府部门而言，需要加快农产品标准化体系建设，用制度为特色农产品的安全和品质保驾护航。对企业和贫困群众而言，更应该坚持诚信原则，品质为先，让特色产品绿色安全，推动树立良好口碑，形成长期效应。

换个视角来看消费扶贫，为每个人参与脱贫攻坚提供一个机会，贫困地区往往比较偏远，但每个人都可以通过消费参与到扶贫过程中，消费扶贫是一个人人皆可为的事情。

政府应该创造更好的制度环境，使之人人皆愿为，这样就能为脱贫攻坚注入强劲的动力。

在卢佳国的牵线下，省农业大学定期从驻屯村购买洋芋、蔬菜，就是消费扶贫的典型范例，消费扶贫在为驻屯村的脱贫攻坚作着积极的贡献。

九

现代农业科技温室大棚的种植，增强了陶乙奎脱贫致富的信心，现在他不需要外出打零工，家中一年四季有稳定的收入。

妻子何琼的腿病也好了许多，前一段时间，省上组织专家免费给类风湿性患者义诊，并根据病情给出科学合理的治疗方案，何琼的腿痛病，通过专家的诊断治疗，现在基本上不疼了，不但能走路做饭，还能帮助陶乙奎干些较轻的地里农活。

幸福的日子正悄悄地光顾陶乙奎家。

然而，天有不测风云。

一天中午，陶乙奎去温室大棚干活，突然感觉到温室大棚的温度有点不正常，随后他又发现棚里的黄瓜秧有冻蔫的迹象，他赶忙打电话给金欣瑶。

金欣瑶匆忙去陶乙奎的温室大棚查看，确实黄瓜秧出现了问题，她随后给镇农业中心的王莉莉打电话说明了情况。

王莉莉赶到，仔细看了一下黄瓜秧情况，初步断定是霜寒所致。

密闭的温室大棚怎能进去寒气呢？大家在寻找着原因。

后来在自动卷帘机附近发现一根二十厘米的铁钉，在卷帘机升降工作时，把保温塑料划破了一个近两米的大口子。

夜间零下十余度的寒气顺口而入。

王莉莉看到这种情况，心头一震，她知道出现这种状况的后果，两三天之后，黄瓜秧肯定因受冻而枯萎。

陶乙奎听后，只顾坐在地上默默地流泪。

"老陶，事情已经发生了，现在不是悲伤的时候，应该想想办法怎么挽救损失。"金欣瑶说。

"黄瓜已经没收成了，现在黄瓜正在结瓜的旺季，到手的钱打了水漂，真是心疼呀。"陶乙奎说。

自己的辛苦付出，一夜之间没有了，这事搁到谁的身上都放不下，想起来怎能不伤心呢。

"驻屯村的温室大棚，政府给各农户买了农业保险，经保险公司核实后，可能赔偿一部分。"金欣瑶安慰陶乙奎说。

"听说赔偿的不多。"

"赔偿标准，分为几种情况，像温室大棚的保险，由于成本大，栽培技术高，赔偿的要多些。"

政府为种植农户考虑得很周全，政府掏钱为农民买农业保险，确保农民受灾之后，尽量减少损失，保护农民发展农业生产的切身利益。

"我不想要赔偿费用，更不想让黄瓜被冰霜打毁。"

从陶乙奎的言语中可以听出，他是非常心疼温室大棚出现的意外情况。

"老陶，振作起来，脱贫致富路上困难肯定有，但我们要想办法克服，不能抱怨，更不能灰心丧气。"金欣瑶说。

保险公司接到灾情报告后，立即组织工作人员奔赴灾情现场，勘探灾情并商谈理赔事宜。

陶乙奎家的温室大棚，经保险公司工作人员综合评估，共理赔四千二百多元，经过双方协商，达成协议，随后办理了理赔手续。

陶乙奎签字、提供银行账号等。

两天后，保险公司把理赔款如数打到了陶乙奎的账户上。

根据时令节气，镇农业服务中心的技术人员建议，修复的温室大棚只能种植生长周期短平快的蔬菜，比如芹菜、莲花菜、红萝卜等。

陶乙奎听从技术人员的安排，种上了这些蔬菜。到了秋季，再种黄瓜、西红柿等。

在金欣瑶的帮助和劝说之下，陶乙奎很快振作起来，投入到温室大棚的抢种之中，以补救因灾害而造成的经济损失。

第十八章

一

省农业大学的玉米"粮改饲"科研项目给驻屯村带来了很好的经济效益,村民们接受了玉米种植收割方式。玉米"粮改饲"科研项目的实验成功,国外安格斯牛养殖项目落户驻屯村,让村民们非常高兴。

一天,村民们听说王铭铭回来了,都到他家打听明年玉米"粮改饲"的有关种植情况。

王铭铭家的院子里坐满了人。

这下可把王莉莉忙坏了,她既要招呼来人,又要给大家沏茶,忙得不可开交。

卢佳国看到王莉莉忙不过来,就给她帮忙。

"大学教授给我沏茶,我这档次是不是有点高了。"赵文灿笑着说。

"他现在是咱们村王家姑爷,沏茶是应该的。"欧忠说。

欧忠的话,惹得大家笑了起来,卢佳国很不好意思。

大家把话题转到了玉米"粮改饲"科研项目上,议论着秋天收割玉米青贮饲料打包的情景。

"当收割机开进青青的玉米地时,我的心跟刀割似的,我从来没见过这样收割庄稼的,当我走到跟前一看,黏糊糊的玉米汁与粉碎的秸秆混在一起,我的眼泪都掉了下来。"欧忠说。

"欧大爷，您现在对玉米'粮改饲'科研项目有什么看法？"卢佳国问。

"支持呗，大伙都从玉米'粮改饲'工作中获得了经济收益，我虽然老了，思想固化了，大家都认可的事情肯定是对的。"

"玉米青贮是调整种养结构，促进农民增收的重要举措，应该在农村大力推广。"王铭铭说。

"玉米全株青贮饲料的营养率高达百分之七十左右，而玉米秸秆干草的营养率只有百分之五左右，这样营养悬殊太大，玉米在最有营养的时候进行全株青贮是农业供给侧结构性改革的有效措施。"卢佳国说。

"还是农业大学专家说得详细，有理有据的。"赵文灿说。

"咱们村的玉米'粮改饲'科研项目的推进，给村民们带来的经济效益，都是卢院长的艰辛付出，大家应该感谢卢院长。"杨嘉煜说。

驻屯村的村民向卢佳国鼓起了掌。

卢佳国挥手致谢。

"去年我家养了四十只羊，三头牛，到了冬天因为饲料太贵只能给牛、羊喂干草，所以长得很慢。"刘祺平说。

"今年冬天，你用青贮饲料怎么样？"王铭铭问。

"那就不一样了，今年冬天，我还是养了四十只羊，养了五头牛，自己地里的玉米进行了全株青贮，喂起来，既方便又省力，牛、羊长得也快。"

"老刘已经得到了好处。"王铭铭说，"你要把你的经验告诉给大家，把你的养殖感悟与大家分享一下。"

"青贮饲料喂养的好处就不用说了，大家已经体会到了，明年我家的十五亩地都种上玉米，青贮打包不再卖了，我要扩大养殖规模。"刘祺平说。

"好啊，明年你家的玉米'粮改饲'，我给你免费收割打包，你搞养殖可以加入公司的合作社，我们产销一条龙服务。既让你省心省事，又让你脱贫致富。"王铭铭说。

"你家的玉米青贮饲料不卖，王总的公司收购什么？公司的牛、羊吃什么？"张士胜说。

"这没关系，公司可以向外拓展收购市场，把卢院长的科研成果向外推广，发挥其最大的经济效益，公司发展的长远目标是收购青贮饲料，来满足广大养殖户冬春养殖饲料的需求，不是完全满足公司养殖业的需要，关键是把青贮饲料当商品远销外地。"王铭铭说。

"嗯，王总谋划的长远。"杨嘉煜说。

"青贮饲料营养高，牛吃了这种饲料，一般出栏要比平常早一个月左右，这一个月可以节省二百元左右的饲料钱，这样养殖户的收入又增加了，青贮饲料的前景肯定好。"杜青林说。

"玉米'粮改饲'科研项目开展以来，带动全村养殖业迅速发展，新增规模养殖户二十六家，新增牛存栏三百多头，羊存栏量上万只，驻屯村成了全县养殖规模最大的行政村。"祁建臻说。

"嗯，这都是青贮饲料带动养殖业的发展，增加了村民们的收入，为驻屯村脱贫攻坚打下了坚实的基础。"杨嘉煜说。

"玉米'粮改饲'催生了三种产品：一是青贮饲料；二是青贮饲料发展的牛、羊养殖业；三是青贮饲料和养殖业提供的劳务岗位。真是一项群众脱贫致富的好项目。"祁建臻说。

大家你一言我一语地议论着，村民们对玉米"粮改饲"科研项目充满了致富的信心，有这么好的产业做支撑，难道驻屯村还愁不能脱贫致富奔小康吗？

二

双休日，王铭铭听说杨嘉煜从驻屯村回到了省城，他邀请杨嘉煜到公司喝茶闲聊，两个人又谈起了驻屯村的玉米"粮改饲"科研项目的开发优势问题。

"驻屯村的村民发展养殖业，用上青贮饲料，体会到了方便，牛、羊不但容易育肥，而且更主要的是自己在饲养的过程中，不用拉玉米秸秆，不用铡草等，把青贮饲料包裹打开，直接倒进槽池就可以了，省工省力方便多了。"杨嘉煜说。

"玉米'粮改饲'科研项目宣传的再好，不如几位村民们的简单说教。"王铭铭说。

"玉米'粮改饲'科研项目得到了驻屯村村民们的认可，附近村的村民也有较好的反应，来公司购买青贮饲料的村民络绎不绝，这项科研项目算是成功了。"

"有了前期的探索和推广，驻屯村村民们的思想观念来了个一百八十度的大转弯，玉米'粮改饲'工作顺利地开展起来。"

要想把玉米"粮改饲"工作做大做强，单靠王铭铭一家公司的力量还显得单薄。杨嘉煜想动员其他有经济力量的企业或个人参加进来，种植面积扩大到五谷镇甚至是会州县乃至西北适应种植玉米的地方。

"下周一上班，我找一下镇党委书记张昭瑞，与他协商一下，多动员一些村子加入到玉米'粮改饲'科研项目实验中，扩大玉米种植面积，提高青贮饲料的产量。"

"嗯，这个想法好，既有利于玉米'粮改饲'科研项目的成果转化，又有利于众富养殖公司的发展。"王铭铭说。

"对于你创办的养殖公司，还可以向政府申请创业补贴，我争取给你协调解决。"

"这又麻烦杨处长了。"

"王总，你客气了。你把驻屯村的养殖公司办好了，驻屯村村民脱贫致富了，也是在帮我们帮扶工作队干部呀。"

两个人说着会意地笑了。

"明年，在收购青贮饲料中，凡是五谷镇的贫困户，养殖公司在每吨二百六十元的基础上，每亩再多给一百元作为玉米'粮改饲'的种子补贴。"王铭铭说。

"嗯，想法值得点赞。全面开展玉米"粮改饲"工作的第一年，驻屯村的村民草业收入每户近两千元，有二百多户贫困户直接通过草业增收。"

"农业发展方式怎么转？种养结构怎么调？如何以市场需求为导向推进农业供给侧结构性改革，玉米'粮改饲'科研项目给出了完整的答案。"王铭铭说。

起初，杨嘉煜对玉米"粮改饲"科研项目也有点不理解，但为了驻屯村乃至全镇的脱贫攻坚，他还是给卢佳国搞科研项目、王铭铭创建养殖公司提供了很大的支持。

"在全国范围内呈现玉米供大于求的态势下，导致玉米种植效益降低。可是在这半干旱山区，不种植玉米又没有收成，另一方面造成玉米秸秆大量堆积，既浪费了饲料资源，又影响了农村环境。"杨嘉煜说。

"随着畜牧养殖业的快速发展，对优质饲料的需求进入了快速增长期，玉米秸秆不能有效利用和优质饲料短缺的问题日渐突出，如何解决这个问题，引起了大家的思考。"王铭铭说。

"以前农村玉米秸秆乱堆乱放问题十分严重，无论你走到哪个村，道路旁、房屋前、土坑沿边，放的都是玉米秸秆，不但影响村中的环境，还存在很多安全隐患。"

"是的，玉米秸秆村民拉到家中没办法处理，就想办法在地里焚烧，造成大面积的环境污染。虽然政府三令五申，禁止焚烧玉米秸秆，但仍有部分群众考虑到秸秆收割误工误时，在偷偷地焚烧，造成资源浪费。"王铭铭说。

"就是鉴于以上情况，省农业大学牵头立项，搞了玉米'粮改饲'的科研项目，该项目的研究不但使玉米产量大幅提高，也让秸秆的使用价值大幅提高。"杨嘉煜说。

"玉米'粮改饲'科研项目，既减少了资源浪费，有利于农村环境整治，又提高了群众的经济收入，确实是一个好的科研项目。"

杨嘉煜同意王铭铭的看法。

"驻屯村的脱贫致富，杨处长立下了汗马功劳。"

"看来我把卢院长请到驻屯村搞科研请对了。"杨嘉煜笑着说。

"绝对请对了。"王铭铭对杨嘉煜赞不绝口。

"这不是谁的个人功劳,大家都有功劳,王总眼光长远,超前谋划,成立了众富养殖公司,这也是关键的一步,这说明玉米'粮改饲'的科研成果得到了市场的认可,卢院长的研究成果转化成了经济效益。"

两个人一聊就是两个多小时。

"杨处长,已是十一点多钟了,中午我请你吃饭。"

"又让王总破费了。"

"你说中午吃啥?"

"农民巷一条街,吃酸菜炒肉片去。"

"看样子,你真正成了驻屯村人了,酸菜炒肉片下黄米馓饭,是我们驻屯村老百姓招待人的上等饭呀。"

两个人说着,去了农民巷一条街的酸菜炒肉饭馆。

上班时间,杨嘉煜去找了张昭瑞,把事情的缘由与他进行了沟通交流,得到了张昭瑞的大力支持,他答应召开全镇村"两委"干部会议,倡导各行政村扩大玉米种植面积,支持驻屯村的玉米"粮改饲"科研项目的发展。

三

王莉莉与卢佳国两个人感情关系的正常发展,使王尔恒夫妇非常高兴,他们看到女儿的幸福快乐,放心了许多。

王铭铭从省城回来,一家人坐在一起,说起了卢佳国。

"姐,我听妈说,你与卢佳国接触一段时间了。"王铭铭问。

"嗯。"

"你与他接触,觉得这个人怎么样?"

"人挺老实的。"

"我看卢佳国这人不错,大学教授,既有文化,又有涵养。"母亲说。

"妈,婚姻主要是看他对我姐怎么样。"

"铭铭，你觉得卢佳国怎么样？"母亲问。

"给我的印象不错，但只是表面现象，还没有更深交流。"

"他对我很好，也不在意我的过去。"王莉莉说。

"那就好，姐，你要好好珍惜，这就是缘分，没想到你能找到一位大学教授。"

王莉莉看了一眼王铭铭，弟弟的话，一下子让她有了主心骨。

"铭铭，明天你把卢佳国叫来，咱们把事情说明了，把事情先定下来。"母亲说。

王铭铭"嗯"了一声。

第二天中午，王莉莉把饭做好，王铭铭叫卢佳国到家中吃饭，卢佳国没有推辞。

在吃饭的时候，王铭铭说到了他与姐姐的事情，卢佳国答应了。

"我姐姐，以前的生活过得很艰难。"

"这我知道，你姐姐说过了。"卢佳国说。

"事情成了之后，你们可要两地分居。"王铭铭试探性地说。

"这事情我已经考虑好了，再过一年我的科研项目就要结束了，到时候我可以把王莉莉调到省城去。"

卢佳国的话一出口，王莉莉的父母感到意外的惊喜。

"你们是大学，莉莉调到省城去能干什么？"母亲问。

"阿姨，省农业大学有一个科研管理中心，她可以到那里去上班。莉莉工作的调动，我可以向省农业大学申请，学校领导会考虑我的请求的。"卢佳国说。

"那是最好的，我和爸妈都担心你们两地分居。"王铭铭说。

"请二老放心，我与莉莉走到一起，我一定对她负起责任，不会再让她过着清苦孤单的生活。"

王铭铭相信卢佳国的话是真心话，他朝卢佳国点了点头，脸上透露出感激之情。

老人家的顾虑也打消了。

第十八章 | 381

吃过午饭，卢佳国与王铭铭又谈起了众富养殖公司的发展问题。

"用青贮饲料发展养殖业，已经得到了农户的认可，现在公司发展最大的瓶颈是拓宽市场问题。"卢佳国说，"有市场，公司才能有相应的发展，有市场需求的产品才能不断开拓市场，玉米'粮改饲'项目的动力来自于市场的需求。"卢佳国说。

"现在的政府非常好，始终坚持以市场需求为导向，出资金，给补贴，做示范，不越位也不缺位，让企业有利润，让村民有收入，这正是政府的明智之举。"王铭铭说。

"前几天，我听杨处长说，他给众富养殖公司争取了五十万元的产业补贴，不知道批下来了吗？"

"他跟我说了，已经报上去了，批的可能性很大，因为公司是养殖实体产业，补贴一般没啥问题。"

"玉米'粮改饲'科研项目推动着农民进入了市场。"卢佳国说。

"现在农民心中有一本账，种多少玉米，青贮饲料卖掉多少，自己留多少搞养殖，农民心里清楚得很。"

"所以你的公司不用愁收不到青贮饲料，种植规模在不断扩大，村民们饲养规模相对发展较慢，而农民多余的青贮饲料非卖给公司不可。"

卢佳国在帮助王铭铭分析市场行情。

"青贮饲料不愁销路，公司与农民签订收购合同，种植玉米的农户更放心，并且种植面积不断扩大，公司的业务也就好开展了。"

王铭铭听了卢佳国的一番分析，公司搞青贮饲料业务，心中更有底了，更有信心了。

四

以前，卢佳国与王铭铭打交道，是玉米"粮改饲"科研项目的需要，现在两个人的交往，不仅是玉米"粮改饲"科研项目的需要，而且还有一种亲情在其中,关系更近了,心更贴了。

卢佳国与王铭铭在一块的时间,探讨的一般都是养殖业与玉米"粮改饲"科研项目的话题。

"为了提高青贮饲料的附加值,我还有一种想法。"王铭铭说。

"什么想法?"卢佳国问。

"我计划实施以畜定草,促进饲料就地转化,根据公司和散养农户饲养牛、羊的数量进行饲料的订购,一头牛一年大约需要六吨左右的饲料,一只羊需要一吨半饲料,多余的饲料计划走向市场进行销售。从现在开始,做好前期宣传工作,直接把饲料转化成经济效益,为养殖公司提供后续资金动力。"

"可以,这就更能促进青贮饲料产业的发展。打个比方,干草是玉米面,青贮饲料就是白面,用青贮饲料喂牛、羊,相当于牛、羊在冬天吃着夏天的草,牛、羊吃得少,营养足,肉质好。饲养户能明白这些道理,青贮饲料不用愁市场。"卢佳国说。

"刚开始群众对玉米'粮改饲'不理解,不接受,不知道好在哪儿,现在看到了益处,才明白这是个大好事,群众观念的转变对促进公司业务的发展有很大的促进作用。"

"省农业大学花大量科研经费搞玉米'粮改饲'项目的研究,预测到了这个项目的发展远景及经济效益。随着玉米'粮改饲'技术的推广普及,土地流转、合作经营等新的生产方式在农村普遍兴起,一批涉农企业相继壮大,为农村的发展注入了新的动力。"卢佳国说。

"玉米'粮改饲'科研项目对养殖业的发展起了很好的推动作用,为群众脱贫致富创造了有利条件。"

"这些实践探索与政府进行农村'三变'改革的要求高度契合,对于破解农业生产集约化程度不高,抵御风险能力不强,农民增收渠道窄,脱贫效果不稳定等突出问题产生了很好的解决效益。"

卢佳国与王铭铭作着深刻的交流。

"农村'三变'改革的发展,除了减轻了公司的融资困难,主要是农民当了公司的股东,参与企业的生产发展,主人翁意识和积极性高涨，保证了企业的健康良性发展。"王铭铭说。

"今后，公司将进一步拓展优质品牌饲料市场，打造新的产业链，以市场定规模，养畜定饲料，形成绿色循环发展，形成多方收益的良好格局。"

"西北地区，养殖业比较发达，到了冬天，牧草枯萎了，养殖户就要购买饲料，公司的青贮饲料营养丰富，肯定能受到养殖户的青睐。"

"是的，养殖公司通过前期的宣传，青贮饲料已经得到养殖企业的关注。前几天有几位养殖大户来驻屯村考察，并商谈订购青贮饲料。"卢佳国说。

"点草成金，变废为宝，玉米'粮改饲'科研项目，让干旱山区农业发展越来越清晰，种养结合，为养而种，构建草牧业一体化发展的产业体系和服务体系，逐渐实现了草畜平衡，养殖产业的发展。"王铭铭说。

"玉米'粮改饲'科研项目研究成果的推广，不但有很好的经济效益、社会效益，而且有利于推动美丽乡村建设，现在村里的环境美化多了，在村子里几乎看不到玉米秸秆乱堆乱放的现象，玉米'粮改饲'科研项目不仅给村民增加了收入，还美化了环境。"卢佳国说。

"嗯。现实情况就是这样。"

"玉米'粮改饲'直接推动了秸秆等资源的循环利用。秸秆变饲料，饲料通过养殖业变成了农家肥，农家肥还田，既减少了大气污染，优化生态环境，又减少了化肥使用，改善了土壤结构，打造了绿色有机循环的产业链，走出了资源节约和环境优美的发展路子，有力地推动了美丽乡村建设。"

"专家一说，都上升到了一定的高度，按照你的说法，养殖有机肥还田，村容村貌的变化，仅仅是表面上的生态环境改善。其实真正有内涵的变化，是形成饲料养殖、有机肥还田的生态产业链的持续发展，这也符合铭新现代农业科技公司经营的理念。"王铭铭说。

卢佳国与王铭铭的深层次探讨，为玉米"粮改饲"科研工作注入了新的内涵，两个人都看好玉米"粮改饲"科研项目的前景。

五

卢佳国休假回到了省城家中。

卢茜听说爸爸从科研基地回来了，她高高兴兴地从政法大学回家，因为好长时间没见到爸爸了。

一进家门，看到爸爸在高兴地做饭，她问："老爸，今天看样子遇到开心事了。"

"见到了我女儿，难道不是开心事吗？"

"好像不是，女儿与老爸在一块吃顿饭很正常。"

卢佳国只顾做饭，没有搭话。

"你以前从科研单位回来，挎包一放，往沙发上一坐，嘴里不住地喊，乏死了，乏死了。"

"我的小棉袄，你平时挺爱观察老爸的。"

"肯定的，老爸是我的全部，我不关心谁关心。"

"听说你实习去了，感觉怎么样？"

"还好，就是少数民族地区生活不习惯。"

"这很正常，不过你要学会适应。大学毕业后，要是工作分配到外地，生活不习惯，还不要工作了？"

"嗯，我只是说说而已。"

"饭做好了，快坐下来吃饭，我有事想与你交谈。"

"好嘞，老爸。啥事？"

"我在科研基地遇到一位能谈得来的朋友。"

卢茜听着爸爸说话的口气，她明白了，故意问："男的？女的？"

"你猜。"

"我还用猜嘛，肯定是女的了。"

女儿的这句话，倒说得卢佳国不好意思了，自己已经到了知天命的年龄，还谈女朋友。

看着爸爸那微红的脸，卢茜说："老爸，这没啥不好意思的，我妈已经去世十余年了，你也应该找一个老伴了，要不然你以后老了，有个头疼发烧的，谁照顾你呀。"

女儿的这句话，卢佳国已经听了很多遍了，尤其是近两年，女儿一直支持他再找一位老伴，这不是自己的不自律，而是现实生活的实际需要。

"这位阿姨是干什么的？"卢茜问。

"在镇农业服务中心上班，离婚了。"

"你们是在工作中认识的？"

"是的，我们在驻屯村搞科研，镇政府派去协助我们工作的。"

"哦，她的年龄？"

"我比她大三四岁。"

"年龄合适，她为什么离婚？"

女儿这么一问，卢佳国支支吾吾地说："听说是不能生育。"

"这没关系，可以考虑。"

卢茜为什么要问这么多呢？她是想帮助老爸把把关，参谋参谋。社会很复杂，她唯恐老爸被人骗了，她要确保老爸结婚后，家庭幸福、和谐稳定。

"这位阿姨条件与你挺般配的，如果性格相投，你要主动些。"卢茜在鼓励着爸爸。

卢佳国听着女儿絮叨。

"婚姻是缘分，就看老爸与这位阿姨有没有缘分了。"

对于婚姻缘分，卢佳国是相信的，他在省城十余年了，都没有找上对象，偏偏去农村搞科研，遇到了知己。

玉米"粮改饲"科研项目立项后，省农业大学委派卢佳国去驻屯村搞研发，当时卢佳国还不乐意，要不是省农业大学领导发话，他还不想把科研项目放到驻屯村。

这是婚姻缘分在召唤他呀。

"有时间我想见一下这位阿姨。"

"好的，爸有时间帮你联系，你们两个见见面，让女儿把把关。"

卢佳国说着，两个人开心地笑了起来。

六

放寒假了，卢茜回到家中，看到家中冷锅冰灶的，觉得自己待在家中没有意思，她拨通了父亲的电话。

卢佳国拿起手机一看是女儿打来的，他问："喂，茜茜，放寒假了吧。"

"嗯，老爸，你啥时候放假呢？"

"最近正在搞科研信息整理分析，还得一段时间。"

"我一个人在家觉得没意思，咋办？"卢茜无奈地说。

听到女儿可怜的口气，卢佳国心中很伤感，女儿一个人单独生活的时间长了，十多年的缺爱，让他很愧疚。

"茜茜，你想到驻屯村来吗？"

"到驻屯村……"卢茜迟疑了一下说，"大冬天，去驻屯村干什么？也没有什么好玩的。"

卢佳国听女儿的口气，他知道女儿不想过来。

"好吧，你不想过来，先在家中待着，过几天我回省城。"

"你不是在整理科研信息嘛，你不用回来了，还是我去你那儿吧。"

卢茜想，去驻屯村总比一个人待在家里好些。

"我去接你。"

"老爸，不用来接我，你把坐车的地点说清楚就行了。"

卢佳国听到女儿要过来，他一下子高兴起来。

"好嘞，热烈欢迎女儿的光临。"

"好，我明天就过去。"

卢佳国把驻屯村的详细坐车信息给卢茜发了过去。

随后，卢佳国给王莉莉打了个电话。

"老卢，有啥事？"

"卢茜要到驻屯村来，明天下午到镇政府。"

王莉莉听说卢茜要过来，不知是激动还是紧张，忙问："你咋不早说，我也有个思想准备。"

"没啥准备的，你俩虽然没见面，彼此双方也够熟悉的了。"

"卢茜是不是放寒假了？"

"是的，她一个人在家里寂寞，没人陪伴，想过来玩几天。"

说起卢茜的孤独寂寞，王莉莉对她产生了怜惜之情，从小就失去了母爱，对于一个人来说，失去母爱的人生是不完整的人生。

"让卢茜过来吧，你毕竟在这里。"

"可是她过来没地方住。"卢佳国说。

"没关系，让卢茜住在我单位，我们两个住在一块，她要是想住驻屯村也可以，我父母在省城，家里没人住，我回去陪她。"

王莉莉的话让卢佳国很感动。

第二天，卢茜收拾起简单的行李，去了父亲的科研基地。

下午四点钟，卢茜到五谷镇汽车站，王莉莉去镇政府汽车站去接她。

卢茜下车四处看了一下，没看到爸爸的身影，她心中有种失落感，说来车站接我，怎么不见人呢？卢茜嘴里念叨着。

这时王莉莉走向前去，问："你是卢茜吧？"

卢茜抬头一看，是一位中年妇女，虽然不认识，但她的第一反应是，此人肯定是王莉莉。

"嗯，我是。"卢茜回答。

"我是镇农业服务中心的王莉莉，你爸今天下午有事情，让我来接你。"

"王阿姨好！"卢茜跟王莉莉打招呼。

"你好！"看到懂事漂亮的卢茜，王莉莉觉得很亲切。

正当两个人走出车站时，卢佳国猛然出现在面前，这让卢茜非常高兴，一股暖流涌向了心头。

卢茜快速跑过去，与父亲拥抱在一起。

看到卢佳国与女儿亲切地拥抱在一起，王莉莉心中有一种酸楚，缺少母爱的孩子跟父亲的关系亲近多了。

"刚才王阿姨说你有事情，不来接我了，怎么又来了？"

"我把事情安排好，就赶紧过来了。饿了吧，咱们先吃饭去。"卢佳国说。

"饭，我订好了，去凯美商务宾馆。"王莉莉说。

凯美商务宾馆是五谷镇最好的饭店宾馆。

"谢谢王阿姨！"

三人高高兴兴地去了凯美商务宾馆。

晚饭王莉莉订得很丰盛，三人吃得很开心，卢茜虽然第一次与王莉莉见面，但两个人并不生分，相处氛围很融洽温馨。

吃过晚饭后，王莉莉问："卢茜，你是住在宾馆，还是住在农业服务中心？"

"王阿姨，我想跟我爸去驻屯村科研基地。"

"那好，咱们一块过去。"王莉莉说。

"驻屯村很冷，没地方住，你还是住宾馆，或者与王阿姨住在一起。"卢佳国说。

"卢院长，没关系，到驻屯村就住到我家，今天中午，我已经让人把房子收拾好了。"

王莉莉一提醒，卢佳国想起中午有两个女人在王莉莉家说话，原来她们是生火、打扫卫生的。

王莉莉考虑得太周到了。

七

到了驻屯村，走进王家大院，看到拾掇干净、宽敞明亮的院落，卢茜问："王阿姨，这是你家？"

"这是我娘家，我没有家。"王莉莉说。

王莉莉低沉的声音，卢茜感到自己问多了，她很抱歉。

王莉莉马上把情绪调节过来，她微笑着说："卢茜快进屋，外面冷。"

进了上房之后，房子里很暖和，炉子里的火着得很旺，三人的心情犹如炉子里的火苗，暖融融的。

现在三人都感到很高兴，很幸福。

"茜茜，今晚你与王阿姨住在这里，我回去了。"

"老爸，你住在哪儿？"卢茜问。

"我就住在外面的那排平房里。"

"我明白了，原来王阿姨把平房让我爸住，便于加强感情沟通呀。"王莉莉被卢茜说得满脸绯红。

"茜茜，不许乱说，我们科研团队住在外面平房是村委会安排的，我们住之前根本与你王阿姨不认识。"

"卢茜就是随便说说，看把你认真的。"王莉莉说。

"心虚了吧，卢院长，我就是说句玩笑话，看把你吓的，王阿姨，是不是？"

卢茜戏谑的口吻，把王莉莉惹笑了。

"这姑娘被我惯坏了，王主任，你不要见笑。"卢佳国向王莉莉解释说。

"卢院长，你又说错了，应该说，王夫人，或者说，莉莉，你不要见笑。"卢茜又抓住机会，把老爸笑怼了一次。

"我说不过你，我走。"卢佳国在女儿面前承认自己输了。

"老爸，慢走，不送了。"

王莉莉看到卢佳国在女儿面前的失态像，心中偷偷地笑了。

"卢茜，我们农村条件差，委屈你了。"

"王阿姨，你客气了，你家的条件挺好的，比我小时候住在我奶奶家好多了。"

"快上炕,下面冷。"王莉莉说着,把卢茜拉到了炕上坐下。

"卢茜,你挺爱跟你爸开玩笑的。"

"是的,王阿姨,自从我妈去世后,我的依靠就是我爸,他平时不爱说话。我妈去世后,我爸更不爱说话了,我尽量开导我爸,让他开心。"

"哎,失去亲人肯定很痛苦。"

"我爷爷奶奶去世早,我妈去世时,我才八岁,我是由我爸一人拉扯大的。"

"你爸拉扯你挺不容易的。"

"是的,前几年我爸为了升职称搞科研,我一个人在家害怕,他就把我带到学校实验室去,有时我困了,躺在实验室的沙发上睡着了。可我睡醒之后,我爸仍在计算机前工作着。"卢茜深情地说。

"你妈是怎么去世的?"

王莉莉感觉问的不合适,马上改口说:"卢茜,对不起,我不该提你家的伤心事。"

"王阿姨,没关系,我妈去世十余年了,该走的人走了,活着的人还得好好活着,我妈生前在省教育厅工作,得淋巴癌去世的。"

王莉莉听了,心情沉重起来。

"我妈去世后,我与我爸相依为命。"

"你爸是个好爸爸。"

"是的,一般情况下,我爸都依着我,他想把我失去的母爱给我补上,我发脾气,他忍受,我喜欢的东西,他都会给我买,从不计较价钱。"

王莉莉静静地听着。

"慢慢地,我发现我爸变了,是在我考上大学的那一年,有时我星期六回家,总看到我爸坐在沙发上发呆,他以前是不抽烟的,从那时起,他开始抽起烟来。"

"借烟消愁。"王莉莉说。

"嗯,我读高中的时候,他按时做饭洗衣,有时我还不听话惹他生气，因青春期叛逆与他顶嘴。但是，那时候他挺充实的，可是我考上大学之后，吃住在学校，他却孤单了，感到寂寞了。"

卢茜说着，王莉莉把她往身边拉了拉，卢茜此时感到很幸福，很安全。

"我爸孤独，我理解，十几年了，他一个人支撑着我们这个家庭很不容易。有时候我与他开玩笑，说让他再找一个老伴做陪伴。他说，人老啦，没有必要。看到他孤单的时候，再劝他，他说，婚姻是缘分，不是想找就能找到的。"

"卢院长是大学教授，思想挺固执保守的。"

"是的，王阿姨。你应该喊他老卢，不能喊他院长，你喊他院长，这说明你们俩生分了，就像我刚才说的，我爸不能喊你王主任一样。"

"又让你抓住话柄了。"王莉莉用手轻轻地捏了捏卢茜的鼻子。

"睡吧，卢茜，你坐了一天的班车，可能困了。"

"好的，王阿姨，时间不早了，咱们睡吧。"王莉莉拉开被子给她掖了掖，两个人睡下了。

八

第二天早上，卢茜醒来，已是九点多钟。当她醒来时，王莉莉已经把早餐做好。

"卢茜，赶快起床，早餐做好了。"王莉莉说。

"王阿姨，你没有去上班？"卢茜揉着惺忪的睡眼问。

"我请假了，陪你几天。"

"感谢王阿姨！"

"你嘴真甜，很会说话。"王莉莉夸卢茜说。

"我爸没过来？"

"早上过来了，看你在睡觉，没打扰你，他回去了。"

卢茜起床，洗漱完毕，吃着丰盛的早餐，她觉得自己太幸福了，这种感觉以前很少有过。

"王阿姨,你以前给我爸也是这样做早餐?"

"没有。"

"真的?没有!看着我说话。"卢茜逗笑着说。

"快吃早餐,吃的都堵不住你的嘴。"王莉莉给卢茜一个嗔怒的眼神。

"王阿姨,你在说谎。"卢茜不依不饶地说。

卢茜越说,王莉莉倒不好意思了,她没有想到卢佳国的女儿这样开朗、爱说笑。

"王阿姨,昨天,我在汽车站看到你的第一眼,就好像见了亲人一样。"

"是吗?"王莉莉笑着问。

"真的,我第一次与你见面,就跟你熟悉了,把我爸的秘密全告诉你了。"

卢茜说的也是,这丫头看起来文文静静的,说起话来,快言快语,把家中的事一股脑地说了出来。

王莉莉用一种亲切的目光看着卢茜。

一般来说,单亲家庭的孩子对家长找对象很反感,因为后妈或者后爸给他们的印象是冷酷的,甚至是残忍的。

"我爸回家曾与我谈起你,当时我感到非常高兴,根据我爸对你的描述,我在脑海中勾勒出你的画像,你一定是一位知书达理、漂亮贤惠的女性。这次我见到你,印证了我的想法。"

"卢茜,你真会讨人开心。"王莉莉说着眼泪流了出来,不知是幸福来得及时,还是幸福来得太快,她的眼泪止不住地往下流。

可能是幸福来得太快,王莉莉十余年没有与一个孩子这样贴心地交谈,并且这个孩子是未婚夫的女儿。

卢茜看到王莉莉流眼泪,她把餐巾纸递了过去,两个人紧紧地抱在了一起,亲情、感动,淋漓尽致地表现出来。

"王阿姨,我现在明白了,婚姻是缘分。以前我爸在单位有两位单身女性追我爸,我爸都没有同意,原来他的缘分在这里,那缘分就

第十八章 | 393

是你呀。"

"口齿伶俐的丫头，你想怎么说，就怎么说吧。"

"王阿姨，我说你和我爸，你不介意吧。"

王莉莉看了一眼卢茜，笑了。

"到底介意不介意，说话呀。"卢茜装出咄咄逼人的样子。

"不介意……"王莉莉拉住卢茜的手轻轻地揉搓着。

"王阿姨，祝福你与我爸能走到一块。"

"卢茜，我们两个不可能走到一块。"

"为什么？你贤惠漂亮、知书达理，我爸清楚。可是我爸也不错，大学教授，博士生导师，除了不善言谈，他各方面都很优秀。"

"你爸优秀，我知道，我配不上你爸，他是大学老师，而我只是一名乡镇职员，所谓的距离让我们相差甚远，况且我还有缺陷……"

当王莉莉说到这时，卢茜用手轻轻地捂住了她的嘴。

"王阿姨，这才好呢，免得你与我爸给我生个小弟弟或者小妹妹，以后就不管我了，也不要我了。"

王莉莉听到此话，她紧紧地抱住了卢茜，眼睛里噙着眼泪说："茜茜，感谢你对阿姨的理解……"

随后，王莉莉把卢茜领到会州县城游玩了几天，给她买了两件衣服。

卢茜与王莉莉并肩走着，像自己与妈妈走在一起，这种久违的感觉，猛然间从卢茜的心中冉冉升起。

九

春节放假，帮扶工作队干部回家过年去了，祁建臻、郭儒在村委会值班，两个人闲聊起来。

"驻屯村马上就要脱贫摘帽了，没想到会发展这么快。"祁建臻说。

"是的，昔日的小山村变成现在的小康村，真是让人感叹。"

"在脱贫攻坚过程中，帮扶工作队干部发挥了重要作用，充分利用他们的社会资源与自身优势，为咱们驻屯村干了很多的实事，他们不怕吃苦，乐于奉献，勇于担当的精神，让群众敬佩。"

"驻屯村各级帮扶工作队干部把脱贫攻坚作为分内之事，拧成一股绳，结成一张网，劲往一处使，竭尽全力为驻屯村办好事、解难题。"郭儒说。

"国家制订的帮扶政策就是好，听说中西部省、市对接帮扶中，杨处长又为驻屯村争取来了三十万元的帮扶资金，帮助驻屯村在农产品加工、医药保健、电子商务、文化旅游等领域开展工作。"祁建臻说。

"咱们村要不是帮扶干部，单靠当地的力量能顶啥事。"

"扶贫政策体现了党的决策智慧，领导干部全员参与，齐心协力。省、市干部联乡包村，抓部门负责指标完成；县、乡干部落实属地任务，联系单位包村帮扶，各级干部蹲点包户的办法，有着严密的帮扶体系，咱们老百姓怎能不脱贫，不致富奔小康。"

"发展是甩掉贫困帽子的好办法。"郭儒说，"面对脱贫攻坚的复杂性，政府坚持慢工细活，做足'绣花功夫'，因村因户，因人施策，精准发力，让村有主导产业，户有增收门路，人有一技之长，这方法措施考虑得多全面。"

"因户施策，这是帮扶工作队干部下了大功夫，不管是以前的帮扶干部，还是现在的帮扶干部，走村串户，调查访谈，都是必做的工作。帮扶工作队干部深入基层，信息了解得更全面、更翔实，就拿咱们村来说，就制订了好几种脱贫攻坚的方法。"

祁建臻说着嘴里发出啧啧的赞叹声。

"一张蓝图绘到底，一任接着一任干。现在老百姓对领导干部的认可度，那是真的变了，经常听到村民们说帮扶工作队干部的好，那可是发自内心的肺腑之言。"郭儒说。

正当两位村干部闲谈时，欧忠、赵文灿、张士胜、刘祺平等几位村民进来，他们手中提着土特产品，还没等村干部开口，欧忠说：

"建臻，我们有件事需要你们村干部帮忙。"

"欧大爷，您说。"祁建臻说。

"过年了，我们几个给帮扶工作队干部准备了些土特产，麻烦你们送一下，杨处长、张大夫、金局长、李主任走时，我们送他们不要。"

听着欧忠的话，祁建臻与郭儒相互看了一眼，心中很高兴。

现在干群关系真的变了，以前逢年过节，都是领导干部向老百姓要土特产，而现在是老百姓乐意给领导干部送土特产，领导干部还不要。

"帮扶工作队干部不要，咱们不给他们送了。"祁建臻开玩笑地说。

"那不行，帮扶工作队干部，那是咱们驻屯村的'父母官'，咱们村里的发展变化，要不是他们的努力，想都不敢想。"

"欧大爷，与您开玩笑呢，请你们放心，这些土特产，我们保证替你们送到，明天赵启升的拉货车去省城运送批发香菇，让他捎带上，保证送到每一位帮扶干部家中。"祁建臻说。

"你们给他们说清楚，这绝对不是给领导干部送礼，一点土特产，过年了，只是我们的一点心意。"赵文灿说。

"这不算送礼……"祁建臻故意把嗓音拉得很长。

祁建臻的说话声调，惹得大家笑了起来。

帮扶工作队干部收到驻屯村几位村民送来的年货，他们有很大的感慨，帮扶工作是帮扶干部应该做的工作，不应该得到老百姓的感谢，老百姓的感谢之举让他们深受感动。

只有让老百姓如期脱贫，过上幸福美好的生活，才能对得起驻屯村的老百姓的感谢之恩。

帮扶工作队干部感到肩上的责任更重了。

第十九章

一

腊月二十六日，卢佳国回到家中，刚一进门，卢茜问："老爸，你怎么不把王阿姨带回来到咱们家过年？"

卢佳国看了一眼女儿，说："哦……我忘了。"

"是你忘了？还是你没敢邀请？"

"我没敢邀请。"

"老爸，你太没有自信了。"卢茜说，"今年过春节，你要是邀请王阿姨来家中过年，她一定会过来。"

"你怎么知道？"

"凭我们俩相处一周的时间。"

"茜茜，你是怎样把王莉莉给哄住的，你从驻屯村回来以后，她每次见到我都夸你，表扬你。"

"我没有哄她，我们两个交心呗。"

"她给你说我没有？"卢佳国用试探的口气问。

"我们两个在一块，主要是说你，老爸。"

"哦，真的吗？"

"那是一定的，王阿姨说你是大学教授，攀不上你，说你有涵养，有文化，会哄人高兴。"

卢佳国听着开心地笑了。

"茜茜，我告诉你个消息，听不？"

"说，听。"

"你王阿姨说了，春节过后，她到咱家来。"

"真的吗？"卢茜装作惊讶地问。

"真的，正月初四过来。"卢佳国语气坚定地说。

"春节过后，我就有妈妈了。"卢茜高兴地喊了起来。

"别瞎说。"

"我就说，我到大街上去喊呢。"父女两个拌起嘴来。

"茜茜，你与王阿姨在一块时，对她印象怎么样？"

"老爸，感觉挺好的，她人勤快贤惠，又长得漂亮，就是因为自己不能生育，导致她很自卑，觉得低人一等，对生活失去了信心。"

"她给你买衣服，你帮她说好话。"

"老爸，我没有帮王阿姨说好话，我说的是实话，你要抓紧时间呀，要不抓紧时间，我害怕王阿姨被别人追走了。"

"丫头片子，就知道拿老爸开涮，不跟你说了，我要做饭去了。"

"饭我已经做好了，就恭候老爸回来。"卢茜说着，把饭菜端到餐桌上。

女儿大了，知道帮助老爸做饭了，卢佳国心中念叨着。

吃饭时，卢佳国问："王阿姨正月初四来咱家？"

"嗯。"

"我想让她年前过来。"卢茜说。

卢佳国抬头看了一眼女儿，说："年前她不会来吧？"

"只要你同意，剩下的工作我来做。"

看着女儿认真的样子，卢佳国点了点头。

卢茜得到爸爸的同意后，她拨通了王莉莉的电话。

"喂，王阿姨，你好！我是卢茜。"

"嗯，我听出来了，茜茜有事吗？"

"有件事，要与你商量一下。"

"说吧。"

"王阿姨，我想邀请你到我们家来过年。"

王莉莉一听，不知所措，她支支吾吾说："我给老卢说了，年后初四去你们家。"

"那就迟了，你家就你一个人，多孤独，年前你过来咱们一块儿买年货，做年饭，那多热闹。"

"这……不合适吧。"王莉莉迟疑地说。

"这有啥不合适的，难道你对我爸有意见？"卢茜用激将法说。

"意见倒没有，只是害怕别人说闲话。"

"没关系，让别人说去，咱们不害怕。"卢茜说。

"好，让我想一下。"

"不用想了，就这么定了，明天，我去接你。"卢茜的态度，让王莉莉没有回旋的余地，她只好答应了下来。

王莉莉打电话与父母商量，两位老人很同意，依当地风俗，女儿春节不能到娘家过年，她十余年都是自己孤单地过春节，心情肯定很郁闷。

过年是幸福的、快乐的，而王莉莉却不是，她年年都是一人寂寞孤单地度过。

腊月二十七日，卢茜从省城到驻屯村来接王莉莉，她盛情难却，只好跟卢茜去了省城。

王莉莉的到来，让这个家庭有了欢快的笑声，三人一块逛商场，去超市购置年货，不知情的人认为这是一家子。

腊月三十晚上，吃年夜饭的时候，王莉莉把卢茜叫到卧室，悄悄给了她两千元年钱。

"王阿姨，我不要。"卢茜推辞说。

"拿上，姑娘家买点生活用品，把自己多关心一些。"

卢茜看到王阿姨认真的样子，她感动地把钱收下了。

大年三十晚上，一家人坐在一块儿看春晚、吃年夜饭，其乐融融。

第十九章 | 399

二

正月初五,王莉莉的父母邀请卢佳国去王铭铭家做客,卢佳国满口答应了。说实话,卢佳国这次去王家,算是正式登门拜见准岳父、岳母。

卢佳国与王莉莉一块儿去了王铭铭家。

王莉莉回来,母亲看到女儿高兴的样子,知道她今年到卢佳国家过年很开心,母亲悄悄地把女儿拉到卧室里问话。

"莉莉,你去卢佳国家过年,她的女儿卢茜高兴吗?"母亲问。

"妈,她高兴,今年去卢家过年,是卢茜邀请我的。"

"看样子,卢茜不反对这桩婚事。"

"不反对,她很支持。"

"嗯,她不反对就好,要是卢茜反对的话,也是一件麻烦的事情。卢茜多大了?"母亲问。

"二十岁了。"

"上大学了吧?"

"上了。"

"在哪儿上大学?"

"省政法大学。"

"哦,她咋没过来?"

"卢茜有同学聚会。"

"我女儿的苦日子快熬到头了。"母亲高兴地说。

是的,王莉莉的苦日子也该熬到头了,人生中的无意伤害,让她尝尽了生活的苦头,现在遇到了婚姻上的知己,也该享受一下幸福的人生了。

这次,卢佳国受到了王家的热情招待,王铭铭与卢佳国都喝醉了。

一个月之后,王莉莉到省城办事,晚上陪一下父母,她与母亲在闲聊时，提到了卢茜。

"莉莉，我想见一下卢茜。"母亲说。

"行，我明天去省政法大学找她。"

"嗯，一个女孩子，爸不在身边，怪可怜的。"

母亲的话让王莉莉对卢茜有了挂念。

第二天，王莉莉早早起床，去了省政法大学。

卢茜见王莉莉来看她，喜出望外。

"王阿姨，你怎么来省城了？"

"我来省城给单位办点事，顺便过来看一下你。"

"谢谢你，王阿姨。"

"茜茜，今天你有时间吗？"

"有，今天没有课，有事吗？"

王莉莉略迟疑了一下说："没有，只是我父母想见见你，让你到我弟弟家吃顿饭。"

"那太好了。"卢茜爽快地答应了。

卢茜与王莉莉一块儿去见两位老人。

进了家门，卢茜见到王莉莉的父母，她很有礼貌地打招呼，"爷爷、奶奶好！"

"卢茜，快过来坐下，长得这么俊俏的姑娘。"王莉莉母亲把卢茜拉到自己身边坐下。

"王阿姨，你也坐下。"卢茜看了一眼王莉莉说。

几个人坐在一块儿聊了起来，卢茜说，她很感谢王阿姨工作上对她父亲的支持，生活上对她父亲的关心照顾，后来说到两位长辈的婚姻，卢茜表示非常赞同。

两位老人看到十分懂事的卢茜，对女儿王莉莉的婚姻也就放心了。

吃过午饭，王莉莉又把卢茜送回了学校。

第十九章 | 401

三

　　一天，卢佳国正在试验基地收集数据，突然接到省政法大学卢茜班主任打来的电话，说是卢茜有病了，已经被送进了省人民医院，让他赶快过来。

　　卢佳国放下手中的工作，急忙赶到省人民医院看望女儿。

　　卢茜得的是急性阑尾炎，需要马上手术，等家长签字。

　　卢佳国签字后，卢茜被送进手术室。

　　两小时后，手术成功结束。

　　第二天，正当卢佳国陪女儿输液时，王莉莉推门进来，卢佳国和卢茜两个人一怔。

　　"王阿姨，你咋来了？"卢茜问。

　　"你有病住院了，我能不来看看？"

　　看着王莉莉不太高兴的样子，卢佳国意识到了什么，他说："我害怕影响你的工作，没敢告诉你。"

　　"你一直把我当外人。"王莉莉生气地说。

　　"我没有把你当外人，是害怕影响你的工作，现在卢茜病情稳定了，我正准备给你打电话说明情况。"

　　卢佳国的解释无济于事，王莉莉对他很有成见。

　　王莉莉走到病床前，弯腰问："茜茜，现在还疼吗？"

　　"王阿姨，不疼了，急性阑尾炎，手术动了就好了。"

　　"嗯，以后要多注意身体，千万不敢怠慢身体健康。"王莉莉说着，伸手帮卢茜掖了掖被子。

　　"你们聊着，我去给茜茜买些稀饭。"卢佳国说着走出病房。

　　"王阿姨，你别生气，我得的是小病，我爸不告诉你，害怕影响你的工作，手术需要家长签字，不然的话，我也不想告诉我爸。"

　　卢茜说着拉了拉王莉莉的手。

　　"你有病了，你爸应该告诉我，让我陪你比你爸方便。"

王莉莉的话，让卢茜很感动。

卢佳国买稀饭回来，王莉莉给卢茜喂饭。

卢茜喝了点稀饭，精神状态好多了，三人坐在一块儿，气氛很温馨。

"老卢，明天你去上班，我在医院陪伴茜茜。"

"你回去上班，这里有我。"卢佳国说。

"你在这里陪伴不方便，我来陪茜茜，我请了一周假。"

由于玉米"粮改饲"科研项目正处在数据分析关键时期，卢佳国在王莉莉的催促下，回驻屯村科研基地上班去了。

王莉莉在医院陪伴卢茜，给她买饭、洗衣服、陪她上厕所等。

二人不是母女，胜似母女。

卢茜很快康复出院，回家疗养，王莉莉又请了两周假，在省城陪伴她，这让卢茜特别感动。

"王阿姨，我这次有病，如果没有你的陪伴，我都不知道该怎么度过。"

"没有我的陪伴，你的病照样会好。"

"是的，病通过治疗肯定会好的，可是我心中的宽慰从哪里来呢？"卢茜说着流下了感激的泪水。

"别哭，都是大姑娘了，以后我会好好陪伴你，不会让你再感到心灵上的孤独。"

"妈，你真好！"

王莉莉听到卢茜喊自己妈妈，不知所措，她抱住了卢茜，强忍着泪水点了点头。

三个月之后，在卢茜的催促下，卢佳国与王莉莉走进了婚姻殿堂，开始了一家三口人的幸福生活。

卢佳国科研团队完成玉米"粮改饲"科研项目后，回到了省城，王莉莉被调到了省农业大学科研管理中心，从事科研服务工作。

王莉莉有了稳定的家庭生活，她父母心中的忧虑终于消除，两位老人可以安度晚年了。

四

　　精准扶贫是党和政府最大的民心工程，是全国人民群众实现小康生活的重要举措。为了响应党的号召，大批干部舍小家为大家奔赴扶贫第一线，他们竭尽全力地干好工作，帮助群众脱贫致富。

　　五谷镇妇联主任李椿婷，三年前，她已经陪了一批省、市、县帮扶干部在驻屯村帮扶，她一直活跃在扶贫第一线。

　　李椿婷刚来驻屯村扶贫时，儿子栋栋还不到半岁，放在家中让婆婆照看，起初她的婆婆对她的工作很不理解。

　　李椿婷产假刚结束，组织上派她到驻屯村扶贫，当时她有点犯愁，儿子还不到半岁，正是需要母亲照顾的时候。婆婆心疼孙子，嘴里絮叨说："你的情况单位也知道，偏偏在这个时候派你去驻村扶贫。"

　　李椿婷听出婆婆很不高兴，她劝婆婆说："妈，扶贫工作是每位干部应该承担的义务和责任，每一位干部都要服从组织安排。"

　　"服从组织安排是对的，咱们家的情况不是特殊嘛，半岁的孩子，正是母乳喂养的时候，这个时候却离开了妈妈。"

　　"可是领导已经照顾我了，按工作计划，我早就应该到扶贫第一线，领导考虑我怀孕行动不方便，没让我去，现在孩子已经半岁了，我应该去一线扶贫了。"

　　李椿婷说的有道理，婆婆不搭话了。

　　李椿婷刚到驻屯村时，儿子栋栋对奶奶的照顾很不适应，听丈夫说儿子晚上经常哭闹不睡，她听后很心酸，一个半岁的孩子离开了妈妈的怀抱，他怎能睡得着呢。

　　她每周回一次县城的家，母子连心，栋栋看到妈妈回来，他会高兴地依偎在妈妈怀中。

　　可是，当她星期一去扶贫单位上班时，栋栋会哭着不让妈妈离开，看到儿子无助地哭喊，李椿婷流下了心酸的泪水。

为了不让儿媳心中有顾虑，婆婆会在李椿婷上班走时，偷偷地把孙子抱到卧室里，她不想看到母子分别时伤心的情景。

　　李椿婷在进村入户调查中，不小心扭伤了脚，不能每周回县城看望儿子，儿子从此被断了母乳喂养。

　　她二十余天没有回家，当她再回到家中，以前见到妈妈就往怀里偎依的儿子，却不认识妈妈了。

　　李椿婷扎心一般难受。

　　李椿婷脚崴后，杨嘉煜让她回家疗伤，她没有回去，当时正赶上省、市领导下乡督导扶贫工作，她请假会增加其他同事的负担。

　　我们的帮扶干部心中想到的是别人。

　　时间一晃过去了。

　　李椿婷的儿子栋栋已经上幼儿园了，每当她从扶贫单位驻屯村回到家中，看到儿子高兴地跑来跑去，李椿婷心中有一种说不出的愧疚。

　　栋栋已经习惯了妈妈不在的日子。

　　这就是我们的帮扶干部，勤于工作的奉献精神永远感动着很多人，正是有了他们无私的奉献、默默无闻的工作，才得到脱贫计划稳步推进，才使老百姓脱贫致富，正逐步过上幸福美满的小康生活。

　　驻屯村的帮扶工作队干部，走村串户帮助贫困户劳动干活，长年累月地帮助村民解决问题，落实帮扶政策，发展致富产业，人人都晒得黝黑。

　　李椿婷刚来驻屯村时，窈窕的身姿，白皙的皮肤，飘逸的长发，打扮得特别精干。

　　但她在驻屯村帮扶工作这几年，被晒得变了模样。周末她回到家中，连自己的儿子都学着爸爸的话说，妈妈的脸晒得跟洋芋蛋似的。

　　李椿婷听了之后，心中很不高兴，没有想到自己给儿子留下一个村妇的印象，她下定决心，一定要打扮得漂漂亮亮，还儿子一个靓丽的妈妈。

　　可是工作环境的变化，风吹日晒的，怎么打扮也漂亮不起来。工作的繁忙，起早贪黑，她根本没有时间精力去收拾打扮，早上起床，洗一把脸去上班是很正常的事。帮助村民克服生活困难，保护群众财产安全，帮助贫困群众增加收入，帮扶村民发展致富产业等，这些都是帮扶工作队干部每天要做的事情。

最后为了工作，李椿婷只能舍弃了自己美丽的容貌。

五

李椿婷驻村扶贫，家里的一切家务全撂给了婆婆。丈夫是县一中教师，每年带高三毕业班，他根本没时间操心料理家务及孩子。

婆婆是六十多岁的人了，公公去世早，她一人拉扯孩子长大，成家立业很不容易，年轻时吃了不少苦，身体健康状况不是很好。

李椿婷结婚后，儿子栋栋出生了，她要上班，没人照顾。她的婆婆，从老家又来到城里看管孙子，挑起了儿子一家人的生活负担。

周末，李椿婷回到家中，当她看到婆婆不停地洗刷、忙着家务时，她的内心有一种愧疚感，对婆婆很感激。

有时，李椿婷想帮助婆婆干点家务，婆婆不肯。她说："你经常上山下乡，帮扶贫困群众劳动干活，一定很辛苦，到家好好休息就是了。"

听到婆婆的话，李椿婷很感动。

"妈，你在家既带孙子，又干家务活，也挺辛苦的。"

"我辛苦点没啥，我没有事情干，我就是操持家务的。"

朴实的语言流露着一位母亲的伟大。

婆婆年轻时落下的胳膊疼痛病，她不能长时间抱孙子。但她为了不让孙子哭闹，一直强忍着疼痛抱孙子，哄孙子高兴。

李椿婷看到婆婆的辛苦，给她买了件新衣服。可是婆婆舍不得穿，节假日领她去旅游散心，她找借口推辞不去，她是舍不得花钱。

脱贫攻坚到了关键期，李椿婷回家的次数少了，婆婆在家领孙子、搞家务更辛苦了。

一天，李椿婷正在上班，突然接到丈夫打来的电话，说是让她赶快回家。她问是什么事情，丈夫也不说。

李椿婷意识到家中可能出了什么事情。

她急匆匆地赶到家中，让她吃惊的是，儿子栋栋因滑旱冰把胳膊摔成粉碎性骨折。

看着儿子打着石膏的胳膊，李椿婷流下了痛苦的眼泪。

栋栋知道自己犯了错误，他看到妈妈时，畏缩在沙发上，不敢动，只小声喊了一句"妈妈"。

平时周末回来，栋栋看到李椿婷，他会兴高采烈地跑过去抱住妈妈不放，母子相逢的喜悦淋淋漓尽致地表现出来。

看到栋栋可怜地坐在那儿，李椿婷不知所措，感到茫然。

"栋栋，过来让妈妈看看。"

栋栋听到妈妈的叫声，他怯生生地躲了一下，他不敢靠前去，他害怕妈妈打他、骂他。

李椿婷向前抱起儿子，母子两个人痛哭起来。

婆婆看到儿媳与孙子抱头痛哭，她哭诉着说："椿婷，都是我的错，我没有照顾好栋栋，我老了，没用了。"

"妈，这不怪你，你不要责怪自己。"李椿婷宽慰着婆婆。

孙子的胳膊摔坏了，做奶奶的心中始终感到很自责。

婆媳虽然很痛苦，都在理解宽容之中。

李椿婷请了一周假，照顾儿子栋栋，补偿一下自己对儿子爱的缺失。

假期结束，李椿婷要去扶贫单位上班，这次栋栋拉住妈妈的手不让她走，婆婆怎么哄他，都无济于事。

"妈妈，请你多陪我几天好吗？我胳膊疼。"

听着儿子栋栋请求的话，李椿婷只顾流眼泪。

"栋栋，听奶奶的话，妈妈要去上班了，妈妈还有很多工作要做。"

栋栋似乎听懂了妈妈话的意思，他放开手，含着眼泪说："妈妈，周末你一定要回来看我,我很想念妈妈。"

栋栋虽然已经五岁了,与妈妈相处的时间有限,李椿婷觉得很亏欠儿子。

"嗯,周末妈妈一定回来看你。"李椿婷说着没敢回头,急匆匆地走出了家门。

六

说起帮扶工作队干部李椿婷,还有更让人感动揪心的事情。

去年十二月份,李椿婷在帮扶工作中,突然恶心难受,刚开始时,她没有介意,以为自己吃的不合适,胃病又犯了。

可是,第二天她恶心呕吐得更厉害了,凭女人的直觉,她意识到自己怀孕了。

现在的李椿婷很矛盾,脱贫攻坚正是爬坡过坎的关键期,帮扶工作正是紧张的时候,自己却意外地怀孕了,不能集中精力去工作,去帮扶。

女人怀孕是上天赐给她们的一种权利,怀孕没有对错。

女人怀孕是正常的生育现象,等反应期过去了,一切也就正常了,一般不会影响到工作。

李椿婷为自己又做妈妈而感到高兴。

但是,自己怀孕的事情,不能让帮扶工作队的同事知道,如果他们知道了,肯定会对自己百般呵护,不给她分配工作任务,其他同事的工作负担就重了。

李椿婷正常上班工作,同事们也没有发现她有特别的地方。

周末回家,李椿婷把自己怀孕的事情告诉给了婆婆,婆婆听后喜不自禁,马上就有第二个孙子了,婆婆怎能不高兴呢!

"婷婷,反应期过了没有?"婆婆问。

"妈,刚过去。前两天反应强烈,恶心呕吐得特别厉害,这两天反应表现正常了。"

"反应期刚过，要注意休息保养，不能劳累过度，你应该请两周假在家休息。"

听到婆婆说让她请假休息，李椿婷忙说："妈，我没那么娇气，怀孕生孩子我也不是第一次了，没有必要请假。"

李椿婷清楚，现在她不能请假，再过半年驻屯村就要脱贫摘帽，如今正是工作量大的时候。

婆婆知道让儿媳请假休息不可能，她说："你以后在工作中要注意安全，不能过度劳累，要保护好自己。"

"知道了，妈。"

婆婆的安慰让李椿婷感到很幸福，家里的婆媳关系很好，婆婆把她当女儿看待。

随后，婆婆去菜市场买回了两只土鸡肉，熬汤给李椿婷增加营养，在周一上班时，婆婆把炖好的鸡肉让李椿婷带到扶贫单位吃。

李椿停本不想带，可是婆婆非让她带上不可。

陶乙奎家的温室大棚意外受损，帮扶工作队干部对租种温室大棚的农户全部进行检查，防止类似意外情况的发生，给农户造成不必要的经济损失。

李椿婷连续几天奔波在农户的温室大棚中，钻进钻出地忙活着，让她感到很疲惫。

出现这种疲惫状况，李椿婷没有在意，她认为自己可能是工作累着了，过几天就好了。

但是几天过后，李椿婷疲惫的精神状态仍没有消除，四肢无力，心中难受。

金欣瑶看到她最近的脸色不是很好，劝她请假休息，李椿婷推辞掉了。

当时金欣瑶也没有多想，她也不知道李椿婷怀孕了。

李椿婷又坚持工作了几天。

一天下午，李椿婷走访回来，没有吃晚饭就睡下了。

金欣瑶看到李椿婷的脸色不好，她问："李主任，你生病了吧，明天你必须请假休息。"

李椿婷没有说话。

"明天我陪你去镇卫生院检查一下身体，你的精神状态很不好，千万不敢因为工作把身体累垮了。"

李椿婷"嗯"了一声，看样子她已经非常疲惫了。

到了夜晚，李椿婷突然肚子疼了起来，同事们赶忙找车，把她送到镇卫生院检查治疗。

检查的结果令帮扶工作队干部们很吃惊，李椿婷流产了，原因是劳累过度。

"李主任，你怀孕为什么不早说？"金欣瑶生气地问。

"我害怕影响工作，怀孕对于女人来说是正常的事。"

"你可犯了大错，那毕竟是一条生命。"金欣瑶的话让李椿婷流下了眼泪，自己太不小心，让孩子没有出生就过早地离开了。

同事们都在相互抱怨，对李椿婷没有尽到职责，驻屯村的乡亲们听说之后，对李椿婷既扼腕叹息，又敬佩尊重。村民祁建红的妻子程艺霞给她送来了枸杞滋补汤，让她补养身体。

李椿婷婆婆听说她流产之后，抱怨儿媳不心疼自己，没有保护好未出世的孩子。

杨嘉煜向县委组织部汇报了李椿婷的情况，经县委组织部批准，李椿婷回家疗养休息一个月。

如果没有县委组织部的请假通知，李椿婷是不会回家休息养病的。

七

帮扶工作队干部进村入户，了解社情民意，是工作中的重要组成部分，到了脱贫攻坚冲刺清零阶段，帮扶工作队干部对村民们的走访更深入、更细致，确保脱贫攻坚冲刺清零行动取得实效，为全面建成小康社会奠定坚实的基础。

在深入调查走访过程中，金欣瑶发现因病致贫的农户比较多。

受生活条件和环境的影响，农民一般没有疾病预防的意识，很多村民是带病劳动、带病打工，这种现象很普遍。没有一个健康的身体，对于一个人来说，生活的意义就大打折扣。

安泰社村民贾世鹏今年三十多岁，他因病与妻子离婚，是金欣瑶联系的贫困户，她了解了贾世鹏的情况后，决定必须帮助他把病看好，否则对驻屯村的脱贫攻坚冲刺清零效果有很大的影响。

一天，金欣瑶去了贾世鹏家，没有见到他，她问贾世鹏的父亲贾杰："贾大爷，贾世鹏呢？"

"他到外面打工去了。"

"贾世鹏不是有病吗？"

"有病也得挣钱吃饭生活。"

是的，贾杰说的是实情，农民没有固定的经济收入，不能因病坐在家中养病休息。

打工是为了挣钱，打工累坏了身体，挣了钱再去看病，病好了再去打工，这样形成了打工挣钱、挣钱看病的不良循环，打工受着劳累之苦，得病受着病痛之苦。

"我听说他有病吃药没有享受到国家医疗优惠政策。"

"没有，他得的是慢性病，不住院治疗，买药不能报销，都是自己掏腰包。"

"下次贾世鹏打工回来，让他到村委会来一下，看我们能否帮他办个慢性病门诊卡，不住院，买处方药也能享受医补政策。"

"行，谢谢金局长！等贾世鹏回来，让他去帮扶工作队找你。"

过了一段时间，贾世鹏打工回来，按照父亲的嘱咐，他去帮扶工作队找金欣瑶。

"小贾，我已经把你的医疗报销情况打听了，卫生局给出的答复是要想报销处方医疗费，必须住院治疗，然后开个住院病历证明，再办慢性病门诊卡，有了慢性病门诊卡，以后不住院，买处方药就能报销了。"

金欣瑶建议贾世鹏去县城医院做检查治疗。

"去县城医院检查治疗需要多长时间?"贾世鹏问。

"根据你的病情,大约需要两周时间。"金欣瑶说。

当贾世鹏听说需要两周时间住院治疗,他坚决不去。

"两周住院治疗,就是医院报销医疗费用,自己也得拿上千元钱。"贾世鹏说。

"你的病情等不得,再等就是拿生命开玩笑。"金欣瑶劝贾世鹏说。

"不是我不去,我们这个家庭情况,不允许我到县医院住院看病,家中没钱住院治疗,我这不是还能劳动打工嘛。"

"要办慢性病门诊卡,必须有住院病历,有了慢性病门诊卡,以后不住院买处方药也能报销了。"

"即使办了卡,自己也得掏一部分医疗费用,我得的是慢性病,看病投钱是无底洞。"

金欣瑶劝说了几次,贾世鹏不为所动,反而显得有些不耐烦。

这件事情没有办好,金欣瑶心中很不踏实,得了病而不去看,原因是缺钱,农民的身体保健意识还很淡漠。

过了几天,金欣瑶去了贾世鹏家,意思是想再劝说他去县城医院检查治疗。

可是当她到贾家时,贾世鹏又外出打工去了。

当贾杰再提起此事时,伤心地落下了眼泪,他说:"儿子犟得很,他知道家中没钱看病,不听劝说,又去打工了。"

"贾大爷,您不要伤心,贾世鹏看病的事情咱们想办法解决,钱的问题,我与帮扶工作队干部商量,一定找到一个妥善解决的办法。"

"谢谢你们!谢谢你们了……"贾杰一连说了好几遍。

到了脱贫攻坚冲刺清零关键阶段,必须解决好贾世鹏的看病问题,否则的话,他家不可能脱贫摘帽。

八

贾世鹏急着外出打工，是家中经济拮据所迫。

在政府危房改造项目支持下，他家盖起了新房，可是由于经济紧张，再加上自己看病花钱，盖好的房子不能搬进居住，因为没钱安装门窗，现在仍在20世纪80年代建造的房中居住，既不挡风，也不遮雨。

这件事，金欣瑶向杨嘉煜作了汇报。

"安泰社村民贾世鹏有病需要治疗。"

"什么病？"杨嘉煜问。

"慢性肾病。"

"到医院看过没有？"

"看过了，不过，好长时间没有享受医疗优惠报销政策了。"

"为什么？"

"因为他患的是慢性病，长期在外打工，柜台买处方药没办法报销。"

"有病了还能打工？"

"他没有办法，父母年龄大了，自己生病后妻子离婚，还有一个正在读书的儿子。"金欣瑶说。

"他应该住院治疗，办理慢性病门诊卡，以后不住院，买处方药也能报销了，这样也会减轻他买药的经济负担。"

"是的，我已经与县卫生局联系了，要想办理慢性病门诊卡，必须有住院病历证明才能办理。"

"按照县卫生局程序办理就可以了。"杨嘉煜说。

"贾世鹏听说要住院检查治疗，他直接拒绝了。"

"你去到贾家再做一下贾世鹏父母的工作，让老人家劝说一下儿子回来接受住院治疗。"

"贾世鹏不去住院治疗，他担心住院治疗的费用。"

第十九章 | 413

"有时间你去县民政局或县工会询问一下,有没有贫困资助项目,帮助贾家解决一下经济困难问题。"

"可以,我去协调一下这项工作。"金欣瑶说。

几天后,金欣瑶碰见了贾杰。

"贾大爷,您对儿子贾世鹏的病有啥想法?"

"早些把病看好,再找一个媳妇成家。"

"嗯,上次我与贾世鹏见面交谈,他不去住院治疗是因为没有钱。"

"是啊,金局长。"

"我已经与县民政局协调好了,答应资助贾世鹏住院治疗费用。"

贾杰听后,他感激地说:"谢谢金局长!"

经过金欣瑶的协调沟通,县民政局资助贾世鹏看病费用三千元。

贾杰把儿子贾世鹏打电话叫回来,去县医院接受住院治疗。

经过半个月的住院治疗,贾世鹏的病情得到了有效控制,身体慢慢在康复,并且办理了慢性病门诊卡。

这次住院治疗,贾世鹏除了垫付了一些生活费用,看病基本上没有自己掏钱。

贾世鹏在家疗养期间,镇党委书记张昭瑞去看望他,发现他家前几年危房改造的房屋因没有安门窗,仍没有住进去,他当即表态,要想办法解决这个问题。

张昭瑞回到镇政府后,与镇政府附近的恒泰建材公司老板赵顺联系,让他资助贾世鹏家把新盖房子的门窗安装上。

赵顺表示同意,他去了驻屯村了解了一下贾世鹏的家庭情况,不但答应给贾世鹏安装门窗,还要为他粉刷内墙,进行吊顶装修。

这让贾世鹏一家人非常感激。

赵顺立马开工装修。

十余天的紧张施工,贾世鹏的房子被装修一新,他们一家高高兴兴地搬进了新房。

九

贾世鹏家的生活状况彻底改善了,他的病得到有效治疗,也搬进了新房。

可是就在贾家生活条件改善时间不长,贾杰因积劳成疾,得了大病,住进了医院,给这个刚刚平顺的家庭又带来了灾难。

贾杰在医院住院治疗一个多月,终因病情恶化医治无效,不幸去世。

辛苦了一辈子,还没有来得及享受生活,就这样匆匆地走了,真让人扼腕叹息。

父亲的去世让贾世鹏非常伤心,他想起父亲含辛茹苦地把他们姐弟拉扯大,还没有享受舒心生活就走了,悲痛欲绝。

父亲拉扯儿女的艰辛历历在目。

记得在他小时候,家里困难没有吃的,父亲只好去山中挖野菜、捉野鸡。由于野鸡不好抓,父亲能在山中守上一个晚上。

第二天早上回来时,父亲满身是雾霜,犹如穿了一件白色的羊毛皮袄,父亲提着野鸡、野兔,冻得直打哆嗦的样子,贾世鹏刻骨铭心。

母亲做好野鸡、野兔后,父亲也舍不得吃,省下来给儿女们吃。

父亲虽然身体单薄,但他担负着一个家庭的生活重担。为了生计,年轻时的父亲去过煤矿挖煤,拉着架子车去百里之外的地方拉粮食挣运费,想方设法挣钱让子女们吃饱饭。

前几年,贾世鹏得了肾病,妻子看到生活无望,与他离婚了。

父亲想尽一切办法为儿子治病。父亲听说山上有一种中药材杜仲,对治疗肾病有疗效,有了闲暇时间就去山中寻挖,一次,他不小心摔伤了腿,好长时间都不能走路。

贾世鹏的病成了父亲的一块心病,经常煎熬得他彻夜难眠,家里的贫困,让他捶胸顿足,痛苦得难以支撑,郁闷的心境时时萦绕在父亲的心头。

前一段时间，在帮扶工作队干部的帮助下，贾世鹏的病治疗得有了好转，又搬进了新房居住，贾杰心情畅快多了，这重新激起了他对生活的信心，一定要好好劳动，好好生活，给儿子找上个媳妇。

然而天公不作美，正当贾杰信心百倍地创造美好生活时，一场恶疾夺去了老人家的生命。

这晴天霹雳的噩耗让贾世鹏猝不及防。树欲静而风不止，子欲孝而亲不待，是人生最大的悲伤。

在贾杰三日祭时，帮扶工作队干部及村"两委"干部前去吊唁，看到贾世鹏悲痛欲绝的样子，大家落下了同情的泪水。

"贾大爷这辈子太辛苦了。"祁建臻说。

"像贾大爷这种情况，生活的艰难让他不顾一切地挣扎着，不顾一切地劳动着，身体透支付出，让他百病缠身，忍受着病痛的折磨，艰辛地走完了自己的一生。"郭儒说。

"正是以前生活的艰难，党和政府才挑起让人民过上幸福美好日子的重担，开展全国性的精准扶贫。从现在开始，我们帮扶工作队干部和村'两委'干部，一定要承担起社会责任，帮助村民脱贫致富。驻屯村的人民群众只要有需要我们帮扶的地方，我们一定要竭尽全力，为他们排忧解难。"杨嘉煜说。

"杨处长，有一件事需要商量。"祁建臻说。

"说吧。"

"明天贾大爷灵柩出门，村中的年轻人都外出打工，抬棺的人比较少，需要帮扶工作队干部来帮忙。"

"行，明天帮扶工作队干部都过来，我给镇党委书记张昭瑞打电话，让他再派几位年轻干部过来帮忙。"

"镇政府年轻干部来帮忙，那就更好了。"祁建臻说。

随后，杨嘉煜给张昭瑞打电话沟通。

张昭瑞接到电话，听了事由后，他爽快答应安排好此项工作。

这就是我们现在的领导干部，他们不但要让活着的人脱贫致富，过上幸福美好的新生活，而且还要让去世的人平安上路，把他们送到没有痛苦的天堂。

贾世鹏听说明天出殡的事情已经安排好，他向领导干部们叩头致谢。

第二十章

一

为了激励广大党员干部的工作热情，圆满完成帮扶工作任务，铜城市市委、市政府印发《告全市党员干部书》，以激励党员干部奋力作为、勇于担当的工作精神，以"咬紧牙关滚石上山，咬定目标攻城拔寨"的信念，彻底打赢脱贫攻坚战。

全市的广大党员干部：

打赢脱贫攻坚战，是以习近平同志为核心的党中央向全党全国各族人民作出的庄严承诺，是全面建成小康社会，实现第一个百年目标的标志性指标。咬定目标不放松，坚定信心不动摇，必须坚持不懈地做好工作，不获全胜，决不收兵。

习近平总书记的指示，撞击着全市人民炽热的心灵，拷问着全市领导干部执政为民的使命担当。牢记嘱托，感恩奋进，咬紧牙关滚石上山，咬定目标攻城拔寨，坚决打赢脱贫攻坚战，与全国全省人民一道奔小康。

铜城是古丝绸之路上一颗亮丽的明珠，但由于深居内陆，干旱少雨，自然环境严酷，贫困面大，程度深，曾经一度一方水土养活不了一方人。

党的十八大以来，各级领导干部挥师前进，爬坡过坎，整装扬旗，负重挺进，脱贫路上步履稳健。

进入脱贫攻坚关键期，全市广大党员干部以大会战的态势开战，以誓师的决心征战，怀揣全市贫困群众的热烈期盼，迅速转入脱贫攻坚"决战时期"，和时间赛跑，与任务角力，用心用力用情作答时代问卷。

冲锋！政治作答——"有令必行"！

我们要坚决把思想和行动统一到习近平总书记的重要讲话精神和指示要求上来，站在牢固树立"四个意识"、坚定"四个自信"和坚决践行"两个维护"的高度，切实把全市整体脱贫摘帽作为当前最大的政治任务，最中心的工作，以鲜明的态度、必胜的信念，百倍用心，千倍用力，确保小康路上不落一人。

冲锋！责任作答——"舍我其谁"！

习近平总书记强调，深度贫困地区脱贫攻坚要强化落地，吹糠见米，做到人员到位、责任到位、工作到位、效果到位，各级党组织必须清醒认识党政责任线、部门责任线、帮扶责任线"三大战线"，立下军令状，盯紧倒计时，落好责任书，把对党忠诚真正体现到不折不扣抓好脱贫攻坚的各项工作上，广大党员干部要各司其职，各尽其责，在脱贫攻坚的生动实践中，争做合格党员，争当干事先锋，不脱贫，不收兵，不脱贫，不脱钩。

冲锋！协同作答——"群策群力"！

"上下同欲者胜"。抓好决战阶段脱贫攻坚帮扶工作，要联动各方主体，让上下、左右、内外都动起来、干起来；要深化东西扶贫协作，中央单位定点扶贫和结对帮扶；要深化千企帮千村精准扶贫行动，帮助贫困村、贫困户精准脱贫；要教育引导广大群众发扬自力更生、艰苦奋斗、勤劳致富的精神，变"要我脱贫"为"我要脱贫"，形成干群齐心、一起动手、合力攻坚的生动局面。

冲锋！战略作答——"勇挑重担"！

思路决定出路，路子对头，方法得当，就会省时省力、事半功倍。反之，则费时费力，事倍功半。全市广大党员干部要树牢苦干、实干、巧干行事，善谋中谋、有谋成事的理念，对照"两不愁三保障"标准，紧盯贫困县退出"三率一度"要求，把精准施策作为基本方略"绣花"，把产业培育作为根本之策"植根"，把基础建设作为坚实支撑"强基"，把保障保险作为底线任务"兜底"，以永不懈怠的精神状态，连续作战，超常付出，务求全胜，务必完胜。

冲锋！作风作答——"打铁过硬"！

脱贫攻坚任务能否完成，关键在人，关键在干部队伍作风。要把整治形式主义、官僚主义贯穿脱贫攻坚全过程，集中解决"虚假式"脱贫、"算账式"脱贫、"指标式"脱贫、"游走式"脱贫等突出问题，确保扶贫工作务实，脱贫过程扎实，脱贫结果真实。广大党员干部要拿出"马上办""钉钉子"的务实作风，认真较真抓落实，攻坚克难抓落实，拼搏进取抓落实，时不我待抓落实，步步为营，久久为功，坚决打赢脱贫摘帽这场硬仗。

全市广大党员干部，向贫困实战的总令已经下达，脱贫攻坚战的冲锋号已经吹响，让我们以"小康不达、誓不罢休"的坚定信念，激发责任，强化落实，全力以赴，全面冲刺，坚决打赢脱贫攻坚这场硬仗，以优异的成绩完成脱贫攻坚任务。

二

市委、市政府印发的《告全市党员干部书》，在全市党员干部中引起了热烈的反响。此公告书向全市人民展现了市委、市政府坚决打赢脱贫攻坚战的决心和信心，同时也激发广大党员干部的担当精神，努力做好本职工作。随后，召开了全市脱贫攻坚大会。

在全市脱贫攻坚过程中，会州县措施得力，方法得当，干部攻坚克难，群众齐心协力，取得优异成绩，脱贫经验在全市脱贫攻坚大会上作交流发言。县委书记伊仲楠交流的题目是《浓墨重彩绘新景 扬帆开启新征程》。

各位领导、同志们：

坚决打赢脱贫攻坚战，让贫困人口和贫困地区同全国、全省、全市一道进入全面小康社会，是我们会州县全体党员干部的铮铮誓言，会州县作为全省插花型贫困县之一，全县脱贫攻坚已转入加快脱贫致富，提高发展水平，实现全面小康的新阶段。浓墨重彩绘新景，扬帆开启新征程，牢牢把握脱贫攻坚的正确方向，瞄准靶位，尽锐出战，真正下足"绣花功夫"，坚决打好打赢脱贫攻坚战。

坚持把激发内生动力作为加快脱贫攻坚的首要任务。大力引导贫困山村群众破解"唯条件论""发展紧迫感不强"等被动发展观念，结合县情提出加大土地流转，稳定财产性收入，引导外出务工和进城入园提高工资性收入，着力增加农民收入，减少贫困人口。坚持"一户一册"精准帮扶，深入实施富民产业培育，易地扶贫搬迁，美丽乡村建设，公共服务巩固，能力素质提升，金融资金支持，政策兜底保障等行动。全县上下抓扶贫奔小康的着力方向和发力重点更加明确，加快发展的内生动力不断激发，自主脱贫致富的积极性和主动性显著增强。

坚持把强化支撑保障作为加快脱贫攻坚的重要举措。坚持用政策激励来激发贫困群众发展扶贫产业，加快脱贫致富的热情。用基础设施完善夯实脱贫致富的根基，用技术支撑来提升脱贫致富的能力，积极搭建政策扶持基础，支撑技术保障平台，着力改善贫困片区发展条件，不断增强贫困群众自我发展能力，对贫困村户连片整理土地，培育特色产业，发展设施农业等，给予政策倾斜和特别支持，全面落实金融扶贫政策，建档立卡贫困户全覆盖和资金互助协会行政村全覆盖。

坚持多措并举，全面增强"造血"功能。注重把外力推进与激活内生动力有机结合起来，坚持扶志、扶策、扶技、扶资多措并举，变"输血"为"造血"，增强了贫困村持续发展、贫困户持续增收的后劲。转变发展方式，将精准扶贫与生态保护、绿色转型发展紧密结合起来，实现了生态美与百姓富有机统一。落实产业扶贫，持续拓宽增收渠道，坚持以产业化促增收，打造一二三产业融合发展基地，吸纳贫困群众就近务工，增收脱贫。深入推进农村"三变"改革，盘活贫困村闲置资源，推行资产收益扶贫模式。

坚持久久为功，巩固提升精准脱贫成果。补齐"精神短板"，进一步激发群众增收致富内生动力，充分运用现场观摩、对比学习、经验交流、典型培训等方式，加强精神扶贫，精细指导。通过典型引领和教育培训，激发贫困群众要脱贫、要致富的积极性。着力破解眼界不宽，思路不清，"等、靠、要"等被动发展观念，全面提高发展信心，激发发展活力，充分调动贫困群众的积极性和主动性，形成脱贫致富的浓厚氛围，为脱贫致富提供强有力的思想支撑。

聚焦目标任务，持续狠抓脱贫攻坚工作落实。全面落实党政一把手负责制，紧盯全面建成小康社会目标，持续加大资金投入，坚持帮扶关系不变，任务标准不降，劲头力度不减，按照脱贫不脱政策的要求，对已脱贫户继续给予政策扶持，确保其稳定脱贫，对脱贫户继续完善落实"一户一策"，精准脱贫计划，精准制定帮扶措施，不断提升群众对精准扶贫工作的认同感和满意度。

精准实施政策兜底，持续强化民生保障。持续抓好易地扶贫搬迁后续产业工作的落实，实现搬得出、稳得住、能致富，深入实施政策兜底保障行动，按照城乡公共服务均等化要求，持续改善贫困村的公共服务条件，实行贫困人口大病诊疗费用补偿政策，对特殊困难群众实行普惠政策和专项政策叠加扶持，最大程度实现社会救助兜底保障全覆盖。

加快实施乡村振兴，持续夯实发展基础，坚持高起点谋划，高标准推进，大力实施乡村振兴战略，着力实施产业结构调整，标准化生产等现代农业提质增效工程，有序推进产业振兴、人才振兴、文化振兴、生态振兴。引领带动全县农业全面升级，农村全面进步，农民全面发展。

脱贫攻坚已进入关键期，我们会州县全体党员干部一定以习近平新时代中国特色社会主义思想为指导，认真落实党和政府的扶贫政策，积极开拓，尽心尽力，带领全县人民群众一个不落地步入小康社会。

伊仲楠的经验介绍,得到了领导干部们的认可,具有很好的引导示范作用,兄弟县区的领导干部表示,要以这次经验交流会为契机,借鉴脱贫经验,加大帮扶力度,加快帮扶步伐,一定保质保量地完成脱贫攻坚任务。

三

县委、县政府下发通知,近期省、市领导来会州县检查指导脱贫攻坚工作,要求各乡镇要高度重视,及时进行自查自纠,把存在的问题提前解决,基层脱贫攻坚工作不能出现任何问题。

接到通知后,五谷镇党委书记张昭瑞深入到各行政村进行督导检查,根据脱贫攻坚要求,逐项完善,查缺补漏,确保省、市领导检查指导,万无一失。

张昭瑞到驻屯村督导检查工作时,发现村党员活动室焕然一新。

"祁书记,党员活动室新装修的?"

"嗯。"

"啥时候装修的?"

"一个多月了。"

"哪来的经费呀?"

"帮扶工作队干部装修的。"

"哦……"

干净整齐的办公桌,鲜艳明亮的宣传栏,各种文件夹整齐地摆放在资料柜中,驻屯村村委会党员活动室让人眼睛一亮。

听祁建臻说是帮扶工作队干部用帮扶经费帮助装修的,张昭瑞非常感动,真是扶贫一线的好干部呀。

党员活动室是加强党员教育活动的阵地,是听取群众意见、增强党组织凝聚力和战斗力的主要场所。

可是,由于驻屯村村委会缺少办公经费,党员活动室硬件设施简陋，在"党建引领奔小康"检查评比中，被确定为薄弱型党支部。

杨嘉煜得知驻屯村党支部被确定为薄弱型党支部后，他便决定帮助驻屯村建好党支部。

随后，帮扶工作队干部商量，利用一万元的驻村帮扶工作队经费，帮助村党支部维修了党员活动室，购置了资料柜、文件夹、党员学习笔记本等，让党员活动室焕然一新。

"有了活动场所，党员学习的积极性有了很大的提高，脱贫致富的信心也更加坚定了。"祁建臻说。

"杨处长的工作责任心强、要求高，有这样标准化的党员活动室，肯定能够发挥党组织的先进性作用，为助力脱贫攻坚奠定了坚实的思想基础。"张昭瑞说。

"嗯，帮扶工作队干部已经深得村民的尊重。"

"祁书记，听说帮扶工作队干部帮助贫困户推销蔬菜？"张昭瑞问。

"是的，金局长帮贫困户陶乙奎，每周都要推销几箱温室大棚的蔬菜，给陶乙奎解决销售问题。"

"真是辛苦了我们的帮扶工作队干部了。"

"在金局长的带动下，帮扶工作队干部们积极响应，张凯前一段时间买了一辆小轿车，他每次回市里，后备厢里装得满满的，都是村民们的农副产品，帮助村民们推销。"

祁建臻说着很动感情。

"听说价格比市场上的还高？"张昭瑞问。

"是的，买菜的多是帮扶工作队干部们的同事或者亲朋好友，算是对帮扶干部工作的一种支持。"

"有这样一批帮扶干部、消费群体，村民怎能不脱贫致富呢。"张昭瑞感叹说。

"杨处长因为回省城捎带蔬菜不方便，他便在省财政厅的微信朋友圈中推销村里的蔬菜、苹果、大枣、枸杞、小杂粮、羊肉等，然后通过青年电子商务销售服务平台邮寄，推销得也不错。"

"有这样一批帮扶好干部，驻屯村按时脱贫已经不成问题了。"

"是啊，一定没问题。潘吉林统计了一下，帮扶工作队干部已经帮贫困户销售农产品创收了二十余万元，这可是一个不小的数字。"祁建臻说。

立党为公，执政为民，帮扶工作队干部用实际行动诠释了党员全心全意为人民的宗旨，领导干部工作作风的转变，是党的智慧集中体现，是国家体制完善的彰显。

四

副省长吴贤军来会州县调研脱贫攻坚冲刺清零工作，市委书记徐昆、县委书记伊仲楠及市、县相关领导陪同。调研采取不定路线、不打招呼、抽样检查的方式，抽到了五谷镇，对五谷镇的十五个行政村进行调研督导。

副省长吴贤军到了驻屯村，看到环境优美的美丽乡村，游人如织的农家旅游，整齐划一的温室大棚，繁忙生产的"扶贫车间"，一派欣欣向荣的景象，他很高兴。

群众要脱贫，产业是关键。五谷镇驻屯村现代农业科技园由铭新现代农业科技公司牵头，建成集中连片温室大棚四百多座。吴贤军走进现代农业科技温室大棚内察看蔬菜长势，并就产业园带动脱贫情况、产品产销前景等问题认真听取了负责人的汇报。

吴贤军做着督导调研，会州县在发展日光温室蔬菜种植方面有很好的经验，要发挥好这一优势，继续加强政府引导力度，加快龙头企业引进和现代农业发展步伐，努力把蔬菜种植这一"文章"做得更大、更强，以辐射带动更多的贫困群众脱贫致富。

在五谷镇易地扶贫搬迁安置区，副省长吴贤军对易地扶贫搬迁安置区房屋规模、配套设施建设、脱贫产业发展等工作进展进行了仔细调研。他指出，要在易地扶贫搬迁安置区基础设施配套和致富产业培育等工作上继续下"绣花功夫"，积极探索和引进一些竞争力强的龙头企业，带动群众发展有前景、有销路的富民产业，以保证搬迁群众在搬迁安置区能够过上安居幸福的日子。

调研完五谷镇的脱贫攻坚冲刺工作，在镇政府召开了调研座谈会。吴贤军强调，要认真领会和贯彻习近平总书记关于扶贫工作的系列重要论述精神，瞄准问题发力、扭住难点攻坚，以更细的举措、更实的作风，投身到打赢脱贫攻坚这场硬仗中。全县各级各部门要着力提高政治站位，树牢"四个意识"，坚定"四个自信"，做到"两个维护"，统一思想，抓好落实，一鼓作气，顽强作战，坚决办好脱贫攻坚这件大事。

调研座谈会上，在听取了全县脱贫攻坚工作汇报后，吴贤军对会州县脱贫攻坚工作给予了肯定。他强调，会州县脱贫攻坚工作谋划有质、推动有序、落实有力，充分调动起来各种资源，在富民产业发展、易地扶贫搬迁等方面取得很好的阶段性成绩。当前剩下的任务都是脱贫攻坚中的难中难、坚中坚，广大领导干部要在思想认识上再深入，在政治站位上再提高，结合脱贫攻坚冲刺清零行动，在资源调度、关联措施跟进等方面继续发力，以不断加快工作进度、不断提高脱贫质量，保证在全面建成小康生活中坚决不拖后腿。

吴贤军指出，当前，脱贫攻坚已经到了攻坚拔寨、决战决胜的冲刺阶段，全县整体脱贫摘帽，正处于最吃劲、最紧要的关头，各级各部门要增强紧迫意识，着力解决进度不快的问题，做到咬定目标不放松，坚定信心不动摇，紧盯"两不愁三保障"脱贫标准，对标贫困户、贫困村、贫困县退出指标，加大工作力度、拿出过硬举措，真正动起来、干起来，全力以赴攻坚冲刺；各部门各乡镇要把冲刺清零作为近期的工作重点，着力解决工作不细的问题，做到"一把手"亲自落实、亲自督导，做到正视问题不回避、整治问题不手软。

市委书记徐昆指出，吴贤军副省长的指示精神，领导干部全部接受，并严格落实，会州县要加快重点突破，着力解决措施不准的问题，加快推动义务教育、基本医疗、住房安全、饮水安全、易地扶贫搬迁、到户产业发展等重点任务落细落实。要强化督查问责，确保脱贫工作务实、过程扎实、结果真实。

县委书记伊仲楠表示，对于省、市领导督查指出的问题，县上照单全收，全面落实整改完善，在脱贫措施上要有更高的精准度和更强的针对性，把脱贫指标要求理解清楚，将各项工作底数排摸清楚，在工作要求上盯速度、在工作推进上抓进度、在工作方法上强调度，逐类逐项推进好各项工作。在脱贫攻坚冲刺清零关键时期，要在思想上高度重视，坚持源头整改、高效推进的方法，保证各项整改措施扎实到位、见到实效。

省、市领导在座谈会上的讲话，为全县脱贫攻坚带来了压力，同时也注入了动力，指明了方向，全县领导干部认真学习，深刻领会督导精神，不忘初心，牢记使命，以饱满的工作热情，勇于担当的工作责任，攻坚必胜的帮扶信念，投入到脱贫攻坚工作中，会州县一定打赢脱贫攻坚战。

五

一天，杨嘉煜去五谷镇易地扶贫搬迁安置区协调工作，路上正好碰上万起超，他握住杨嘉煜的手说："杨处长，感谢你呀！"

"万大爷，感谢我啥？"

"感谢你劝说我们搬迁出来。说实话，现在的生活条件比以前好多了，院落整齐了，环境优美了，宽阔平坦的水泥路铺到了家门口，出门不沾泥，进门不带土，吃水肩不挑，厕所都是水冲的，卫生比以前好多了。"万起超高兴地说。

"万大爷，我没有哄您吧，政府是说到做到的。"

"嗯，没有哄我。杨处长，到家里坐坐，我给你沏杯茶喝。"

"不了，万大爷，今天我还有事，改天我去看您，您要把酒备好喽。"杨嘉煜故意说。

"行，我一定把酒菜备好，你可一定来哟。"

"有时间我一定来。"杨嘉煜说着与万起超握手道别。

易地扶贫搬迁，是党和政府解决深度贫困山区群众"两不愁三保障"的重要举措，这不仅让群众居住环境改善了，而且让群众挪出了穷窝，也为水、电、路等基础设施建设打下了良好的基础。

五谷镇根据脱贫攻坚实际需要，把全镇交通不便、自然条件恶劣的村社实行了统一的易地扶贫搬迁。在易地扶贫搬迁安置区，再进行集中的基础设施建设，节约了百分之四十的费用。

走上了水泥路，吃上了干净水，用上了安全电，住上了放心房，看得见的新变化，让群众脱贫致富动力十足。

杨嘉煜从外面办事回来，看到王大娘在村委会，他问："王大娘，今天来村委会有事要办？"

"嗯，镇政府易地扶贫搬迁安置区要村上开个证明，准备在那里落户。"

"好事情呀，王大娘，您屋里坐。"

杨嘉煜说着把王大娘让进了屋里。

"金局长没在吗？"

"她没在，到县上开会去了。"

听杨嘉煜说金欣瑶到县上开会去了，王大娘一脸的失望。

"想金局长了？"杨嘉煜问。

"还真想她了。"

"等金局长开会回来，我给她捎话让她去看你。"

"杨处长，不用了，没有要紧的事，我只是想与她说说心里话。"

"王大娘，您在镇政府易地扶贫搬迁安置区生活得怎么样？"

"好得很！自从我搬到镇政府易地扶贫搬迁安置区，儿子和儿媳也不出去打工了，一家五口人，政府分给了一座温室大棚、五亩地、五只羊。温室大棚由儿子、儿媳种着，五只羊在专门建好的羊舍饲养，我在家里做饭，一家日子过得红红火火、热热闹闹。"王大娘喜笑颜开地说。

"镇政府易地扶贫搬迁安置区的配套设施建设的怎么样？"

"各种配套设施很齐全，在驻屯村下芦社，孙子上学要走两三里山路到村办小学，每天早上起得早，没有路灯，只能摸着黑去上学，很不安全，家长要往学校送。现在学校就在附近，早上又有路灯，孙子能平安高兴地去上学，我也就放心了。"

当杨嘉煜问起搬迁后的富民产业时，王大娘高兴地说："政府为我们搬迁户考虑得很周全，易地扶贫搬迁安置区的富民产业有养殖业和种植业，这里的养殖条件也很好，以前在山里搞饲养，饲料靠人背，饮水靠人担，羊吃干草根本养不肥。在镇政府易地扶贫搬迁安置区有统一的饲养舍，统一饲养，统一用青贮饲料，方便得很。"

杨嘉煜看到王大娘高兴的样子，他知道政府实行的易地扶贫搬迁措施，让搬迁群众很满意。

"以前在山里住得比较分散，大家各顾各，现在住的比较集中，大家都比着干。"

"现在村民们的精神面貌与以前相比有没有变化？"

"现在村里人的精神面貌变化很大，以前的'等、靠、要'思想越来越淡，我想致富，我要致富的发展氛围越来越浓。"

"主动发家致富是好现象，也是政府积极提倡的。"

"我年龄大了，身体不好，身边需要人照顾，两个孙子的学习，儿子也能监管上。儿子、儿媳以前在外打工，孩子的学习没人管，现在可不一样了，儿子晚上回来了，可以督促一下。孩子的学习成绩比以前有很大的进步，一家人其乐融融地生活在一起，这样的生活景况已经很多年没见过了。"

"居住稳定了，收入有保障了，脱贫致富以后，就要好好地生活，这是政府的责任，也是咱们共同努力奋斗的目标。"杨嘉煜说。

看到王大娘开心的笑容，杨嘉煜感到很高兴，易地扶贫搬迁的农民日子过得挺好的，挺幸福的。

六

　　随着人民群众消费理念的转变，休闲旅游已成为人们生活中的重要组成部分，驻屯村的千年古城堡景区成为会州县乃至周边地区人民群众短途休闲旅游的首选目的地。

　　驻屯村古城堡旅游公司加大宣传力度，扩大景区影响，前一段时间的"厕所革命"解决了旅游景点不卫生的顽疾，提高了千年古城堡的旅游品位，吸引了更多的游客前来观光休闲。

　　八月的天空蔚蓝如洗，在蓝天白云的映衬下，红瓦白墙的驻屯村，在花海绿荫下显得静谧而安详。

　　在沿通村公路两边，草木葳蕤，氤氲连绵，金灿灿的油菜花在田间随风摇动，引得蜂飞蝶舞，如同一片金色海洋，置身在这油菜花海中，游人可以切身体会休闲旅游的浪漫。

　　随风摇曳的油菜花，迎着灿烂的阳光，托起金色的花蕊，绿色田地如同铺开了一张金黄色的地毯，耀眼夺目，微风徐徐，花海似锦，置身其中，让游客对靓丽的花海景观充满了无限遐想。

　　沿着平坦的公路往村里走，在村口处竖有一块大石头，上面写着"千年古城堡"五个苍劲有力的红色大字，驻屯村的乡村旅游唤醒了人们对千年古城堡文化的关注，正是这种厚重的历史文化，以其丰富的内涵提升了当地文化的品牌，也使得千年古城堡有着更高的文化遗存价值。

　　美丽乡村的建设，让驻屯村的村容村貌焕然一新，村道两旁的砖墙上装饰着各种各样的工艺画，如《黄山雾凇》《二十四孝图》等，显得古朴典雅。

　　在工艺画的间隔空白处，喷绘着"社会主义核心价值观""共建美好乡村，共享美好生活"等充满现代气息的宣传内容，洋溢着浓郁的文化气息。

　　行走在驻屯村千年古城堡景区曲折蜿蜒的道路上，一缕缕凉爽的微风吹来，让人心中很惬意。走在铺满阳光的林阴小道，枝丫间隙透过来的斑驳霞光洒在人们的身上，如影如幻，看着如诗如画的风景，温馨的气息扑面而来，恍如走进了世外桃源。

在通往千年古城堡景区的道路上，有一池荷花，荷塘是由泉水改道而建造的，它位于千年古城堡的右下方，后来引黄河水入村项目完成后，荷塘里的水更有了保障。

根据景区设计理念，步行的游客去游览千年古城堡的捷径，就是通过荷塘上建造的木桥栈道。这样，在没有游览千年古城堡之前，先欣赏荷塘神韵。

走在荷塘的栈道上，只见许多荷花含苞欲放，被碧绿的荷叶簇拥着，清水出芙蓉，美得让人心醉。

荷花轻轻地依偎在荷叶旁，如同豆蔻年华的少女，依偎在母亲的怀抱里，是那样的娇艳，那样的清纯，出淤泥而不染。

站在荷塘中间的六角观赏亭下欣赏荷花，池面微波荡漾，荷花袅娜宛如小家碧玉，别有一番风韵，偶尔蹲下掬一捧池水，泛起层层涟漪，让人浮想联翩。

穿过荷塘，到了通往游览千年古城堡的古道上，设计师在尊重历史背景的情况下，加上艺术家的丰富想象，创造了宋代的生活场景，人还没有欣赏到千年古城堡，已被古道两旁的景致带进了当时的场景。

走进千年古城堡，聆听那遥远的故事，让心情在相逢里徐徐放松，让心灵感受这里的文化之厚重。

参观游览完千年古城堡再去现代农业科技观光园领略一下现代科技的神奇魅力。

徜徉在现代农业科技观光园，让人感叹现代科技带来震撼，立体农业的观光体验，游客会被人类的智慧所折服。走在园中，瓜果飘香、芬芳四溢，集循环农业、创意农业、生态休闲、观光娱乐于一体的田园综合体，让游客领略着当地的民俗风情与自然风光。

走进环境优雅的农家乐，坐在休闲的摇椅上，品一杯香茗，赏一阵美景，一切都是那样的静谧舒心，随着茶香的氤氲，弥漫在清静的农家小院，心中惬意油然而生。

住在优雅别致的农家乐，心中便有一种难得的清静，有种超凡脱俗的感觉，环境清静了，人心也就清静了，人生也就幸福了。

在驻屯村观光旅游休闲，呼吸着带有泥土芬芳的空气，清新怡然；游览着古朴历史文化，陶冶情操；欣赏着现代科技文明，赏心悦目。驻屯村处处充满着令人沉醉神往的美丽景色。

随着乡村旅游市场的不断扩大，驻屯村充分借助乡村历史文化旅游平台，积极开发特色旅游产品，使乡村旅游影响力和知名度不断扩大，客源市场快速拓展，旅游综合效益越来越明显，让旅游景观成为当地群众的产业富民景观。

七

如今的驻屯村，绿意盎然，鲜花簇拥，来自四面八方的游客，邂逅在美丽乡村，游古城堡、品美食、住民居，感悟历史文化，欣赏田园风光，体验农家生活。

为了让更多的人了解驻屯村的千年古城堡，吸引游客来参观旅游，县政府联合市旅游公司的各家旅行社开展千年古城堡旅游宣传活动，举办乡村文化旅游节。

对于这次旅游节的主办，驻屯村古城堡旅游公司和村委会非常重视，前期准备工作扎实充分。旅游节期间，古城堡旅游公司提高服务质量，打造品牌旅游，让游人在观光游览的过程中，提高他们的满意度。

举办乡村文化旅游节，既是提升驻屯村乡村旅游的知名度，成为加快文化旅游产业发展的有效抓手，又是调整产业结构、践行政府提出的高质量发展要求的积极探索。

驻屯村文化古迹旅游节开幕式结束后，进行了为期三天的旅游推介活动。

在推介旅游活动期间，祁建臻做导游陪同游客参观，他想听一下游客对驻屯村千年古城堡文化景点的客观评价，以便今后更好地改进。

看到游客们满脸的笑容，祁建臻知道游客对千年古城堡历史文化比较满意。

几位游客参观游览千年古城堡，祁建臻前去搭讪。

"各位游客，大家好！你们感觉驻屯村的旅游景观及服务怎么样？"

"好着呢，能在山村建成这样一个旅游景点不容易。"一位游客说。

"是的，近几年，驻屯村大力实施乡村振兴战略，招商引进大型龙头企业，立足村情，深入挖掘历史文化、农耕文化、农事体验、特色种植、休闲观光，积极推进驻屯村生态治理，打造品牌乡村文化。"祁建臻向游客介绍。

"这里历史文化厚重，环境优美，到这里来旅游观光，令人心情舒畅。"一位游客评价说。

正如这位游客所描述的，现在的驻屯村是一幅"田园幽美、人文醇美、生活和谐、村庄秀丽"的和谐美丽画卷。

正当祁建臻与游客交谈时，一位老大爷示意打招呼，想让祁建臻帮他照相，祁建臻欣然接受。

老大爷与老伴领着孙子来驻屯村观光旅游。

"老大爷，您对驻屯村的旅游景观设计及服务理念感觉怎么样？"祁建臻问。

"挺好的，依托千年古城堡文化资源，创建现代文明旅游景观，游走在景区，洋溢着浓郁的文化气息，散发着独特的乡村魅力，我已经带着孙子来过一次，这是第二次，瞻仰古迹文化，欣赏乡村美景，呼吸着新鲜空气，身心很放松。"老大爷笑着说。

听着老大爷的夸赞，祁建臻不住地点头。

"您对驻屯村的旅游有什么建议？"祁建臻问。

祁建臻的问话，让老大爷知道了他是驻屯村的领导干部。

"你们做得很好，乡村旅游开发，既能提高村民的居住环境，又能增加村民的经济收入,这是一种很好的做法,社会效益非常好。"

"老大爷,您说得对,随着人们生活水平的提高,旅游成为人们日常生活中的一部分,乡村旅游已成为人们旅游首选方式之一,旅游产业是一种持久发展的产业,能给村民带来很好的经济收入。"

祁建臻说着与老大爷打了个招呼,走开了。

驻屯村千年古城堡的旅游开发,是立足区域旅游资源实际,坚持把发展乡村旅游作为推动经济转型、增加群众收入的持久产业来抓,积极探索新的模式,着力夯实基础、健全机制、强化宣传,大力发展特色旅游,打造乡村旅游景点和田园综合体,助推当地群众脱贫致富的步伐。

八

为了更好地配合县委、县政府脱贫攻坚冲刺清零行动,帮扶工作队干部加班加点、竭尽全力为贫困户排忧解难,以保证驻屯村扶贫工作冲刺清零行动圆满收官。

繁忙紧张的工作节奏,让帮扶工作队干部连做饭的时间都没有,近十余天,干部们天天吃泡面、榨菜,两位女同志已经有点招架不住了。

经过一个月的紧张工作,任务基本完成。

"近期工作大家很辛苦,放两天假休息。"杨嘉煜说。

听到杨嘉煜说放假,帮扶工作队干部一阵子欣喜。

"杨处长,今天我有个提议,不知道能不能说。"张凯说。

"能说。"

"今天,咱们能否去村中的农家乐吃顿现成的饭,放松一下?"

张凯的想法正符合大家的心意。

"可以,今天我请客。"

"谢谢杨处长!"金欣瑶、李椿婷、张凯大声欢呼。

他们去了雅轩农家乐,这是赵文灿的二儿子赵祥开的。

赵祥学的厨师技术，学成后一直在省城打工。

一年前，赵祥听说驻屯村要开发千年古城堡，他抓住有利时机，决定回乡创业，他把驻屯村两户闲置的院落租过来，改造成农家民居，办起了农家乐。

在雅轩农家乐院中，种上了各种绿植花卉树木，院子比以前整洁干净多了。庭院里的鲜花怒放，长势喜人，房檐下、回廊里悬挂着红灯笼，将院子装点得喜气洋洋，给人一种温馨雅致的感觉。

到了雅轩农家乐，赵祥正在厨房忙着做饭菜，他看见帮扶工作队干部进来，赶忙出来打招呼："领导们好！欢迎光临雅轩农家乐。"

"赵祥，最近生意情况怎么样？"杨嘉煜问。

"杨处长，生意不错，每天有二三十位客人，周末人多一些。"

"一个月效益怎么样？"

"净收入上万元。"

"那好。雅轩农家乐是驻屯村条件最好、规模最大的农家乐，一定要把它办出特色，让客人吃好、玩好，不但要留住人，更要留住他们的心，让他们来一次，就想着来第二次。"

"嗯，游客们不但对驻屯村的千年古城堡感兴趣，而且对驻屯村的美食也感兴趣，像雅轩农家乐餐馆提供的手工凉粉、凉面、臊子面等，再配上自家种的时令蔬菜，既实惠又便宜，游客们吃得很多。"赵祥说。

"餐饮上还可以。农家乐住宿效益怎么样？"杨嘉煜问。

"刚开张时不行，现在可以了。政府对村上千年古城堡做了大量广告宣传，知道的人越来越多，来的游客就多了，现在周末和节假日住满着呢。"

"这就好。"

"一间房子住宿费八十元，夏天免费提供水果拼盘，游客非常满意，有很多都是回头客。"

"嗯，理念先进，好好干，照这样发展下去，你就是老板了，还愁找不上媳妇？"

"杨处长，媳妇已经找上了。"赵祥说着用手指了指正在擦桌子的一位姑娘。

"要了多少彩礼？"

"没要彩礼。"

"好事让你小伙子摊上了，发家致富了，你又有厨艺，幸福甜蜜的日子还在后头呢。"

"这几天农家乐的人多，我忙不过来，让她过来帮忙。"赵祥说。

"嗯，应该的。忙了，对象帮忙干活；闲了，对象陪你聊聊天，解解心慌，培养一下感情。"张凯笑着说。

张凯的话把大家都逗笑了。

"好好干，一定要把雅轩农家乐打造成能够提供住宿、餐饮、娱乐为一体的示范农家乐，有机会帮扶工作队给你申请一份创业补贴。"

"那就感谢杨处长了。"

"赵老板，快去做菜，我们饿了。"张凯说。

"今天饭菜免费，我请帮扶工作队干部。"

"那不行，我们是来消费的，不是占你便宜的。"张凯说。

"我知道，不过今天的客，我一定请。"赵祥说着，去厨房忙活去了。

这顿饭是帮扶工作队干部近一个月来吃得最踏实的一顿饭。

吃过饭后，帮扶工作队干部又到村里转了一下。

离雅轩农家乐不远处，有一家农特产超市，开超市的是村里祁建红的妻子程艺霞，她做的手工点心很受游客们的欢迎，味道鲜美，口感醇厚。

程艺霞现在的超市不仅出售手工点心，而且把驻屯村的土特产都带上销售，经济效益很可观。

驻屯村村民观念的变化，给大家致富带来了很多商机。驻屯村在各级政府及爱心人士的帮扶下，充分挖掘乡土资源，实现绿色发展，让驻屯村成了集旅游观光、休闲度假、乡村体验为一体的乡村旅游的好去处。

驻屯村的另一大变化，就是村风村貌有了很大的改观。走在街头，再也见不到三五成群坐在一块打麻将、聊天论是非的村民了，村民们都各忙各的事情去了。

村风文明，邻里和谐，精神文明建设呈现出了欣欣向荣的景象。

九

在党和政府扶贫政策的正确指导下，经过帮扶工作队干部、村"两委"干部及驻屯村村民的共同努力，驻屯村贫困人口下降至百分之三以内，如期脱贫。"两不愁三保障"达到小康标准，除了政府兜底的十余人外，人均纯收入达到两万多元。

摘掉贫困帽，开启新生活。如今，徜徉在驻屯村，一幅幅壮观的画面展现在眼前，干净整洁的村中街道，别具风格的农家农居，紧张繁忙的扶贫车间，热闹非凡的千年古城堡文化旅游，牛羊成群的养殖饲舍，生机勃勃的致富产业园……给人留下了深刻的印象。帮扶工作队干部三年的辛勤付出，换来了驻屯村的欣欣向荣、幸福和谐。

党的政策为人民群众致富奔小康指明了方向，帮扶工作队干部的尽力帮扶和村民们的辛勤劳动得到了回报，驻屯村的脱贫让群众过上了幸福美好的小康生活，帮扶工作队干部心中很有成就感。

脱贫不脱政策，脱贫不脱责任，脱贫不脱帮扶，脱贫不脱监管，采取非常手段，攻克深度贫困，这让群众吃了定心丸，增强了村民对美好生活的无限追求。

日久生情难离舍，人间真情最暖心。三年的帮扶工作，历历在目，村干部们的倾情相助，村民们的理解支持，与村民们一起在田间劳动的情景……让帮扶工作队干部难以忘怀。

驻屯村脱贫摘帽了，帮扶工作队干部已经完成帮扶工作，马上就要离开驻屯村了，他们挺留恋的，这里有他们的辛勤付出，这里有他们的汗水与快乐，这里有他们亲如兄妹的村民，有他们帮扶过的贫困家庭，有他们奋斗过的日日夜夜……

帮扶工作队干部要走了，驻屯村的村民更是舍不得。

村民欧忠、赵文灿、张满仓、张士胜、陈乙奎等几位村民经常到村委会来与帮扶工作队干部聊天闲谈，好像有谈不完的话题，虽然都是大家熟悉的往年旧事，但百谈不厌。

从几位村民们的言谈中可以听出，他们是对帮扶工作队干部的赞扬和恋恋不舍。

"杨处长，要是你们帮扶工作队干部不走，那该多好呀。"张士胜说。

还没有等杨嘉煜开口，欧忠说："胜娃子，你也有点过分了吧，怎能提出这样的苛刻要求。"

欧忠的话让张士胜猛然醒悟，说："我不是舍不得帮扶工作队干部嘛。"

"舍不得也不能说出这样的话。"

"没关系，咱们驻屯村虽然脱贫了，但是国家帮扶的政策没有改变，如果大家有什么问题需要我们帮扶工作队干部帮忙解决的，我们一定会尽心尽力的。"杨嘉煜说。

"杨处长，就是驻屯村的群众没有需要帮忙的，你们也要常来驻屯村看看。"

"好的，欧大爷，我们一定常回来看看。"金欣瑶深情地说。

"听说李椿婷主任调到县上工作去了。"欧忠问。

"是的，欧大爷，调到县民政局任副局长。"

"应该调走了，她在驻屯村帮扶了五年，对于一个女娃娃来说很不容易，她为驻屯村的脱贫攻坚付出的太多了。"欧忠老人家说着眼圈都红了。

李椿婷从大学毕业分配到五谷镇工作，有十余年的时间，她把人生最靓丽的青春奉献给了这里。

鉴于李椿婷在脱贫攻坚工作中的突出表现，根据新修订的《党政领导干部选拔任用工作条例》，通过组织考察，符合干部提拔条件，她被调任会州县民政局领导岗位。

　　王铭铭听说驻屯村帮扶工作队干部帮扶任务完成了，专门从省城回来接送他们回单位。

　　在帮扶工作队干部走得那天，驻屯村上千名村民停下手中的农活，去村委会欢送他们。

　　气势宏大的欢送场面，难分难舍的送别场景，让帮扶工作队干部很是感动。

　　大家挥手向帮扶工作队干部告别，向他们致敬。

　　当四位帮扶工作队干部上车的一刹那，张士胜妻子、陶乙奎妻子看到帮扶干部要走了，放声哭了起来，很多村民也流下了送别的泪水。

　　听到两位女人的哭声，帮扶工作队干部强忍着眼泪，他们没敢回头，只是久久地挥手……

后　记

　　闲暇时间，我在阅读报刊的时候，常常被精准扶贫干部们的事迹感动着，心中便产生了写点以精准扶贫为题材的文学作品的念头。

　　《尽锐出战》从创作到完成历时四年。主要讲述了省财政厅社会保障处的副处长杨嘉煜带领驻屯村帮扶干部队帮助人民群众脱贫攻坚致富奔小康的故事。帮扶干部以习近平新时代中国特色社会主义思想为指导，认真贯彻中央扶贫工作会议精神，坚持"精准扶贫、精准脱贫"的基本方略，工作中做到"六个精准"，解决好扶贫领域的"四个问题"，践行习近平总书记提出的"人民对美好生活的向往，就是我们的奋斗目标……"的庄严承诺，与村"两委"干部一起，齐心协力、精心谋划，精准施策发展致富产业，实现乡村振兴，激发群众脱贫致富的内生动力，培育群众脱贫致富奔小康的信心，最终实现了整村脱贫摘帽，使村民过上了幸福美好的生活。

　　为收集写作素材，我先后走访了很多扶贫一线的干部，与他们倾心交谈，感动的人和事太多太多，心中也有很大触动。

　　在帮扶干部中，有大学刚毕业的年轻干部，也有在行政岗位上工作多年的老干部，在扶贫一线，他们虽然遇到很多困难，如食宿困难、交通不便等，但他们仍竭尽全力去克服，想方设法去帮助人民群众脱贫致富。最让人感动的是，有些帮扶干部甚至献出了年轻的生命，其事迹感人至深，可歌可泣。

　　本书在写作过程中，得到了领导、同事的大力支持，参阅了近几年来的党报党刊关于脱贫攻坚的写实报道，借鉴了诸多专家、学者的论述观点。在此，一并表示感谢！

《尽锐出战》要付梓出版了，本书获得中共白银市委宣传部重点文艺创作项目的资助。

由于时间仓促，写作经验欠缺，文笔尚欠功力，书中纰漏在所难免，恳请各位领导、专家、读者批评指正。

李 志

2020 年 9 月